Jennifer Ashley

Geliebter Pirat

Roman

Aus dem Amerikanischen
von Wolfgang Thon

Knaur Taschenbuch Verlag

Die amerikanische Originalausgabe erschien 2004
unter dem Titel »The pirate hunter«
bei Dorchester Publishing Co., Inc., New York

Besuchen Sie uns im Internet:
www.knaur.de

Sagen Sie uns Ihre Meinung zu diesem Buch:
Historische-Liebesromane@droemer-knaur.de

Deutsche Erstausgabe Dezember 2007

Redaktion: Sabine Thiele
Umschlaggestaltung: ZERO Werbeagentur, München
Umschlagabbildung: Agentur Schlück/Franco Accornero
Satz: Adobe InDesign im Verlag
Druck und Bindung: Clausen & Bosse, Leck
Printed in Germany
ISBN 978-3-426-63724-1

2 4 5 3 1

Knaur.

Knaur.

Im Knaur Taschenbuch Verlag ist bereits folgendes Buch der Autorin erschienen:
Mein leidenschaftlicher Pirat

Über die Autorin:
Nach vielen Jahren im Ausland lebt Jennifer Ashley heute mit ihrem Mann und ihrer Katze im Südwesten der USA. Sie hat bereits zahlreiche Liebesromane veröffentlicht. *Geliebter Pirat* ist nach *Mein leidenschaftlicher Pirat* ihr zweiter Roman im Knaur Taschenbuch.
Mehr Infos über Jennifer Ashley und ihre Bücher finden sich auf ihrer Website: www.jennifersromances.com

1. Kapitel

März 1812

James Ardmore schlug die Augen auf. Er lag mit dem Gesicht im Sand, die Arme ausgestreckt, als hätte er mit letzter, verzweifelter Kraft den hellen Sandstrand hinaufzukriechen versucht. Die Sonne schien warm auf sein Haar, seine Jacke war durchnässt und seine Stiefel voll Wasser.

Er hätte sich gerne auf die Seite gerollt und aufgesetzt, um die Orientierung zurückzugewinnen und herauszufinden, wo er sich befand. Nur wollte sich sein Körper einfach nicht bewegen. Er lag lange so da, während der Sand an seiner Wange scheuerte, und versuchte, seinen Muskeln Gehorsam abzuringen. Ein Fingerzucken war die einzige Reaktion.

Eine Möwe landete neben ihm. Sie neigte den Kopf und musterte ihn eindringlich. Er sah den roten Fleck auf ihrem Schnabel, ihren schneeweißen Kopf, die schwarzen Füße auf dem Sand. Sie starrten einander mit der zurückhaltenden Neugier von Fremden an, die gemeinsam in einer Reisekutsche sitzen, bis die Möwe sich schließlich gelangweilt umdrehte und davontrippelte.

Die Zeit verging, und es wurde immer wärmer. Nach einer Weile gelang es James, wenigstens den Kopf zu heben.

Zuerst sah er den Körper eines anderen Menschen, der leblos kaum anderthalb Meter neben ihm lag. Der Mann hatte mittelblondes Haar, wie die Haut von in Butter geröstetem Huhn, und trug die Uniform eines britischen Marineleutnants.

Er hatte braune Augen, das wusste James, obwohl die Gestalt mit dem Gesicht von ihm abgewandt dalag. Das wusste er, weil der Leutnant James' Ketten aufgeschlossen hatte, als die Fregatte unterging, und ihm damit die Chance gegeben hatte, um sein Leben zu kämpfen. Dafür hatte James seinen Helfer auf ein Trümmerstück des Langbootes gezerrt, als dieser an ihm vorbeigetrieben war. Der Leutnant war in dem Moment kaum noch bei Bewusstsein gewesen und mochte jetzt bereits tot sein.

Mehr Zeit verstrich. Eine kleine Krabbe kroch vorbei. Eine Welle schlug an den Strand, überspülte das Tier und sog es zurück ins Meer.

Das Land roch sauber, der Wind frisch. James riskierte einen weiteren Blick und stellte fest, dass er auf einem kleinen Stück Strand lag, das von schwarzen, mit Moosen und Flechten überwucherten Felsen eingerahmt war. Sie schimmerten grün, gelb und tiefrot. Vor ihm hob sich ein Hügel schwarz vor dem strahlendblauen Himmel ab.

Er war nicht in Tanger, denn dann hätte es nach Fäkalien und Kohlenfeuer gerochen; außerdem hätte ihm längst jemand die Stiefel und das Messer abgenommen, das er aber noch in seiner Tasche spürte. Gibraltar war es auch nicht, weil die Felsen anders aussahen und dort ein diensteifriger Soldat der Garnison sie längst gefunden und James bei dieser Gelegenheit verhaftet hätte.

Er konnte an einem entlegenen Teil der Küste Spaniens oder vor Marokko gestrandet sein. Dort würden sie liegen bleiben, bis ein Bauer zufällig über sie stolperte. Falls es Spanien war, würden der britische Marineleutnant in ein

Armeelager verfrachtet und James arretiert werden. In Marokko würden sie beide verhaftet werden, weil sie gegen das Edikt des Königs verstoßen hatten, das Fremden nur Zutritt nach Tanger gestattete. Kein besonders erfreulicher Gedanke. James schloss wieder die Augen.

Als er sie das nächste Mal öffnete, stand die Sonne höher am Himmel, und er hörte Stimmen. Eine etwas jüngere, schrille und die einer Frau. Wahrscheinlich die Frau eines Bauern und ihr Kind.

Ob der Ehemann ihnen wohl folgte? Würde er einen Marokkaner in einer landesüblichen *Galabeeyah* und spitzen Lederschuhen sehen oder einen Spanier in Hose, Hemd und abgewetzten Stiefeln? Beide würden jedenfalls sichtlich verärgert darüber sein, zwei hilfsbedürftige Männer aufzufinden.

Das Klappern von Steinbrocken auf Fels übertönte das Plappern des Kindes. Dann hörte er wieder die Frauenstimme. »Isabeau, nun pass doch auf, um Himmels willen!«

Überrascht hob James den Kopf und sah sich nach ihnen um, aber sie waren noch nicht zu sehen. Die Frau klang wie eine vornehme Engländerin. Nicht wie das Eheweib eines spanischen Bauern, es sei denn, dieser wäre zufällig außerordentlich gut aussehend.

Oder … Erinnerungen blitzten auf. Das konnte nicht sein! Oder doch? Erst hatte er sich so sehr bemüht, Haven zu finden, dann hatte die Fregatte, auf der er gefangen war, im Sturm Schiffbruch erlitten, und jetzt war er schlussendlich doch an seinem Ziel gelandet. Schmerz brannte in seinen Fingern, während Gelächter in seinem Kopf dröhnte. Das war einfach zu gut.

Vielleicht lag er aber doch am Strand von Gibraltar, und dies hier war gar nicht Diana Worthing, die Frau, die er vor einem Jahr entführt hatte. Vielleicht handelte es sich um die Ehefrau eines Offiziers, die ihren Gatten holen würde, damit er James in den Kerker der Garnison schaffte.

Zwei winzige Stiefel unter einem Faltenrock blieben unmittelbar vor ihm stehen. Das kleine Mädchen bückte sich und sah ihm ins Gesicht, fast wie die Möwe es getan hatte. Sie hatte gerötete Pausbacken, neugierig dreinblickende blaue Augen und flammend rotes Haar, das im Wind flatterte. Er schätzte sie auf acht oder neun Jahre. Sie stieß ein atemloses Quietschen aus, als wollte sie fragen, ob er verletzt war, ohne jedoch die entsprechenden Worte zu haben.

Ein zweites Paar Füße blieb neben dem des Mädchens stehen, in den gleichen Stiefeln unter dem gleichen Baumwollrock, doch die Knöchel gehörten einer Frau. Und zwar einer ausgesprochen attraktiven, die nach frischem Wind und Seife roch. So, wie sie den Rock hochhielt, konnte James einen Blick darunter werfen, was ganz und gar nicht schlecht war. Die Kammgarnstrümpfe und die enge Hose schmiegten sich an ihre schönen Beine. Wäre sie seine Gemahlin gewesen, hätte er ihr gesagt, sie solle auf den Rock verzichten.

Sie bückte sich und drehte ihn herum. Ihre Finger fühlten sich warm und kräftig an.

Ihr ovales Gesicht war sonnengebräunt und von demselben roten Haar umrahmt wie das ihrer Tochter. Die graublauen Augen weiteten sich, als sie ihn erkannte, und James durchströmte plötzlich eine vollkommen unerwartete Freude.

Als er sie das letzte Mal gesehen hatte, war ihr Haar sorgfältig frisiert gewesen und ihre Haut cremeweiß. Sie hatte ein der neuesten Mode entsprechendes Seidenkleid getragen, das nichts von ihren Vorzügen verbarg. An ihren Ohrläppchen hatten kleine Rubine gebaumelt. Jetzt jedoch waren sie ohne jeden Schmuck, und die Frau trug das verschlissene Baumwollkleid einer Bauerntochter. Ihre Lippen waren damals rot geschminkt gewesen, heute dagegen waren sie blassrosa und braun. James stellte sich vor, dass sie immer noch genauso wie früher schmeckten.

Ihre Augen hatten sich indessen nicht verändert. Sie blitzten wie damals, vor einem Jahr im Süden von Kent, als er sie so unverschämt geküsst und sie seinen Kuss ebenso hemmungslos erwidert hatte. Allerdings erst nachdem sie die Terrine mit Kartoffelsuppe nach ihm geworfen hatte.

Jetzt sah sie ihn nur an, starr vor Schreck. Er fragte sich zwar kurz, was zum Teufel sie hier tat, aber seine Neugier wich einer Woge von Übermut.

»Hallo, Darling«, sagte er in seinem gedehnten Charleston-Tonfall. »Ich sagte doch, ich wollte dich besser kennenlernen, weißt du noch?«

In ihren Augen blitzte plötzlich Wut auf, und ihre Lippen öffneten sich. Es war dieselbe warme Altstimme, und Dianas, Lady Worthings, Worte waren ätzend vor Verachtung. »James Ardmore!«, stieß sie hervor. »Dich wollte ich niemals wiedersehen!«

Er lachte grimmig. Das tat weh. »Dachte, ich überrasche dich einfach«, meinte er.

Sie beugte sich über ihn, und ihr kühler Duft umhüllte ihn wie ein Laken, das frisch von der Leine genommen worden war. Ihre großen, blaugrauen Augen waren wunderschön. Sie holte Luft, um vermutlich noch eine weitere sarkastische Bemerkung zu machen, doch plötzlich verschwamm ihr Gesicht, ihre Stimme mischte sich mit dem leisen Rauschen der Wellen, und er verlor erneut das Bewusstsein.

2. Kapitel

Diana suchte etwas, mit dem sie nach ihm werfen konnte. Als sie nicht fündig wurde, begnügte sie sich damit, Sand auf ihn zu treten.

James Ardmore lag zu ihren Füßen, sein schwarzes Haar klebte nass an seinem Schädel, seine Hände waren blutig, seine Kleidung zerrissen. Und er machte sich über sie lustig. Immer noch.

Hatte sie nicht mehr als genug unter seinem hämischen, gedehnten Tonfall, seiner arroganten Gelassenheit gelitten, in jenem heißen Juli vor einem Jahr, als er sie auf sein Schiff entführt hatte? Oder unter seiner unglaublichen Frechheit, mit der er sie von einem Empfang, auf dem es von englischen Admirälen nur so wimmelte, erst geraubt und sie, nicht weniger gelassen, wieder dorthin zurückgebracht hatte. Doch erst nachdem er sie zutiefst verängstigt, verhöhnt, ihr Innerstes nach außen gekehrt, sie krank und wütend gemacht und sie sämtlicher Illusionen über sich selbst beraubt hatte.

Und nachdem er sie geküsst hatte. Er hatte es getan, um sie zu verspotten, und dabei hatte er etwas auf dem tiefsten Grund ihrer Seele aufgerührt.

Diana war zum ersten Mal froh über Isabeaus Taubheit, so dass diese ihre höchst undamenhaften Flüche nicht hören konnte.

Sie hatte ihre Tochter um Hilfe geschickt und bemühte sich jetzt, das Leben dieses arroganten Mist…, äh, James Ardmores und des Mannes zu retten, der das Pech hatte, bei ihm zu sein. Seiner Uniform nach zu urteilen, war es ein Leutnant.

Bilder des dekadenten Hauses an der Südküste von Kent, der langweiligen, wochenlangen Gesellschaften, die von Admiral Burgess gegeben wurden und die sie mit ihrem verstorbenen Ehemann besucht hatte, erschienen vor ihren Augen und brachten den Gestank von Fischresten mit sich, die auf dem Müllhaufen neben der Küche vergammelten. Sie erinnerte sich an die dahinplätschernden Tage, die schwülwarmen Nächte, die Admiräle und ihre Frauen, die mit der Mode zu gehen versuchten, die jungen Männer aus der Stadt, die eingeladen wurden, damit alle glaubten, Admiral Burgess wäre à la mode, an den Sohn des Earls, ein Mann, der lispelte und die Dienstmädchen eines nach dem anderen in sein Bett zerrte, ob sie nun wollten oder nicht. Diana hatte mit Ladys Whist gespielt, die wie der Teufel beim Spiel betrogen, mit Gentlemen geplaudert, die unverschämt auf ihr Dekolleté gestarrt hatten, und mit Admirälen getanzt, die sie auf der Tanzfläche versucht hatten zu betatschen. Mit einem auf dem Gesicht festzementierten Lächeln hatte sie so getan, als würde sie jede Minute genießen.

Ein anderer Gast, ein Amerikaner namens Ronald Kinnaird, war der Einzige gewesen, den Diana einigermaßen erträglich gefunden hatte. Er war höflich und liebenswürdig und flüsterte ihr niemals irgendwelche anzüglichen Vorschläge ins Ohr, während sie den Kotillon tanzten. Und natürlich stellte sich heraus, dass er ein Spion war.

Trotzdem wäre Diana vielleicht damit zufrieden gewesen,

ihre Rolle als Gemahlin des berühmten Sir Edward Worthing zu spielen, hätte sie nicht Isabeau zurücklassen müssen. Sir Edward hatte sich entschieden geweigert, sie mitzunehmen, obwohl Diana bis zur Heiserkeit protestiert hatte. Niemand, herrschte Sir Edward sie schließlich an, wollte ein Kind sehen, das taub war und sich nur mit krächzenden Lauten und heftig gestikulierenden Händen verständigen konnte. Es wäre furchtbar peinlich, wenn sie anfing, diese Geräusche von sich zu geben. Also blieb sie in London bei ihrem Kindermädchen, und damit war der Fall erledigt gewesen.

Diana war wütend geworden, aber Sir Edwards Augen hatten angefangen, bedrohlich zu funkeln, ein sicheres Zeichen für einen seiner gewalttätigen Wutanfälle. Diana hasste es, wenn sie von Isabeau getrennt wurde, und sorgte für gewöhnlich dafür, dass ihre kleine Tochter sie überallhin begleiten konnte. Diesmal jedoch war Sir Edward unnachgiebig geblieben. Er wollte sich den Admirälen von seiner besten Seite zeigen, weil er sich endlich die Beförderung zum Commodore erschmeicheln wollte. Diana versuchte in letzter Minute, eine Krankheit vorzuschieben, aber Sir Edward ließ ihr das nicht durchgehen.

Also begleitete sie ihn, sah jedoch keinen Grund, ihrem Gatten zu verheimlichen, was sie von einem Vater hielt, der sich seines eigenen Kindes schämte.

»Und was ist mit einem Mann, der sich seiner Gemahlin schämen muss?«, konterte Sir Edward. »Halte deinen schamlosen Charakter während dieser Woche unter Kontrolle, Diana. Ich versuche, zum Commodore ernannt zu werden, und wenn meine Frau im Bett eines der Gäste des Admirals entdeckt würde, wäre das wenig hilfreich.«

Diana erwiderte bissig, dass sie ihn noch nie betrogen hätte und das auch nicht zu tun beabsichtigte. Sir Edward warf ihr nur einen seiner gewohnt misstrauischen Blicke zu, woraufhin Diana den Rest der Fahrt in wütendem Schweigen zugebracht hatte.

Der Empfang war eine widerliche Veranstaltung gewesen. Sir Edward tat so, als wäre er stolz auf seine schöne Frau, während Admiral Burgess Diana in den Hintern kniff, wenn er sich unbeobachtet glaubte. Die Ladys tuschelten hinter ihren Fächern oder machten ganz offen unverschämte Bemerkungen. Diana schlief allein und vermisste Isabeau aus tiefstem Herzen.

Sie hasste jede Sekunde, doch sie ahnte nicht, wie viel schlimmer alles noch werden sollte, bis sie sich plötzlich in dem riesigen Garten des Admirals einem kleinen, wettergegerbten Mann gegenübersah, der weder Gast noch Bediensteter, dafür jedoch mit einer Pistole bewaffnet war. Die Diana unmöglich übersehen konnte, da sie direkt auf sie gerichtet war.

Der Weg wurde auf der einen Seite von einer Reihe großer Bäume und auf der anderen von einer hohen Hecke gesäumt. Vom Haus aus sah man weder sie noch den Eindringling. Er hatte tiefbraune Haut, dichtes, schwarzes Haar, große, fast schwarze Augen und ein breites Grinsen auf dem Gesicht.

»Keinen Mucks«, befahl er mit unverkennbar irischem Akzent. »Ich erschieße nur äußerst ungern Ladys. Vor allem so schöne wie Euch.«

Dianas Gedanken überschlugen sich. Es war bereits vorgekommen, dass Iren sich mit Attentaten für die Besetzung ihrer Insel durch die Briten rächten. Nach dem Aufstand von ’99 war das alles nur noch schlimmer geworden. War der

Kerl hier gekommen, um einen der Admiräle zu ermorden oder vielleicht sogar den hochdekorierten Sir Edward Worthing?

»Es gibt hier zu viele Offiziere, als dass Ihr Erfolg haben könntet«, sagte sie, überrascht von ihrer Ruhe. »Geht auf der Stelle, dann sage ich nichts.«

Sein unverschämtes Grinsen wurde noch breiter. »Ich glaube, Ihr missversteht die Lage, Mylady.«

Bevor sie fragen konnte, was er damit meinte, tauchte eine Gestalt neben ihr auf, und eine sehr große, sehr kräftige Hand legte sich fest auf ihren Mund. Sie leistete heftige Gegenwehr, wurde jedoch von dem eisernen Griff gegen den muskulösen Körper eines Mannes gezogen.

Sein heißer Atem roch nach Kaffee. Er hatte ein markantes Gesicht, gebräunt von Sonne und Seeluft, eine lange, gerade Nase, blasse Lippen und Augen von einem so hellen Grün, dass sie fast wie Eis wirkten; sein schwarzes, ungebändigtes Haar hing ihm offen bis auf die Schultern. Sein Griff war so fest, dass Diana fürchtete, er würde ihr den Kiefer ausrenken.

Die Stimme in ihrem Ohr verriet den langsamen, schwülen Akzent der amerikanischen Südstaaten. »Keinen Laut, Lady Worthing. Und rührt Euch nicht.«

»Sie hätte mich fast umgerannt«, erklärte der Ire entschuldigend. »Eine Minute früher oder später, und sie hätte mich gar nicht zu sehen bekommen.«

Der grünäugige Mann antwortete nicht, sondern schien nur Augen für Diana zu haben. Er war zu stark, als dass sie hätte gegen ihn ankämpfen können. Viel zu stark, basta. Seine Finger drückten schmerzhaft auf ihre Lippen, und sein Arm hielt sie wie ein Ring aus Stahl. Sie fühlte seinen langsamen Herzschlag, spürte, wie sich seine Brust unter seinen

Atemzügen hob und senkte, und war sich der harten Muskeln seiner Schenkel nur zu deutlich bewusst, die sich dicht an ihre Hüften pressten.

»Spielt keine Rolle«, erwiderte er schließlich gedehnt. »Wir haben ihn.«

Wen hatten sie? Admiral Burgess? Den schleimigen Lord Percy, den Sohn des Earls? Oder gar ihren eigenen Gatten?

Schritte näherten sich, rasch und zielstrebig. »Gute Güte!«, ließ sich eine ausgesprochen englische Stimme vernehmen.

Vielleicht hatte ja einer der Dandys nach ihr gesucht. Und möglicherweise würde er sie in einem Anfall von untypischem Mut retten. Genauso wahrscheinlich war es jedoch, dass die Sonne rückwärts über den Himmel zog und Sir Edward mit Isabeau auf der Straße einen Jig tanzte.

Zwei weitere Männer tauchten vor ihr auf. Einen der beiden kannte sie. Der Engländer, der gesprochen hatte, war ihr jedoch fremd. Er trug einen dunklen, ausgezeichnet geschneiderten Maßanzug und eine goldene Brille. Sein Haar war blond und sein Hut aus Biberpelz sehr elegant, ganz nach der neuesten Mode.

Er sah den jungenhaften Dandys ähnlich, die auf den Festen des Admirals feierten, nur dass seine klugen grauen Augen verrieten, dass er möglicherweise zu einem intelligenten Gedanken fähig war. Oder gar zu zweien. »Wer zum Teufel ist das?«, wollte er wissen.

Der Gentleman an seiner Seite war der Amerikaner, Ronald Kinnaird.

Der freiwillig mit ihnen ging und damit bewies, dass er keineswegs ihr Gefangener war. Außerdem erhob er keine Einwände, als er erfuhr, dass sie Diana mitnehmen wollten. Was sie rasend gemacht hatte.

Trotzdem hatten die Männer sie mitgeschleppt. Einfach so.

Damit begann ihr zwei Tage dauerndes Martyrium bei James Ardmore, dem Piratenjäger. Die meiste Zeit davon hatte sie auf seinem Schiff verbracht, der *Argonaut*, die ebenso stolz und arrogant war wie er selbst. Diese beiden stürmischen, kurzen Tage hatten ihr Leben für immer verändert und waren ihr wie ein ganzes Menschenalter vorgekommen.

Jetzt, in der hellen Frühlingssonne von Haven, erinnerte sie sich an jeden demütigenden, peinlichen und empörenden Moment. Sie erinnerte sich an seinen wilden Kuss und ihren Streit in dem Zimmer in der Pension. Dabei waren Brot und Butter und Kartoffelsuppe durch die Luft geflogen, bevor er ihre Handgelenke gepackt und sie an die Wand gepresst hatte. Seine Hände hatten blaue Flecken auf ihrer Haut hinterlassen, und ihre Lippen waren unter seinem Mund geschwollen.

Sie erinnerte sich an die Dunkelheit der englischen Landstraße, bevor er sie endlich hatte gehenlassen, an den Druck seiner Finger auf ihren Armen, seine warme Stirn an der ihren, seinen heißen Atem auf ihrer Haut. »Komm mit mir, Diana«, hatte er gesagt. Seine Stimme hatte brüchig geklungen, warm durchströmt von seinem Südstaatenakzent.

In dem Tumult ihrer Gefühle hätte sie beinahe eingewilligt. Fast wäre sie in ihrem rosafarbenen Seidenkleid und den perlenbesetzten Schühchen mit ihm durchgebrannt, hätte sich in Schande gestürzt, indem sie die Geliebte des legendären James Ardmore geworden wäre. London würde es nur als die letzte Verfehlung der skandalösen Lady Worthing betrachten und ihren Ehemann bedauern.

Doch bei aller Erregung hatte ein Gedanke sie zurückgehalten. *Isabeau.* Sie hatte an ihre Tochter und Sir Edward Worthing gedacht und ihre Lippen gezwungen, die Antwort zu formen. »Nein.«

Noch nie war es ihr so schwergefallen, eine einzige Silbe auszustoßen.

Sie hielt sich für stark, aber James Ardmore hatte ihr gezeigt, wie schwach sie war; sie hielt sich für welterfahren, doch er hatte ihre Unwissenheit bloßgelegt; sie hielt sich für dekadent, und er bewies ihr, dass sie keine Ahnung von der wahren Bedeutung dieses Wortes hatte. Sie war stolz darauf, dass sie ihrem Ehemann und ihrer Tochter gegenüber ihre Pflicht erfüllte, ganz gleich, wie skandalös ihr Verhalten auch sein mochte; dennoch hätte James Ardmore ihr verzweifeltes Klammern an diese Verpflichtung mit einem leidenschaftlichen, schmerzhaften Kuss beinahe erschüttert. Nur die Furcht, ihre Tochter Sir Edwards Willkür zu überlassen, hatte sie davon abgehalten.

James hatte sie verhört, sie verspottet, war wütend auf sie geworden, hatte mit ihr gestritten, sie belehrt, ihr geholfen und sie geküsst. Als sie schließlich die relative Sicherheit von Admiral Burgess' Haus erreicht hatte, war sie in ihr Zimmer gegangen, auf dem Bett zusammengebrochen und hatte eine ganze Nacht lang geweint. Die Gäste des Empfangs, die von ihrem Verschwinden zunächst alarmiert gewesen waren, hatten schließlich angenommen, dass sie mit dem Amerikaner Kinnaird durchgebrannt wäre und er sie schließlich hatte sitzenlassen. Sie widersprach ihnen nicht. Bösartiger Klatsch machte die Runde, und Sir Edward erhielt selbstverständlich nicht die ersehnte Beförderung.

»Du dämliche Hündin!«, hatte Sir Edward sie angezischt.

»Du hast mich ruiniert!« Admiral Burgess war außer sich vor Wut gewesen. Diana vermutete stark, dass Edward zum Commodore aufgestiegen wäre, wäre sie Admiral Burgess in sein Bett gefolgt.

Sie hatte keiner Menschenseele jemals erzählt, was wirklich passiert war. Kurz darauf war sie in das Haus ihres Vaters gezogen, um Ruhe zu finden.

Und jetzt war James Ardmore hier, auf Haven, und lag ihr zu Füßen. Verletzt.

Als ihr Vater und ihr Diener Jessup ankamen, alarmiert von Isabeaus verzweifelten Gesten, öffneten sie seine Jacke. Eine lange Schnittwunde, die – ihrer Größe nach zu urteilen – von einem Schwert oder einem Säbel stammen musste, teilte Ardmores Bauch. Die Wunde blutete, und James' Gesicht war mittlerweile leichenblass.

Der andere Mann, der englische Marineleutnant, war ebenfalls verletzt. Sein blondes Haar war blutverschmiert, und er ließ sich nicht aus seiner Bewusstlosigkeit wecken. Sie bastelten improvisierte Liegen, auf denen Diana, ihr Vater, Isabeau und Jessup die beiden Überlebenden zum Haus schleppten.

James schlug die Augen auf. Die Sonne schien hell, er lag auf einem schmalen Bett, und sein Rücken schmerzte. Die weißgekalkten Wände der Kammer waren so sauber, als hätten hundert Seeleute sie geschrubbt. Die Dachbalken waren dunkel vor Alter und bogen sich zu ihm herab wie die Sparren eines Schiffes. Ein kleines, schwarzes Insekt kroch gelassen durch einen Riss in der Wand zum Fenster, durch dessen geöffnete hölzerne Läden Wind und Sonnenschein hereinströmten.

Der Raum war ordentlich und kahl. Die einzigen Möbelstücke waren sein Bett und eine Kommode, die aussah, als wäre sie hundert Jahre alt. Alles war ruhig, ordentlich, friedlich. Selbst das Insekt bewegte sich mit dem Anstand einer Südstaatenlady, die zum nachmittäglichen Tee schreitet.

Er wusste jetzt, wo er war. Die Insel, das Heim von Admiral Lockwood, lag etwa hundert Seemeilen südwestlich von England. Und genau diesen Ort hatte er seit sehr, sehr langer Zeit vergeblich gesucht.

Er lag ruhig da und genoss seinen Triumph, der jedoch nur kurz währte. Ja, er hatte Haven gefunden. Aber er war allein und darüber hinaus verletzt. Müde fuhr er mit der Hand zu seinem Bauch und fühlte den Verband unter seinen Fingern. Er erinnerte sich an das Aufblitzen des Schwertes, das der Kapitän der Fregatte gegen ihn geschwungen hatte, an den stechenden Schmerz in seinem Körper. Die Wunde tat immer noch weh.

James schloss die Augen. Einen Moment sah er nur den blutroten Schimmer hinter seinen Augenlidern. Dann spülte eine Woge aus schwarzem Wasser über ihn hinweg, und er hörte die Schreie der Männer, die von ihr fortgerissen wurden. Ironischerweise hatten seine Ketten ihm das Leben gerettet und ihn an Bord gehalten, während die tödlichen Wellen Seeleute wie Offiziere an ihm vorbei von Deck gespült hatten. Das Wasser füllte seine Ohren, und sein Tosen löschte alle anderen Geräusche, jeden anderen Gedanken aus.

Unvermittelt schlug er die Augen auf.

Ein kleines Mädchen stand neben seinem Bett. Es musterte ihn ernst, die blauen Augen fest auf sein Gesicht gerichtet.

James Ardmore besaß nur wenig Erfahrung mit Kindern. Schiffsjungen waren keine Kinder; es waren Jugendliche, die viel zu schnell erwachsen wurden, so wie er selbst einer gewesen war.

»Wie heißt du?« Seine Stimme klang krächzend, brüchig.

Das Kind blinzelte einmal und betrachtete ihn mit demselben furchtlosen Blick wie seine Mutter. Die Kleine konnte das sehr gut. Seine eigene Schwester Honoria hatte ihn genauso angesehen, wenn sie ihn wissen lassen wollte, dass seine Überheblichkeit sie kein bisschen einschüchterte. Genau genommen blickte sie ihn selbst heute noch so an.

Das Mädchen wirbelte plötzlich herum und huschte zur Tür. James schloss wieder die Augen. Sie würden ihn gleich holen, jeden Augenblick. Marinesoldaten in roten Uniformen würden sich in den Raum drängen, ihn zu irgendeinem englischen Schiff abführen und zu einer Gefängnisgaleere schleppen, auf der er warten konnte, bis er gehängt wurde. Dann hätte er die Chance vertan, das zu erledigen, weshalb er hergekommen war. Vielleicht würde der Kapitän des Schiffes ihn ja auch ohne viel Federlesens sofort erschießen oder hängen. Das käme Diana Worthing gerade recht!

Aber noch war er frei. Das Zimmer roch sauber, und der Wind, der durch das Fenster hereinwehte, brachte den Duft von Sand, Salzwasser und Holz mit sich. Die Matratze, auf der er lag, hatte zwar einen dicken Klumpen unter seinen Knien, aber der verschlissene Bezug war weich und anschmiegsam.

Er hörte nur den Wind vor dem Fenster und den schrillen Schrei einer Möwe. Zu schade, dass er nicht genügend Kraft besaß, vom Bett aufzuspringen, durch das Fenster zu klettern, ein Boot zu stehlen und sich davonzumachen. Aber die Flucht musste bis später warten, solange er nur mit Mühe den Kopf bewegen konnte.

Die Tür ging auf. Leise Schritte näherten sich über die Bodendielen, und dann berührte eine kühle Hand seine Stirn. Er schlug die Augen wieder auf.

Diana Worthing beugte sich über ihn. Ihr rotes Haar lag in einem lockeren Zopf, aus dem sich einige weiche Strähnen gelöst hatten, über ihrer Schulter. Sie gefiel ihm besser so, schlicht, ein wenig zerzaust, nicht so künstlich.

Die Konturen ihres Gesichts und ihres Kinns waren klar und kräftig. Sie besaß eine wilde Schönheit von der Art, die den primitivsten Paarungstrieb in einem Mann wecken konnte. In James Ardmore jedenfalls hatte sie ihn entfacht.

Er lag ruhig da und genoss das Gefühl ihrer weichen Hand auf seiner Stirn und seiner Wange, den Duft ihrer Haut. Sie benahm sich so, als glaubte sie, dass er zu hilflos war, um aufzuspringen und sie anzufallen. Offenbar hatte sie nicht bemerkt, dass er sie unter gesenkten Lidern beobachtete.

Er holte rasselnd Luft. »Es überrascht mich, dass Ihr mich am Leben gelassen habt.«

Sie sprang fast einen halben Meter hoch in die Luft. Ihre Lippen öffneten sich, und ihre Augen unter den rotgoldenen Wimpern waren weit aufgerissen.

Doch im nächsten Moment hatte sie sich wieder unter Kontrolle. Ihre roten Brauen zogen sich zusammen, und sie stopfte sein Laken mit einem unvermittelten, heftigen Ruck zurecht, der flüssiges Feuer durch seine Wunde jagte. »Mein Vater ist ein sehr freundlicher Mensch!«, fuhr sie ihn an. »Er besteht darauf, dass wir uns um Euch kümmern.«

Ganz offenkundig teilte sie seine Meinung nicht. »Richtet ihm meinen Dank aus.«

»Er bewundert Euch!«, höhnte sie.

Er versuchte zu lachen, aber es drang nur ein krächzender, harscher Laut aus seinem Mund. »Das funktioniert nicht, Lady Worthing.«

Ihre wunderschönen Augen wurden noch größer. »Was meint Ihr?«

»Dass Ihr Euch wie eine unbeteiligte Lady gebt. Ich weiß, wie Ihr wirklich seid. Feuer und Funken und scharfe Kanten. An Euch ist nichts Damenhaftes.«

Sie zerrte noch einmal an dem Laken, und James Ardmore hielt einen Moment die Luft an, als ihn ein sengender Schmerz durchfuhr. »Ich sagte ja bereits«, erwiderte sie brüsk, »dass ich nicht erfreut bin, Euch wiederzusehen.«

»Ich dagegen bin überaus entzückt, Euch zu sehen.«

Was James Ardmore so gar nicht entsprach. Er kannte nur sehr wenige Frauen, denen er gern ein zweites Mal in seinem Leben begegnet wäre. Doch bei Diana, Lady Worthing, verhielt es sich anders. Er hatte noch nie eine Frau wie sie entführt und befragt. Als er sie in dieser Herberge geküsst hatte, eher um sie zum Schweigen zu bringen als aus einem anderen Grund, hatte er festgestellt, dass sie wundervolle Lippen hatte und sie zu benutzen verstand.

In dem engen Zimmer, in dem er die eigensinnige Frau gezwungen hatte, etwas zu essen, bevor sie ohnmächtig wurde und er sie die nächsten fünf Meilen tragen musste, wäre James Ardmore ihr fast verfallen. Fast. Wie eine mächtige Eiche, die ihr ganzes Leben lang allen Stürmen getrotzt hatte, bis die Berührung eines Schmetterlings sie fällte, als sie nicht mehr damit rechnete.

Er erinnerte sich, wie schön ihre Brüste in ihrem seidenen Dekolleté sich bewegt hatten, als sie vor ihm durch das Zimmer geflohen war, mit geröteten Wangen und feuchten Augen, umrahmt von zarten Haarsträhnen, die sich aus ihrer Frisur gelöst hatten. Sie sagte, sie wäre eine verheiratete Frau und kenne ihre Pflicht, obwohl er merkte, wie sehr sie Sir Edward Worthing hasste. Sie verabscheute ihn aus tiefstem Herzen.

James dagegen begehrte sie mit dem besinnungslosen Verlangen einer Frau, die sich nach körperlichen Berührungen sehnte. Sie hatte dieses Begehren ausgestrahlt wie Funken eines Feuerwerks und bei James eine ganz ähnliche Reaktion entfacht.

Er hätte die Teller vom Tisch fegen und sie in diesem verrückten Fieber darauf werfen sollen, das sie beide in seinen Klauen hatte. Sie hätten sich in wilder Raserei leidenschaftlich vereinigen und damit das Verlangen ein für alle Mal stillen sollen.

Stattdessen hatten sie sich zu einem ausgedehnten, lächerlichen und sehr lauten Wortgefecht herabgelassen. Er, James Ardmore, gefürchtet auf allen Meeren, Schrecken der Piraten und von allen Marinen der Welt gleichermaßen gehasst, war dazu herabgesunken, mit der Gemahlin eines der berühmtesten Seekapitäne Englands Beschimpfungen und Brotgeschosse auszutauschen.

Captain Sir Edward Worthing war mittlerweile tot und Diana Worthing somit frei. Gott sei allen gnädig.

Sie schaute ihn an, wie damals, als er sie mit Gewalt vor die Suppe gesetzt hatte. »Ich werde meinen Vater holen.«

»Es wundert mich, dass Ihr das nicht schon längst getan habt. Er hat sicher bereits nach einem Schiff der Marine geschickt, damit es mich zum Galgen bringt.«

»Er hat nach niemandem geschickt. Wir leben hier ziemlich isoliert.«

James sah sie überrascht an. »Tatsächlich?«

»Wir haben hier nur eine Gig«, sagte sie sachlich. Dieses einmastige Ruderboot war für lange Strecken untauglich. »Wir müssen warten, bis eine Fregatte vorbeikommt, und diese Insel liegt nicht an ihrer üblichen Route.«

James entspannte sich. »Zu schade, hm?«

»Bis dahin bleibt Ihr in unserer Obhut.«

»Warum fühle ich mich jetzt nicht besser?«

Sie legte ihre schlanke Hand auf das Laken, direkt über seiner Wunde. »Tut das weh?« Sie klang so, als hoffte sie, es wäre so.

Sie war sich ein bisschen zu sicher, dass seine Verletzung ihn wehrlos machte. Er hätte sie gerne gepackt und neben sich gezerrt, nur um ihr zu zeigen, dass er dafür noch kräftig genug war. Er würde sie auf das Bett ziehen, sie anheben und auf seinen Schoß setzen. Dann ihre vollen Lippen küssen und sie lehren, ihn wieder berühren zu wollen. So konnten sie sich vielleicht an diesem ruhigen Ort, bevor das wirkliche Leben dort Einzug hielt, einen Moment des Glücks stehlen.

»Es ist nicht schlimm«, antwortete er.

Sie drückte zu. Schmerz wie aus tausend Höllenfeuern durchströmte ihn.

»Jesus!«, brüllte er.

Sie hob die Hand. Der Schmerz ließ nach.

»Verdammt, Weib!«

Sie musterte ihn gelassen. Das Laken reichte ihm nur bis zur Brust und ließ den halben Oberkörper und die Arme frei. Er fragte sich, wie dünn der Stoff war, ob sie seine Beine, seinen Bauch und seine anschwellende Erektion darunter erkennen konnte.

Was auch immer sie sah, es hinderte sie offenbar nicht daran, genau hinzuschauen. Ihr Blick glitt über seine Brustmuskeln zu seinen Schultern und den Sehnen an seinem Hals. Sie würde sich gleich die Lippen lecken. Sich über ihn beugen, weil sie wusste, dass er sich nicht wehren konnte. Und sich dann einen Kuss rauben, den Kuss, den sie in dieser schwülen englischen Nacht letztes Jahr nicht hatte beenden wollen.

Diana tat nichts dergleichen, sondern begnügte sich damit, ihm einen verärgerten Blick zuzuwerfen. Doch sein Blut kochte immer noch.

»Das ist nicht fair«, sagte er. »Ich liege hier vollkommen hilflos vor Euch.«

Er schloss die Finger um ihr Handgelenk. Ihre Pupillen weiteten sich, bis ihr Schwarz das Blau beinahe vollkommen verdrängt hatte. Er erwartete, dass sie die Hand zurückzog, ihn mit dieser höhnischen Verachtung strafte, die sie so gut beherrschte, oder sich vielleicht nach einer Speise umsah, die sie ihm an den Kopf werfen konnte.

Sie beobachtete ihn jedoch nur, und ihre vollen Brüste hoben und senkten sich unter ihren raschen Atemzügen. Ihre Augen glühten. Dann, ganz langsam, fuhr sie mit dem Finger über die bronzefarbene Haut an seiner Schulter.

Es fühlte sich an, als wäre ein Funke von einem Feuerstein auf seiner nackten Haut gelandet. Der Begriff animalisches Verlangen traf genau das, was er empfand. Für diese Frau würden Männer sich duellieren. Nein, verbesserte er sich, das war viel zu zivilisiert. In London mussten sie wie die Bestien um sie gekämpft haben. Vermutlich verlor in ihrer

Gegenwart sämtliche Salonetikette ihre Gültigkeit, Manieren bedeuteten nichts mehr. Jeder Mann würde sie besitzen wollen, sie beherrschen, sich mit ihr paaren. Daran war nichts Zivilisiertes.

Sollte sie ruhig spielen, es machte ihm nichts aus. Er strich sanft mit dem Daumen über die Innenseite ihres Handgelenks. Wie weich die Haut dort war, so weich. Entzückende Diana. Bleib und spiel ein wenig.

»Ich habe es Euch gesagt, wisst Ihr noch?«, flüsterte er. »Wir würden gut zusammenpassen.«

Plötzlich starrte sie ihn mit eisiger Wut an und riss ihre Hand zu ihrem Körper.

»Ihr habt damit angefangen, Liebes.« Er legte seinen Arm bequem hinter seinen Kopf. »Was ist mit dem Leutnant passiert?«

Sie warf ihm einen merkwürdigen Blick zu. »Es geht ihm besser. Mein Vater glaubt, dass er bald wiederhergestellt sein wird.«

»Gut. Wie lange sind wir bereits hier?«

»Drei Wochen!«, fuhr sie ihn an.

»Drei …?« Er unterbrach sich und betastete seine Wangen. Kein Bart.

»Ihr wart sehr krank. Wir hatten Angst, dass Ihr sterben würdet.« Sie klang so, als wäre ihr das sehr recht gewesen.

Drei Wochen. Verdammt!

»Ihr solltet jetzt ruhen«, sagte sie nachdrücklich. »Ich rufe Jessup, damit er Euren Verband wechselt.«

»Wartet eine Minute. Ich möchte mit Euch reden.«

Sie stemmte die Hände in die Hüften, und ihre Augen blitzten. »Nun, das möchte ich aber nicht. Ich habe alles gesagt, was es zu sagen gibt.«

»Daran erinnere ich mich. Ihr sagtet, ich solle in den Sumpf zurückkehren, aus dem ich gekrochen wäre. Ihr habt nicht einmal auf Eure Grammatik geachtet.«

»Ich glaube, vorher habt Ihr einen halben Laib Brot nach mir geworfen.«

»Aber erst nachdem Ihr ihn nach mir geschleudert hattet. Ihr seid übrigens eine ausgezeichnete Werferin.«

Sie drehte sich unvermittelt um. James lachte, jedenfalls so gut es seine wunde Kehle zuließ.

»Ich hole meinen Vater!«, fuhr sie ihn an. »Und den Leutnant. Sie wollen Euch etwas fragen.«

Vermutlich wollten sie vieles wissen. Er war schließlich James Ardmore, galt in England als Gesetzloser, der für zahllose Verbrechen gegen die Königliche Marine gesucht wurde, verdammt seien ihre verfaulten Seelen!

Diana rannte fast aus dem Zimmer. Sie raffte den Rock und gewährte ihm dadurch einen erfreulichen Blick auf ihre langen Beine, die in enganliegenden Hosen und Stiefeletten steckten.

Ihr roter Zopf hatte sich an den Haken ihres Mieders verfangen. Sie gefiel ihm so viel besser als bei ihrer ersten Begegnung, als sie wie eine modische Dirne in Seide und dünnen Tüll gehüllt war. Jetzt sah sie wie eine richtige Frau aus, eine, die er sich über die Schulter werfen und davonschleppen konnte, um sich mit ihr zu vergnügen.

Sie ließ die Tür zum sonnendurchfluteten Flur offen stehen. James ernüchterte rasch. Drei Wochen. Wie interessant. Diese Leute hatten ihn gesundgepflegt, ihn rasiert, sich um ihn gekümmert. Drei Wochen lang. Dabei hätten sie ihn sterben lassen können, dann wäre die Welt von James Ardmore, dem Piratenjäger, befreit gewesen. Admiral Lockwood wäre aufs Neue als Held gefeiert worden. Diana hätte an diesem Ergebnis zweifellos großen Gefallen gefunden.

Seine Schwester Honoria hätte ihm einen Grabstein errichtet, wie sie es schon für Paul und ihre Eltern getan hatte. Danach hätte sie sich darauf eingestellt, in ihrem eleganten Haus auf der Battery in Charleston allmählich zu verwelken. Bis dahin würde sie vollkommen darin aufgehen, ihre Rolle als letzter Spross der Ardmores zu spielen. Sie hatte auch ihre anderen Rollen genossen, die der gehorsamen Tochter, der Debütantin, der vornehmen Schönheit und schließlich auch die der verblassenden Jungfer.

Die einzige Position, die sie nie richtig erfüllt hatte, war die der pflichtbewussten Schwester. Sie hatte schon vor langer Zeit unmissverständlich klargemacht, dass Paul ihr Lieblingsbruder war. James dagegen verdiente keinerlei Hingabe, und folglich würde er von Honoria auch keine bekommen.

Diese Engländer dagegen, die keinen Grund hatten, James Ardmore zu lieben, hatten ihm das Leben gerettet und ihn gesundgepflegt. Aus bloßer Freundlichkeit, oder steckte etwas anderes dahinter?

Schwere Tritte ertönten im Flur, dazwischen mischten sich Dianas leichte Schritte und das Getrappel des kleinen Mädchens.

Sie betraten den Raum, Diana Worthing, ihre Tochter und ein älterer Mann, der dasselbe energische Kinn und dieselbe hohe Stirn besaß wie Diana. Bei ihnen war der blonde Leutnant, der mit ihm an den Strand gespült worden war. Die Knöpfe seiner dunkelblauen Uniformjacke waren auf Hochglanz poliert, und auch seine Epauletten strahlten. Er hatte sein mittelblondes Haar ordentlich geschnitten und gekämmt. Der Blick seiner braunen Augen war wachsam. Und ein wenig verängstigt.

Hm. Der Mann in der Uniform der mächtigsten Marine der Welt hatte also Angst.

Der Offizier näherte sich dem Bett, und die Wachsamkeit in seinem Blick verwandelte sich in Hoffnung. »Hallo.«

James starrte ihn an. Normalerweise sprach kein englischer Offizier so freundlich mit James Ardmore. »Hallo«, antwortete er neutral.

Der Leutnant blieb stehen und schluckte. »Sie kennen mich nicht.«

»Eigentlich nicht, nein.«

Der Mann starrte James noch einen Moment länger an. Dann traten ihm plötzlich Tränen in die Augen, er ballte die Hände zu Fäusten und wandte sich ab. Er trat ans Fenster und blickte hinaus, sein Rücken war kerzengerade.

»Ihr erkennt ihn nicht«, erklärte der Admiral.

»Sollte ich? Er war Leutnant auf der Fregatte.«

Admiral Lockwood sah ihn scharf an. »Und Ihr wisst nicht seinen Namen?«

»Nein. Tut mir leid. Ich bin nicht oft an Deck gekommen.«

Dianas eindringlicher Blick zuckte zu dem Leutnant, dann zurück zu James. Ihre Augen hätten ihn verbrennen können. Und James war sich nicht sicher, ob es ihm lieb wäre, wenn ihn jemand mit Wasser löschte, falls das geschah.

»Er erinnert sich nicht«, erklärte sie. Sie klang wütend, als würde sie James die Schuld daran geben. Andererseits klang sie immer so, als würde sie James für alles Mögliche verantwortlich machen. »Er kann sich an nichts erinnern, was geschah, bevor er hier aufwachte. Wir hatten gehofft, Ihr könntet uns sagen, wer er ist.«

3. Kapitel

Diana saß auf einem Klapphocker auf einem Felsvorsprung am Strand und tat, als würde sie zeichnen. Sie versuchte, sich auf die Landschaft vor ihr zu konzentrieren, aber sie war sich nur zu deutlich bewusst, dass James Ardmore das Haus verlassen hatte, am Gartentor lehnte und sie beobachtete. Eine Woche war verstrichen. Diana hatte seine Pflege Mrs. Pringle übertragen, der kleinen Frau, die als ihre Köchin und Haushälterin fungierte. Es wäre unschicklich, diese Aufgabe weiter zu übernehmen, hatte Diana entschieden erklärt.

Feigling, tadelte sie sich. Aber sie konnte sich nicht trauen, wenn sie in seiner Nähe war.

Sie war nach einem fürchterlichen Streit mit ihrem Ehemann hierhergekommen, um sich im entlegenen Haven zu trösten. In London hatte Edward die Scheidung erwirkt, bevor er sich auf diese Reise begeben hatte, die seinem Leben ein Ende setzen sollte. Hier in Haven jedoch konnte Diana nichts von dem Geschehenen berühren. Hier konnte sie so tun, als wäre ihr niemals etwas Unangenehmes widerfahren. Sie durfte sich in ihre Kindheit flüchten, in die Tage ruhiger Glückseligkeit. Sie konnte die Spaziergänge mit Isabeau und ihrem Vater genießen, friedlich in ihrem Garten arbeiten und am Strand mit ihrer Tochter spielen.

Und jetzt hatte James Ardmore diese Idylle zerstört. Er hatte nach ihrem Vater gesucht, aber sie wusste, dass er nichts dagegen hatte, sie ganz nebenbei um den Verstand zu bringen. Bei ihrer Berührung hatte er nur gelacht, als er wehrlos im Bett lag. Sie mit seinen wissenden grünen Augen beobachtet, während das Laken um seine Lenden sich ein wenig angehoben hatte.

Diese lüsterne Reaktion hatte sie erschreckt, genauso wie damals, als er sie in diesem dunklen Raum in der Herberge in den Armen gehalten hatte. Ihre Bewunderer in London hatten sie gerne durch die Ballsäle gejagt, sie in die Enge getrieben oder sie mit schlecht gereimten Gedichten malträtiert, aber echtes körperliches Verlangen hatte da niemals eine Rolle gespielt, trotz allem, was ihr Ehemann geargwöhnt hatte.

Jedenfalls war es das Beste, wenn Mrs. Pringle die Pflege übernahm.

Isabeau spielte jetzt unter ihr am Wasser. Der blonde Mann, den sie Leutnant Jack nannten, half ihr, Muscheln zu sammeln.

Leutnant Jack konnte sich an nichts erinnern, nicht an den Schiffbruch, an das Schiff selbst oder an irgendetwas aus seinem Leben, bevor er in dem Haus von Dianas Vater aufgewacht war. Er tat Diana leid. Seine Verzweiflung überspielte er mit einer entschlossenen Fröhlichkeit, aber sie sah, wenn er sich unbeobachtet glaubte, in seinem Blick die unverhüllte Furcht eines Mannes, der am Rand einer Klippe entlangging und sich fragte, wann er wohl abstürzen würde.

Er war so voller Hoffnung gewesen, als Isabeau zu ihnen gekommen war und ihnen mitgeteilt hatte, dass James Ardmore aufgewacht war. James konnte Leutnant Jack gewiss seinen richtigen Namen nennen und vielleicht sogar die restlichen Erinnerungen an sein früheres Leben wieder hervorrufen.

Doch James behauptete, nichts zu wissen. Diana fragte sich, ob das wohl stimmte. Er hatte jedenfalls nicht erklärt, was er auf einem Schiff mit einem englischen Leutnant zu suchen gehabt hatte, sondern nur mit den Schultern gezuckt und gemeint, dass er gereist sei. Sehr verdächtig. James war ein Lügner. Ihr Vater wusste es, aber dennoch war er merkwürdigerweise bereit, James zu erlauben, diese Lügen zu erzählen.

Haven war dank ihres Vaters sehr gut ausgerüstet, um Besucher zu empfangen. Dass sie zwei weitere Mäuler durchfüttern mussten, würden sie kaum merken. Außerdem hatten beide Gentlemen rücksichtsvoll erklärt, sie könnten den Gürtel enger schnallen.

Die beiden sind viel zu nachgiebig, dachte Diana düster. Lebensmittelknappheit war nicht die Gefahr, die ihrem Vater und ihr Kopfzerbrechen bereitete. Haven hatte etwas zu verbergen, die Angelenheiten ihres Vaters. Nachdem sie darüber gesprochen hatten, waren sie zu dem Schluss gekommen, sich nicht unnötig Sorgen zu machen. Die Insel vermochte ihre Geheimnisse gut zu schützen, selbst vor jemand so Rücksichtslosem wie James Ardmore.

Dianas Bleistift schwebte über dem frischen Blatt Skizzenpapier, das auf ihre Staffelei geklemmt war. Eigentlich wollte sie die beiden unter sich am Strand zeichnen, die Wellen, die glücklichen Erinnerungen an Haven. Aber sie konnte nur daran denken, dass James Ardmore sich jetzt vom Gartentor abgestoßen hatte und auf sie zu schlenderte.

Sie hatte seine Kleidung ausgebessert, aber weder ihr Vater

noch Jessup besaßen Hemden, die groß genug für ihn waren. Deshalb blitzten jetzt unter seiner offenen dunklen Jacke seine nackte Brust und der weiße Verband um seine Taille hervor. Er hatte nichts über den Ursprung der Wunde gesagt, und ihr Vater hatte ihn seltsamerweise auch nicht dazu gedrängt.

James blieb neben ihr stehen. Er hätte zum Strand gehen und dort Leutnant Jack helfen können, Muscheln zu sammeln. Tat er das? Natürlich nicht. Er blieb neben ihr stehen, stützte einen Fuß auf einen Stein und zog ihre Aufmerksamkeit vollkommen auf sich.

Entschlossen fuhr sie mit dem Stift über das Papier. Der daraus resultierende Strich hatte nicht das Geringste mit dem zu tun, was sich vor ihr befand.

»Ein schöner Tag«, bemerkte er.

Seine Stimme war ebenfalls wieder gesundet. Sie klang nicht mehr so krächzend und erstickt, was ein Beleg dafür gewesen war, dass er beinahe ertrunken wäre. Er sprach mit gedehnten Vokalen und weichen Konsonanten und schaffte es, jedes einzelne Wort sinnlich klingen zu lassen.

»Wir haben immer Glück mit dem Wetter.« Dianas Worte klangen kalt, abgehackt und sehr englisch.

Für ihren Geschmack war er viel zu nah. Sie dachte plötzlich daran, wie sie ihn malen würde, stellte sich die Bleistiftstriche vor, mit denen sie seine Schultern, seine Brust umriss, die Schattierung der Mulde unter seiner Kehle schraffierte. Sie nahm jeden einzelnen Muskel seines Bauches wahr, die weiße Bandage auf seiner braunen Haut und das schwarze Haar auf seiner Brust.

Ihr Bleistift glitt über das Papier, und sie packte ihn so fest, dass er zerbrach.

»Vorsicht«, sagte er.

Diana knallte die Stücke auf die Staffelei. »Ich habe keine Lust zu zeichnen. Es ist zu windig.« Sie riss das Papier geradezu aus den Klammern und stopfte es mit den Bleistiften in ihre Skizzentasche.

Dann klappte sie die Staffelei zusammen und tat so, als übersähe sie, wie James sich bückte, um ihre Skizzentasche aufzuheben. Unten grub Isabeau konzentriert im Sand. Leutnant Jack hockte daneben und zeigte ihr, wie man mit dem kleinen Eimer, den sie mitgebracht hatte, Sandkegel formte.

Einen Moment lang wurde Dianas Herz weich. »Er genießt Isabeaus Gesellschaft so sehr. Ich frage mich, ob er selbst Kinder hat.«

James' Blick folgte dem ihren. »Das wird er erst wissen, wenn er nach England zurückgekehrt ist.«

»Seine Familie glaubt gewiss, dass er verschollen ist.« Sie schaute James an. »So wie Eure.«

Er erwiderte ihren Blick kühl. Er würde ihr bestimmt niemals verzeihen, dass sie damals auf der *Argonaut* in seinem Schrank herumgewühlt und im Tagebuch seines Bruders gelesen hatte. Als er sie allein gelassen hatte, hatte sie nach etwas gesucht, das ihr Aufschluss über den Menschen James Ardmore geben konnte. Doch als er sie verhörte, war ihr klar geworden, dass sie ihn bereits gefunden hatte. Der Mann James Ardmore war kein gefühlvoller Mensch unter einer kalten, rücksichtslosen Schale. Er war eine kalte, rücksichtslose Schale.

Sie hatte wegen ihres Spionierens eine bissige Bemerkung erwartet. »Von meiner Familie«, hatte er jedoch nur geantwortet, »ist nur noch meine Schwester übrig, und die ist heilfroh, wenn sie mich so wenig wie möglich sieht.«

Diana erinnerte sich an das hübsche, schwarzhaarige Mädchen, das ihr von dem kleinen Porträt in seiner Kajüte entgegengestarrt hatte. Ein junge Frau mit James' grünen Augen. »Warum glaubt Ihr das?«

»Nicht in allen Familien geht man mit dieser zärtlichen Herzlichkeit miteinander um wie in Eurer. Das solltet Ihr eigentlich wissen. Ihr konntet Euren Ehemann doch auch auf den Tod nicht ausstehen, oder etwa nicht?«

Sie schrak zusammen, aber dann wurde ihr klar, dass sie sich nur wenig Mühe gegeben hatte, es zu verbergen. »Isabeau winkt«, meinte sie frostig. »Ich gehe zu ihr hinunter.«

Er bestand darauf, ihre Skizzenmappe und die zusammengeklappte Staffelei zu tragen. Sie hastete ungeschickt vor ihm den Pfad hinunter und wünschte sich, er würde endlich weggehen. Aber er folgte ihr und meisterte den felsigen Weg zum Strand hinab ohne Schwierigkeiten, obwohl er bepackt und vor allem verwundet war.

Leutnant Jack stand auf und lächelte Diana strahlend an. Sie mochte den jungen Mann. Er zumindest war höflich. Er bemühte sich, seine Verwirrung mit Freundlichkeit zu kaschieren, und seine Dankbarkeit für ihre Hilfe rührte sie. Er war ungefähr in ihrem Alter und recht gutaussehend. Sie wünschte sich sehr, sie könnte sich in ihn verlieben und James Ardmore endlich aus ihren Gedanken verbannen.

»Eure Tochter möchte eine Burg über den ganzen Strand bauen«, erklärte Leutnant Jack und grinste.

»Das kann ich mir vorstellen«, erwiderte Diana finster.

»Wie verständigt Ihr Euch mit ihr?«, fragte James ihn. »Sie kann nicht reden.«

»Oh, sie macht sehr deutlich, was sie will«, erwiderte Jack. »Lady Worthing und sie unterhalten sich in einer Art Zeichensprache, wisst Ihr. Sehr klug.«

Isabeau hatte die Gesten selbst erfunden. Im Laufe der Jahre hatten Diana und ihr Vater einige hinzugefügt. Diana erwärmte sich immer mehr für Leutnant Jack.

Isabeau war durch die Wellen gelaufen und hatte dabei diese hohen, schrillen Töne ausgestoßen, die sie Singen nannte. Jetzt kam sie zu ihnen gelaufen und nahm Dianas Hand. »Be-Lu?«, fragte sie atemlos.

»Mein Vater bereitet das Boot vor«, sagte Diana zu Leutnant Jack. »Er will auf der windabgewandten Seite von Haven fischen.«

Leutnant Jacks Miene hellte sich auf. Er segelte gern mit dem Admiral um die Insel und hatte das bereits mehrmals getan. Dabei fielen ihm immer wieder Dinge ein, wie er sagte, zum Beispiel wie man Knoten knüpfte, Segel bediente und navigierte. Als Dianas Vater das letzte Mal hinausgefahren war, hatte Leutnant Jack jedoch mit schrecklichen Kopfschmerzen im Bett gelegen, einer Nachwirkung seiner Verletzung. Seitdem hatte er mit beinahe kindlicher Freude auf eine weitere Ausfahrt gewartet.

»Ich würde ihn sehr gerne begleiten«, sagte er jetzt. »Kommt Ihr mit, Ardmore?«

James tat so, als würde er nachdenken. »Nicht heute. Meine Seite brennt noch ein wenig. Es ist sicher besser, wenn ich noch eine Weile die Landratte spiele.«

Leutnant Jack wirkte besorgt. »Dann sollten wir Euch vielleicht besser nicht allein lassen.«

»Macht Euch um mich keine Sorgen. Ich ruhe mich aus und bin zum Abendessen wieder so frisch wie der Regen.«

Seine Miene war ausdruckslos, und er sah aus, als meinte er jedes Wort, das er sagte.

Diana warf ihm einen scharfen Blick zu. Sie traute ihm

kein Stück über den Weg. Aber sie wusste auch, dass sie auf keinen Fall hierbleiben konnte, wenn Leutnant Jack, Isabeau und ihr Vater wegsegelten. Das war viel zu gefährlich. Sie fürchtete dabei nicht Ardmore, sondern ihre Reaktion auf ihn. Doch wenigstens war Jessup hier, der wusste, dass er nicht zulassen durfte, wenn Ardmore seine Nase in Dinge steckte, die ihn nichts angingen.

»Gehen wir«, meinte sie. »Komm mit, Isabeau.« Sie streckte die Hand nach ihrer Tochter aus.

Isabeau ergriff sie und hielt ihre andere Leutnant Jack hin. Diana sah sich um, als das Mädchen sie über den Strand zu der Stelle zog, an der das Boot wartete. James blickte ihnen nach, ihre Skizzenmappe unter dem einen, die Staffelei unter dem anderen Arm. Sie konnte zwar seine Miene nicht genau erkennen, aber sie wusste, dass er etwas im Schilde führte. Sie sah es an jedem Muskel des Körpers dieses verdammten Mannes.

Isabeau grinste sie an und zeigte ihre Zahnlücke, und Diana riss zögernd ihren Blick von James los. Sie spürte, wie sich eine Migräne ankündigte.

James blieb länger als geplant am Strand stehen und sah ihr nach. Sie war so wunderschön, dass es ihn fast schmerzte. Der Leutnant, der neben ihr ging, war durch und durch englisch, blasshäutig unter seinem Sonnenbrand, mit aristokratisch geneigtem Kopf und modisch kurzgeschnittenem, mittelblondem Haar.

Vermutlich war er Leutnant, weil sein Vater ihm das Offizierspatent gekauft und hervorragende Tutoren besorgt hatte, die ihm geholfen hatten, das Examen zu bestehen. Alles an ihm schrie geradezu englischer Adel.

Dem Mann in James Ardmore gefiel es gar nicht, dass der englische Leutnant Jack mit der wunderschönen Diana Worthing davonging. Doch der Piratenjäger James Ardmore begrüßte es, Zeit für sich allein zu haben. Er hatte bisher keine Gelegenheit gehabt, die Insel kennenzulernen, die er fast ein Jahr gesucht hatte, und er musste ihre Geheimnisse ergründen.

Bis jetzt hatte er nur das Haus und den kleinen Teil vom Strand gesehen, auf dem er jetzt stand. Um sich zu vergewissern, ging er mit der Staffelei zum Haus zurück. Von dem Steg aus, an dem Lockwood sein Boot vertäut hatte, konnte man es nicht sehen, was James nur recht war.

Er hatte die schöne kleine Gig gesehen, ausgestattet mit einem Segel und ausgezeichnet dafür geeignet, die Insel zu umsegeln und sich auch ein Stück aufs sonnige Meer hinauszuwagen. Er bewunderte das Boot als Seemann, und jetzt in diesem Moment segnete er es geradezu. Es würde ihm seine Hüter für eine Weile vom Hals schaffen und ihm Gelegenheit geben, sich umzusehen und Pläne zu schmieden.

Im Haus war alles ruhig. Jessup war wahrscheinlich in der Küche, die in die Klippen gebaut war, auf denen das Haus stand. Oder aber der Mann hatte sich kurz aufs Ohr gelegt, was James eher vermutete. Jessup arbeitete schwer, und es war ein schöner, warmer Nachmittag. Das Klima auf der Insel war milder als in England, und die Temperaturen stiegen selbst jetzt im März auf dreißig Grad. Ein Schläfchen war da gewiss das Richtige.

James stellte Dianas Staffelei und Skizzenmappe in den

luftigen Salon im Erdgeschoss und schaute dann müßig aus dem geöffneten Fenster. Der Raum war offenbar einmal die Behausung eines Mannes gewesen. Die Möbel waren nach Bequemlichkeit ausgewählt worden und nicht, um damit anzugeben. Nichts passte zusammen, die Zusammensetzung schien rein zufällig.

Dann war dieses Junggesellenparadies von einer Frau erobert worden, Diana. Ihre Präsenz zeigte sich an dem Handarbeitskorb am Kamin, an den bestickten Kissen, die auf dem verblichenen Diwan lagen, an dem Teewagen. Jeden Nachmittag trug Mrs. Pringle Kekse auf, und Diana schenkte ihrem Vater Tee ein. Ein Bild häuslicher Harmonie.

Dennoch …

James spürte die unterschwelligen Strömungen, die Sorge, die Anspannung. Zum Beispiel daran, wie Vater und Tochter ihr Gespräch unterbrachen, wenn er den Raum betrat. Diana beobachtete James misstrauisch, und denselben Argwohn erkannte er auch im Blick ihres Vaters. Leutnant Jack beäugten sie genauso.

James blickte auf das kleine Boot, das aufs Meer hinausfuhr. Das Segel blähte sich mit einem Knall. Er hätte gern ein Fernrohr gehabt, um zu sehen, wie der Admiral und Jack das Segel bedienten, zu beobachten, wie sie das kleine Boot manövrierten, aber für solche professionellen Interessen hatte er keine Zeit. Sie würden nur ein paar Stunden fort sein, was ihm nicht allzu viel Spielraum ließ.

Er überzeugte sich lautlos davon, dass Jessup sich tatsächlich in sein Zimmer hinter der Küche zurückgezogen hatte. Die Köchin schnarchte in einem Liegesessel neben dem Herd. Sie hatten es verdient. Diana hatte James erklärt, dass in diesem Haushalt jeder sein Bett eigenhändig machte und sich selbst versorgte, während Jessup Holz und Wasser heranschaffte und Mrs. Pringle herzhafte und köstliche Mahlzeiten aus den Fischen und Krabben zubereitete, die der Admiral mit Isabeaus Hilfe aus dem Meer fischte.

James hatte fast sein ganzes Leben lang für sich selbst gesorgt, obwohl er aus einem vornehmen Haus in Charleston stammte, und war damit zufrieden. Jack, der erfahrene Seemann, wusste sehr gut, wie man auf kleinem Raum ohne Komplikationen zurechtkam. Sie waren eine höchst angenehme kleine Gruppe.

Trotzdem …

James verließ das Haus durch die Vordertür und ging durch den kargen Garten. Diana hatte ihr Bestes gegeben, aber die Seewinde hatten alle Pflanzen bis auf die widerstandsfähigsten zerstört. Flechten und Moose klammerten sich an Felsen, zwischen denen sich ein Ziegenpfad schlängelte. Stiefmütterchen in Töpfen reckten sich verzweifelt nach der Sonne. Ihre roten Blüten hoben sich strahlend gegen das Grün und Gelb der Flechten ab.

Am Ende des Gartens führte ein Weg hinter dem Tor zu der felsigeren Seite der Insel. James hatte noch nie gesehen, dass jemand aus dem Haus hindurchgegangen wäre.

Der Pfad führte einen steilen Abhang hinab, über schwarze Felsen mit üppiger Vegetation. Der Weg selbst jedoch war gesäubert. Wurzeln und Ableger, die den Boden normalerweise überwuchert hatten, waren zurückgebunden und an manchen Stellen auch geschnitten worden.

James öffnete die Pforte und ging bergab, wobei er sich mit den Händen an den Felsen abstützte. Seine Seite schmerzte, was ihm bewusst machte, dass er noch lange nicht gesund war.

Er erinnerte sich an die Klinge des ach so ehrbaren Kapitäns, die ihm – gefesselt und wehrlos – diese Wunde zugefügt hatte. Auch als James' Blut auf das Deck geflossen war, hatte er nur gelacht. James nannte ihn einen Mistkerl, was ihm einen Schlag mit dem Handrücken über den Mund einbrachte. Wahrhaftig ein anständiger Mensch. Nun, jetzt lag er auf dem Meeresgrund. Der Admiral und Jack hatten vergeblich nach weiteren Überlebenden gesucht, während James noch bewusstlos dagelegen hatte. Sie vermuteten, dass die Leichen abgetrieben waren, und selbst von dem Wrack waren nur wenige Trümmer angeschwemmt worden.

Am Fuß des Hügels führte der Pfad an Felswänden aus Kalksandstein und Granit vorbei. James folgte ihm und stellte fest, dass auch dieses Stück gepflegt wurde. Zu seiner Linken fiel das Land steil zum Meer hin ab. Hier, an der Windseite der Insel, brachen sich donnernd die Wellen.

Er ging langsamer, weil er nicht plötzlich um eine Ecke biegen und das Boot mit seinen Gastgebern und Jack erblicken wollte. Hier auf den Felsen wäre er nicht zu übersehen gewesen. Dann jedoch sah er, dass die Vegetation auf dem Hügel ihn zum größten Teil verbarg.

Er musste mittlerweile eine Meile gegangen sein und wurde langsam müde. Die Wunde hatte an seinen Kräften gezehrt, und dass er drei Wochen untätig auf dem Rücken gelegen hatte, war auch nicht gerade förderlich für seine Kondition. Aber er war fest entschlossen herauszufinden, wohin der Weg führte. Selbst wenn er nur an der windabgewandten Seite der Insel herauskam. Vielleicht war es ja das Geheimnis dieses Ortes, dass er keines hatte.

Doch James wusste es besser.

Der Pfad fiel wieder steil ab und verlief durch eine Bresche in den Felsen. Zuerst dachte James, er würde einfach am Rand einer Klippe enden, aber als er weiterstolperte, sah er, dass er durch die winzige Öffnung zu einer schmalen Sandfläche führte. Und dort fand er die Höhlen.

Sie waren trocken. Das Meer toste weit unter ihm, und der Boden, der zum Eingang führte, war mit feinem, seidigem Sand bedeckt. James balancierte auf den Felsen, kletterte hinunter, schlurfte zur ersten Höhle und sah hinein.

Hinter ihm klapperten Steinbrocken über den Felsen. Er wirbelte herum und sah, wie ein kleiner Strom aus Felsbrocken über den Weg polterte, den er gerade gekommen war. Er schob die Hand in die Tasche und berührte den kalten Griff seines Messers.

Schlanke Hände umklammerten den Felsen, und dann tauchte Diana hinter der letzten Biegung des Weges auf. Sie hatte ihren Rock gerafft und zeigte ihm ihre schlanken Beine. Sie war allein. Weder Jessup noch Isabeau folgten ihr.

Er ging ihr entgegen, die Hand immer noch am Messergriff.

»Keine Lust mehr zu fischen?«, fragte er beiläufig.

Sie war erhitzt von der anstrengenden Kletterpartie, und ihre roten Haare waren vor Schweiß gekräuselt. »Ich dachte, Ihr wolltet Euch ausruhen.«

»Das hatte ich auch vor. Und dann wollte ich spazieren gehen. Ich habe mich gefragt, wohin dieser Weg wohl führt.«

Das war nur die halbe Wahrheit. Aber Diana log ebenfalls. Gut, dann spielten sie eben beide etwas vor.

»Ich habe die Höhlen gefunden«, fuhr er fort. »Warum habt Ihr sie mir nicht gezeigt?«

Ihr Blick flackerte. »Es ist nichts Interessantes darin. Nur Sand und Felsen. Ihr brauchtet sie nicht zu sehen.«

Die beiden obersten Knöpfe ihres Mieders hatten sich geöffnet, wodurch ihre angestrengten Atemzüge ihren Busen ganz entzückend zur Geltung brachten.

»Ich mag Höhlen«, erwiderte er. »Ich hatte schon immer den Hang, sie zu erforschen.«

»Sie sind gefährlich. Kehren wir lieber zum Haus zurück.«

Sie war hochrot im Gesicht, und ihre Augen funkelten.

»Nur wenn wir dort etwas Interessantes tun können.«

»Was immer Ihr wollt.«

Er starrte sie einen Moment an, musterte die graublauen Augen, die vor Wut funkelten. *Lügnerin*!

Er wandte sich ab und hatte kaum zwei Schritte gemacht, als er sie hinter sich hörte. »James!«

Er wirbelte herum. Sie stand direkt vor ihm, hatte den Kopf erhoben, ihre Lippen schwebten unter seinem Mund, und ihre Arme umschlangen seinen Hals. »James«, wiederholte sie heiser. »Küss mich.«

Und schon presste sie ihre Lippen auf seinen Mund, bevor er sie daran hindern konnte.

4. Kapitel

Nicht dass er sie hätte hindern wollen.

Er schlang seinen Arm um ihre Taille und drückte sie an sich. Sie roch nach Sonne und Sand. Ihre Lippen waren feucht, ihr Atem heiß.

Er erinnerte sich an die düstere Herberge in Kent, an den rücksichtslosen Kuss, den er ihr aufgezwungen hatte und dann den reglosen, überwältigenden Moment, als sie diesen erwiderte.

Dieser Kuss hier war nicht weniger leidenschaftlich. *Oh ja, genau daraus bist du gemacht, Mädchen. Aus Feuer und Verlangen, und dabei tust du so sanftmütig.*

Sie war alles andere als das. Diana Worthing war ein Dämon in seinen Armen, und James liebte es. Ihr Versuch, ihn von den Höhlen abzulenken, war offenkundig und unbeholfen. Er hätte sie für klüger gehalten.

Aber was kümmerte es ihn? Sie waren allein, sie war hinreißend schön, und er begehrte sie. Seine Pläne wurden vom Winde verweht.

Er erforschte ihren Mund, genoss die samtige Süße ihrer Zunge. Seine Lippen pressten sich auf ihre, nahmen, was sie ihm anbot. *Darling, das könnte ich den ganzen Tag und die ganze Nacht tun!*

Ihre Finger umklammerten ihn, als wollte sie ihn nie wieder

loslassen. Er küsste sie noch einen Moment, etwas sanfter diesmal, löste sich von ihr und schob sie ein Stück von sich weg.

»Lass uns das richtig machen, Liebes.«

Sie sah zu ihm hoch, voller Panik und Misstrauen, hochrot im Gesicht. Ihr Zopf schlang sich um ihren Hals. »Was meint Ihr?«

»Zärtlich, diesmal. Ich möchte es genießen.«

Sie sah ihn finster an. »Warum?«

»Was erwartet Ihr denn, meine Liebe?« Er strich ihr über die Wange. »Ich habe nächtelang wach gelegen, seit ich Euch getroffen habe, mich daran erinnert, wie Ihr in meiner Kabine so unverschämt dagelegen und Euch über mich lustig gemacht habt. Ich mag diese Vorstellung.«

Sie zog ihre beeindruckenden Brauen zusammen. »Ich habe Euch nicht verspottet. Es gab nur sonst keinen Platz, an dem ich hätte sitzen können.«

»Ihr habt meine Kabine mit Beschlag belegt. Manchmal liege ich wach und stelle mir vor, wie ich Euch auf meiner Koje genommen habe, statt mich Euch gegenüber so höflich zu verhalten.«

»Höflich?« Sie maß ihn verächtlich von Kopf bis Fuß. »Ihr nennt es höflich, mich zu verhören und zu verhöhnen?«

»Es war erheblich rücksichtsvoller als das, was ich eigentlich mit Euch tun wollte.« Er musste über ihre Empörung fast lächeln. »Aber ich frage mich, warum Ihr Euch jetzt entschieden habt, Euch zum Opferlamm zu machen.«

Das schien sie zu verwirren. »Opfer…?«

»Mich mit Eurem Charme zu umgarnen.« Er trat dicht an sie heran und schob eine Locke, die der Wind aus dem Zopf gelöst hatte, aus ihrem Gesicht. »Damit ich die Geheimnisse in Euren Höhlen nicht finde.«

»Hier gibt es nichts, das habe ich Euch doch schon gesagt.«

»Nur glaube ich Euch das nicht.« Er strich mit dem Finger von ihrer Schläfe zu ihrem Kinn. »Aber ich danke Euch dafür, dass ich Euch kosten durfte. Ihr schmeckt nach Vanillezucker, wusstet Ihr das?«

Sie lief purpurrot an. »Nein.«

»Hat Euch das noch niemand gesagt? All diese Männer, die Euch im Haus des Admirals hinterhergejagt sind, haben kein einziges Mal von Euren Vorzügen gesprochen?«

»Sie haben Gedichte geschrieben«, erwiderte sie kalt.

»Ich wette, sie waren furchtbar.« Zögernd ließ er seine Hand sinken und drehte sich dann von ihr weg. Seine Hose hatte sich noch nie so eng angefühlt.

»Wohin geht Ihr?«, rief sie ihm nach.

»Zu den Höhlen.«

Der Sand wurde dünner, als er weiterging, und im Schutz der trockenen Steingewölbe fester. Er hörte ihre Schritte, als sie ihm folgte. Unter ihm rauschte und toste das Meer, und die Wellen auf der Windseite zeigten jetzt ihre ganze Kraft. Diana erreichte ihn, als er gerade in den Schatten der von Wind und Wasser ausgehöhlten Kaverne trat.

Sie war leer. Die beiden Räume verbanden sich kaum drei Meter hinter ihren Eingängen, und es gab dort nichts als Sand und Fels und eine winzige Krabbe, die zu weit hineingekrabbelt und dort gestorben war.

»Seht Ihr!«, sagte sie triumphierend. »Nichts.«

Jedenfalls nichts Sichtbares. Aber warum hatte sie ihn abhalten wollen, hierher zu gehen? Was übersah er?

Der Wind war hier nicht so stark, und seine Stimme hallte hohl in dem Felsenraum. »Ihr habt mich aus einem bestimmten Grund geküsst, Diana. Warum verratet Ihr ihn mir nicht?«

»Ich habe Euch geküsst, weil ich wissen wollte, ob Ihr Euch wie ein Gentleman benehmen würdet.«

Sie log weiter. Denn sie wusste sehr genau, was er war.

»Es gibt einfachere Möglichkeiten, das herauszufinden. Zum Beispiel könntet Ihr beobachten, ob ich meinen kleinen Finger spreize, wenn ich Tee trinke.«

Sie warf ihm einen kühlen Blick zu. »Ich kenne viele Männer, die perfekte Manieren haben, aber trotzdem keine Gentlemen sind, sobald man mit ihnen allein ist.«

»Ihr meint, sobald sie mit Euch allein sind.« Er drehte sich wieder zu ihr um und legte seine Hände auf ihre Hüften. Sie roch immer noch gut, nach Salz und Wind. »Dann geht die gute Erziehung zum Teufel, richtig? In London haben sich Männer Euretwegen gewiss duelliert, nicht wahr? Ich verstehe, warum. Ihr seid eine lohnende Beute. Ein Mann würde alles tun, um Euch zu besitzen.«

Sie zuckte zusammen und wich zurück.

»Was?«, spottete er. »Seid Ihr damit fertig, mich zu verführen, weil ich die Höhlen bereits gefunden habe?«

Ihre Verwirrung schlug in blanke Wut um. »Ich glaube, ich weiß jetzt, ob Ihr ein Gentleman seid oder nicht«, sagte sie schneidend.

»Ich wurde als ein solcher erzogen. Ich stamme aus einer sehr vornehmen Südstaatenfamilie. Meine Schwester ist eine Stütze der guten Gesellschaft von Charleston.«

»Dann würde sie mich gewiss nicht mögen.«

»Doch, ich glaube, das würde sie.«

Diana lachte fast verzweifelt. »Nein, das würde sie nicht. Habe ich nicht eben bewiesen, wie verrucht ich bin?«

Er beobachtete sie leicht verwirrt. Sie war wütend, aber nicht nur auf ihn. In allem, was sie sagte, schwang ein Unterton von Selbstverachtung mit. Als hätte jemand, vermutlich ihr nichtsnutziger Gemahl, ihr immer und immer wieder eingeredet, wie schrecklich sie wäre.

»Ich glaube, Ihr wisst nicht, wer Ihr seid«, sagte er sanft. »Ihr habt ein Spiel mit mir begonnen, Diana. Wollen wir es nicht beenden?«

Sie begehrte ihn, das wusste er. Ihre Knospen unter dem dünnen Mieder waren harte, kleine Spitzen. Als sie sich ihm an den Hals geworfen und ihn geküsst hatte, hatte sie nicht erwartet, ihn zu wollen. Sie hatte vorgehabt, ihn mit dieser List von den Höhlen wegzulocken. Dass sie damit ein Feuer entfachen würde, das die Insel verzehren könnte, war ihr nicht klar gewesen. Ihr gemeinsames Feuer.

Er fuhr mit den Händen zu den Knöpfen ihres Mieders. »Als ich Euch das erste Mal gesehen habe, damals in dem Garten, als Ihr Euch O'Malley stelltet, habe ich mir gesagt, dass Ihr gefährlich wäret. Und ich habe recht behalten.« Die Knöpfe waren aus Knochen, glatt, weiß und an den Rändern aufgerauht. »Wie viele Liebhaber habt Ihr verbrannt?«

Er klappte den Schlitz des Mieders auseinander. Unter dem Kleid war sie nackt. Ihre Brüste waren groß und fest, die Brüste einer Frau, die einem Kind das Leben geschenkt hatte. Die Knospen waren dunkel und hart und bettelten förmlich nach seiner Berührung. Wirklich entzückend. Er hätte Stunden hier stehen und Diana einfach nur ansehen können.

»Wie viele?«, wiederholte er.

Sie sah ihn an. Ihre Lippen glänzten feucht, ihre Augen waren halb geschlossen. Gott, sie könnte Steine erweichen. »Keinen. Ich meine, nur meinen Ehemann.«

»Was ist mit all den Männern, die Euch bedrängt und verfolgt haben? Habt Ihr sie nur verspottet? Mit ihnen gespielt?«

»Ja.« Ihre Augen blitzten.

»Ich wette, das waren allesamt Narren. Ihr habt gewiss über sie Hof gehalten wie eine kleine Königin. Kein Wunder, dass Ihr Euch hier versteckt, so weit weg von England. Nach dem Tod Eures Ehemannes sannen sie vermutlich auf Rache.«

Sie streckte das Kinn vor. »So war es nicht.«

»Dann waren es tatsächlich Dummköpfe. Ihr hättet Euch einen Liebhaber nehmen sollen, der Euch bändigte, der Eure Glut entfachen und wieder löschen konnte, damit Ihr Euren Ehemann nicht auch verbranntet. Hat ihm Euer Feuer gefallen, Diana?«

Sie atmete schnell. »Nein.«

»Wenn Euer Ehemann es nicht ersticken konnte und Ihr keinen Liebhaber hattet, der es für ihn vermochte, dann müsst Ihr ein wahrer Vulkan gewesen sein. Ihr habt jeden Mann verbrannt, den Ihr berührtet, nicht wahr? Es tut mir nur leid, dass ich nicht da war, um Euch einzufangen.« Er beugte sich vor. »Ach, Diana, wir hätten den Himmel in Flammen setzen können.«

Ihr feuchter, heißer Atem berührte seine Lippen. Sein Blut rauschte in seinen Ohren, und seine Erektion war so hart wie noch nie. Sie hatte etwas angefangen, und er würde es jetzt beenden.

»Ihr müsst weißglühend gewesen sein«, flüsterte er. »Ihr habt auf Euren Ehemann gewartet, der nicht wusste, was er mit Euch anfangen sollte. Es strömt aus Euch heraus, Diana. Ihr braucht Liebe.«

Sie riss die Augen auf und trat einen Schritt zurück. Ihr

Mieder klaffte auf. Vom Wind zerzaust und halbnackt erschien sie Ardmore als das Schönste, was er jemals gesehen hatte.

»Ich brauche Euch nicht.«

»Das empfinde ich anders.«

Ihre Augen funkelten vor Wut. »Nein. Ich habe Isabeau. Sie ist wichtiger. Viel wichtiger.«

»Sie ist ein gutes Kind. Ebenso hübsch wie ihre Mutter. Aber versteckt Euch nicht hinter ihr. Das ist nicht fair ihr gegenüber.«

Unter ihrem Blick wären andere Männer tot umgefallen. »Ihr wisst nichts darüber. Wie könntet Ihr auch?« Sie zog die beiden Klappen des Korsetts zusammen.

Wenn er sie jetzt nahm, dann würde sie ihn umbringen und anschließend vor Freude tanzen. Aber was für Freuden er auf dem Weg von dieser Welt kosten würde …

Sie wirbelte herum und rannte zum Pfad. Er ließ sie laufen. Ohne zurückzublicken, stürzte sie über den Sand davon und kletterte dann die Felsen hinauf. Ihr Kleid bauschte sich über ihrer Taille und enthüllte ihre langen, athletischen Beine.

Dann verschwand sie aus seinem Blickfeld. James atmete heftig aus. Seine Kehle war trocken. Sie hatte etwas Gefährliches in ihm geweckt, was ihn anstachelte, sie sofort, hier auf dem Sand zu nehmen, und sonst nichts. Diese gefährliche Bestie in ihm würde sein Untergang werden, und er würde seinen Hals in einer Schlinge wiederfinden, bevor er wusste, was ihn da getroffen hatte.

Aber es kümmerte ihn nicht. Diana wäre es wert.

Es wurde auch langsam Zeit, dass ihm so etwas passierte.

Bei der Rückkehr ihres Vaters, Isabeaus und Leutnant Jacks hatte Diana ihre Fassung wiedergewonnen.

Aber nur gerade so. Sie versuchte, sich selbst davon zu überzeugen, dass niemand sich etwas dabei dachte, wenn sie auf ihrem Zimmer blieb und tat, als quäle sie eine Migräne. Sie hatte ja auch eine erfunden, um nicht mit den Männern hinaussegeln zu müssen.

Isabeau hatte sie jedoch aus ihrem Raum geholt. Sie war noch ganz aufgekratzt von der Bootsfahrt mit ihrem Großvater und Jack und hatte Diana am Ärmel zum Abendessen heruntergezerrt.

Jetzt saß Diana beklommen am Kopfende der Tafel, während ihr Vater aufzählte, was sie jenseits der Brandung gefunden hatten. Treibgut, ein paar Bretter.

Jack beteiligte sich entspannt, ja fast glücklich an dem Gespräch. James dagegen saß schweigend auf der anderen Seite am Tisch und verzehrte den Fisch in Weinsoße ohne jeden Kommentar.

Jedes Mal wenn sie von ihrem Teller aufsah, begegnete sie seinem Blick.

Sie war an dem Nachmittag auf der Insel geblieben, weil sie sich vor dem fürchtete, was er vorhatte, wenn sie nicht da war. In seinen eisig grünen Augen schimmerte einfach zu viel Intelligenz.

Es kam, wie sie vermutet hatte. Kaum glaubte er das Boot außer Sicht, hatte er den Pfad zu den Höhlen gesucht. Sie wusste, dass einfache Überredung bei ihm nicht ausreichen würde, also hatte sie ihre ganz persönliche Waffe eingesetzt. Letztes Jahr hatte James sie begehrt. Männer begehrten sie immer. Sie kämpften darum, an ihrer Seite sein zu dürfen, mit ihr zu tanzen, wetteiferten um ihre Gunst. Sie benahmen sich wie Wahnsinnige und warfen Freunden und Feinden gleichermaßen finstere Blicke zu.

Als sie noch ahnungslos und junge siebzehn gewesen war, hatte sie es genossen. Umschwärmter Mittelpunkt eines Balls zu sein konnte einem zu Kopf steigen. Ihr gefielen die Aufmerksamkeiten der Gentlemen, die neiderfüllten Blicke der anderen Damen. Sie war eingebildet geworden und hatte, Närrin, die sie war, geglaubt, dass diese Männer sie wirklich mochten.

Kurz nach ihrer Eheschließung hatte sie erfahren, was sie wirklich von ihr wollten, nachdem sie ihre jungfräuliche Unantastbarkeit verloren hatte. Da endlich verstand sie, dass diese Männer sie nicht wegen ihrer Bildung, ihrer Klugheit oder ihres Witzes schätzten. Sie begehrten sie. Woraufhin sie, immer noch närrisch, sich darin geübt hatte, das Verlangen der Männer als Waffe zu nutzen. Es hatte ihr Macht verliehen.

James wollte sie. Daraus hatte er auch nie einen Hehl gemacht. Aber er hatte nicht getan, was er eigentlich hätte tun sollen. Er war nicht vor ihr auf die Knie gefallen, hatte nicht um ihre Gunst gefleht und hatte schon gar keine schlechten Gedichte für sie rezitiert. Er hatte sie ausgelacht.

Weil er dieselbe Macht über sie hatte.

Er hatte ihre eigene Waffe gegen sie gerichtet und sie mit geübter Brutalität eingesetzt.

Als er sie in seine Arme zog, hatte sie erneut den Hunger verspürt, von dem sie gedacht hätte, dass sie ihn nie wieder erleben würde. Es war genauso gewesen wie damals in Kent, als er sie geküsst hatte. Seine Berührung heute war genauso erfahren gewesen wie damals – der Mann verstand es, eine Frau zu verführen.

Hatte sie sich etwa von ihm losgerissen, war schockiert in

Ohnmacht gesunken, hatte ihn zurechtgewiesen, weil er sich eine solch unverschämte Freiheit erlaubte? Nein. Sie hatte ihre Arme um seinen Hals geschlungen und den Kuss erwidert, seinen harten Mund genossen, seinen feurigen Geschmack gekostet. Sie kümmerte sich wahrlich nicht um Anstand.

Der einzige Triumph, den sie im Moment empfand, war, dass sie ihn erfolgreich in die Irre geführt hatte. Seine Aufmerksamkeit war von den ungefährlichen Höhlen angezogen und damit von den wahren Geheimnissen abgelenkt worden, die die Insel barg.

Als ihr Blick jetzt wieder zu ihm zuckte, erkannte sie, dass er sich vollkommen im Klaren darüber war, dass sie ihn von den Höhlen hatte ablenken wollen. Und er wusste, dass sie wusste, dass er es wusste.

Ihr Kopf begann zu schmerzen, und sie rührte mit dem Löffel in der Suppe herum.

»Kommt nächstes Mal mit uns, James«, sagte der Leutnant. »Das Meer war ruhig und der Blick auf die Insel wundervoll.«

»Wenn ich gesund bin«, erwiderte James und trank einen Schluck Wein.

»Wir haben nur wenige Trümmerteile von dem Wrack gefunden. Ich kann nur hoffen, dass der Rest der Mannschaft einen ebenso sicheren Hafen erreicht hat wie wir.«

»Wie weit kann die Gig hinaussegeln?«, erkundigte sich James.

»Bei schönem Wetter recht weit«, antwortete der Admiral. »Bis nach Plymouth, wenn es sein muss. Obgleich ich für eine solche Reise lieber ein größeres Schiff unter meinen Füßen hätte. Das Meer ist hier recht ungebärdig. Bedauerlicherweise muss ich sagen, dass wir hier etwas von der Welt abgeschnitten sind. Gelegentlich kommt eine Fregatte oder ein Handelsschiff vorbei, aber wir liegen sozusagen mitten im Nichts.« Das war eine glatte Lüge, und Diana musste zugeben, dass ihr Vater sie gut erzählte.

James nickte, als wäre er nicht sonderlich interessiert. »Ich bin heute spazieren gegangen«, sagte er.

Diana warf ihm einen kurzen Seitenblick zu. »Durch den hinteren Garten bis zu den Höhlen am Ende des Pfades.«

Ihr Vater senkte rasch die Augen, um seine Bestürzung zu verbergen. »Tatsächlich?«

»Ja. Sie sind nicht sehr groß, aber es lohnt sich, sie zu sehen. Begleitet mich doch morgen, Jack.«

Jack nickte. »Gerne.«

James sah Diana an. Der Blick seiner grünen Augen schien sie zu versengen. Sie erinnerte sich noch sehr genau daran, wie sie seine Erektion gespürt hatte, als er sich gegen ihren Unterleib presste. Ihr Gesicht wurde heiß. James sah sie ungerührt weiter an.

Verflucht soll der Mann sein.

Nach dem scheinbar endlosen Abendessen flüchtete Diana in die Sicherheit des Arbeitszimmers ihres Vaters. Der Raum war an einen Flügel im Erdgeschoss des Hauses angebaut worden, und von drei Fenstern konnte man aufs Meer hinausblicken. Es war ein wunderschönes Zimmer, und Diana hatte es schon immer sehr geliebt.

Sie schlenderte zum Westfenster und genoss den Anblick, wie die untergehende Sonne die Wolken am Horizont erleuchtete.

Der Admiral kam herein, schloss die Tür und trat hinter sie. »Er hat die Höhlen aufgespürt?«

Nicht nur das. James hatte den Funken gefunden, der sie wieder auflodern ließ, gerade als sie glaubte, sie hätte alle Glut gelöscht.

»Ja, hat er. Dieser verfluchte Mann hat die Insel erkundet.«

»Was hat er noch entdeckt?«

»Nichts. Er ist nicht über die Höhlen hinausgekommen.«

»Gott sei Dank.«

Diana drehte sich um. »Was tun wir, wenn er es findet?«

Ihr Vater ließ sich mit der Antwort Zeit. »Dann ist es eben so.«

»Ich traue ihm nicht.«

»Das tue ich auch nicht. Dennoch habe ich den Eindruck, dass Captain Ardmore Geheimnisse bewahren kann.«

Sie sah ihn beunruhigt an. »Du meinst doch nicht etwa, dass wir ihn ins Vertrauen ziehen sollten?«

»Natürlich nicht. Nur mache ich mir mehr Sorgen um Leutnant Jack als um James Ardmore. Der Captain hat seine eigenen Pläne. Leutnant Jack dagegen ist ein Angehöriger der königlichen Marine und wird die Admiralität verständigen, sobald er seinen Fuß auf englischen Boden setzt.« Er lächelte seine Tochter auf diese Art an, die immer ihr Herz erwärmte. »Du weißt, wie unzuverlässig wir Marinesoldaten sein können.«

Sie stellte sich auf die Zehenspitzen und küsste ihn auf die Wange. »Ach, Papa.«

Er drückte sie einen Moment fest an sich. »Habe ich schon erwähnt, wie glücklich es mich macht, dass du und Isabeau mir hier Gesellschaft leistet? Ich dachte, ich wäre zufrieden mit meiner Einsamkeit, aber, mein Gott, wie sehr habe ich dich vermisst.«

»Du musst nie wieder allein sein, Papa.«

Er lächelte und sah sie traurig an. »Du bist ein süßes Mädchen, aber dieser Käfig wird dich nach einer Weile einengen. Schon bald wirst du dich nach der Welt sehnen.«

Sie erschauerte. »Nein, bestimmt nicht!«

Er antwortete nicht, doch seine Miene verriet ihr, dass er ihr nicht glaubte. »Gib Isabeau einen Gutenachtkuss von mir. Sie muss müde sein. Auf dem Boot war sie höchst – lebendig.«

Diana lachte, und ihr wurde ein bisschen leichter ums Herz. »Sie ist ein geborener Seemann. Ich hoffe, dass sie dich nicht zu sehr gestört hat.«

»Sie ist eine höchst willkommene Ablenkung. Der Leutnant ist ein bisschen melancholisch, was auch kein Wunder ist. Er hat Angst.«

»Ich wünschte, ich könnte ihm mehr helfen.«

Ihr Vater sah sie scharf an. Sie hob die Brauen, doch dann wurde sein Blick weich, und er küsste sie auf die Wange. »Gute Nacht, Liebes.«

»Gute Nacht, Papa.«

Als sie an der Tür stand, rief ihr Vater ihr etwas nach. »Ach, Diana, bitte richte Captain Ardmore aus, dass ich ihn gerne sprechen würde.«

Sie erstarrte, bevor ihre Hand die Türklinke erreichte. »Jetzt sofort?«

»Wenn er einen Moment erübrigen kann. Aber möglichst noch heute Abend, ja.«

Sie holte tief Luft. Sie konnte mit ihm sprechen. Es gab keinen Grund, warum sie das nicht tun könnte.

Genauso wenig, warum sich ihre Finger plötzlich kalt anfühlen sollten und zitterten.

»Gut, einverstanden.« Ihre Stimme klang brüchig, und sie hoffte, dass ihr Vater es nicht bemerkte.

Als sie im Flur stand und die Tür hinter sich zugezogen hatte, atmete sie tief aus. Ob ihr Vater vermutete, wie sie James Ardmore davon abgehalten hatte, weiter zu forschen als bis zu den Höhlen? Der Admiral hatte sich immer auf ihre Seite gestellt, ganz gleich was ihr Ehemann auch von ihr behauptet hatte. Aber das war in England gewesen, als sie noch mehr oder weniger unschuldig war. War sie das jetzt auch noch?

Sie straffte die Schultern, stieg die Treppe hinab und ging zum Salon.

James spürte sofort, als Diana den Raum betrat. Er stand in der geöffneten Glastür zum Garten und sog den Duft der Bougainvilleen und Hortensien ein. Der Geruch rief Heimweh in ihm wach. Die Gärten seines Hauses in Charleston würden gerade erst anfangen zu blühen, und der junge Frühling würde die Blüten in der Südstaatenstadt geradezu explodieren lassen. Er war schon zu lange fort.

Ihr Baumwollkleid machte kaum ein Geräusch, aber er drehte sich herum, als würde ihre Gegenwart ihn anziehen wie ein unsichtbares Band.

Der Leutnant war in ein Buch vertieft gewesen, blickte jetzt hoch und lächelte Diana an. Sie quittierte es mit einem Nicken, aber James kam die Vorstellung, dass sie in ihn verliebt wäre, jetzt schlichtweg albern vor. Sie war eine leidenschaftliche Frau, und den Leutnant behandelte sie mit einer Mischung aus Freundlichkeit und Mitleid.

Sie blieb fast zwei Armlängen entfernt vor James stehen, als hätte sie in seiner Gegenwart kein Vertrauen in sich.

»Mein Vater wünscht Euch zu sprechen«, sagte sie förmlich. »Sobald Ihr einen Moment Zeit für ihn habt. Er ist oben in seinem Arbeitszimmer.«

James neigte den Kopf. Diana atmete schwer. Sie trug jetzt ein ordentliches, blaues Gewand, das bis zum Kinn zugeknöpft war. Die zerzauste Frau von heute Nachmittag in der Höhle war verschwunden. James wusste jedoch, dass sie sich nur hinter der Fassade der sittsamen Tocher verbarg, wie eine Nymphe hinter einem Felsbrocken.

»Ich werde mit ihm reden«, antwortete James. »Bitte zeigt mir den Weg.«

Ihre Augen blitzten ärgerlich auf. Er erwartete, dass sie sich weigern, aus dem Salon stapfen und es ihm überlassen würde, den Weg zum Arbeitszimmer ihres Vaters selbst zu finden. Doch dann senkte sie die Lider und nickte.

Nun, wenn sie sich unbeteiligt gab, dann konnte er das auch.

»Gute Nacht«, verabschiedete sich der Leutnant von ihnen. »Ich werde mich wahrscheinlich ebenfalls bald zurückziehen. Im Moment ermüdet mich das Segeln noch sehr.«

James wünschte ihm eine gute Nachtruhe und folgte Diana aus dem Raum.

Sie wartete im Flur am Fuß der Treppe auf ihn. »Dort oben.« Sie deutete mit einem ausgestreckten Finger die Stufen hinauf. »Durch die Doppeltür am Ende des Flures.«

James sah nach oben und packte ihr Handgelenk, als sie leise weggehen wollte.

»Vielleicht sollten wir uns eine gute Nacht wünschen, bevor ich hinaufgehe.«

Sie sah ihn scharf an. »Isabeau wartet auf mich.«

»Es dauert nicht lange.« Er legte seine Finger unter ihr Kinn, bückte sich und küsste sie.

Ihr Mund blieb einen Herzschlag lang hart und fest geschlossen. Dann entspannte sie sich, schmiegte sich an ihn und erwiderte die Zärtlichkeit.

Es war ein kurzer, glühender Ausbruch von Leidenschaft. Ihre Münder waren nur eine Sekunde miteinander verbunden, aber das genügte ihm, um ihren berauschenden Geschmack zu kosten. Verdammt wollte er sein, am liebsten würde er die ganze Nacht damit verbringen, sie zu schmecken. Es wäre wie eine lange Entdeckungsreise, sie einfach nur zu kosten.

Er hob den Kopf, wischte zärtlich mit dem Daumen die Feuchtigkeit von ihren Mundwinkeln und strich sanft mit einer Hand über das Haar.

»Gute Nacht«, sagte er leise und stieg die im Dämmerlicht liegende Treppe hinauf.

Er musste fast fünf Minuten vor der Tür des Arbeitszimmers warten, bis seine Erektion so weit abgeklungen war, dass er sich dem Vater der Frau stellen konnte, die er am liebsten sofort geliebt hätte.

Es war schon lange her, dass James derartig von einem weiblichen Wesen fasziniert und gefesselt gewesen war. Dabei hatten genug Frauen versucht, seine Aufmerksamkeit zu erregen, aber er hielt sich schon aus Gewohnheit zurück. Nicht weil er kalt war, wie viele glaubten, sondern weil genau das Gegenteil davon zutraf. Wann immer James Ardmore einer Frau verfiel, dann mit Haut und Haaren. Und das erlaubte er sich nicht.

Auch jetzt konnte er es sich nicht leisten, selbst wenn es die reinste Wonne sein würde. Er hatte einiges zu erledigen, und am Ende würde er entweder tot sein oder fliehen müssen. Diana würde ihn hassen, ganz gleich wie es letztlich ausgehen würde. Die Zeit mit ihr würde einfach nur eine weitere Erinnerung unter den vielen sein, die er in seiner Vergangenheit gesammelt hatte.

Er hob die Hand und klopfte an die einfache Holztür.

Als der Admiral ihn einzutreten hieß, öffnete James die Tür und ging in den Raum.

Die Sonne war untergegangen, und die Fenster waren dunkel. Ein Feuer loderte im Kamin und tauchte den Raum in einen roten Glanz, der gleichzeitig gemütlich und bedrohlich wirkte. Admiral Lockwood hatte gerade die Kerzen auf einem Leuchter entzündet, als er sich umdrehte und James bat, die Tür zu schließen, was dieser auch tat.

Sein Gastgeber warf den Kienspan aus Papier in den Kamin. Das Feuer verzehrte ihn augenblicklich mit einem hungrigen Knistern.

Lockwood hatte sein langes weißes Haar zu einem Zopf geflochten, wie er es zweifellos die ganze Zeit bei der Marine getan hatte. Er hatte dieselben blaugrünen Augen wie seine Tochter, die in einem gutaussehenden Gesicht lagen, das durch Alter und Meer zwar gehärtet, keineswegs jedoch entstellt worden war. Außerdem ging er trotz seiner sechzig Jahre nicht gebeugt, sondern stand mit gestrafften Schultern kerzengerade da.

»Captain Ardmore«, sagte er herzlich. »Sagt, welche Waffen tragt Ihr im Moment bei Euch?«

James erstarrte einen Herzschlag lang, während sich der Admiral und er durch den dämmrigen Raum hinweg musterten.

Dann griff James in die Tasche seiner Jacke und zog das Messer mit dem Stahlgriff heraus. Er hielt es einen Moment auf der Handfläche hoch und legte es dann auf einen kleinen Beistelltisch neben sich.

5. Kapitel

Es war ein einfaches, praktisches Messer, dessen eiserner Griff sauber mit einem Lederstreifen umwickelt war. James hatte es vor langer Zeit auf Martinique gekauft, und seitdem hatte es ihn auf allen seinen Fahrten und Abenteuern begleitet.

Der Admiral sah es an. »Ist das alles?«

James ließ seine Hand sinken. »Nein.«

Als der Admiral weiterredete, behielt er seinen liebenswürdigen Tonfall bei, als würde er freundlich mit einem Untergebenen plaudern. »Als ich meiner Tochter geholfen habe, Euch ins Bett zu schaffen, habe ich über die Anzahl der Messer gestaunt, die Ihr in Eurer Kleidung verborgen hattet. Allerdings fand ich keine Pistole.«

»Ich hatte keine Zeit, mir eine zu besorgen«, erwiderte James ebenso freundlich. »Das Schiff sank gerade.«

»Zweifellos. Und Gefangenen werden selten Pistolen ausgehändigt, nicht einmal um ihr eigenes Leben zu retten. Ich frage mich, wie Ihr an die Messer gekommen seid.«

James sah ihn gleichmütig an, und der Admiral erwiderte den Blick, ohne zu blinzeln. Lockwood war ein erfahrener Seemann. Er war lange Kapitän gewesen, bevor er im Anschluss an Trafalgar zum Admiral befördert worden war. Er wusste alles über James und konnte sich denken, was er auf der Fregatte getan hatte. Ebenso wie James den Admiral genau kannte.

»Die Marinesoldaten haben mich nicht sonderlich sorgfältig durchsucht«, erwiderte er.

Lockwood nickte. »Bestimmt waren sie so glücklich, den berüchtigten Captain Ardmore gefangen zu haben, dass sie leichtsinnig wurden.« Er machte eine kleine Pause. »Ich vermute, dass wir Euch nur deshalb mit einem englischen Leutnant gefunden haben, weil Ihr entweder sein Gefangener oder auf seinem Schiff festgesetzt wart. Ich habe Euch übrigens schon einmal gesehen. Es war nur eine sehr kurze Begegnung, aber ich konnte Eure Augen nicht vergessen. Es waren die Augen eines Mannes ohne Herz.«

Vor seiner Ankunft hätte James ihm zugestimmt. Jetzt jedoch nicht mehr.

Er berührte seine Brust. »Ich habe ein Herz. Es schlägt hier drin.«

»Das sagt Ihr. Ich beobachte Leutnant Jack. Er hat keine Ahnung, wer oder was er ist, und das ängstigt ihn zu Tode. Er fürchtet sich davor herauszufinden, was für ein Mann er gewesen ist. Ihr wisst, wer und was Ihr seid. Und Ihr habt Euch dieser Wahrheit verschlossen.« Er strich mit den Fingern über die geschnitzte Lehne eines Stuhls. »Aber ich habe nicht nach Euch geschickt, um mit Euch über Euer Herz zu plaudern. Ich möchte von Euch wissen, was für Pläne Ihr habt.«

»Ich habe vor, mich zu erholen.«

»Wir können nicht gegen Euch kämpfen, meine Tochter und ich. Ich bin dafür zu alt, und meine Tochter ist eine Frau, obwohl ich Euch warnen muss: Sie hat ein höllisches Temperament.« Er lächelte liebevoll, und James konnte sich gerade noch zurückhalten, verächtlich zu schnauben. Der Admiral hatte ja keine Ahnung! »Wäre zum Beispiel Isabeau in Gefahr, würde sie bis zum Tod kämpfen. Sie liebt ihre Tochter mehr als ihr eigenes Leben. Das verstehe ich, denn ich empfinde dasselbe für Diana.« Er sah James vielsagend an.

»Ich kann versprechen, dass ich nicht die Absicht habe, einem von Euch etwas anzutun. Ich vergreife mich nicht an Unschuldigen.«

»Ja. Ich habe gehört, dass man sich das über Euch erzählt.« Der Admiral betrachtete James listig. »Aber ich habe nie erfahren, ob das auf eine Behauptung zurückgeht, die Ihr selbst in die Welt gesetzt habt, oder auf Beobachtungen anderer. Alles in allem jedoch halte ich Euch für einen ehrenhaften, wenn auch rücksichtlosen Mann.«

»Dann seid Ihr anders als alle Mitglieder der Königlichen Marine. Ich habe bisher noch keinen Kapitän oder Admiral getroffen, der mich für ehrenhaft hielt.«

»Ich habe Eure Laufbahn mit sehr viel Interesse verfolgt. Man sollte seine Feinde kennen, ist es nicht so? Ihr habt eine beachtliche Menge von Piraten an der Barbarenküste und in der Karibik zur Strecke gebracht, die allesamt nichts weiter waren als Halunken und Mörder. Dafür kann ich Euch schwerlich verdammen.«

»Ich tue, was ich kann«, erwiderte James gedehnt.

»Ihr entert englische Schiffe nur zu Eurem Vergnügen. Seht mich nicht so an! Ich weiß genau, dass es Euch amüsiert. Ihr befreit amerikanische Kriegsgefangene und gepresste Seeleute und genießt es, englische Kapitäne zu terrorisieren.« Der Admiral lächelte tatsächlich. »Selbst das kann ich Euch nicht verdenken. Ich habe gehört, dass Ihr Captain

Langford habt auspeitschen lassen. Er war ein Narr, und was Ihr getan habt, war lange überfällig. Wisst Ihr, dass er wegen dieser Demütigung aus der Königlichen Marine ausscheiden musste? Das hat er nie verkraftet.«

»Ich tue mein Bestes.«

»Und seid stolz darauf.« Er musterte James lange. »Aber Ihr seid noch jung. Die Reue kommt später.«

»Oh, die empfinde ich bereits. Ich bedaure sehr viel.«

»Wenn Ihr erst mein Alter erreicht habt, wird es noch viel mehr sein.« Einen Moment klang er traurig. Aber James empfand keinerlei Mitleid. Er wusste sehr genau, was der Admiral bedauerte.

Lockwood deutete auf einen Stuhl neben dem Feuer. »Setzen wir uns, als Freunde. Ich weiß, dass ich mich wie ein Narr verhalte und Euch eigentlich einsperren müsste, bis das nächste Schiff anlegt. Aber wir sind hier auf Haven. Und wenn Ihr mich hättet umbringen wollen, hättet Ihr das längst getan.«

James ging zu dem Stuhl und ließ sein Messer auf dem Tisch liegen. »Das ist wahr.«

Der Admiral trat an eine Anrichte, goss Brandy in zwei Schwenker, reichte James ein Glas und setzte sich dann in den Stuhl gegenüber. »Ich hoffe, dass Ihr mir einige Eurer Abenteuer schildert. Es würde die langen Winterabende verkürzen.«

James trank einen Schluck des warmen Brandys. »Was habt Ihr Leutnant Jack erzählt?«

Lockwood drehte das Glas zwischen seinen Fingern. »Mir ist klar, dass Ihr nicht wollt, dass er etwas über Euch erfährt. Es wäre seine Pflicht, Euch wieder gefangen zu nehmen. Aber er hat alle Hände voll damit zu tun, sein Gedächtnis wiederzufinden. Wenn das geschieht …« Er machte eine Handbewegung, die wohl besagen sollte: ›Wir widmen uns dem Problem, wenn es so weit ist.‹ »Ich werde Eure Identität bis dahin vor dem Leutnant geheim halten. Aber dafür möchte ich alles erfahren. Angefangen damit, wie Ihr auf diese englische Fregatte gekommen seid.«

»Das«, antwortete James leise, »ist eine lange Geschichte.«

Der Admiral lächelte. »Ausgezeichnet. Wir haben die ganze Nacht Zeit.«

Diana rammte die Gartenschaufel in die Erde und riss an der Wurzel, die fest im Boden verankert war. Ein Schweißtropfen rann aus ihrem verschwitzten Haar über ihre Schläfe. Trotz des kalten Windes war ihr warm von der anstrengenden körperlichen Arbeit.

Ihr Vater hatte sie heute Morgen zur Seite genommen und ihr erklärt, was James Ardmore ihm erzählt hatte. Angeblich war er ein Gefangener auf dieser englischen Galeere gewesen; er war festgesetzt worden, als er der Besatzung eines kleineren Schiffes geholfen hatte, Brandy an der englischen Blockade vorbeizuschmuggeln. Er hatte sich als Geisel angeboten, wenn die anderen Amerikaner dafür freigelassen würden.

Diana hielt nicht viel von einer Besatzung, die ihren Kapitän opferte und dann nicht einmal versuchte, ihn zu retten. Vielleicht hatten sie es auch versucht und waren gescheitert. Oder sie hatten Hilfe geholt, aber es war zu spät gewesen. Jedenfalls hatte der Sturm die englische Fregatte zertrümmert, und nur James und Leutnant Jack hatten überlebt. Jack hatte aus Mitleid James' Ketten geöffnet, und dafür hatte James Jacks Leben gerettet. Es war eine Geschichte, aus der man ein Heldenlied dichten könnte.

Es wurden jedoch bereits viel zu viele Lieder über James Ardmore gesungen. Sie zweifelte nicht daran, dass dieser Mann ihren Vater um den kleinen Finger gewickelt hatte. Der Admiral mochte Männer mit Mut und Integrität, und ganz offensichtlich glaubte er, dass James beides besaß. Aus diesem Grund würde er ihn nicht in den Keller sperren und den Schlüssel ins Meer werfen.

Sie rammte erneut die kleine Schaufel in den Boden. Die trockene Erde brach und verteilte die Blätter des Krauts, das sie aus den Bougainvilleen zupfen wollte.

Ihr Vater hatte sich entschieden, James zu vertrauen. Die beiden hatten einen Pakt geschlossen, der besagte, dass keiner dem anderen etwas antun würde, solange sie auf Haven waren. Dann hatten die beiden Gentlemen die ganze Nacht damit verbracht, sich gegenseitig Geschichten zu erzählen und die Brandykaraffe zu leeren. Typisch Männer. Sie vergaßen Gefahr und Betrug, solange sie bei einem Brandy zusammensitzen konnten.

Die Wurzel gab plötzlich nach, und Diana stützte sich mit der Schaufel ab, um nicht das Gleichgewicht zu verlieren. Sie warf das Kraut zur Seite und machte sich an das nächste. Während ihr Vater und James sich angefreundet hatten, hatte sie die ganze Nacht davon geträumt, neben James, dem Piratenjäger, zu liegen. Sie hatte sich vorgestellt, wie sein kräftiger Körper ihr Bett ausfüllte und seine großen Hände über ihre Haut strichen.

Letztes Jahr hatte es Monate gedauert, bis sie endlich aufgehört hatte, von ihm zu träumen. Und dabei hatte sie niemals denselben Traum gehabt, auch wenn im Grunde immer dasselbe passierte. Er würde sie küssen, sie würde dahinschmelzen, und dann würden sie sich dort lieben, wo sie gerade waren – an einem Strand, im Zimmer einer Herberge, in einer fahrenden Kutsche. Jetzt waren die Träume wieder da, so lebhaft wie zuvor. Sie rammte die Schaufel aufgebracht unter die nächste Wurzel.

Plötzlich kamen zwei Stiefel neben ihr zum Stehen. Diana tat, als bemerkte sie es nicht. Sie kümmerte sich nicht um das abgenutzte Leder, das sich an den Knöcheln faltete, nicht um die abgeschabten Fußspitzen, die auf dem Blumenbeet standen, nicht um die angelaufenen Schnallen auf dem schwarzen Leder. Es interessierte sie nicht, dass er neben ihr auf ein Knie ging, wie seine kräftigen Schenkel das Tuch seiner Hose strafften, bis es sich an jeden Muskel schmiegte.

Was machte es schon aus, dass er seine große, vernarbte nackte Hand auf sein Knie legte oder dass sein männlicher Geruch ihre Sinne vernebelte? Und wieso sollte es sie stören, dass sie seinen brennenden Blick auf ihrem Nacken spürte?

Dann wurde ihr jedoch plötzlich bewusst, dass der oberste Haken ihres Kleides sich bei der Arbeit gelöst hatte, dass ihr Zopf aufgegangen war und sie ihre Röcke bis zu den Knien hochgezogen hatte.

Leutnant Jack hatte Isabeau mit zum Strand genommen, um nach Muscheln zu suchen. Der Garten war leer. Sie konnte sagen, was sie wollte.

»James Ardmore!« Sie spie die Worte förmlich heraus. »Und mein Vater. Zwei legendäre Seeleute, die sich Geschichten erzählen. Ihr habt ihn wahrlich für Euch eingenommen.«

»Warum auch nicht?«

Beim Klang seiner Stimme lief es ihr heiß über den Rücken. Dehnte er die Vokale absichtlich, und sprach er die Konsonanten vorsätzlich so weich aus, um sie abzulenken und aus der Fassung zu bringen?

»Mein Ehemann war auch eine Legende«, erwiderte sie scharf. »Mein Vater mochte ihn nicht.«

Er spreizte die Finger seiner Hand. »Euer Gatte war hochdekoriert, wie ich hörte.«

Sie rammte die Schaufel gnadenlos in die Erde. »Er war ein Betrüger.«

»Wirklich? Wie interessant.«

Als sie das Werkzeug noch einmal in die Erde stieß, klemmte es fest. »Euch *bewundert* Vater.«

»Tut er das?«

Sie blickte hoch. Er beobachtete sie reglos wie ein Raubtier seine Beute.

»Das tut er. Ich kann mir nur den Grund nicht vorstellen.«

Er sah sie merkwürdig an. »Warum sagt Ihr, dass Euer Mann ein Betrüger war?«

Sie hatte ihre Vermutungen noch niemandem gegenüber laut geäußert. Doch jetzt schien sie die Worte einfach nicht zurückhalten zu können. »Weil er alle zu dem Glauben verleitet hat, er wäre ein großartiger Kapitän. Die Hälfte seiner Siege wurde durch seine Untergebenen gewonnen, und er hat an ihrer Stelle den Ruhm dafür eingeheimst.«

»Wirklich?«, fragte er leise. »Ein Mann ist zu bedauern, wenn seine Ehefrau ihn verachtet.« Er warf ihr einen langen Blick zu. »Andererseits sind alle Erzählungen über mich wahr.«

»Ach ja?«

»Jede einzelne.«

Diana dachte nach. Sie hatte Geschichten gehört, dass er Piratenschiffe ganz allein mit der kleinen, schlanken *Argonaut* versenkt hätte. Er hatte englische Schiffe geentert und ihre Kapitäne zu wimmernden Häufchen Elend degradiert, während er die gepressten Seeleute befreite und alle anderen, die er für versklavt hielt.

Sie hatte die Geschichten nicht so richtig geglaubt, weil sie genau wusste, wie sehr Seeleute ihr Seemannsgarn liebten, aber nachdem sie James Ardmore von Angesicht zu Angesicht begegnet war, hatte sie ihre Meinung allmählich geändert. Etwas in seinen Augen zeigte ihr, dass er um jeden Preis der Welt seinen Willen durchsetzen würde. Selbst eine mit Kanonen bestückte Fregatte würde ihn nicht aufhalten. Wäre sie ein Kapitän und würde er ihr Schiff entern, würde sie ebenfalls ihren Stolz hinunterschlucken und ihn gewähren lassen.

Sie malte sich aus, wie sie in Kniehosen und einer blauen Jacke an Bord eines Schiffes stand und mit großen Augen beobachtete, wie er sich ihr über das Deck näherte. Nachdem er sie ausgelacht hatte, weil sie ein weiblicher Kapitän war, würde er sie in ihre Kabine zerren, wo er … alles tun würde, was ihm beliebte.

Diana schloss kurz die Augen, als die Phantasie sich wie von allein fortsetzte, wie er nackt vor ihr stand, sein Mund auf ihrer Haut, seine Hände, die sie liebkosten. Sein Haar würde sich unter ihren Fingern rauh anfühlen, wie warme Strähnen von Rohseide.

Sie schlug hastig die Augen wieder auf. James beobachtete sie, als könnte er ihre Gedanken lesen. Er streckte die Hand aus und strich ihr eine Haarsträhne aus der Stirn.

Sie umklammerte den Griff der Schaufel, während sie nach Atem rang. Seine Finger waren kräftig und so sanft. Oh, er wusste, wie man eine Frau in Versuchung führte.

Er strich ihr ebenso zart über die Schläfe und glättete noch einmal die widerspenstige Strähne. Sie sehnte sich danach, ihre Wange in seine Hand zu schmiegen, seine Wärme zu spüren. Es verlangte sie so sehr danach, dass sie ihre Muskeln versteifen musste, damit ihr Kopf sich nicht von allein bewegte.

Er beobachtete sie, und seine Augen verdunkelten sich. Sie hatte ihn jedes Mal, wenn sie die Chance dazu hatte, geküsst wie eine Dirne, und ohne Zweifel würde sie es wieder tun, wenn er sie darum bat. Seinetwegen machten sich sicherlich andauernd Frauen zum Narren, was kein Wunder war. Von diesen großen Händen berührt zu werden, die eine Lady so sanft liebkosen konnten, in diese grünen Augen zu blicken, die dunkel und auf ihr Gegenüber fixiert waren, musste sich anfühlen … nun ja, wie in diesem Moment.

Er strich mit dem Daumen über ihren Wangenknochen. Widerstand war sinnlos. Sie drehte den Kopf und schmiegte sich in seine Hand.

»Darling.«

Sie küsste die Spitze seines Daumens. Er hielt still, beobachtete sie.

Ihre Vernunft drängte sie, das verführerische Spiel zu beenden. Doch zu spät. Sie biss sanft in die Spitze seines Fingers. Seine Augen fixierten sie weiterhin. Diese Möchtegernfreier in ihren Jugendjahren, diese Gentlemen, die ihr noch nach ihrer Eheschließung nachgestellt hatten, waren alles hohle Puppen gewesen, die Leidenschaft nur gespielt hatten. Dies hier war echt.

Unerfreuliche Erinnerungen stiegen in ihr auf. Sie erinnerte sich an die Nacht, als sie von den zwei Tagen mit James Ardmore zurückgekehrt war, nachdem sie das Schlafzimmer ihres Ehemannes betreten und ihm genau die Ereignisse berichtet hatte. Er war zunächst geneigt gewesen anzunehmen, sie wäre für ein Stelldichein mit Mr. Kinnaird davongelaufen, dem amerikanischen Spion, was schon schlimm genug war. Als sie ihm jedoch eröffnete, dass sie von James Ardmore entführt worden war, verbesserte das ihre Lage nicht gerade.

Edward hatte sich förmlich auf sie gestürzt. »Du kleine Närrin, er hat dir eine Falle gestellt und dich darin gefangen, oder etwa nicht?«

»Es war purer Zufall«, konterte sie, fast krank vor Wut. »Er wollte Kinnaird retten, der ein Spion war. Es überrascht mich, dass du und deine Freunde von der Admiralität nicht darüber gestolpert seid! Ein Spion, mitten unter euch. Ihr seid die Narren, nicht ich.«

Sir Edward war so außer sich vor Wut gewesen, dass er sogar diese heftige Beleidigung überhört hatte. »Sei nicht albern! Er muss das Haus tagelang beobachtet haben, wusste, wer du bist und was für einen Affront es bedeuten würde, Sir Edward Worthings Gemahlin zu entführen. Es überrascht mich, dass er kein Lösegeld für dich gefordert hat, aber er hat wohl befürchtet, dass wir die Küste abriegeln würden. Deshalb hat er dich gehenlassen.«

Sie hätte über seine Naivität beinahe gelacht. »Er hatte niemals die Absicht, mich zu entführen. Ich bin ihm nur im Weg gewesen.«

»Vielleicht hat er ja sogar ein Lösegeld verlangt.« Sir Edwards Augen verengten sich zu Schlitzen und funkelten vor

Gemeinheit. »Was hast du ihm gegeben, Diana? Oder brauche ich gar nicht danach zu fragen?«

»Gar nichts hat er von mir bekommen!«, fuhr sie ihn an. Das stimmte auch. Sie hatte sich davon abgehalten. Sie war vor James Ardmore zurückgewichen, bis zur anderen Seite des Zimmers, und hatte sich mit der Hand an der Wand abgestützt. »Ich bin eine verheiratete Frau«, hatte sie dem Piratenjäger erklärt. »Und habe eine Tochter.« Tränen waren ihr in die Augen getreten. Ardmore hatte die Antwort hingenommen, sie aufgefordert, sich zu setzen, und sie dann dazu gebracht, diese verdammte Suppe zu essen.

Sir Edward war jedoch noch nicht fertig. »Er hat dir nichts getan? Das kann ich nicht glauben!«

Ihre Wut stand der seinen in nichts nach. Sie hatte ihm die Wahrheit nicht sagen wollen, aber jetzt warf sie sie ihm an den Kopf, um ihn zu verletzen. »Er hat mich geküsst. Das war alles. Und es war genug.«

Edward reagierte nicht so, wie sie erwartet hatte. Sie war darauf vorbereitet gewesen, dass er sie schlagen würde, hatte sich bereits zur Flucht bereitgemacht. Stattdessen sah er sie nachdenklich an. »Er hat dich nur geküsst? Was ist passiert, Diana? Hast du ihn nicht nachdrücklich genug angefleht?«

Sie schlug ihn. Sie konnte noch heute das Brennen auf ihrer Handfläche spüren. Edwards Augen funkelten vor nackter Wut, und schon fand sie sich auf dem Boden wieder. Den Schlag hatte sie kaum gespürt. Er stand über ihr, puterrot im Gesicht vor Zorn, beschimpfte sie mit derben Ausdrücken und stieß knurrend hervor, dass er die Scheidung eingereicht hätte.

Sir Edward war in einer Schlacht vor Cadiz den Heldentod gestorben. Es war nicht genug von ihm übrig geblieben, was man nach Hause hätte bringen und in der Familiengruft beisetzen können. Edwards Mutter hatte Diana die Schuld an seinem Tod gegeben. Sie gab ihrer Schwiegertochter an allem die Schuld.

Diana fand sich plötzlich im Garten wieder, schwer atmend. Sie war mit Isabeau auf die Insel ihres Vaters geflohen und hatte versucht, die Erinnerungen zu bannen.

»Was ist mit Euch?« James Ardmores Stimme klang merkwürdig sanft.

In ihren Augen brannten Tränen. Er beobachtete sie forschend, und plötzlich hätte sie ihm am liebsten alles erzählt. »Ich habe ihn gehasst, James«, flüsterte sie. »Ich habe ihn abgrundtief gehasst.«

Sie erwartete eine sarkastische Bemerkung oder die Frage, wen sie meinte. »Ich weiß«, sagte er jedoch nur zärtlich und strich ihr erneut über den Kopf.

Ihre Blicke begegneten sich. In diesem Moment begriff sie, dass er ihre Wut und ihre Hilflosigkeit verstand.

Seine Finger lagen warm auf ihrem Haar. Gestern hatten sie sich aufeinandergestürzt, heute dagegen war es eine ruhige Art von Zärtlichkeit. Sie hätte den ganzen Tag hier im Garten vor ihm auf den Knien liegen können, während er ihr übers Haar strich und sie auf diese ruhige, prüfende Art anschaute.

Vor diesem Schicksal jedoch wurde Diana von der schrillen Lauten ihrer Tochter und der tiefen Stimme von Leutnant Jack bewahrt, der ihr antwortete.

6. Kapitel

James zog die Hand zurück, und Diana atmete tief durch. Sie fühlte sich gleichzeitig erleichtert und enttäuscht. Er drehte sich um, als Isabeau in den Garten hüpfte, die Hände voller Muscheln. »Maa!«, kreischte sie und grinste James an. »Joo.« Damit meinte sie ihn.

»Lass mal sehen, mein Schatz.« Diana war wieder ganz Mutter.

Jack folgte Isabeau keuchend und fröhlich. »Wir müssen fast ganz um die Insel herumgegangen sein«, meinte er. »Sie hat Dutzende von Muscheln gefunden.«

Isabeau kniete sich auf den Boden und breitete ihre Schätze aus. Diana beugte sich darüber und tat, als würde ihr Herz nicht rasen wie bei einem Kaninchen.

Ihre Tochter begann sofort, die Muscheln in Haufen zu sortieren. Die flachen auf den einen, die Schneckenmuscheln auf einen anderen, die in Flötenform auf einen dritten. Isabeau hatte mehrere Muschelsammlungen, die sie sehr sorgfältig in beschrifteten Kartons aufbewahrte, nach Größe und Art sortiert. Sie öffnete diese Schachteln häufig, brütete über ihren Schätzen und untersuchte jede einzelne von ihnen mit dem wissenschaftlichen Ernst eines Mitglieds der Königlichen Akademie.

Diana hatte einmal mit dem Gedanken gespielt, ihr beizubringen, wie man hübsche Geschenke aus diesen Muscheln fertigte, aber das hatte Isabeau gar nicht gefallen. Sie wollte, dass sie so blieben, wie sie sie gefunden hatte.

Isabeau nahm die größte Schneckenmuschel von dem Haufen und hielt sie mit beiden Händen James hin. »Joo.«

Vor Dianas Augen wurde James Ardmore plötzlich weich. Er griff nach dem Geschenk. »Vielen Dank, Isabeau.«

»So«, meinte Diana, ballte die Faust und legte sie auf ihr Herz. »Das ist ihr Zeichen für Danke.«

James ballte seine kräftigen Finger. Erdkrumen hingen an seinen Fingerspitzen. Er legte eine Hand auf sein Brustbein. »Danke.«

Isabeau lächelte. Einer ihrer vorderen Schneidezähne wuchs gerade in die Lücke.

»Was bedeutet das?« Leutnant Jack kreuzte seine Handgelenke, berührte damit seine Brust und breitete dann die Arme aus. »Ich sehe das ständig bei Euch beiden.«

Isabeau kicherte. Dianas Gesicht lief rot an. »Es bedeutet, ich liebe dich.«

»Aha.« Jack grinste.

James wischte zerstreut Sand von der Schneckenmuschel und erhob sich.

Isabeau ging wieder zu ihren Funden zurück. James betrachtete lange sein Exemplar. Er schien von seiner Schönheit fasziniert zu sein.

Als er aufblickte, bemerkte er, wie Diana ihn anstarrte. Ihr Herz schlug schneller. Seine Augen waren so unglaublich grün. Ein Kribbeln durchfuhr ihre Brustspitzen und erregte sie, bis sie hart wurden.

»Und was ist nun mit diesen Höhlen, Ardmore?«, fragte Jack, der davon offensichtlich nichts bemerkte.

Der Captain sah Jack an. Dann warf er Diana einen weiteren langen und erregenden Blick zu, drehte sich um und bedeutete dem anderen Mann, ihm zu folgen.

Jack verbeugte sich höflich vor Diana. »Lady Worthing.« Er folgte James den Weg hinab zu dem kleinen Tor.

Diana ließ sich wieder auf Hände und Knie herab, riss die Schaufel aus der Erde und rammte sie wütend in die Wurzel eines besonders widerspenstigen Krauts. Isabeau begann zu summen.

James ging schneller als beim letzten Mal. Jetzt kannte er den Weg, und außerdem beschleunigte die wärmende Erinnerung, wie sich Diana in seine Arme geworfen hatte, seine Schritte.

Sie war ihm ein Rätsel. Er spürte ihr Verlangen, aber er nahm auch ihre Furcht wahr. Sie war eine sehr komplexe, vielschichtige Frau. Er hätte gern all diese Schichten eine nach der anderen abgetragen und alles über sie in Erfahrung gebracht.

Die Spannung zwischen ihnen war fühlbar gewesen. Die Muskeln ihrer Arme und ihres Rücken hatten sich angespannt, sobald sie seine Anwesenheit bemerkt hatte. Die Haarsträhne, die ihr in die Stirn gehangen war, war einfach unwiderstehlich gewesen. Der Knopf ihres Mieders war aufgegangen, und es hatte ihn seine gesamte Willenskraft gekostet, nicht mit den Fingern ihren Kragen zu berühren. Wären Leutnant Jack und Isabeau nicht gekommen, hätte er diese süße Verführung weitergetrieben, soweit sie es zugelassen hätte.

Er begehrte sie. Sein Verlangen nach ihr war so tief und archaisch, wie er es schon seit langer Zeit nicht mehr verspürt hatte. Sie war eine Frau, die für die Liebe geschaffen war. Und sie wollte ihn. Sie fürchtete ihre Begierde, doch sie leugnete sie nicht.

Dianas Tochter würde ebenso bezaubernd werden wie ihre Mutter, wenn sie erst älter war. Isabeau hatte verschmitzt gelächelt, als sie ihm die schönste Muschel reichte, die mit den hübschen Zeichnungen. Sie wollte, dass er sie bekam, nicht Jack oder ihre Mutter.

Er hatte sie in die Tasche gesteckt. Dort ruhte sie und wärmte seine Gedanken ein wenig.

»Ich glaube, sie mag Euch, Ardmore«, sagte Jack hinter ihm fröhlich. Der junge Mann atmete schwer, als sie den steilen Pfad hinabkletterten.

»Isabeau? Sie ist noch ein wenig jung, denke ich.«

Jack lachte leise. »Die entzückende Lady Worthing, meinte ich.«

James blieb vor der Nische im Felsen stehen, die sie zu der sandigen Fläche führen würde. »Sie ist in der Tat hinreißend.«

Jacks Augen funkelten. »Aha. Das Gefühl wird also erwidert. Ihr beide, die Ihr Euch hier zufällig trefft. Passt lieber auf, sonst landet Euer Hals schneller in der Schlinge, als Ihr glaubt.«

James erstarrte. »Was?«

»Ihr werdet zu einer Ehe verführt. So etwas passiert, bevor man es sich versieht. Aber die wunderschöne Lady Worthing wäre es wert, nicht wahr?«

Er wirkte ein wenig sehnsüchtig. James lehnte sich an den Felsen und verschränkte die Arme. Die beiläufige Erwähnung von Schlingen beunruhigte ihn. »Was ist mit Euch? Seid Ihr in sie verliebt?«

Jack wandte den Blick ab. James spürte plötzlich einen überraschenden Stich in seinem Herzen. Er und Diana mochten sich im Sand vergnügen, aber das konnte nur vorübergehend sein. James hatte ein weit tödlicheres Spiel zu spielen, wie immer. Jack dagegen war Engländer, ein Seemann, Marineangehöriger, einer von ihnen. Vielleicht würde er niemals sein Gedächtnis zurückerlangen. Er könnte sich mit Diana als seiner Frau hier niederlassen, und der Admiral würde ihnen seinen Segen geben. Ein perfektes Paar in einer idyllischen Umgebung.

Jack sah ihn wieder an. Seine grauen Augen waren ausdruckslos. »Ich könnte mein Herz an Diana Worthing verlieren. Wie wohl jeder Mann. Aber Ardmore …« Er hielt inne. »Ich könnte auch jeder sein.« Aus seinen Worten sprach eine tiefsitzende Verunsicherung über seine wahre Identität.

»Ihr könntet zum Beispiel ein Leutnant auf einer britischen Fregatte sein«, erwiderte James trocken. »Was Ihr zufällig auch seid.«

Jack musterte den Ableger einer Flechte, der sich an einen Felsen neben seinem Kopf klammerte. »In den Schreibstuben der Admiralität steht mein Name bestimmt auf dem Personenverzeichnis eines Schiffes. Als zweiter oder dritter Leutnant. Oder vielleicht bin ich ja ein ausgezeichneter Offizier und wurde zum Ersten Leutnant ernannt. Nur, wer ist dieser Mann? Habe ich eine Frau, eine Familie? Wer wartet auf meine Rückkehr? Oder wer ist froh, dass ich tot bin?«

»Das werdet Ihr erfahren«, antwortete James. Das Meer unter ihnen schlug gegen die Felsen und zog sich wieder zurück. »Ein Angestellter wird auf diese Auflistung blicken und Euch Euren Namen nennen. Er wird wissen, wo Ihr lebt. Ihr werdet alles erfahren.«

»Aber was werde ich dann wissen? Bin ich der fröhliche Gentleman, der ich zu sein scheine, der froh ist, dass er sich daran erinnert, wie man Seemannsknoten knüpft und ein Segel bedient? Oder bin ich jemand anders? Ein schrecklicher Mensch?«

»Sehr wahrscheinlich seid Ihr genauso wie alle anderen. Froh, wenn Ihr in einem warmen Bett liegt, und gereizt, wenn das Frühstück kalt geworden ist.«

Jack presste die Lippen zusammen. »Versucht nicht, mich zu besänftigen. Ihr könnt nicht wissen, wie das ist, so etwas zu erleben … diese Leere im Kopf. Ich könnte eine Frau verloren haben, die gut und wunderschön ist. Zum Teufel, ich könnte sogar einen Mann geliebt haben. Ich … weiß … es … nicht!«

Erneut toste die Brandung, und die Gischt sprühte hoch auf. Die Flut kam. »Wenn Ihr zu dem Schluss kommen solltet, dass Ihr eventuell einen Mann liebt, würdet Ihr Euch dann ein bisschen von mir fernhalten?«, sagte James.

Jack starrte ihn an und runzelte die Stirn. Dann lachte er. »Ihr seid ein verdammt harter Brocken, Ardmore. Sind alle Amerikaner so gefühllos wie Ihr?«

»Die meisten, glaube ich.«

»Darüber bin ich froh. Ich brauche kein Mitgefühl, sondern einen Tritt in den Hintern. Danke, dass Ihr so freundlich wart.«

»Wollen wir weitergehen?«

Jack nickte. James hielt sich an den Felsen fest und kletterte den Rest des Pfades zum Strand hinab. Jack folgte ihm behende.

James hätte niemals gedacht, dass er je Sympathie für einen Leutnant der Königlichen Marine empfinden würde. Soweit es ihn anging, waren das alles Mistkerle. Britische Fregatten befuhren mit anmaßender Arroganz die Weltmeere und fegten alles beiseite, was ihnen in die Quere kam. Sie blockierten Schifffahrtsrouten von legalen Händlern ebenso wie die Westindischen Inseln, um die Amerikaner von dem Handel dort auszuschließen. Sie begleiteten die Ostindien-Händler, die gewaltigen Schiffe der Ostindien-Kompanie, nach Asien, nicht nur um sie zu schützen, sondern auch in dem Bemühen, den Handel mit Ostindien den Briten vorzubehalten.

Englische Fregatten kreuzten an allen Ecken und Enden des Globus, und wenn die Kapitäne gereizt waren, dann schikanierten sie amerikanische Schiffe, die von niemandem beschützt wurden. Die amerikanische Marine verfügte nur über wenige Schiffe; die britische dagegen über Hunderte, und sie wurden allmählich zu einem richtigen Ärgernis. Schlimmer als die Piraten. James Ardmore empfand es als seine Pflicht, sie zur Strecke zu bringen, wann immer er konnte.

Und jetzt war er gezwungen, zwei Marineoffiziere als menschliche Wesen zu akzeptieren, Admiral Lockwood, den Helden von Trafalgar, und Leutnant Jack, einen verwirrten und gebrochenen jungen Mann, der versuchte, seine Würde zurückzuerlangen.

Und dann war da noch Diana Worthing, Witwe des legendären Kapitäns Sir Edward Worthing.

James schlitterte über den trockenen Sand und näherte sich den Höhlen. Sie hatte ihren Ehemann einen Betrüger genannt. Voller Wut. Ihr Zorn sprach aus jedem Wort. Ihre

Erklärung, wie sehr sie ihren Gatten hasste, hatte sie geschmerzt; dennoch hatte sie es aussprechen müssen.

Allerdings, wenn er darüber nachdachte, hatte er Diana Worthing noch nie nicht wütend erlebt. Doch das spielte keine Rolle. Der Ärger machte sie noch schöner. Gott, sie musste eine Bresche durch London geschlagen und eine Spur von Gewalt hinter sich gelassen haben. Ihr Wut sagte ihm, dass seine Vermutung stimmte. Ihre Verwirrung dagegen verriet ihm, dass sie keine Ahnung hatte, warum das so war.

Weil du wunderschön bist, Darling, darum. Wunderschön und gefährlich.

Niemals würde er einfach zusehen, wie Jack sie bekam, ganz gleich wie leid ihm der Mann tat.

Sie hatten die Höhlen erreicht. James duckte sich unter dem Eingang der ersten. In ihrem Inneren war es kühl.

Jack folgte ihm und sah sich ohne viel Interesse um. »Recht niedrig.«

»Ja.« James ging zum Ende der Höhle und betrachtete die Wände, untersuchte die Schatten.

»Wonach sucht Ihr?«

»Nach etwas, das zu finden Lady Worthing mich hindern wollte.«

Jack lehnte sich gegen die Felswand. »Hier ist nichts.«

»Sie hat versucht, etwas vor mir zu verbergen. Wenn ich nur wüßte, was!«

James betrachtete die Oberfläche der dunklen Wand und versuchte angestrengt, in der Dunkelheit etwas zu erkennen. Er hoffte, einen Spalt im Fels zu sehen oder eine Öffnung, die ihn zu einer weiteren Höhle führen würde oder ihm wenigstens einen Hinweis gab, was hier versteckt wurde. Diana war jedenfalls sehr darauf bedacht gewesen, ihn von diesen Grotten fernzuhalten.

Sie war eine sehr umsichtige Frau. Das sah er an Kleinigkeiten, zum Beispiel wie sie ihre Tochter im Auge behielt oder Jessup half, nach dem Essen das Geschirr abzuräumen. Sie führte den Haushalt für ihren Vater, und trotz der wenigen Bediensteten tat sie dies gut.

Sie war nicht die Art Frau, die einfach den Kopf verlor und sich James aus einem Anfall von Lust heraus an den Hals warf. Das hatte sie, sehr zu seiner Enttäuschung, letztes Jahr auch nicht getan. Die Leidenschaft, die sie entzündet hatte, als sie ihren Arm um seinen Hals schlang, hatte sie vollkommen überrumpelt. So wie sie ihn überrascht hatte. Sie hatte nicht gewollt, dass so etwas passierte.

James selbst war ebenfalls von den tiefen Gefühlen vollkommen überrumpelt worden, die sich in ihm regten. Er hatte geglaubt, seine Sehnsucht nach Diana Worthing überwunden zu haben. Aber gestern hatte er sie ganz sicher begehrt, ganz gleich wo, an der Wand, auf dem Sand, überall. Und er wollte sie immer noch.

»Hier ist nichts«, wiederholte Jack. Er klang uninteressiert.

James trat zurück. Er ging einmal im Kreis durch die Höhle und kehrte dann zum Eingang zurück. Dort blickte er nach oben und musterte die Decke, die so niedrig war, dass er sie berühren konnte.

Aber auch hier war nichts. Keine Öffnung, kein Geheimnis.

»Ich bin geneigt, Euch zuzustimmen«, sagte er zu Jack. »Aber ich mag es nicht, im Ungewissen gelassen zu werden.«

»Mmh.«

»Geht es Euch gut?«

Das Gesicht des jungen Mannes war blass. »Zu viel Sonne, denke ich.« Er lehnte sich wieder an die Wand.

James verließ die Höhle. Auf dem Sand blieb er stehen und sah sich um. Links von ihm führte der Pfad, den sie gekommen waren, zwischen den Felsen zum Haus zurück. Zu seiner Rechten endete der Felsvorsprung abrupt am Rand der Klippe, von wo aus er scharf ins Meer abfiel.

Plötzlich lachte er leise. Diana Worthing war klug, klüger, als er zunächst angenommen hatte.

Jack hatte recht. Hier gab es tatsächlich nichts. Es hatte nie etwas gegeben. Diana hatte seine Aufmerksamkeit vollkommen auf die Höhlen gelenkt, indem sie bewusst Aufhebens darum gemacht hatte, ihn davon fernzuhalten. Er hatte nur Zeit damit verschwendet, sich zu überlegen, was sie vor ihm verbarg, obwohl es in Wirklichkeit gar nichts gab. Sie hatte ihn hierher gelockt, damit er das nicht fand, was sie wirklich versteckte, und zwar an einem ganz anderen Ort.

Denselben Trick hatte er letztes Jahr bei ihr angewandt, als er ahnte, dass sie seine Sachen durchsuchen wollte. Er hatte die Truhe verschlossen, um sie zu quälen, und den Schlüssel dort versteckt, wo sie ihn finden konnte. Wenn sie erst alles durchsucht hatte und glaubte, sie hätte all seine Geheimnisse entdeckt, war sie gewiss zufrieden. Aber seine List hatte nicht funktioniert. Pauls Tagebuch hatte sie dennoch gefunden und gelesen.

Nun, ihre List hatte auch bei ihm nicht geklappt, aber er empfand eine merkwürdige Freude dabei. So sehr, dass er fast gelacht hätte.

Als er sich umdrehte, sah er, wie Jack auf dem Boden lag, sich den Bauch hielt und angestrengt atmete.

»Was ist los?«

Jack richtete sich langsam auf, sein Gesicht glänzte von Schweiß. »Mein Kopf. Er schmerzt höllisch.«

»Könnt Ihr Euch an etwas erinnern?«

Jack zögerte. James' Herz schlug rascher. *Sag nein, Leutnant. Ich mag dich; ich will dich nicht umbringen müssen.*

»Er tut einfach nur weh. Wahrscheinlich die Sonne.«

Seine Pupillen waren winzig, selbst hier im Schatten.

»Ich würde sagen, Ihr solltet zum Haus zurückkehren«, meinte James. »Jessup soll sich um Euch kümmern.«

Jack lächelte wehmütig. »Ihr habt recht. Jedes Mal wenn ich glaube, dass ich mich erholt habe, fängt die alte Birne wieder an zu pochen.« Er unterbrach sich. »Und warum, James, kann ich mich an diesen albernen Ausdruck *Birne* erinnern, aber nicht an meinen eigenen Namen?« Seine Wimpern schimmerten feucht.

»Ich bringe Euch zum Haus zurück.«

Jack wich zurück. »Nein. Ich brauche keine verdammte Krankenschwester.«

James hielt ihn mit seinem Blick fest, unter dem jedes Mitglied seiner Besatzung erbebt wäre. Kranken Seeleuten der *Argonaut* wurde befohlen, sich beim Schiffsarzt zu melden, ob es ihnen gefiel oder nicht. Und jeder Mann, der an Deck blieb, wenn er krank war, und dann umfiel, wurde im nächsten Hafen abgesetzt. James hatte keine Zeit für Männer, die den Mutigen spielten, so wie Jack es offensichtlich vorhatte.

Jack warf ihm einen trotzigen Blick zu, doch bei James' unnachgiebiger Miene lenkte er schließlich ein.

»Tut mir leid. Ich weiß, dass Ihr mir helfen wollt. Ich gehe zum Haus zurück. Aber Ihr braucht mich nicht zu begleiten. Ich fühle mich schon besser, und ich verspreche Euch, dass ich mich dort sofort ins Bett lege.«

James nickte knapp.

Jack lächelte. »Seid Ihr sicher, dass Ihr kein Marinesergeant seid? Ich kannte einen, der eine ganze Mannschaft nur mit seinem Blick im Zaun halten konnte.« Sein Gesicht wurde weiß. »Oh Gott, James. Ich habe mich daran erinnert. Aber ich kann nicht … Verdammt!«

»Versucht es nicht mit Gewalt«, riet ihm James.

Jack ballte die Hände zu Fäusten, schloss kurz die Augen und öffnete sie nach einem Moment wieder. Er tat, als hätte er sich gefasst. Diese Engländer und ihre verdammte eiserne Haltung. »Ich gehe zum Haus zurück. Während ich mich ein wenig ausruhe, denke ich an meinen alten Sergeanten. Vielleicht löst das ja weitere Bilder aus der Vergangenheit aus.« Er versuchte erneut zu lächeln. »Ich hoffe nur, dass ich nicht wirklich in ihn verliebt war. Allein bei seinem Anblick konnte einem übel werden.«

James zwang sich zu einem Lächeln.

Schließlich ging Jack langsam zu dem Pfad. James sah zu, wie er sich an den Anstieg machte. Der Leutnant war zwar sichtlich wacklig auf den Beinen, aber es gelang ihm, ohne Zwischenfall den oberen Weg zu erreichen.

James folgte ihm nicht. Eigentlich sollte er es, das war ihm klar, falls Jack unterwegs zusammenbrechen würde, aber er spürte, dass der Leutnant nur wütend auf sein Angebot reagieren würde. Manchmal musste man einem Mann auch erlauben, sich zum Narren zu machen.

Sobald Jack verschwunden war, setzte James seine Erkundungen fort. Er folgte der sandigen Ebene bis zum Ende, wo sie unmittelbar an den Klippen aufhörte. Er beugte sich über den Rand, sah jedoch nur schwarze Felsen, die bis zum Meer hinabreichten.

Er stützte sich mit der Hand an der Felswand ab und lehnte sich so weit vor, wie er es wagen konnte. Weit unter ihm jagten sich die Möwen.

Er drehte den Kopf zur Seite. Rechts neben ihm befand sich ein Vorsprung. Und dahinter ein Spalt in der Felswand.

Es würde nicht einfach werden, dorthin zu kommen. Er musste zwei Schritte über glatten Felsen überwinden, wo er mit den Füßen nur sehr spärlichen Halt finden würde. Er beugte sich um die Ecke, hielt sich etwa in Kopfhöhe am Gestein fest und schob sich auf den kleinen Vorsprung.

Der Wind zerrte an ihm. Wenn er nicht aufpasste, würde er ihn aus der Balance bringen und dann … lebt wohl, James Ardmore.

Jemand hatte jedoch Handgriffe in den Felsen gehackt, kleine Löcher, die die Wand überzogen. Er folgte ihnen, machte die beiden gefährlichen Schritte und war in Sicherheit.

Hier wuchsen Flechten und Moose in Hülle und Fülle. Sie verbargen den Rand der Klippe. Winzige blaue Blüten wiegten sich im Wind.

Der Spalt im Fels war gerade groß genug für einen Mann. James quetschte sich hindurch. Er blieb zuerst mit den Schultern hängen, doch er riss sich los und blieb dann blinzelnd in der Dunkelheit stehen.

Er stand auf einem weiteren Vorsprung, diesmal unter einem Felsdach. Weit unter ihm strömten Sonne und Meerwasser in die Höhle. Die Wellen rauschten, als sie an den Felsbrocken vorbeiflossen.

An der Wand der Höhle über und unter ihm befanden sich verschiedene Felsstufen. Und auf jeder konnte er die Umrisse von Kisten erkennen.

Eine Holzleiter war ein paar Fuß von ihm entfernt an den Felsen befestigt worden. Sie führte hinab bis zum Boden der Höhle. Der Sand dort war feucht; offenbar trocknete er nie ganz ab. James vermutete, dass die Flut ihn immer wieder überschwemmte.

Er hätte gerne ein Seil gehabt, da er der Leiter nicht ganz traute, obwohl sie recht solide aussah. Vermutlich gehörte es zu Jessups Pflichten, sie instand zu halten.

James schwang sich auf die Leiter und stieg langsam hinab zum Boden. Dort kletterte er auf den niedrigsten Vorsprung, den er finden konnte. Dort standen ein halbes Dutzend Kisten an der Wand einer Nische und waren mit einer Segeltuchplane abgedeckt.

James untersuchte sie und fand eine, deren Holz so verzogen war, dass er den Deckel abheben konnte. Darin befanden sich in trockenes Stroh verpackt Dutzende kleiner Fässchen. Er lächelte, als ihm der Duft ihres Inhaltes in die Nase stieg. Kein Schießpulver. Sondern Brandy.

Er legte den Deckel wieder zurück. Als er sich herumdrehte, sah er Diana, die auf dem Absatz unter ihm stand.

James hatte gewusst, dass sie da war. Er konnte immer einen süßen Hauch in der Luft spüren, wenn sie in seine Nähe kam.

»Also seid Ihr und Euer Herr Papa Schmuggler.«

Ihr Gesicht war mit Schmutz und Sand verschmiert. Sie hatte sich einen Umhang übergeworfen und am Hals flüchtig zusammengebunden. Ihr Haar löste sich aus ihrem Zopf. Jetzt zog sie eine Pistole unter den Stoffbahnen hervor und richtete sie auf ihn.

James rührte sich nicht, während sich seine Muskeln unwillkürlich anspannten.

Sie beäugten sich, bereit, sofort zu reagieren. Ihre Augen blickten so hart wie die eines Marinesergeanten.

»Wir sind keine Schmuggler. Was wir tun, ist kein Schmuggel.«

James betrachtete aus den Augenwinkeln die Felsvorsprünge und die Kisten. »Dann seid Ihr Blockadebrecher. Für welche Seite arbeitet Ihr?«

»Für keine. Das heißt, für die Seite, die gegen Napoleon ist.«

»Verstehe. Das spricht für Euch.«

Sie rührte sich nicht.

»Das ist also das Geheimnis, das ich nicht sehen sollte? Warum glaubt Ihr, dass es James Ardmore interessieren würde, wenn Ihr Waren an Bonapartes Kontinentalblockade vorbeischmuggelt? Das mache ich selbst, wenn ich Zeit dazu habe. Die Schiffer in Gibraltar verdienen ein Vermögen damit, dass sie verbotene Waren auf neutrale Schiffe umladen und sie ins Land schaffen.«

»Wir machen das nicht für Geld.« Sie spie die Worte förmlich hervor.

»Nein, natürlich nicht. Sondern aus patriotischer Gesinnung. Immerhin ist Euer Vater ein legendärer britischer Admiral.«

Ihre Augen blitzten. »Wieso habt Ihr keine Angst? Ich richte eine Pistole auf Euch.«

»Wenn Ihr mich umbringen wolltet, hättet Ihr das längst getan.« Er verzog die Lippen. »Warum hattet Ihr letztes Jahr keine Angst vor mir?«

»Natürlich hatte ich Angst. Ihr habt mich entführt.«

»Nein, Ihr wart fuchsteufelswild. So wie jetzt. Ihr braucht mich nicht zu erschießen, Diana. Ich werde es niemandem sagen.«

Sie betrachtete ihn einen Moment lang mit einem unnachgiebigen Blick. Dann ließ sie langsam die Pistole sinken.

James entspannte sich ein wenig. Das Problem mit der Tollkühnheit war, dass sie keine Garantie dafür lieferte, dass die andere Person tatsächlich zurückzucken würde.

»Mein Vater vertraut Euch«, sagte sie. »Auch wenn ich keine Ahnung habe, warum.«

»Euer Vater tut recht daran.« Er stieg langsam von dem Vorsprung herunter. »Aber Leutnant Jack könnte es falsch verstehen. Die Königliche Marine mag es nicht sonderlich, wenn man britische Güter auf den Kontinent schmuggelt, gerade jetzt nicht.«

»Er weiß vielleicht nicht einmal, wer Bonaparte ist.«

Aber er hatte sich an einen Sergeanten der Königlichen Marine erinnert, und das war immerhin ein Anfang.

»Ich werde es ihm nicht verraten, wenn Ihr es nicht tut«, erwiderte James. »Ich schwöre es.«

Er schlug mit der Hand ein Kreuz über seiner Brust. Ihr Blick zuckte dorthin. Sie hatte den Umhang zurückgeworfen, so dass ihr Baumwollkleid zu sehen war. James erkannte, dass sie, wie schon gestern, nichts unter ihrem Mieder trug.

Dumme, närrische Diana. Der erdbraune Umhang war zwar so dick, dass keine Farbe durch den Stoff zu sehen war, aber das Korsett schmiegte sich eng an ihre schönen Brüste. Sie spannten sich unter seinem Blick an, und ihre Knospen wurden hart vor Erregung.

Er streckte die Hand aus und strich sanft mit einem Finger über eine von ihnen.

Diana fuhr zusammen, als hätte er sie geschlagen. Die Pistole zuckte nach oben. »Zieht Eure Jacke aus!«, befahl sie.

James starrte auf die Waffe und atmete langsam aus. Sie hatte keinen Zündhut auf die Pfanne gesetzt. Wenn sie jetzt abdrückte, würde sie vermutlich nicht losgehen. Zweifellos hatte sie sich höllisch beeilt, als Jack zum Haus gekommen war und ihr erzählt hatte, was James plante. Ihr war keine Zeit geblieben, Papa zu verständigen oder die Pistole scharf zu machen, wahrscheinlich noch nicht einmal, sie überhaupt zu laden.

Sie kniff die Augen zusammen. »Ich sagte, zieht sie aus.«

Er hätte ihr die Waffe mit Leichtigkeit abnehmen können. Aber vielleicht war es vergnüglicher, ihr zu gehorchen.

James öffnete die beiden geschlossenen Knöpfe an seiner Jacke und streifte sie mit einem kurzen Schulterzucken ab.

Wie es seiner Gewohnheit entsprach, trug er kein Hemd darunter. Er hatte schon vor langer Zeit gelernt, dass man an Bord eines Schiffes häufiger nass wurde, als einem lieb war. Er war es schnell über gewesen, ständig sein Hemd zu wechseln, also verzichtete er einfach auf dieses Kleidungsstück. Normalerweise trug er auch keinen Mantel, sondern ließ seinen Oberkörper von der Sonne bräunen. Die meisten seiner Männer folgten seinem Beispiel. Selbst Mr. Henderson, sein Leutnant und ein eitler Dandy, arbeitete in der glühenden Hitze mit bloßem Oberkörper.

James hatte alle seine Hemden an Bord der *Argonaut* gelassen, und auf Haven gab es keines, das ihm auch nur annähernd passte.

Dianas Lippen öffneten sich. Sie glänzten feucht von

ihrem Atem, als sie ihn ansah. »Knöpft Eure Hose auf«, befahl sie.

Es dauerte genau zwei Sekunden, dann war er hart.

»Die Flut kommt gleich«, sagte er. »Dann sind wir von der Leiter abgeschnitten.«

»Wir kommen schon zurecht.«

Er warf ihr einen Seitenblick zu. »Ihr solltet beten, dass diese Pistole niemals in meine Hände gelangt.«

»Knöpft sie auf«, wiederholte sie.

»Zu Befehl, Ma'am«, erwiderte er gedehnt.

Langsam und genüsslich öffnete er die fünf goldfarbenen Knöpfe, einen nach dem anderen, bis er den letzten erreichte. Er blickte ihr starr in die Augen, als er langsam die Hosenklappen aufschlug.

7. Kapitel

Seine Erektion hatte nur auf ihre Freiheit gewartet und federte hinaus. Diana riss die Augen auf. Ihre Brust hob und senkte sich, ihre Wangen glühten.

Was hatte sie denn von ihm erwartet? Sie richtete schließlich eine Pistole auf ihn. Er entblößte lieber seinen Unterleib, als eine Kugel in die Brust zu riskieren.

Andererseits war es das erste Mal, dass er nackt vor einer rothaarigen, glutäugigen Frau wie Diana Worthing stand. Noch nie in seinem Leben hatte er ein solches Verlangen verspürt.

Eine Welle brach donnernd durch die Öffnung der Höhle, zischte und floss rauschend um ihre Füße. Das Wasser riss an ihrem Rock und fühlte sich kalt an seinen Knöcheln an.

»Darling«, stieß er durch seine zusammengepressten Zähne hervor. »Es ist kalt.«

Diana spürte die Nässe nicht einmal. Ihr Herz hämmerte so schnell, dass sie kaum Luft bekam. Der Griff der Pistole lag schwer in ihrer schweißnassen Hand.

James stand vor ihr, vollkommen selbstbewusst und gelassen. Er war atemberaubend schön.

Sein Oberkörper wies die tiefe Bräune eines Mannes auf, der sein Leben lang in der Sonne gearbeitet hatte. Seine breiten Schultern waren muskulös und von Narben bedeckt. Ein noch frisches Mal leuchtete rot und kriegerisch auf seinem Bauch. Es stammte von dem Schwerthieb, der Wunde, die sie versorgt hatte.

Seine Bräune endete an der Taille. Oberhalb war seine Haut glänzend braun, unterhalb weiß. Seine Hose öffnete sich in einem V, und daraus ragte seine Erektion hervor, lang und hart.

Sie konnte ihren Blick einfach nicht davon losreißen.

Nur schwach erinnerte sie sich noch daran, wie ihre Freundinnen kichernd mit ihr über ihren Ehemann gesprochen hatten und sie neckten, dass dieses gewisse Organ eines Helden wie Edward doch so groß wie ein Hauptmast sein müsste. Diana konnte sich beim besten Willen nicht daran erinnern, wie es ausgesehen hatte. Edward war nur im Dunkeln zu ihr gekommen, wenn er überhaupt je den Weg in ihr Schlafgemach gefunden hatte.

Jetzt jedoch war es helllichter Tag. Das hier war real. Und schrecklich, fürchterlich aufregend.

So heftig war ihr Wunsch gewesen, ihn anzusehen, dass ihr nicht einmal bewusst war, was sie tat. Die Pistole war nicht geladen, das wusste er sicherlich. Aber er spielte mit. Auch wenn er die Kontrolle übernommen hatte.

Sie schluckte und spürte einen vibrierenden Kloß im Hals. »Legt Eure Hände auf den Vorsprung.«

Er hob langsam seine nackten Arme, in denen die Sehnen und Muskeln spielten, und streckte sie neben sich aus.

Ihr Herz schlug heftig und unregelmäßig. Er wusste es, er musste wissen, dass ihre Leidenschaft sie fast verzehrte. Jeder andere Mann hätte sie aufgehalten. Leutnant Jack hätte es gewiss getan.

Sie hätte sich nicht im Traum vorstellen können, so etwas mit dem Leutnant zu tun. Er war ein ganz gewöhnlicher Engländer. James Ardmore war etwas vollkommen anderes.

Er wartete mit ausgestreckten Armen auf sie, während seine Hose langsam an seinen Beinen heruntergliitt. Sie befeuchtete ihre Lippen. Sie wäre gerne zu ihm gegangen und hätte ihn geküsst und geleckt, von der Wurzel seines steifen Gliedes bis zu seinem bronzefarbenen Hals.

Sie würde es tun. Er würde es zulassen. Sie würde ihn zwingen, sie gewähren zu lassen.

Diana machte einen Schritt nach vorne, dann noch einen. Ihre Hände zitterten so sehr, dass sie die Pistole sinken lassen musste. Sie beugte sich vor, nach oben, hielt den Atem an und berührte mit der Zunge die Mulde unter seinem Hals.

Er schmeckte nach Salz. Sie spürte seinen kräftigen Puls mit ihrer Zunge. Mit geschlossenen Augen sog sie seinen Geruch ein, diesen warmen, männlichen Duft. Seine Erektion berührte ihren Unterleib, drückte sanft dagegen.

Er beugte sich zu ihr, und ihre Lippen berührten sich. Er küsste sie mit einer zärtlichen Leidenschaft, die von schwülen Nächten im Süden und süß duftenden Magnolien kündete.

Sicher, sein Kuss war besitzergreifend, aber dabei so voll sanfter Überredung, dass sie kaum merkte, wie sie sich ihm unterwarf. Seine Lippen liebkosten die ihren, und seine Zunge umschmeichelte ihre mit sanfter Kraft.

Da wurde ihr die Pistole mit einem Ruck aus der Hand gewunden. Diese Bewegung unterbrach den Zauber.

Er richtete sich auf, die Waffe in der Hand. Ihr Handgelenk schmerzte. Er untersuchte die Pulverpfanne am Hahn. »Wie ich es mir dachte«, meinte er sachlich. »Sie ist nicht geladen.«

Sie schüttelte den Kopf. Ihr Herz hämmerte wie verrückt.

»Spielt niemals mit so etwas herum, Diana. Das ist gefährlich.« Noch bevor sie Luft holen konnte, um ihm zu antworten, griff er nach ihren Fingern und legte sie um sein großes, heißes Glied. »Damit könnt Ihr so viel spielen, wie Ihr wollt.«

Sie starrte einen Moment betäubt auf ihre Hand. Seine Männlichkeit lag schwer in ihrer zitternden Hand. Sie fühlte sich so hart an wie der Pistolengriff und ragte dunkel aus dem Schamhaar heraus, das in der offenen Hose zu sehen war. Die Spitze mit der glatten, feinen Haut war auf sie gerichtet. Sie konnte den Stamm mit ihren Fingern kaum umschließen. Und sie hatte noch nie das Glied eines Mannes berührt. Edward war immer sofort ohne Vorbereitung in sie eingedrungen und hatte sich viel zu schnell wieder zurückgezogen. Sie hatte nie die Chance gehabt, es anzusehen, zu berühren oder seine Wunder zu erforschen.

Jetzt untersuchte sie James' Erektion vorsichtig, strich mit den Fingern die warme Haut bis zu seiner Spitze hinauf, an der ein kleiner Tropfen Flüssigkeit schimmerte. »Was soll ich tun?«, flüsterte sie.

James packte sie fest an der Schulter. Sie spürte seine Finger durch ihr dünnes Kleid. »Du machst das ganz wunderbar, Darling.«

Mit dem Daumen fuhr sie über die Eichel und beobachtete fasziniert, wie sich seine Muskeln verspannten. Langsam strich sie bis zur runden, harten Wurzel hinab. Ihre Kehle war trocken, und sie konnte kaum atmen.

Er streichelte ihr Haar, bog ihren Kopf zurück und küsste sie fest auf den Mund.

Das war Verlangen, echtes, animalisches Verlangen, kein Spiel.

Wieder rauschte eine Welle in die Höhle. Das kalte Wasser durchnässte Diana bis zu den Knien. Sie keuchte und ließ seine wundervolle Erektion los.

Er trat von ihr zurück, offenbar vollkommen beherrscht. »Wir müssen das hier woanders zu Ende bringen. Oder die Flut auf einem dieser Vorsprünge abwarten. Ihr scheint diese Kisten ja trocken zu lagern. Aber es ist eine recht kalte Art, die Nacht zu verbringen.«

Diana zitterten die Knie. »Es gibt noch einen anderen Weg hinauf.« Sie deutete an der Öffnung vorbei, durch die immer mehr Wasser drang.

»Dann sollten wir uns beeilen.«

Rasch knöpfte er die Hose zu, hob seine Jacke auf, streifte sie sich über und schob die Pistole in eine Tasche. Er tat das so beiläufig, als wäre er daran gewöhnt, sich in einer kalten Höhle aus- und anzuziehen.

Diana watete durch das eisige Wasser, das jetzt knietief in der Höhle stand, und hoffte, dass die Kälte die Glut in ihren Adern lindern würde. Das tat sie jedoch nicht. Ihr Herz raste immer noch, und sie war sich James' Gegenwart nur zu deutlich bewusst, der ihr mit einem Schritt Abstand folgte.

Auf der anderen Seite der Höhle lag ein Haufen Felsbrocken an der Wand. Sie konnten ohne Schwierigkeiten hinaufklettern. Jessup hatte zwar Mulden für die Hände in den nackten Fels gehauen, aber nur ein sehr athletischer Mensch konnte sich so hinaufarbeiten. Dass James Ardmore es vermochte, daran zweifelte sie keine Sekunde.

Sie kletterte den ersten Felsbrocken hoch und keuchte bereits, ihre Finger schienen keine Kraft mehr zu haben. Dann stellte sie ihren Stiefel auf den nächsten Felsen und versuchte sich hochzuziehen. Und glitt aus.

Er fing sie auf, plazierte seine große Hand fest unter ihrem Gesäß und schob sie hoch. Unterstützt von seiner Kraft, erreichte Diana den zweiten Felsen, als er auf dem ersten stand. Ihre Schenkel in den engen Hosen, die ihre gerafften Röcke entblößten, waren direkt vor seinen Augen. Er tat nicht einmal so, als würde er sie nicht ausgiebig mustern.

Hastig packte sie den nächsten Griff und kletterte weiter. Er half ihr erneut. So kamen sie langsam immer höher, sie zog, er schob.

Schließlich erreichte sie den breiten Vorsprung unter der Decke der Höhle und das Loch darüber. Auf diesem schnelleren Weg war sie hergeeilt, als Leutnant Jack in den Garten geschwankt und seine katastrophale Mitteilung gemacht hatte, dass James weiter die Höhlen erforschte.

Aber sie war zu spät gekommen. Er hatte bereits das Lager gefunden und es untersucht.

Ihr Vater hatte gesagt, dass James es verstehen würde. Das hatte er auch, jedenfalls soweit er Bescheid wusste, was die Kisten bedeuteten. Er hatte jedoch noch nicht alles erraten. Deshalb hatte sie ihn abgelenkt, indem sie ihm befohlen hatte, seine Jacke auszuziehen. Dass er es tatsächlich tun würde, hatte sie eigentlich gar nicht geglaubt. Doch die berauschende Macht, die sie über ihn hatte, hatte sie leichtsinnig gemacht. Würde er sich vor ihr entblößen?

Sie konnte nicht so tun, als würde sie ihn nicht begehren. Sie war keine Lady, hatte ihr Ehemann ihr das nicht ständig vorgehalten?

Edward war ein Narr gewesen. Diana hatte geflirtet und ihre Verehrer geneckt und somit die einzige Macht benutzt, über die sie verfügte, aber sie war nie weitergegangen, was auch immer Edward glauben mochte. Ihr Hofstaat war um sie herumgetanzt, hatte sich gegenseitig mit eifersüchtigen Blicken gemessen, hatte ihr Geschenke gemacht, sie angefleht, diese zu tragen. Man hatte sie begehrt, nach ihr gegiert und ihr beim Tanz höchst unschickliche Anzüglichkeiten ins Ohr geflüstert.

Aber Diana hatte diese Lüsternheit niemals erwidert. Sie hatte geflirtet, um Edward zu quälen, nichts weiter. Sie hatte ihre Begierden sicher verwahrt, weil sie um ihre Gefahren wusste und das Ergebnis nicht wollte, zu dem sie führten.

Dann hatte sie James Ardmore getroffen. Ein Mann, der sich schlicht über all ihre Vorsätze hinwegsetzte. Jetzt wusste sie, dass diese anderen Gentlemen, einschließlich ihres Ehemannes, einfach nur Männer gewesen waren, denen sie leicht hatte widerstehen können.

James zog sich neben sie auf den Felsbrocken und duckte sich unter der niedrigen Decke. »Dort hoch?«, fragte er und übertönte das Brüllen des Wassers unter ihnen.

Sie nickte stumm. Bevor sie jedoch den anstrengenden Aufstieg beginnen konnte, schlang er seine starken Arme um ihre Schenkel und hob sie einfach durch das Loch. Sie landete auf dem weichen, sonnenwarmen Gras, rollte sich zur Seite und setzte sich auf den sanft abfallenden Hang. Ihr Umhang hatte sich um sie gewickelt. Ungeduldig löste sie das Band um ihren Hals und streifte das Kleidungsstück ab.

Der Zugang zur Höhle befand sich hinter einem Felsen. James glitt hindurch und landete mit dem Rücken auf dem Gras.

Diana stand auf. Die Sonne war warm, aber in der Höhle war ihr heißer gewesen, als sie in seinen Armen lag. Jetzt sollten sie zum Haus zurückgehen. Sie musste ihr Verlangen zügeln und sich um ihre Tochter kümmern, ihren Vater und Leutnant Jack.

Eine kräftige Hand schloss sich um ihren Knöchel und zog sie zurück. Sie verlor das Gleichgewicht und taumelte zu Boden, wurde jedoch vorher von seinen Armen aufgefangen und zu ihm hinabgezogen.

»Nein, das tust du nicht«, sagte er. »Du hast eine Verführung begonnen, also bringst du es jetzt auch zu Ende.«

»Verführung?«

»Du hast mir gesagt, ich soll meine Hose aufknöpfen.« Er strich mit seinen schwieligen Händen durch ihr Haar, das sich jetzt vollkommen aus dem Zopf gelöst hatte. »Du verruchtes Weib!«

»Ich war nicht sicher, ob … du es tun würdest.«

»Das musste ich. Du hast mich mit einer Pistole bedroht.«

Sie spürte, wie warme Finger sich an den Knöpfen am Rücken ihres Mieders zu schaffen machten. Der oberste war bereits offen. Er löste den zweiten, den dritten, dann den vierten.

»Was tust du da?«

»Wie fühlt es sich denn an?«

»James …«

Seine Augen waren so zärtlich. »Ich liebe es, wenn du meinen Namen aussprichst. Ich beobachte gerne deinen Mund dabei. Sag ihn noch einmal.«

»Jam…«

Weiter kam sie nicht, da küsste er sie schon liebevoll.

Seine Lippen zitterten, als würde er sich zurückhalten. Was würde er wohl tun, wenn er sich nicht im Zaum hielte, fragte sie sich voll entzückter Erwartung. Sie erinnerte sich an seinen festen Griff um ihre Schulter in der Höhle. Er war kräftig. Er konnte alles tun, was er wollte. Diese Vorstellung sollte sie eigentlich ängstigen.

Was sie aber nicht tat. Mit den Fingern zeichnete er Muster auf ihrem nackten Rücken, glitt zu ihrer Taille hinunter. Er schob seine Hand in den Bund ihrer Hose, fand den Spalt zwischen ihren Gesäßbacken. Sie wand sich und genoss das Vergnügen, das ihr seine Berührung bereitete.

Als er den Kuss beendete, stützte sie sich auf die Ellbogen. Ihr offenes Mieder löste sich von ihren Schultern und fiel ungehindert nach vorn.

Die Sonne schien warm auf ihre nackten Oberkörper. Diana zog die Ärmel aus dem Kleidungsstück und ließ es zu ihrer Taille hinabsinken. Sein warmer, grün funkelnder Blick glitt zu ihren Brüsten. Er betrachtete sie bewundernd.

Seine Jacke war nicht zugeknöpft, und seine muskulöse Brust lag offen in der Sonne. Sie legte sich auf ihn, Haut an Haut.

Zum ersten Mal, seit sie ihn kennengelernt hatte, lächelte er. Das machte sein strenges Gesicht weicher und versprach ungeahntes Vergnügen. Seine Augen waren halb geschlossen, seine Lider verbargen das sündige Grün. Er schlang seine Arme um sie und zog sie an sich.

Sie schmeckte nach Sonne und feinem, kräftigem Rum. Er hätte ewig hier liegen und sie küssen können.

Warum auch nicht? Er würde nirgendwo hingehen. Ian O'Malley kommandierte die *Argonaut*, und sie hatten geplant, getrennte Wege zu gehen, bis James sein Vorhaben zu Ende gebracht hatte. Und im Moment konnte James nur warten. Das bedeutete, er hatte genug Zeit, hier in der Sonne zu liegen und Diana Worthing zu liebkosen.

Sein Herz schlug schnell und heftig. Diana war eine Frau, die es wert war, geküsst, berührt, genommen – und geliebt zu werden.

Er wehrte sich nicht gegen den letzten Gedanken. Eine wunderschöne Frau hatte ihm vor etwa einem Jahr gesagt, dass er jemanden finden würde. Da draußen, hatte sie gesagt und ihn mit ihren strahlenden, entzückenden braunen Augen angesehen. Er hatte ihr nicht geglaubt.

Kurz darauf hatte er Diana Worthing in diesem Garten in Kent getroffen.

Er strich ihr das Haar aus dem Gesicht.

»Diana«, flüsterte er. »Darling …«

Sie antwortete mit einem Kuss aus geschmolzenem Metall. Sie war eine wundervolle Frau, auch wenn sie Engländerin war.

Er sollte Diana Worthing genießen, bevor sie anfing, ihn zu hassen. Sie tat zwar auch jetzt so, als würde sie ihn verabscheuen, aber eigentlich tat sie es nicht.

Ihr Mund glühte. Sie wusste, wie man küsste, dieser kleine Teufel. Er streichelte mit den Fingern den Spalt zwischen ihren Pobacken. *Oh, Liebes, wir könnten diese ganze verdammte Insel verbrennen.*

Ein kleiner Schatten fiel plötzlich über sein Gesicht. Er blickte auf, direkt in die blaugrauen Augen von Dianas Tochter.

Diana stieß einen kleinen Schrei aus und zog ihr Mieder fest um ihren nackten Oberkörper. »Isabeau!«

Isabeau betrachtete ernst ihre Mutter. Der Wind spielte in ihrem offenen Haar.

Dann wirbelte sie herum. Ihr Kleid schwang um ihre Hose, die aussah wie die ihrer Mutter, als sie über das Gras davonhüpfte.

Diana schob hastig die Hände in die Ärmel ihres Mieders und sprang auf.

James konnte gar nicht so schnell folgen. Als er endlich stand, rannte Diana bereits los.

»Diana!«

Sie lief ohne innezuhalten weiter, während ihr Gewand am Rücken aufklaffte.

James sprintete hinter ihr her. Am Grund des Abhangs verlief ein Pfad, der um die Felsen herum zum Haus führte. Die winzige Gestalt von Isabeau war bereits auf halber Strecke angelangt.

James holte Diana ein und packte sie an der Schulter. »Sei nicht dumm«, befahl er barsch. »Wenn du so ins Haus gehst, ist es erst recht demütigend für dich.«

Sie wartete wenigstens so lange, bis er ihr das Mieder zugeknöpft hatte. Er schloss sogar den obersten Knopf, der ursprünglich schon offen gewesen war.

Diana wirbelte zu ihm herum, und ihre wundervollen Augen blitzten. Sie ballte die Hände zu Fäusten. »Du …!«

Sie stammelte, konnte den Satz nicht zu Ende bringen. Mit einem kleinen Schrei, den sie zwischen den Zähnen ausstieß, stürmte sie den Pfad entlang hinter ihrer Tochter her.

Als James den Garten erreichte, war er bereits verlassen.

Von Isabeau und Diana war weit und breit nichts zu sehen, ebenso wenig wie von Leutnant Jack.

Die Tür zu dem Grundstück war angelehnt und schwang knarrend im Wind.

Unterhalb des Hauses rauschte die Brandung an den Strand. Der Wind rüttelte an den Bäumen und den Flechten auf den Felsen. Blumen leuchteten rot und blau. Das Haus stand in der Mitte des Gartens, seine Flügel schienen vollkommen willkürlich angebaut, und die Zweige der Bäume hingen über das Dach. In den offenen Fenstern bauschten sich Dianas Spitzenvorhänge.

Haven. Der Name passte zu diesem Ort. Hier war man weit von allem Bösen in der Welt entfernt, weit weg von jedem Übel, hier war man sicher. Jedenfalls schien es so.

Früher einmal hatte das Haus der Ardmores auf der Battery in Charleston dieselbe Atmosphäre von heiterer Geborgenheit ausgestrahlt. Er hatte mit seinem Bruder und seiner Schwester draußen gespielt, sie hatten sich gestritten, gerauft, sich wieder vertragen, waren um die Wette gelaufen und hatten sich gegenseitig angespornt, die Spaliere hinaufzuklettern. Paul und er hatten miteinander gerungen, während Honoria mit dem Fuß gestampft und sie ausgeschimpft hatte.

James erinnerte sich, dass sie es ganz ausgezeichnet verstanden hatte, jemanden gegen das Schienbein zu treten. Allerdings konnte er sich nur schwerlich vorstellen, dass seine distinguierte Schwester das jetzt auch noch tun würde.

Damals hatte lautes Lachen durch das Haus geklungen. Hier, an diesem Ort, hörte er wieder die klare Stimme seiner Mutter und den dröhnenden Bass seines Vaters. Er war auf sie gestoßen, als sie sich unter der Magnolie geküsst hatten.

Damals war er elf gewesen und hatte sich ihnen weit überlegen gefühlt, weil er niemals etwas so Albernes tun würde.

Er sah vor sich, wie seine Mutter erschrocken vom Schoß seines Vaters aufgesprungen und errötet war. Sein Vater dagegen hatte nur gelassen gelächelt, ohne jede Verlegenheit. Er hatte gewusst, wie es war, wenn man liebte.

Jetzt war das Haus nahezu leer. Seine Eltern waren an Typhus gestorben, als James vierzehn war. Paul war ebenfalls tot, und Honoria lebte allein. Sie war mittlerweile einunddreißig, unverheiratet und unterhielt ein Haus, das viel zu still war. Als James das letzte Mal sein Elternhaus besucht hatte, vor vier Jahren, hatte diese Stille ihn vertrieben. Die Einsamkeit hatte Honoria verbittert. Sie und James hatten sich lange und heftig gestritten, bis er schließlich gegangen war.

Hier würde es seiner Schwester gefallen, dachte er plötzlich. In diesem Zufluchtsort. Diesem Hafen.

Möglicherweise würde sie ja sogar Diana mögen. Lady Worthing, die Witwe eines zum Ritter geschlagenen Marinehelden, würde von Honoria wohlwollend aufgenommen werden.

Admiral Lockwood trat aus der Tür der Bibliothek und schlenderte in den Garten. Er sah James, nickte ihm zu und ging um das Haus, um zu tun, was auch immer er vorhatte.

Noch ein Punkt, der bei Honoria für Diana sprechen würde, sagte sich James. Diana war außerdem die Tochter eines weiteren Kriegshelden, dazu eines ranghohen Admirals. Sie besaß einen genügend vornehmen Stammbaum, um selbst die dünkelhaftesten Ladys von Charleston zu befriedigen.

Isabeau folgte ihrem Großvater in den Garten. Das ernüchterte James. Ein taubes Kind würde nicht mit allzu großem Enthusiasmus begrüßt werden. Man musste sie sehr sorgfältig in die Gesellschaft einführen. James hatte im Lauf der Wochen, die er bereits hier war, fast vollständig vergessen, dass Isabeau nicht hören konnte, dass etwas »mit ihr nicht stimmte«.

Er konnte zwar nicht alles verstehen, was sie mit ihren Handzeichen von sich gab, aber er lernte dazu. »Joo« bedeutete James und »Maa« Mutter. Das gurgelnde Geräusch bedeutete Großvater.

Und jetzt hatte sie James dabei ertappt, wie er ihre Mutter küsste. In einer höchst kompromittierenden Situation. James glaubte fast, Honorias Stimme zu hören. »Also wirklich, James! Was um alles in der Welt hast du dir dabei nur gedacht?«

Die Antwort fiel ihm leicht. »Ich habe gedacht, dass es mir gefallen würde, sie zu küssen.«

Als Isabeau ihn sah, drehte sie sich abrupt um, so gewandt wie ein Schiff, das von einer erfahrenen Mannschaft geführt wird, und lief direkt auf ihn zu. Der Wind hob ihr feines, kindliches Haar, das ebenso rot leuchtete wie das ihrer Mutter.

Sie klopfte auf seinen Unterarm. Diese Geste bedeutete, dass sie etwas sagen wollte. Dann machte sie mehrere Handzeichen, die von quietschenden und gedämpften Lauten begleitet wurden. James erkannte jedoch nur sehr wenige davon, das für »Mutter« und das für »da«.

Er schüttelte den Kopf. »Tut mir leid, Isabeau. Ich verstehe dich nicht.«

Sie begann von neuem und wartete danach auf seine Reaktion, die Hände auf die Hüften gestützt.

Wieder schüttelte James den Kopf. »Tut mir leid. Ich weiß nicht, was du mir sagen willst.«

Isabeau verdrehte die Augen, eine typische Achtjährige, die sich über die Dummheit der Erwachsenen ärgerte. James musste Diana bitten, ihn mehr Zeichen zu lehren. Leutnant Jack lernte sehr schnell.

Plötzlich schob Isabeau ihre Hand in die von James und zog ihn zu dem freien Platz vor dem Gartentor. Sie lief in kleinen Kreisen um ihn herum, während sie seine Hand festhielt. Dabei sah sie zu ihm hoch, in der Hoffnung, dass er wenigstens das verstand. Und lief schneller.

James begriff. Honoria hatte dieses Spiel ebenfalls sehr gemocht, als sie in Isabeaus Alter gewesen war. Außerdem war seine Schwester liebend gern das Treppengeländer der geschwungenen Treppe hinuntergerutscht. Ob sie das wohl immer noch tat? James bezweifelte es sehr.

Er drehte sich schnell im Kreis, zog Isabeau von den Füßen und hielt sie fest. Ihre Beine flogen durch die Luft, und sie lachte laut.

Sie wirbelten herum, immer und immer wieder. Es war schon so lange her, als er, groß für seine fünfzehn Jahre, seine kleine Schwester an einem regnerischen Tag in der geräumigen Eingangshalle so herumgewirbelt hatte. Ihr Gelächter hatte laut von den vornehm bemalten Decken widergehallt.

James sah, wie der Admiral auf sie zuschlenderte, sich ans Gatter lehnte und sie beobachtete.

James wirbelte Isabeau noch einige Male herum, warf sie dann hoch in die Luft, fing sie auf und setzte sie sanft auf die Füße. Er keuchte, und seine fast verheilte Wunde am Bauch begann wieder zu schmerzen. »Ich kann nicht mehr, mein Schatz.«

Isabeau kicherte und entfernte sich von James und dem

Admiral in Richtung Strand, wobei sie ihr Taumeln übertrieb und so tat, als ob ihr furchtbar schwindlig wäre.

Der Admiral sah ihr entspannt nach.

»Sie ist nicht taub geboren worden«, meinte er beiläufig. »Sie war ein ganz normales kleines Mädchen und sehr laut, soweit sich meine empfindlichen Ohren recht entsinnen. Diana war so stolz auf sie. Sie gab überall mit ihr an. Es war ihren Freunden fast schon peinlich, dass sie so sehr von ihrem eigenen Kind verzaubert war.« Er lächelte liebevoll. »Dann, mit zwei Jahren, bekam Isabeau plötzlich Fieber. Diana hatte es ebenfalls. Es fesselte beide lange ans Bett. Meine Tochter erholte sich rasch, Isabeau jedoch etwas langsamer. Schließlich hatte auch sie es überstanden, aber das Fieber hatte sie ihr Gehör gekostet. Es ließ ganz allmählich nach, bis es schließlich vollkommen fort war. Einige, sehr laute Geräusche hört sie vielleicht noch, aber auch das ist nicht sicher.« Er hielt kurz inne. »Sir Edward gab Diana die Schuld.«

James war bereits zu dem Schluss gekommen, dass er Sir Edward nicht leiden konnte. »Warum?«

Der Admiral stieß sich vom Pfosten des Gatters ab und trat auf den Pfad, über den Isabeau immer noch taumelte. James fiel neben ihn in Gleichschritt.

»Edward wollte natürlich einen Jungen. Dianas Freude über das Mädchen verärgerte ihn. Als Isabeau ihr Gehör verlor, redete Edward ihr ein, dass dies die Rechnung für Dianas Stolz wäre, ihre Frivolität. Er sagte, es wäre die Strafe Gottes und allein ihre Schuld.«

»Wie schade, dass er tot ist«, erwiderte James. »Ich hätte es genossen, ihn umzubringen.«

Lockwood warf ihm einen kurzen Seitenblick zu. Wahrscheinlich war er sich nicht sicher, ob James übertrieb. Nun, keineswegs.

»Zudem schämte Edward sich Isabeaus. Am liebsten hätte er sie in ein Heim gesteckt und nie wieder von ihr gesprochen. Es wundert mich immer noch, wie er denken konnte, dass Diana sich darin fügen würde. Sie hat mit ihm Tag und Nacht deswegen gestritten, ihm sogar mit Scheidung gedroht. Schließlich hat er es aufgegeben, aber nicht gerade würdevoll.«

Sie gingen miteinander den Strand entlang. Wellen glitten über den Sand unter ihren Füßen. Isabeau lief durch die Brandung, ihre Röcke hochgerafft. Unter ihren Stiefeln spritzte das Wasser auf.

James konnte sich gut vorstellen, wie Diana sich ihrem Gemahl bei einem Thema widersetzt hatte, das ihr so sehr am Herzen lag. Er malte sich aus, wie ihre blauen Augen vor Wut geblitzt, ihre widerspenstigen Haare ihren Kopf umgeben hatten wie die Schlangen das Haupt der Medusa. Deren Mäuler konnten böse zubeißen, und er hoffte, dass Diana Sir Edward hart zugesetzt hatte.

Dass sie ihm mit Scheidung gedroht hatte, zeigte, wie verzweifelt sie gewesen sein musste. In England ruinierte eine Scheidung beide Parteien. Zweifellos hatte es den legendären Sir Edward geradezu entsetzt, einen solch dunklen Fleck auf seiner Ehre auch nur in Erwägung zu ziehen.

Er war ein Betrüger!, hatte Diana gesagt.

»Wie ist Sir Edward gestorben?«, fragte James. »Ich hoffe, es war ein blutiger und sinnloser Tod.«

Der Admiral sah ihn an. »Blutig, ja, das war er. Er wurde von Kanonenkugeln zerfetzt und war auf der Stelle tot. Sein Schiff hat vor Cadiz gekämpft, zwei englische Fregatten gegen fünf französische Schiffe. Das hätte eigentlich nie passieren dürfen. Man hat ihn auf See bestattet.«

»War er wirklich ein Held? Oder waren seine Erfolge Zufall?«

»Das weiß ich nicht.« Der Admiral klang deprimiert. »Er war sehr hoch dekoriert, und jetzt ist er tot. Vielleicht sollten wir es einfach dabei belassen. Was ist mit Euch? Habt Ihr einfach nur Glück?«

James dachte an die vielen Male in seiner Laufbahn, in denen sich das Schicksal deutlich gegen ihn entschieden hatte. »Ich mache mir mein Glück selbst. Und nutze jede Gelegenheit, die sich mir bietet.«

Wie zum Beispiel die, Admirals Lockwoods Tochter allein im Garten eines Hauses in Kent zu finden. Eine Frau, die die Geheimnisse der Insel Haven kannte.

»Ich glaube, Zufälle leiten uns mehr, als wir zu glauben bereit sind«, sagte der Admiral. Er musterte den Sand zu seinen Füßen.

James schwieg nachdenklich. Er hatte noch nie zuvor in seinem Leben so etwas wie Bedauern empfunden. Reue half den Lebenden nicht weiter. Als er jetzt jedoch den Admiral ansah, spürte er den leichten Anflug eines solchen Gefühls. Bei seiner Suche nach Gerechtigkeit könnte er diesen Mann vernichten.

Auf Haven befand sich der Schlüssel zu dem Geheimnis, und er war kurz davor, ihn zu finden. Er dachte an seinen sterbenden Bruder, das geronnene Blut an Pauls Mund, als er James das Versprechen abnahm. Was James getan hatte, um diesen Schwur zu erfüllen, hatte ihn zu einer Legende gemacht.

Für Bedauern war da kein Platz. Und es käme verdammt

ungelegen, wenn er ausgerechnet jetzt damit anfangen würde.

»Ich hätte Sir Edward Worthing selbst vor die Mündung einer Kanone gebunden«, bemerkte er im Plauderton. »Und dafür gesorgt, dass er den ersten Schuss eine Weile überlebt.«

»Ihr seid ein gewalttätiger Mann, Ardmore.«

»Ich hätte nicht lange überlebt, wäre es anders. Zudem zählt ein englischer Admiral nicht gerade zu den friedfertigsten Menschen.«

Lockwood schüttelte den Kopf. »In einer Schlacht ist das etwas anderes.«

»Anders, als Männer zu jagen und sie zu zwingen, um Gnade zu winseln? Die, die ich getötet habe, haben den Tod für ihre Taten verdient. Die, die ich demütigte, verdienten es gleichermaßen.«

»Vielleicht. Aber müsst Ihr es so sehr genießen?«

»Ich fürchte, das tue ich, Admiral. Um Piraten und Freibeuter wird viel Romantik gesponnen, aber in Wahrheit sind die meisten schlicht nur brutale Verbrecher und Mörder. In nur wenigen ledergebundenen Büchern in den Bibliotheken Londons wird die Wahrheit erzählt, von Piraten, die eine Frau von der Kehle bis zum Unterleib aufschlitzen, weil sie nicht aufgibt. Deshalb bin ich gewalttätig.«

Sie setzten ihren Weg schweigend fort. Isabeau hüpfte im Wasser herum und summte vor sich hin.

»Es muss Euch ein wenig schockiert haben«, fuhr Lockwood schließlich fort, »dass Ihr von einem englischen Admiral und seiner Familie gerettet worden seid.«

James zuckte mit den Schultern. »In jedem Misthaufen findet sich die ein oder andere Perle.«

»Ihr schmeichelt mir. Verzeiht mir diese Bemerkung, Captain Ardmore, aber Ihr seid meiner Meinung nach nicht gerade die Art Mann, in die meine Tochter sich verlieben sollte.«

James zögerte einen halben Schritt lang, ging dann jedoch weiter. »Sie ist nicht in mich verliebt.«

»Isabeau hat mir erzählt, dass sie gesehen hat, wie Ihr sie küsstet. Diana hat es nicht abgestritten, und es war ihr offensichtlich so peinlich, dass es der Wahrheit entsprechen muss.«

»Das bedeutet noch nicht, dass sie mich liebt.«

James hatte sich vorher vorgestellt, wie er Diana mit zu sich nach Hause nehmen, ihr Charleston und das Haus zeigen würde, das sein Vater erbaut hatte. Die schwüle Wärme der Südstaatennächte. Die andere Seite von James Ardmore. Aber angenehme Phantasien erfüllten sich nicht immer.

»Ich will nicht dabei zusehen müssen, wie ihr das Herz gebrochen wird«, erklärte der Admiral.

Wenn hier ein Herz gebrochen wird, Admiral, dann ist es das meine.

»Ihr Herz wird nicht meinetwegen Schaden nehmen«, erwiderte er laut. »Sie vertraut mir nicht einmal. Und ich bin sicher, dass sie mich nicht mag. Ich werde irgendwann von hier verschwinden, dann kann sie sich in Leutnant Jack verlieben.«

Der Admiral schwieg dazu. Am Horizont zogen sich dunkle Wolken zusammen. Die Sonne bleichte die oberen Spitzen der Gewitterwolken zu einem fast schmerzhaft in den Augen stechenden Weiß. Ihre Unterseiten dagegen waren schwarz.

»Was wisst Ihr über ihn?«, fragte der Admiral. »Über Leutnant Jack, meine ich.«

»Das, was ich Euch bereits sagte. Nichts. Ich habe seinen Namen nie erfahren. Er hat sich mir nicht vorgestellt.«

»Dennoch habt Ihr ihn gerettet. Warum?«

James betrachtete einen Moment die drohenden Wolkenberge und die tanzende Isabeau. Dann bückte er sich und hob eine Muschel auf.

»Er hat meine Handfesseln gelöst, als der Sturm uns traf«, erklärte James. »Damit ich eine Chance hatte, mich zu retten. Als ich ihn vorbeitreiben sah, hielt ich es für angebracht, diese Gunst zu erwidern.«

»Das war eine gute Tat.«

James zuckte mit den Schultern. »Wie gesagt, Perlen im Misthaufen. Wie geht es ihm übrigens?«

»Er hat fürchterliche Kopfschmerzen, hat sich jedoch so lange geweigert, das zuzugeben, bis er einfach umgefallen ist. Jessup musste ihn nach oben tragen. Jetzt liegt er in einem abgedunkelten Zimmer und hat ein feuchtes Tuch über den Augen.«

James verschränkte die Hände hinter dem Rücken. »Ich wünschte, ich wüsste mehr über ihn.«

»Damit Ihr ihm helfen könntet? Oder um zu erfahren, was für eine Bedrohung er tatsächlich darstellt?«

»Ich mag ihn. Wenn ich die Insel verlassen muss, könnte er sich vielleicht daran erinnern, wer ich bin, und es für seine Pflicht halten, mich an meiner Abreise zu hinden. Ich möchte nicht gegen ihn kämpfen.«

»Weil er Euch aufhalten könnte?«

»Weil er diesen Kampf verlieren würde. Ich möchte nicht gezwungen sein, ihn zu töten.«

Der Admiral starrte ihn einen Herzschlag lang an. »Ich werde meinen Teil dafür tun, dass es nicht dazu kommt.«

»Sehr freundlich von Euch.«

»Ihr seid ein vielschichtiger Mann, Ardmore.«

»Das haben mir schon viele gesagt. Bis auf meine Schwester. Sie hält mich für sehr einfach. Tut alles, wie James es haben will, pflegt sie zu sagen, und er ist entzückend. Nicht dass sie diese kluge Einschätzung selbst jemals beherzigt hätte. Sie hat eine Willenskraft, vor der jeder französische Admiral zurück nach Le Havre flüchten würde.«

Lockwood lachte pflichtschuldig.

James fragte sich, warum er immer wieder an Honoria dachte. Ihr letzter Abschied war nicht gerade liebenswürdig verlaufen. Genauer gesagt, hatte sie ihm befohlen, zur Hölle zu fahren und erst wiederzukommen, wenn er tot war.

Vielleicht ging ihr Wunsch ja sogar in Erfüllung.

Admiral Lockwood mochte ihn. Und James mochte den Admiral. Ihm wäre es lieber gewesen, wenn dem nicht so wäre. Falls Dianas Vater nicht mit James zusammenarbeitete, würde er ihn dazu zwingen müssen. Vielleicht konnte er es ja sanft bewerkstelligen. Dennoch würde Diana ihn vermutlich erschießen.

»Dieser Sturm wird uns treffen.« Der ältere Mann deutete auf die Wolken. »Ein schwächerer wäre schon längst weggeblasen worden. Wir müssen Jessup helfen, die Luken zu sichern. Ich glaube, Leutnant Jack fällt heute Nacht aus.«

Er wandte sich um und hielt Isabeau die Hand hin. Sie drehte sich noch einmal im Wind herum, hüpfte dann zu ihnen und schob ihre Hände in die der beiden Männer.

James fühlte, wie sich ihre kleinen Finger um seine dicken schlossen. Er sah hinab. Isabeau grinste ihn an. Erneut dachte James an den Tag, als er seinen Vater und seine Mutter in zärtlicher Umarmung im Garten überrascht hatte. Alberne

Eltern, hatte er gedacht. Aber gleichzeitig hatte er sich warm und glücklich gefühlt. Weil er den Unterschied zwischen echter Liebe und Vulgarität gespürt hatte.

Vielleicht hatte Isabeau das auch getan.

»Sagt, Admiral«, fuhr er fort, als sie zum Garten zurückgingen. »Was befindet sich eigentlich in diesen Kisten unter Eurer Insel?«

8. Kapitel

Der Sturm brach los, als Diana Isabeau gerade ins Bett brachte. Ein Blitz tauchte das Zimmer des Mädchens in gleißendes Licht, und der Donnerschlag, der ihm folgte, übertönte den Schrei des Kindes.

Diana liebte diese wilden Stürme, und gleichzeitig machten sie ihr Angst. In London gab es nur selten solche Blitze wie die, die das ungeschützte Haven attackierten. Der Wind heulte in den Giebeln und Schornsteinen. Das ganze Haus knarrte. Es klang, als würde es jeden Moment ins Meer geblasen. Die Zweige der Bäume kratzten über das Dach und die Fenster, rissen an den Schindeln und klopften an die Scheiben.

Isabeau teilte Dianas Begeisterung und Furcht. Sie starrte mit großen, runden Augen aus dem Fenster, und bei jedem Blitz stürzte sie sich kopfüber in die Kissen. Sie versteckte sich ein paar Sekunden, kroch dann wieder hervor und sah erneut nach draußen.

In Diana löste der Sturm gleichermaßen Euphorie wie Schrecken aus. Es war ein ganz ähnliches Gefühl, wie James Ardmore zu küssen.

Zu Dianas Bestürzung hatte Isabeau ihrem Großvater erzählt, dass sie ihre Mutter und James dabei überrascht hatte, wie sie sich küssten. Isabeau hatte es allerdings ungeheuer komisch gefunden. Ihr Vater hatte Diana einen scharfen, besorgten Blick zugeworden, woraufhin sie vor Scham fast gestorben wäre.

Glücklicherweise war in diesem Moment Jessup hereingekommen und hatte ihnen mitgeteilt, dass es dem armen Leutnant Jack sehr schlechtginge. Diana war sofort hinausgestürmt, um nach ihm zu sehen. Sie hatte Jack etwas Kamillentee gegeben und ihm ein feuchtes Tuch auf die Stirn gelegt. Das schien geholfen zu haben. Jetzt hoffte sie, dass der Donner ihn nicht wach hielt.

Ein weiterer Blitz zuckte ganz in der Nähe auf. Isabeau quietschte und vergrub den Kopf unter der Decke. Der anschließende Donner trieb Diana an ihre Seite.

Im Flur wurden Stimmen laut. Sie erkannte James Ardmores rumpelnden Bariton. »Ist alles in Ordnung?«

Ihr Vater lachte. »Isabeau hat Angst vor Blitzen, Diana vor dem Donner. Zusammen werden sie es schon überstehen.«

James' warmes Lachen mischte sich in das ihres Vaters. »Gute Nacht, Admiral.«

»Gute Nacht, Captain «

Verschwindet nur, Gentlemen. Lasst uns Ladys in Ruhe unseren kleinen Ängsten frönen, dachte Diana verärgert.

Türen wurden geschlossen, und das Haus kam endlich zur Ruhe.

Das Gewitter tobte noch eine Stunde lang. Isabeau erschöpfte sich damit, sich ständig unter der Decke zu verkriechen und wieder herauszukrabbeln. Schließlich legte sie sich hin, das Kissen im Arm. Diana sank ermattet neben sie.

Erneut blitzte es. Diana zählte langsam bis fünf. Dann rumpelte der Donner, nun schon etwas leiser. Er war bestimmt eine Meile weg und entfernte sich weiter.

Sie hörte, wie sich Isabeaus Schlafzimmertür leise öffnete und blieb regungslos liegen. Die Tür wurde noch leiser wieder geschlossen. Behutsame, fast lautlose Schritte überquerten den Boden und verstummten neben dem Bett.

Diana lag ruhig da und sog seinen Duft ein, den warmen Geruch von Seife und Moschus. Er hatte sich nach ihrem Abenteuer in der Höhle und vor dem Abendessen ausgezogen und gewaschen. Das wusste sie, weil seine Tür einen Spalt offen gestanden und sie in sein Zimmer gespäht hatte. Sie hatte seinen muskulösen Körper gesehen, die gebräunte Haut, das straffe Gesäß, an dem die Haut viel heller war als an den übrigen Stellen. Dann war er aus ihrem Blickfeld getreten.

Dieses Bild hatte sie während des Abendessens verfolgt und war ihr auch jetzt gegenwärtig. Durfte eine Frau einen Mann so stark begehren? Durfte sein Bild so lange in ihrem Gedächtnis weilen? Durfte sie sich wünschen, die Zeit zurückzudrehen und in das Zimmer zu treten, in dem er sich wusch? Er würde sie in die Arme schließen, sie würde ganz nass werden, und dann würde er sie küssen.

Sie wünschte es sich mit aller Macht.

Die Matratze senkte sich. James glitt ins Bett und streckte sich an ihrem Rücken aus. Ein kräftiger Arm umschlang ihre Taille. Sie fühlte seine Wärme durch ihr dünnes Nachthemd. Er legte sich bequem hin und zog sie sanft an seine Brust.

Sie fühlte den weichen Samt des Morgenmantels, den ihr Vater ihm geliehen hatte, und einen nackten, kräftigen Fuß, der den ihren streifte. Er streckte die Hand aus und zog die Decke über sich, Diana und Isabeau.

Isabeau drehte sich herum und sah ihn über ihre Mutter hinweg schläfrig an. Sie lächelte, streichelte einmal seine

Hand und ließ den Kopf wieder sinken. Ihre Atemzüge wurden ruhiger und waren dann kaum noch zu hören.

Diana schmiegte sich an seine Wärme und genoss es, wie seine Stärke auf sie überging. Er liebkoste sie nicht, aber seine Handfläche lag auf ihrem Bauch, und die Hitze, die sie ausstrahlte, strömte durch ihren ganzen Körper. Sie fühlte seine Lippen in ihrem Haar, seinen Atem an ihrer Schläfe.

Sie lagen lange so nebeneinander, während Isabeau sanft schlummerte. Trotz ihrer Erschöpfung war Diana hellwach und hatte die Augen geöffnet. Die Blitze zuckten immer noch über den Himmel, doch sie waren weit weg und der Donner nicht mehr zu hören.

Schließlich nahm James seinen Arm von ihrer Taille. Er stand auf, so geschmeidig und leise, dass sich die Matratze kaum bewegte. Er griff nach Dianas Hand und zog sie mit sich hoch.

Diana stieg weit weniger anmutig aus dem Bett als James, aber Isabeau wachte trotzdem nicht auf. Sie schlief, erschöpft von ihrer Aufregung über den Sturm, weiter, selbst als Diana die Decke über sie glattzog und dem Mädchen einen Kuss auf die Stirn drückte.

James führte Diana zur Tür, und sie verließen gemeinsam das Schlafzimmer.

Im Haus war es dunkel, aber die Wolken hatten sich verzogen, und silbernes Mondlicht strömte durch die nicht von Läden geschützten Fenster am Treppenabsatz. James drückte Diana mit dem Rücken an die Wand und stützte seine großen Hände neben ihrem Kopf ab. Sie öffnete die Lippen, um eine Frage zu hauchen, doch bevor sie einen Laut von sich geben konnte, verschloss er ihren Mund mit seinen Lippen.

Diana liebte es, ihn zu küssen. Er öffnete ihren Mund, liebkoste ihre Zunge mit seiner. Diesmal neckten sie sich nicht, versuchten nicht, sich spielerisch zu verführen, sondern küssten sich einfach nur lange, heiß und zärtlich.

Er löste sanft das Band, das ihr Nachthemd am Hals zusammenhielt, und glitt mit seiner Hand in die Öffnung. Seine Handfläche fühlte sich rauh auf ihrer Haut an.

Das war es, was sie brauchte. Küsse um ihrer selbst willen, keine enttäuschte, erstickte Leidenschaft, keine unterdrückten Emotionen. Nur James und seine Stärke. Morgen früh würde sich Diana um sich selbst, ihren Vater, Isabeau und den Tumult in ihrem Kopf Gedanken machen. Heute Nacht jedoch wollte sie einfach nur genießen.

Er küsste sie, als würde er das gerne tun. Er strich mit den Lippen über ihren Hals, und sie lehnte seufzend den Kopf gegen die Wand. Als sie noch jünger war, hatte sie sich gewünscht, dass ihr Ehemann das täte, was James jetzt mit ihr machte.

Als sie Edward das erste Mal ihre Sehnsucht nach ihm gestanden hatte, war Edward nur abfällig geworden. Sie hatte zwei quälende Monate lang gewartet, in denen ihr Mann auf See gewesen war, und überlegt, was sie wohl falsch gemacht hatte.

Als er zurückkehrte, überkam ihre Sehnsucht sie erneut, und wieder hatte er sie verspottet. Sie war achtzehn Jahre alt gewesen und der festen Überzeugung, es wäre ihre Schuld, dass er sie nicht begehrte. Ihre Schwiegermutter hatte ihr wiederholt versichert, dass eine Ehe eine frische, junge Lady wie sie, Diana, beinahe über Nacht altern ließ.

Sie fuhr mit den Fingern durch James' Haar und vertrieb diese unerfreulichen Erinnerungen. Genau so, dachte sie, während sie die köstliche Wärme genoss, muss es sich anfühlen, wenn man mit einem Mann zusammen ist, der einen ebenso begehrt wie man selbst ihn.

Sie hatte James nicht erzählt, dass es Isabeau gefallen hatte, als er ihre Mutter geküsst hatte. Und dass sie gefragt hatte, wann sie heiraten würden. Diana überlegte, ob James aus dem Haus flüchten, in die Gig springen und aufs Meer hinaussegeln würde, wenn sie es ihm verriet.

Sie fühlte seine Erektion an ihrem Bauch. Er machte nie den Versuch, sein Begehren zu verbergen. Er hatte keinen Grund, seine Leidenschaft zu zügeln, vermutlich hatte er das noch nie in seinem Leben getan.

Diana versuchte, ihr Herz vor ihm zu schützen. Das hier war für ihn eine unbedeutende Angelegenheit. Er sah eine Frau, die er wollte, und küsste sie, mehr nicht.

Aber es funktionierte nicht. Seine Küsse brannten wie Feuer auf ihrem Körper, und seine Hände auf ihren Hüften erregten sie, allein durch ihre schiere Kraft.

Er hob den Kopf und löste seine Lippen von ihrem Mund. Genüsslich, als hätten sie die ganze Nacht Zeit. Zärtlich streichelte er ihre Wange. »James«, hauchte sie.

Er legte ihr den Finger auf den Mund, senkte den Kopf und küsste sie erneut. Dann nahm er ihren Ellbogen und geleitete sie zu ihrem Zimmer am Ende der Treppe.

Er öffnete die Tür und führte sie hinein. Das Feuer im Kamin war heruntergebrannt, und niemand hatte Kerzen angezündet. Er schloss die Tür.

Sie blieb mitten im Raum stehen, während sich ihr die Kehle zuschnürte. Er näherte sich ihr lautlos, küsste sie und umfasste ihre Arme. Sie trat entschlossen einen Schritt zurück. »Nein, James.«

Er sah sie verwirrt an. Diana zog ihr Nachtgewand am Hals zusammen und wich seinem Blick geflissentlich aus. Ihr Herz hämmerte und pochte, denn das Feuer, das er in ihr entzündet hatte, brannte noch lichterloh.

Seine grünen Augen wurden kühl. Wenn sie sich Edward verweigert hatte, und nach Isabeaus Geburt hatte sie es immer wieder versucht, war er vor Wut ganz angespannt geworden. James dagegen wirkte … sachlich. Als könnte er sie nach Gutdünken nehmen oder in Ruhe lassen.

»Was hast du denn?«, fragte er ruhig.

»Nichts. Ich habe gar nichts.«

Er runzelte die Stirn. »Ich weiß, wann sich eine Frau nach einem Mann verzehrt. Du brennst immer noch. Also, was hast du?«

Sie versuchte, ihm einen eisigen Blick zuzuwerfen. »Ist Moral nicht Grund genug?«

»Nicht für dich.«

Ihr blieb vor Empörung der Mund offenstehen. »Wie kannst du es wagen?«

»Erspar mir das, Diana. Du hast mir eine Pistole vor die Nase gehalten und mir befohlen, dir meinen Hintern zu zeigen. Das ist ein sehr schönes Beispiel für Moral.«

»Das war ein Spiel.«

Einen Moment flackerte Ärger in seinen Augen auf, doch dann hatte er sich wieder im Griff. Er konnte sich mühelos kontrollieren. »Mit solchen Spielchen bringt man sich manchmal in große Schwierigkeiten.«

»Das weiß ich. Ich habe es bereits erlebt.«

Er trat zu ihr und legte seine Hände auf ihre Schultern. »Du hast kein Spiel gespielt. Du hast mich begehrt, und du wolltest genau das, wohin ein solches Verlangen führt. Jetzt, da ich es dir anbiete, weichst du zurück. Ich möchte den Grund dafür wissen.«

Seine Berührung war so warm. Sie hätte seine Hände am liebsten für immer auf sich gespürt. Ihre Stimme bebte. »Wenn du noch einen Moment länger bleibst, werde ich schreien. Dann kannst du meinem Vater erklären, was du hier machst.«

Seine Augen verengten sich zu Schlitzen. »Ich glaube, er hat bereits eine sehr genaue Vorstellung von dem, was wir tun. Warum rufst du ihn denn nicht? Ich könnte ihm ebenfalls einiges über dich erzählen.«

Sie bemühte sich um einen hochmütigen Blick. »Sei nicht lächerlich.«

»Es wird nicht funktionieren, Diana.« Er wandte sich ab. Sie hörte, wie der Schlüssel im Schloss klickte, und ihr Herz setzte einen Schlag aus. Dann kam er zurück, den Schlüssel in der Hand. »Du versuchst, mich wütend zu machen, oder dich selbst, aber ich weiß nicht, warum. Wir beide begehren uns fast besinnungslos. Wir sollten unseren Gefühlen freien Lauf lassen, bevor wir zugrunde gehen.«

Sie hörte ihn kaum, sondern starrte furchtsam auf den Schlüssel. Sie hatte keine Angst vor dem, was er mit ihr im Bett machen würde, denn das würde wunderbar sein. Sie fürchtete das, was danach käme, kommen musste. Sie dachte an Isabeau, die in ihrem Bett schlief und den Donner nicht hören konnte, der das Haus erschüttert hatte. Sie würde es niemals wieder tun können. Nie, nie wieder.

Er sah sie verwirrt an. »Diana, warum?«

»Ich kann es nicht. Bitte frag mich nicht weiter.«

Er musterte sie sehr lange. »Ich denke«, meinte er dann, »ich habe es verdient, den Grund zu erfahren.«

Sie krampfte die Finger zusammen. »Es ist vollkommen unangemessen …«

Er warf den Schlüssel auf den Tisch, als er schließlich doch die Beherrschung verlor. »Hör mit deiner Litanei über Moral auf! Du gibst keinen Pfifferling auf die verdammte Moral. Wovor hast du Angst? Vor mir?«

»Sei nicht so eingebildet. Ich habe noch nie Angst vor dir gehabt.«

»Das haben mir schon andere Frauen erzählt. Ein paar von ihnen habe ich über Bord geworfen. Meistens hatten sie danach Respekt vor mir.«

»Und ich will auch ganz sicher keine Geschichten über deine anderen Frauen hören. Ich weiß, dass ich nur eine in einer langen Reihe von Geliebten bin …«

»Dann weißt du verdammt noch mal gar nichts!« Er trat einen Schritt auf sie zu.

James Ardmore war wirklich ein großer Mann. Und sehr stark. In seinem Blick lagen weder Bedauern noch Wärme.

Er hob Diana hoch, bevor sie auch nur schreien konnte. Doch trotz seiner Kraft war seine Berührung sanft. Er trug sie durch das Zimmer und ließ sie mit dem Gesicht nach unten auf das Bett fallen.

»Was hast du vor?«, keuchte sie.

»Ich werde dir erst den Hintern versohlen und dich dann lieben.«

Die Wut verlieh ihr Kraft. Sie setzte sich hastig auf. »Nein, das wirst du ganz bestimmt nicht tun!«

»Warum nicht? Vielleicht macht es Spaß. Aber mir ist gerade etwas Besseres eingefallen.«

Sie griff nach dem Kissen und holte damit aus. »Ich habe bereits nein gesagt!«

Sein Blick blieb an ihrem Nachthemd haften, als könnte er durch den dicken Stoff hindurchsehen. »Das meine ich nicht. Du willst es nicht, also werde ich meinen Stolz herunterschlucken und einfach nur sagen, du weißt nicht, was du versäumst. Was nicht heißt, dass ich dir wirklich glaube, dass du es nicht willst.«

Er würde nicht darauf bestehen. Eine plötzliche, heftige Enttäuschung durchströmte sie. Der Ärger folgte, weil sie doch eigentlich hätte erleichtert sein sollen. Warum zum Teufel fühlte sie nie das, was sie fühlen sollte?

James setzte sich neben sie auf das Bett. Seine warmen Schenkel berührten ihre Beine. Er strich ihr Haar glatt und küsste es. »Ich werde dir Lust bereiten, Diana. Nur reines, pures Vergnügen. Möchtest du das?«

Sie versuchte, den Kopf zu schütteln, nein zu sagen. Heraus kam ein brüskes Nicken.

Er lehnte sich gegen das Kopfende des Bettes und löste den Gürtel seines Morgenmantels, lag auf dem Bett, lang ausgestreckt und muskulös. Auf seiner Brust kräuselte sich dunkles Haar. Seine grünen Augen schimmerten in der Dunkelheit fast flüssig, als er die Hand nach ihr ausstreckte. »Komm her.«

Er missverstand ihren Blick, ihre Betäubung, hielt es für Zögern. »Ich habe es dir versprochen«, sagte er leise. »Wir tun nichts, was du nicht willst.«

Diana gab auf. Sie nahm seine Hand und rutschte zu ihm, setzte sich auf seinen einladenden Schoß und wehrte sich nicht, als er seine Arme um sie schlang.

Es fühlte sich gut an, mit dem Rücken an ihn geschmiegt dazusitzen. Seine kräftigen Hände zu halten wirkte auf sie, als würde sie sich an ein Rettungsseil klammern.

»Ich bin nur ein Mann, Diana«, flüsterte er in ihr Haar. »Ich kann nichts dagegen tun, dass ich dich begehre.«

»Du bist eine Legende«, verbesserte sie ihn. »Wie mein Ehemann.«

»Ich bin aus Fleisch und Blut. Genau wie du.«

Sein warmer Atem strich ihr über den Nacken. Er verschränkte seine Finger mit ihren. »Und jetzt, Diana«, sagte er leise. »Zeig mir, wie ich dich berühren soll.«

Ihr Herz hämmerte schmerzhaft gegen ihre Rippen. Dumme Diana, zu glauben, dass er sie nur besiegen konnte, indem er mit ihr schlief. Nein, er würde sie Zentimeter um Zentimeter vernichten, bis sie ihm ganz und gar gehörte. Er war fest entschlossen, sie auf ein glühendes Häufchen Verlangen zu reduzieren.

Aber sie hatte keine Wahl. Bevor sie darüber nachdachte, was sie tat, führte sie seine Hand unter ihre Brüste und ließ sie dort. Dann schloss sie die Augen, ließ ihn los und lehnte sich zurück in seine Umarmung.

James vergrub seine Nase in den weichen Strähnen ihres Haares. Er liebte diesen Duft. Diana hatte es nach ihrer Begegnung in den Höhlen gewaschen. Er wusste es, weil er gesehen hatte, wie Mrs. Pringle Kübel mit heißem Wasser in Dianas Gemach getragen hatte. Er hatte sich an die Tür seiner eigenen Kammer gelehnt und sich vorgestellt, wie Diana dastand, das Mieder heruntergeschoben und den Kopf nach hinten über einen Zuber gebeugt, während Mrs. Pringle Tröge mit Wasser über ihr Haar goss. Nach Lavendel duftendes Wasser.

Sie fühlte sich unter ihrem Baumwollnachthemd unglaublich gut an. Die Rundungen ihrer Brüste, die Knospen, die sich unter seiner Berührung aufrichteten und hart wurden, ihr weicher Bauch, der Schwung ihrer Schenkel. Er strich mit den Lippen über ihren bestickten Kragen, der sittsam auf ihrem Nacken lag.

James wusste nicht, wovor sie Angst hatte, jedenfalls nicht vor ihm. Nicht einmal vor dem Begehren. Sie fürchtete etwas anderes, das sie vor allen verbarg, selbst vor ihrem geliebten Vater und ihrer Tochter.

Nein, sie mochte das Verlangen. Sie wusste, was sie wollte. Unter ihrem gelockerten Nachtgewand führte sie seine Hände zu ihren Brüsten und ihrem Bauch, während ihre Finger wie Taue ineinander verschränkt blieben.

Sie zog ein Bein an ihre Brust. Er streichelte die festen Muskeln ihrer Wade, bis hin zu der warmen Falte ihres angezogenen Knies. Dort verweilte er einen Moment, und ihrer beider Daumen liebkosten die weiche Haut.

Dann glitt er zu ihrem Schenkel, muskulös vom Klettern und Segeln auf dem Boot ihres Vaters. Von da aus weiter zu ihrer Hüfte, die sich so fest an ihn schmiegte. Und schließlich hinauf zu ihrem Bauch, unter die tröstliche Wärme des Nachthemds.

Der Stoff schob sich durch ihre Bewegungen nach oben, entblößte ihre langen Beine, Beine, die ihre Hosen unter dem Kleid so wunderbar ausgefüllt hatten. Sie waren genauso entzückend, wie er sie sich vorgestellt hatte.

Sie drehte den Kopf zu ihm und suchte mit ihren Lippen seinen Mund. Sie küssten sich eine Weile, während ihre Hände zusammen ihre nackte Haut streichelten.

Dann führte Diana James' Hand nach unten, presste seine

Handwurzel gegen den Spalt zwischen ihrem ausgestreckten und ihrem angezogenen Bein. Er fühlte ihre nasse Hitze. Oh ja. Offenbar dachte sie an etwas sehr Schönes.

Funken, hatte er ihr gesagt. Sie regneten auf einen Mann herunter, bis er zu Asche zusammenfiel. Der große James Ardmore war dabei zu verbrennen.

Er tauchte seine Finger in ihr wartendes Feuer. Sie bewegte sich und legte ihren Kopf mit geschlossenen Augen gegen seine Schulter. Er streichelte ihre heiße Glut, und ihre Finger folgten seinen.

»James«, murmelte sie.

Sie hungerte. Ihr Vater und ihre Tochter liebten sie, aber sie konnten nicht alles erfüllen, was sie begehrte. Sie hungerte, genau wie er.

»Es ist mir ein Vergnügen, dich zu erfreuen«, sagte er. »Ein Gentleman gehorcht immer.«

Sie hörte ihm nicht zu, sondern konzentrierte sich mit geschlossenen Augen vollkommen auf ihre steigende Erregung.

»Stets zu Diensten«, flüsterte er und küsste ihr leuchtendrotes Haar. »Weißt du eigentlich, wie schön du bist? Als ich auf dem Strand aufwachte, war ich entzückt, dich wiederzusehen. Ich habe beschlossen, recht lange hierzubleiben.« Er küsste sie hinter dem Ohr. »Ich wette, das sagt jeder Mann.«

Er tauchte seinen Zeige- und Mittelfinger in ihre flüssige Hitze. Sie war eng und doch so bereitwillig. Ihre Brust hob sich, als sie tief Luft holte. Ihr frischgewaschenes Haar verströmte einen Duft von Lavendel.

»Du riechst so gut, Darling«, murmelte er.

Ihre Lider senkten sich, ihr Gesicht war gerötet. Ihre vereinten Hände strichen über das drahtige Haar ihrer Scham, das noch roter leuchtete als das auf ihrem Kopf. Ihre Finger berührten sie, streiften sie, neckten sie, und James Verlangen wurde immer größer.

Sein Bedürfnis, sie einfach mit ungezügelter Leidenschaft zu nehmen, war ebenso groß wie sein Genuss an diesem ruhigen Spiel. Ihre Wange lag weich an seiner, ihr feuchter Atem strich über seine Lippen. Seine Erektion drückte sich höchst angenehm zwischen ihre Gesäßbacken, genau in die Nische, in deren Öffnung er so gerne eingedrungen wäre.

Ihr Haar strich über seine Haut, weich und kühl, und badete sie mit ihrem Duft. Das war Vergnügen, reines, einfaches Vergnügen. Er hatte so etwas seit sehr, sehr langer Zeit nicht mehr empfunden.

Das Feuer knisterte, die Glut loderte wie die Hitze in James' Adern. Diana sah ihn aus glänzenden Augen träge an.

»Siehst du, Liebes?«, sagte er leise. »Ich bin aus Fleisch und Blut, so wie du.«

Er küsste ihre Schläfe. »Ich möchte dir etwas erzählen, Diana, solange ich deine Aufmerksamkeit genieße. Ich habe nicht gelogen, als ich behauptete, wir würden gut zusammenpassen. Das denke ich immer noch, ganz gleich was passiert, verstehst du das?« Hitze durchströmte ihn. »Ich will diesen großen, entzückenden Körper, den du nicht vor mir versteckst. Ich will dich schmecken und lieben und hören, wie du lachst. Ich will deine Augen Funken sprühen sehen, wenn du wütend auf mich bist.«

Sie atmete schneller, als sich ihr Verlangen steigerte.

»Ich werde dir abgewöhnen, Männer an der Nase herumzuführen, Diana. Und ich werde die Insel nicht eher verlassen, als bis ich das geschafft habe.«

Sie stöhnte erneut lustvoll auf. Er wusste, dass sie ihn nicht hörte, jedenfalls nicht bewusst.

»Bevor ich gehe, möchte ich, dass du mich an die Hand nimmst und mir zeigst, wie schön und genüsslich wir uns lieben können. Kein Necken, kein Flirten. Nur einfache, schöne Liebe, weil du es willst.«

Sie öffnete die Augen, als das lodernde Feuer in ihr die Kontrolle übernahm. Sie kam, süß, stöhnend, und umklammerte seine Hand mit ihren inneren Muskeln wie ein Schraubstock. Um nichts in der Welt hätte er sie zurückgezogen.

Ihr Hintern rieb auf höchst gefährliche Weise gegen seine Erektion, aber er würde ihren Wunsch respektieren. Oder vielmehr ihren gebieterischen Befehl, der auf eine so starke Furcht hindeutete. Bevor er diese Insel verließ, würde er herausfinden, wovor sie solche Angst hatte. Und diese dann für immer auslöschen. Denn wenn ihm das nicht gelang, wenn er gezwungen war, die Insel zu verlassen, bevor er Diana nehmen konnte, würde er wirklich in Flammen aufgehen. Von James Ardmore würde nur ein Haufen Asche übrig bleiben, und Diana Worthing würde lachen.

Jetzt jedoch lachte sie nicht, sondern sie verzerrte ihr Gesicht vor Lust und flüsterte leise, glücklich und verlangend seinen Namen.

»So ist's recht«, murmelte er und küsste sie auf eine Art, neben der sich das Gewitter von vorhin wie ein milder Sommerregen ausmachte.

Später lag James allein in seiner Kammer und beobachtete, wie die Blitze den fernen Horizont erhellten. Der Wind hatte den Sturm weggeweht, und die Scheibe des Mondes tauchte den Himmel in ihr silbriges Licht.

Er zog sich Hose und Stiefel an und streifte seinen Mantel über. Das Gefühl von Dianas Körper an seinem und ihr Geruch hüllten ihn immer noch ein.

Das Mondlicht war ihm recht. Es spendete genug Helligkeit, damit er um die Insel herumsegeln und zu der riesigen Höhle gelangen konnte, in der Dianas Vater seine geschmuggelten Güter aufbewahrte. Brandy, Nägel, Taue, alles unschuldige Dinge, hatte Lockwood ihm gesagt. *Das ist nicht alles, Admiral.*

Im Haus rührte sich nichts. Er hatte Diana schlafend verlassen, ihre Stirn geküsst, sie in die Decke gehüllt und war so leise, wie er konnte, aus dem Zimmer gegangen. Sie war nicht aufgewacht.

James verließ seine Kammer und schloss die Tür lautlos hinter sich. Ebenso behutsam ging er die Treppe hinunter und vermied die knarrende Stufe, die vierte von unten. Er hatte Aufgaben zu erfüllen. Er konnte sie nicht einfach vernachlässigen, nur weil er eine Frau gefunden hatte, mit der er schlafen wollte.

Das Haus lag vollkommen still da, und hinter keinem der Fenster leuchtete Licht. Das Tor klickte leise und knarrte, als er es öffnete.

Er folgte dem Pfad, der im Mondlicht deutlich zu sehen war, hinab zum Strand und weiter zu der Bucht, wo die einmastige Gig vertäut war. Sie dümpelte neben dem kleinen Steg, mit Tauen an den Duckdalben gesichert. Er stieg in das kleine Boot und legte ab.

Das hier war der Test, wie weit er schon gesundet war. Er hob die Ruder, tauchte sie ins Wasser und ruderte los.

9. Kapitel

James' Wunde zog ein wenig und tat weh, aber es passierte nichts Gefährliches. Seine Muskeln waren offenbar so weit zusammengewachsen, dass er wenigstens wieder ein Boot rudern konnte.

Sobald das Haus außer Sicht war, verstaute er die Ruder und setzte das Segel. Der frische Wind würde die Fahrt vereinfachen, solange er sich von den Felsen fernhielt. Er befestigte die Leinen, bediente mit einer Hand das Ruder und mit der anderen das Segel. Es war zwar nicht einfach, aber besser als nichts.

Er suchte mehr als anderthalb Stunden nach der Öffnung der Höhle. Doch er fand den Spalt im Fels einfach nicht und knirschte verärgert mit den Zähnen. Der Mond würde bald untergehen, und er wollte wieder im Bett liegen, bevor die Sonne aufging.

Die Insel verbarg ihre Geheimnisse sehr gut. Gerade als James aufgeben wollte, um in einer anderen Nacht zurückzukommen, sah er, wie eine Möwe, die sich weiß von dem schwarzen Himmel abhob, an einem großen Felsen vorbeischwebte und dann verschwand.

Er wendete und fuhr zu den Klippen, ohne den Blick von der Stelle zu nehmen, an der der Vogel verschwunden war. Seine Wachsamkeit wurde belohnt. Als er näher kam, sah er, dass ein Felsen etwas weiter vor einem anderen stand. Dazwischen befand sich eine schmale Öffnung.

Er reffte das Segel und nahm die Ruder zur Hand. Dann manövrierte das Boot vorsichtig hinein, mied die schäumenden Strudel, die auf Felsen unter der Wasseroberfläche hindeuteten. Eine Woge hob ihn sanft an und trug ihn in die Höhle hinein. Das Boot landete kratzend auf dem winzigen Strand, auf dem Diana und er noch vorhin gestanden hatten.

Er nahm sich einen Moment Zeit, sich an den Rausch dessen zu erinnern, was sie hier getan hatten. Dann legte er die Ruder auf den Boden des Bootes und entzündete die Kerze in der Laterne. Ein Windstoß fegte von oben durch die Höhle. Er blickte hoch, auf die natürlichen Felsvorsprünge und die Kisten, die dort lagerten.

Der unschuldige Brandy hatte in Fässchen ganz unten gestanden, wo er leicht zu finden war. Die interessanteren Dinge erwarteten ihn vermutlich weiter oben. Er hob die Laterne auf den höchsten Absatz, den er finden konnte, und stieg hinauf.

Diana hatte ihm den Weg gezeigt, und er folgte ihm jetzt, kletterte immer höher, sich mit der Laterne den Weg leuchtend. Auf einem Vorsprung in halber Höhe rastete er kurz. Unter ihm dümpelte das Boot im Wasser und zog an der Leine, mit der er es befestigt hatte. Wellen schwappten in die Höhle, begleitet von kaltem Wind und Gischt.

James zog das Brecheisen heraus, das er vom Boot mitgebracht hatte, schob es unter den Deckel einer Kiste und drückte es nach unten. Es quietschte, und die Nägel gaben nach. Er riss den Deckel ab und leuchtete hinein.

In der Kiste lagen mindestens zwanzig Musketen, fein

säuberlich gestapelt. James atmete geräuschvoll aus. Sonderlich überrascht war er jedoch nicht.

Er öffnete die nächste Kiste. Noch mehr Waffen. Systematisch durchsuchte er jede Kiste auf diesem Vorsprung. In allen lagerten Musketen. Auf der nächsten Stufe fand er kistenweise Kugeln. Danach Kisten mit den kleinen Beuteln Schießpulver, die die Infanteristen aufrissen und in den Lauf ihrer Waffen rieseln ließen, bevor sie die Kugeln hineinschoben.

Er stieg weiter nach oben. Mehr Kisten, mehr Waffen, aber diese waren französischer Machart. James rieb sich die Oberlippe. Ein weiterer Vorrat an Musketen stammte aus Preußen.

Der Admiral war ein Narr. Seit James den Mann kennengelernt hatte, hatte er gehofft, dass er sich irrte.

Als er letztes Jahr Haven als den Ort ausgemacht hatte, den er finden musste, hatte er angenommen, der Admiral, dem die Insel gehörte, wäre durch und durch korrupt und ebenso widerlich wie der Mann, den er jagte. Das Ende sollte also eigentlich einfach sein.

Doch jetzt war alles komplizierter. Er mochte Admiral Lockwood. Der Mann hatte alle Eigenschaften, die James bewunderte. Mut, Integrität und Respekt. Und dann war da ja noch Diana.

Er trat gegen eine Kiste. Warum hatte er nur geglaubt, dass es einfach werden würde? Er hätte nach dem ersten Blick auf sie sofort die Flucht ergreifen sie richtig entführen und irgendwo einsperren sollen, während er seiner Blutrache nachging. Ihre Gegenwart machte es ihm schwerer als alles, was er bisher erlebt hatte.

Nein, eigentlich hätte er sie in dieser Herberge in Kent

nehmen sollen. Dann wäre er fertig mit ihr gewesen. Direkt auf dem Tisch, neben den Resten der Suppe. Er hätte ihre Röcke hochschieben und in sie eindringen sollen …

Sie hatte vor Leidenschaft gebrannt. Selbst ein Blinder hätte das gemerkt. Sie kochte jedes Mal, wenn er sie berührte. Trotzdem hatte er diesen unverkennbaren Ausdruck von Furcht in ihren Augen verstanden, wenn er indirekt vorgeschlagen hatte, das zu Ende zu bringen, was sie angefangen hatten.

Er knurrte, als ihn Frustration überkam. Er schob eine der geheimen Kisten des Admirals zum Rand des Felsvorsprungs und stieß sie hinunter. Sie zerbarst mit einem befriedigenden Krachen auf dem Boden der Höhle, und ihr Inhalt würde von den Wellen fortgerissen.

Er schickte die nächste Kiste hinterher, dann noch eine. Er arbeitete sich von Felsvorsprung zu Felsvorsprung und warf eine Kiste nach der anderen hinab. Einige zerbrachen, andere blieben einfach im Sand stecken oder schwammen kurz auf dem Wasser, ehe sie versanken.

»Aufhören!«

Dianas Stimme übertönte das hallende Rauschen der Wellen. James blickte hoch. Sie kauerte ein Stück über ihm, in Rock, Hose und derben Stiefeln. Ihr Haar war zu einem Zopf geflochten, und sie warf ihm über den Lauf einer Pistole hinweg böse Blicke zu.

Er trat einen Schritt aus dem Lichtkegel der Laterne. »Darling, du hegst eine höchst ungemütliche Faszination für Feuerwaffen.«

»Diesmal ist sie geladen.«

»Zweifellos.« Er hakte seinen Fuß um die Laterne und schob sie über die Kante des Felsens. Der winzige Funke der

Kerze flog ein paar Meter durch die Luft und erlosch. Schlagartig wurde es stockfinster in der Höhle. Das Gehäuse landete krachend auf den Kisten und Felsen unter ihm. »Ich würde mich nicht rühren, wenn ich du wäre«, riet er ihr freundlich. »Du könntest im Dunkeln fallen.«

»Du auch.« Sie klang so, als würde es sie freuen.

»Für wen sind die?«, fragte er. »All diese Waffen und das Schießpulver, das jetzt vollkommen durchnässt ist?«

Ihre Stimme klang gepresst vor Wut. »Für die britischen Truppen natürlich. Damit sie die iberische Halbinsel befreien können. Wir führen einen Krieg gegen Napoleon, weißt du das nicht?«

»Hat er dir das gesagt?«

»Warum sollte er lügen? Diese Waffen sind für Gibraltar bestimmt, von wo aus sie nach Norden durch die französischen Linien zu den britischen Streitkräften geschmuggelt werden.«

Er lächelte im Dunkeln. »Die Franzosen haben Südspanien bereits aufgeben, wusstest du das nicht? Euer General Wellesley treibt sie nach Norden hoch. Nicht mehr lange, dann hat er Frankreich selbst eingenommen, wette ich. Er braucht diesen kleinen Vorrat an britischen, französischen und preußischen Waffen nicht.«

»Französische Waffen? Wovon redest du?«

»Das ist kein Vorratslager, Diana. Das ist Beute.«

Sie lachte auf. »Wessen beschuldigst du meinen Vater jetzt?«

»Der Piraterie. Ich jage Piraten. Ich weiß, wie Beute aussieht.«

»Ich hatte recht. Du bist überheblich. Mein Vater ist kein Pirat.«

»Nein«, antwortete er sanft. »Das denke ich auch nicht. Aber das hier haben Piraten erbeutet, und ich habe das Gefühl, dass auch Piraten zurückkehren und es sich holen werden.«

Während er sprach, ließ er sich sehr vorsichtig auf den nächsten Vorsprung herunter. Er musste im Dunkeln zwar sehr langsam kriechen, aber das hatte den Vorteil, dass er so gut wie kein Geräusch machte.

»Mein Vater ist kein Pirat«, wiederholte sie eigensinnig.

»Was hat er auf dieser Insel zu suchen? So weit weg von zu Hause?«

»Das ist sein Zuhause. Er hatte die Stadt satt und hat sich hier zur Ruhe gesetzt.«

James glitt auf die nächste Felsstufe. »Er war ein Held, ausgezeichnet für seine Verdienste bei der Schlacht von Trafalgar, und ein verdammt guter Seemann. Er könnte weit oben in der Admiralität rangieren und den Krieg vom luxuriösen Whitehall aus führen. Aber er hat sich einen Zufluchtsort hundert Meilen von England entfernt ausgesucht. Eine etwas merkwürdige Entscheidung, oder nicht?«

Sie schwieg. James ließ sich auf den Boden der Höhle fallen und landete platschend mit den Stiefeln im Wasser. Das Mondlicht schimmerte durch den Eingang, erleuchtete das dümpelnde Boot und ließ den Metallrahmen des Laternengehäuses glänzen.

Er hob die Laterne auf und legte sie vorsichtig ins Boot. Mit Licht wäre es besser gewesen, aber dann hätte Diana auf ihn zielen können.

Er tastete nach der ersten Kiste und wuchtete sie in das Boot. Holztrümmer und Musketen lagen verstreut auf dem Boden. Er hob sie auf und warf sie eine nach der anderen in das Boot. Sein Vorhaben würde mehrere Fahrten hinaus aufs Meer erfordern.

Als Diana wieder sprach, zitterte ihre Stimme. »Mein Vater ist kein Verräter.«

»Das habe ich auch nicht behauptet. Ich sagte, er ist ein Pirat.«

»Warum zum Teufel sollte mein Vater zum Piraten werden?«

»Das weiß ich nicht. Männer werden es aus vielerlei Gründen.« Er band das Boot von den Felsen los. »Allerdings beabsichtige ich, ihn danach zu fragen.«

Von oben antwortete Schweigen. James warf die Leinen ins Boot. Jetzt kam der heikle Teil. Wenn er ins Mondlicht ruderte, konnte sie ihn sehen und feuern. Er setzte die Ruder in die Dollborde ein.

Dann hörte er das Klappern von Steinen auf Fels, ein Knurren und Keuchen, als sie sich an dem Vorsprung wehtat. Sie kletterte herunter. Im Stockfinstern und mit einer geladenen Pistole in der Hand.

»Rühr dich nicht, Diana, um Himmels willen!«

»Ich werde nicht zulassen, dass du ihn zum Narren machst!«

Er sprang wieder aus dem Boot.

Sie hatte bereits mit dem Abstieg begonnen. Er hörte erneut, wie Steine gegeneinanderschlugen, ihr gereiztes Knurren, als sie abglitt. Er lief zu ihr. Obwohl sie sich vermutlich in diesen Höhlen auskannte und schon seit Jahren hier herumgeklettert war. Wahrscheinlich bereits als kleines Mädchen und ebenfalls im Dunkeln, wenn sie ihrem Vater half, seine Vorräte an Waffen zu verstauen.

Er erwischte sie, als sie sich von dem letzten Vorsprung

herabließ. Eine kurze Drehung ihrer Hand, und die Waffe fiel mit einem leisen Platschen in das Wasser zu ihren Füßen.

Sie schlug auf ihn ein und versetzte ihm einige saftige Ohrfeigen. Er verstärkte seinen Griff und zerrte sie zur Gig. Tut mir leid, Schätzchen, dachte er. Er bedauerte es tatsächlich. Schon wieder diese Reue!

Er hob sie über den Dollbord. Ihr Schreien übertönte das rauschende Wasser. »Was hast du vor?«

Er zog ihren Kopf zu sich herum und küsste sie lange und hart auf den Mund. Sie bog ihren Hals unter seinem Druck nach hinten, doch sie erwiderte den Kuss, versuchte ihn zu kontrollieren, James in seinem eigenen Spiel zu schlagen.

Er beendete den Kampf, indem er sie auf den Boden des Bootes stieß. Sie war zwar kräftig, doch er war stärker.

Dafür teilte sie ihm unmissverständlich mit, was sie von ihm hielt. Seit er die *Argonaut* verlassen hatte, waren ihm nicht mehr so deftige Flüche zu Ohren gekommen. Sie würde sogar Ian O'Malley noch etwas beibringen können.

Er hob die Seile auf, mit denen die Ruder zusammengebunden gewesen waren. Erinnerungen an ihr Schlafgemach schossen ihm durch den Kopf. Sie hatte sich so süß und heiß an ihm gerieben. Zu schade, dass sie ihn jetzt hasste.

Er zog ihre Hände um den Mast herum und schlang das Tau um ihre Handgelenke. Er band es nicht zu fest, um ihr nicht wehzutun, aber straff genug, damit sie sich nicht befreien konnte. Einen Moment lang überlegte er, ob er auch ihre Füße fesseln sollte, entschied sich jedoch dagegen. Mochte sie treten, soviel sie wollte. Wenn er alle Kisten eingeladen hatte, würde ihr kaum noch genug Platz bleiben, um sich zu bewegen.

Er richtete sich auf und sprang aus dem Boot. Sie schrie ihm hinterher, nicht im Geringsten gebändigt.

Sie würde sich niemals ergeben. Er hatte eine Wildkatze gefunden, und das Schwierige mit solchen Geschöpfen war, dass es keine Möglichkeit gab, sie sicher freizulassen.

So schnell er konnte, stapelte er die Kisten und einzelnen Waffen in der Gig um Diana herum. Die Wellen rauschten jetzt schneller in die Höhle und umspielten seine Füße. Diana war endlich verstummt. Zweifellos sparte sie sich ihren Atem für später auf.

Nur die Hälfte der Kisten passte ins Boot. James wusste, wie man eine Ladung ausbalancieren musste, und ließ genug Platz, dass er noch hineinklettern und rudern konnte.

Dann stieß er das Boot vom Strand ab, sprang in letzter Sekunde auf die Kisten und tastete sich zur Ruderbank vor. Diana lag direkt hinter ihm, die Füße zum Heck hin ausgestreckt. Er nahm die Ruder auf und legte sich in die Riemen, um die Gig aus der Höhle zu manövrieren.

Sie würde frieren. Der Wind von den Klippen war beißend, fegte die Kälte des Sturm vor sich her. James legte die Ruder auf, streifte sich seine Jacke von den Schultern und legte sie ihr über. Seine Arbeit würde ihn wärmen.

Dankte sie ihm für seine Freundlichkeit? Oh nein! Sie überhäufte ihn weiter mit Beschimpfungen, beleidigte ihn, seine Gewohnheiten und seine Herkunft.

Als sie etwa eine Meile von der Insel entfernt waren, wo nach Leutnant Jacks Auskunft das tiefe Wasser begann, legte James die Ruder erneut ab. Er kletterte über die Kisten und ließ den Anker ins Wasser hinab. Ihm folgte die erste Kiste. Sie zerbrach, als sie auf das Wasser prallte, und die Musketen versanken auf dem Grund des Meeres.

»Was machst du da?«, schrie Diana.

»Was ich am besten kann«, erwiderte James. »Piraten zur Hölle schicken.«

»Du schadest damit nur meinen Vater. Du weißt ja nicht, was du da tust.«

»Ich habe so eine Ahnung. Lass den Kopf unten. Ich will dich nicht verletzen.«

Er warf eine Kiste nach der anderen über Bord, danach die einzelnen Musketen sowie die Kugeln. Seine Muskeln schmerzten von der Anstrengung, und er schwitzte so stark, dass nicht einmal der scharfe Wind seine Haut trocknen konnte.

Schließlich versank die letzte Kiste im Meer, und James wendete das Boot in Richtung Strand.

Diana duckte sich, als der Mastbaum über ihren Kopf hinwegfegte. Das Segel knallte, als der Wind es aufblähte. Sie hing hilflos am Mast und kochte vor Wut. Das Tau, mit dem er sie gefesselt hatte, war so locker, dass es ihr zwar nicht wehtat, sie sich aber trotzdem nicht befreien konnte.

Schließlich erreichten sie die Höhle. James belud das Boot ein zweites Mal, und wieder segelten sie hinaus aufs Meer. Kiste um Kiste flog über den Bootsrand. James keuchte vor Anstrengung, als er den Vorrat ihres Vaters in die Fluten schleuderte.

Sie belegte ihn mit jedem Schimpfwort, das ihr einfiel. Da sie unter Seeleuten aufgewachsen war, verfügte sie über einen sehr farbenfrohen Wortschatz. Sie konnte nicht fassen, dass sie weichgeworden war, als er sich bereit erklärt hatte, ihren heftigen Flirt nicht zu seinem logischen Ende zu bringen. Sir Edward hätte getobt und sie entweder gezwungen oder sie mit schneidendem, beißendem Hohn überschüttet. James hatte sie einfach in die Arme gezogen und ihr gesagt, sie könne sich die Art ihres Vergnügens auswählen.

Sie hatte nicht gewusst, dass es sich so anfühlen konnte. Er hatte auf ihr gespielt wie ein erfahrener Musiker auf einem schönen Instrument. Er hatte genau gewusst, wie er ihre Leidenschaft anstacheln und sie wieder besänftigen konnte. Natürlich wusste er das!

Ihr Vater hätte ihn in Ketten legen sollen, als er angespült wurde. Aber solange sie, ihr Vater, Leutnant Jack und Jessup sich nicht alle gleichzeitig auf James stürzten und ihn im Kartoffelkeller einsperrten, konnten sie nichts gegen ihn ausrichten. Der Admiral war einfach zu weichherzig.

Dianas Mitgefühl dagegen war schon lange erschöpft.

James fuhr ein drittes Mal zur Höhle und wieder zurück und warf die letzte Ladung Waffen ins Meer. Dann wendete er das Boot und nahm Kurs auf die sandige Bucht, in der es normalerweise lag.

Diana kauerte ruhig, des Kämpfens müde. James vertäute das Boot an dem kleinen Steg, rollte das Segel auf, verstaute die Ruder und sicherte die Gig mit den Leinen.

Erst als er damit fertig war, kümmerte er sich um Diana und zerschnitt ihre Fesseln geschickt mit seinem Messer. Dann hob er sie unter den Achseln hoch und hielt sie dabei so fest, dass sie sich nicht umdrehen und ihn treten konnte. Schließlich schleppte er sie an den Strand und ließ sie dort fallen.

Kaum berührten ihre Füße den Sand, riss sich Diana von ihm los. »Du pockenverseuchter Lügner! Du hast mich verführt! Du dachtest, ich würde zulassen, dass du meinen Vater beraubst, sobald du mit mir fertig bist!«

»Schrei ruhig ein bisschen lauter, Diana«, erwiderte James gedehnt und schob ruhig das Messer in die Scheide. »Ich glaube, ein paar Bauern in Frankreich haben dich nicht richtig gehört.«

»Ich will, dass sie mich hören! Ich will, dass mein Vater ganz genau hört, was du ihm angetan hast. Er wird dich in Ketten legen! Er wird dich …!«

»Er wird ziemlich froh darüber sein, dass ich nicht das ganze Lager im Meer versenkt habe.« James hielt Dianas Arme fest. »Hör mir zu. Was er tut, ist gefährlich. Wenn du es mir erlaubst, kann ich die Angelegenheit jedoch regeln. Ich warte schon seit Jahren darauf, das endlich zu tun.«

Sie riss sich los. »Wovon redest du?«

»Er hat diese Waren nicht allein herschaffen können. Ich werde ihn fragen, wer ihm geholfen hat, und dann werde ich seine Piratenhelfer jagen. So einfach ist das.«

»Einfach? Und was willst du dann mit meinem Vater tun?«

»Was soll ich denn mit ihm tun?«

»Nichts. Ich will, dass du ihn in Ruhe lässt.«

Seine Miene wurde hart. »Das kann ich nicht, Darling.«

»Hör auf, mich so zu nennen. Warum sollte er dir gegenüber Rechenschaft ablegen?«

Seine Augen blitzten, kalt wie arktisches Eis. »Piraten sind brutale Mörder, Diana. Wenn sie deinen Vater bedrohen, werde ich ihn von ihnen befreien; sollte er mit ihnen zusammenarbeiten, werde ich ihn daran hindern. Ganz gleich, wie.«

»Oder aber du lässt meinen Vater einfach in Ruhe. Warum kümmert dich ein Lager mit gebrauchten Gütern?«

Das Mondlicht ließ seinen Blick noch abweisender wirken. »Weil ich zu wissen glaube, welcher Pirat dieses Lager angelegt hat. Ich vermute das bereits seit langer Zeit. Aus diesem Grund wollte ich so viel über Haven wissen. Ich will diesen Verbrecher zur Strecke bringen und werde alles tun, was dafür notwendig ist.«

Plötzlich durchströmte sie eine schreckliche Erkenntnis. »Mein Gott! Mein Ehemann, ausgerechnet mein Ehemann, hatte recht. Du hast mich in dem Haus von Admiral Burgess in Kent gesehen. Und mich absichtlich entführt.«

Er nickte, dieser unverschämte Kerl!

»Das stimmt. Ich war da, um Kinnaird zu retten, aber als ich die Tochter von Admiral Lockwood sah, habe ich diese ausgezeichnete Gelegenheit genutzt. Ich hätte dich auch aus deinem Schlafzimmer entführt, wenn du nicht zufällig auf O'Malley gestoßen wärest und mir die Sache erleichtert hättest.«

Ihr Herz schlug rasend schnell, und ihr wurde fast übel. »Also, du hast die ganze Zeit ... Ich habe dir direkt in die Hände gespielt, verdammt!«

»Das würde ich nicht sagen. Du hast mir kein Sterbenswörtchen verraten. Selbst als ich dich küsste, hat dich das nicht erschüttern können. Ich habe keinen besonderen Wert darauf gelegt, dass mich die gesamte britische Flotte verfolgte, also blieb mir nichts anderes übrig, als dich zurückzubringen.«

Sie starrte ihn einen Moment wie betäubt an, dann stürzte sie sich auf ihn. »Du ...!« Sie trommelte mit ihren Fäusten gegen seine Brust. »Du hast mich benutzt. Ich habe zugelassen ...« Sie unterbrach sich, als sie sich an die feuchte Hitze zwischen ihren Schenkeln erinnerte, an seine Hände, die sie streichelten und liebkosten, an seine Lippen, die so warm und sanft waren. »Du bist der schlimmste Schurke, den ich kenne. Und ich bin eine verdammte Närrin!«

Er legte seine großen Hände auf ihre und hielt sie mühelos fest. »Du bist eine wunderschöne Frau. Eine, die jeden Mann zur Verzweiflung bringen kann.«

»Hör auf, mir zu schmeicheln. Ich habe dein Süßholzraspeln satt!« Sie befreite sich aus seinem Griff. »Ich werde meinem Vater sagen, was du heute Nacht getan hast. Willst du mich etwa daran hindern?«

»Nein«, erwiderte er gelassen und mit kühlem Blick. »Ich werde sogar mit dir gehen. Wir werden es ihm gemeinsam erzählen.«

Sie hatte gehofft, dass ihr Vorhaben eine unbändige, glühende Wut in ihm auslösen würde, eine, die ebenso stark war wie ihre, aber seinen kalten Augen war keine Gefühlsregung anzumerken. »Also gut«, sagte Diana. Sie versuchte, frostig zu klingen, scheiterte jedoch kläglich.

Sie kehrte ihm den Rücken zu und marschierte zum Haus zurück. Sie hörte, wie James ihr folgte. Er ging leise hinter ihr und schwieg. Was sie jedoch am meisten erzürnte, war, dass er sich schlicht weigerte, mit ihr zu streiten.

10. Kapitel

James war sich sehr deutlich bewusst, wie Diana ihn quer durch den Raum anfunkelte, obwohl er ihren Blick geflissentlich mied. Sie saßen im Arbeitszimmer ihres Vaters, vor den Fenstern, von denen man aufs Meer hinausblicken konnte, das Zimmer, in dem ihr Vater James neulich nachts verhört hatte.

Diana saß stocksteif auf einem Stuhl neben dem Kamin. Der Admiral lehnte an seinem Schreibtisch. Er wirkte selbst im Morgenmantel würdevoll und beobachtete James aufmerksam.

Ardmore konnte sich einfach nicht setzen. Seine Beine wollten sich nicht beugen. Dennoch hatte er nicht das Gefühl, einen Vorteil zu haben, indem er stand.

Diana hätte ihn mit ihrem Blick töten können, ganz gleich in welcher Haltung er sich befand. Das Gift in ihrer Stimme, als sie ihn angeschrien hatte, schmerzte ihn immer noch.

Lass deinem Hass auf mich ruhig freien Lauf, Diana. Ich bin daran gewöhnt.

Diana hatte ihren Vater geweckt, sobald sie das Haus erreicht hatten. Lockwood war beunruhigt gewesen, als er aus seinem Zimmer getreten war, und doch hatte er gleichzeitig gelassen gewirkt, als hätte er so etwas erwartet. Er selbst hatte vorgeschlagen, sich in seinem Arbeitszimmer zu versammeln.

»Also, James«, begann er bedächtig. »Was habt Ihr mir mitzuteilen?«

»Ich möchte, dass Ihr mir den Namen des Piraten nennt, der Euch zwingt, für ihn zu arbeiten.«

Die Miene des Admirals verhärtete sich. James erkannte in diesem Moment, woher Diana ihren wundervollen Zorn hatte. Unter diesem Blick musste so mancher Leutnant erzittert sein.

»Ich arbeite für niemanden«, erwiderte Lockwood.

»Also überfallt Ihr ganz allein Schiffe und plündert sie aus?« James war nicht in der Stimmung, irgendjemanden mit Samthandschuhen anzufassen. »In dieser kleinen Gig, mit Eurer Tochter und Eurer Enkelin an der Pinne?«

»Lasst dieses Thema ruhen«, antwortete der Admiral. »Es geht Euch wohl kaum etwas an.«

»Es geht mich sehr wohl etwas an. Ich bin ein Piratenjäger. Könnt Ihr mir jetzt einen Namen nennen, oder soll ich Euch einen vorschlagen?«

»Um meiner Tochter willen bitte ich Euch, hört auf damit!«

James verstummte. Diana saß immer noch mit verschränkten Armen da und sah ihn bitterböse an, aber James bemerkte die Unsicherheit in ihrer Miene. Sie hatte wirklich geglaubt, dass ihr Vater diese Waffen für die britische Armee in Spanien lagerte.

Ihm wurde klar, dass er in Diana eine Verbündete gefunden hätte, wäre er nicht so rücksichtslos und dumm vorgegangen. Sie wusste nur das, was ihr Vater ihr erzählt hatte, und was sie jetzt erfuhr, gefiel ihr kein bisschen. Als er sie letztes Jahr entführt hatte, hätte er ihr die Wahrheit sagen sollen. James' ursprüngliches Vorhaben war gewesen, sie so einzuschüchtern, dass sie ihm die gewünschten Antworten gab, und sie dann gehenzulassen. Der Plan war schneller gescheitert, als ein Mastschwein auf einem Markt am Spieß endet. Er hatte den Fehler begangen, sie für die hohlköpfige Gemahlin eines Offiziers zu halten, die sich im Nachhall des Ruhmes ihres Ehemannes sonnte. Allerdings hatte er sich von dieser Idee sehr rasch verabschiedet.

Sie hatte ihn wahnsinnig gemacht, und er hatte sie zähmen wollen. Danach hatte er sie nur noch begehrt. James Ardmore, der für seine kühle Rücksichtslosigkeit berüchtigt war, hatte seinen Emotionen freien Lauf gelassen. Am Ende hatten sie sich geküsst, als würden sie miteinander kämpfen. Er hatte sie sogar gebeten, mit ihm zu kommen und ihn auf seinen Reisen zu begleiten. Wie verrückt musste er gewesen sein, so etwas vorzuschlagen.

Hätte er Diana einfach nur die Wahrheit erzählt, statt sich mit ihr auf ein Lebensmittelgefecht einzulassen, hätte sie vielleicht verstanden. Sie hatte Pauls Tagebuch gelesen, gesehen, was James in der Kiste in seiner Kabine verschlossen hielt. Deshalb war er auch so wütend auf sie gewesen.

Pauls letzter Eintrag war eine verstörte, halb wahnsinnige Mitteilung an seine tote Frau. James hasste diese Aufzeichnungen, aber er war einfach nicht in der Lage gewesen, sie wegzuwerfen. Es war zu viel von Paul darin, und er wollte nicht auch noch dieses Stück von seinem Bruder verlieren.

James hatte Diana mit dem Tagebuch in der Hand in seiner Kabine ertappt. Sie hatte sie verwüstet, um ihn zu ärgern. Ihr seidenes Gewand wies Wasserflecken auf und war zerrissen, und das Mieder enthüllte eine runde, verführerische Schulter, die zum Küssen förmlich einlud. Als er hereinkam, hatte sie mit tränenfeuchten Augen zu ihm aufgeblickt. »Wer war sie?«, hatte sie geflüstert.

Er hatte ihr das Buch aus der Hand gerissen, es weggeschlossen, sie von Bord gezerrt und an Land gebracht.

James landete plötzlich wieder auf Haven, als der Admiral tief aufseufzte. Er wirkte plötzlich sehr alt. »Ich kann Euch in diesem Punkt nicht weiterhelfen, James. Ich bitte Euch unter Gentlemen, von diesem Thema abzulassen.«

James blieb wie angewurzelt stehen. Diana beobachtete ihn, schien ihn mit ihrem Blick herauszufordern, den nächsten Zug zu tun. Selbst als er sie entführt hatte, war sie nicht so wütend gewesen wie jetzt.

»Ich würde heute Nacht gerne noch ein wenig schlafen.« James' Geduld ging zu Ende. »Also werde ich Euch einen Namen nennen, und Ihr sagt mir, ob es der richtige ist.«

»Einverstanden«, antwortete der Admiral. »Um unseres Schlafes willen.«

James verschränkte die Arme. Er wollte das nicht, was er jetzt tun musste. Aber die Erinnerung an Paul zwang ihn dazu. Nachdem die Frau seines Bruders vergewaltigt und ermordet worden war, war Paul nie wieder derselbe gewesen. Und James hatte ihm damals nicht helfen können. Also schuldete er ihm das hier.

»Black Jack Mallory.«

Im Gesicht des Admirals rührte sich kein Muskel. Aber James wusste, dass er recht hatte, als er das winzige Zucken der Pupillen bemerkte.

»Habe ich gerade meinen Namen gehört?«

Leutnant Jack stand in der halb geöffneten Tür. Angetan mit Hose, Hemd und Stiefeln.

Diana riss die Augen auf, als glaubte sie tatsächlich, dass der unschuldige Leutnant der berüchtigte Pirat sein könnte.

»Kommt herein«, bat ihn der Admiral müde. »James spricht gerade von einem anderen Jack.«

»Falls ich überhaupt so heiße.« Der Leutnant schloss die Tür hinter sich. »Würde es Euch etwas ausmachen, mir zu sagen, worüber Ihr diskutiert? Es klingt wichtig.«

Lockwood schwieg resigniert. Diana dagegen sprang auf. »Ihr könntet aufhören, meinem Vater zuzusetzen!«, fuhr sie James an.

»Was geht hier vor?«, wiederholte Jack. Er stand mit verschränkten Armen im Raum. »Ardmore, erklärt Euch!« Er schien bereit, James zum Duell zu fordern, falls ihm seine Antwort nicht gefiel. Diese verdammten Engländer!

»Admiral Lockwood arbeitet – freiwillig oder gegen seinen Willen – mit einem Gentleman zusammen, der auf den Namen Black Jack Mallory hört«, erwiderte James. »Mallory ist ein Pirat. Ich bin schon sehr lange auf der Jagd nach ihm, aber er ist mir immer wieder entkommen. Ich habe vermutet, dass er eine Insel in dieser Gegend als Basis benutzt. Es hat mich viel Zeit gekostet, sie zu finden. Bis zu dem Schiffbruch war mir nicht klar, wie nahe ich ihr war.«

»Warum habt Ihr nicht einfach eine Anfrage an die Admiralität gerichtet?«, wollte Jack sichtlich verwirrt wissen. »Sie müssten doch Haven kennen, oder nicht? Vermutlich würden sie über irgendwelche Piratenaktivitäten gerne informiert werden.«

James warf ihm einen ironischen Blick zu. »Weil mir die Admiralität nicht so ohne weiteres Informationen geben würde.«

»Warum sollte sie das tun?«

»Weil er James Ardmore ist«, sagte Diana laut und deutlich. »Er wird von der britischen Admiralität wegen zahlloser Verbrechen gegen die Marine gesucht. Er ist eine Legende oder ein berüchtigter Krimineller, je nachdem wer die Geschichte erzählt.«

»Verstehe«, erwiderte Jack.

Es wurde still im Raum. Ein Holzscheit knackte, und der Wind heulte leise im Schornstein.

Der Leutnant maß James von oben bis unten, ohne ihn zu erkennen. Dann drehte er sich zu dem Admiral und Diana um. »Würdet Ihr mir vielleicht erklären, warum mir niemand gesagt hat, dass er ein Verbrecher ist? Warum wird ihm gestattet, sich hier frei zu bewegen, allein mit Isabeau, Diana oder mir?«

»Weil«, der Admiral seufzte, »ich ihm vertraut habe.«

Jack sah James an. »Sagt mir«, fuhr er beiläufig fort, »warum Ihr mit mir auf der Fregatte wart.«

Er klang ruhig und streng, ganz der verdammte Aristokrat. Vermutlich war er einer. Diese Adligen sprachen alle mit einer gewissen Autorität, mit der Gewissheit, sich im Recht zu befinden.

Sie hatten das Kommando, und alle anderen taten gut daran nachzugeben. Selbst James' alter Rivale Grayson Finley, der Pirat, der zum Viscount geworden war, legte diese nervende, überhebliche Art an den Tag.

»Ich war ein Gefangener«, erwiderte James. »Euer Kapitän hatte mich dabei erwischt, wie ich einigen amerikanischen Schmugglern half. Euer Schiff war nach Gibraltar unterwegs, um mich in den Gewahrsam der dortigen Garnison zu übergeben.«

Jack beobachtete ihn ruhig. »Habt Ihr Euch deshalb geweigert, mir den Namen meines Schiffes zu nennen? Oder meinen eigenen?«

Seine Augen blitzten vor Wut. Hätte James ihm diese Informationen gegeben, hätte das vielleicht einige Erinnerungen ausgelöst. Dass Ardmore ein solches Wissen zurückgehalten hatte, kam ihm wie ein Betrug vor und war noch schlimmer als die Enthüllung, dass James in den Augen der Engländer ein Verbrecher war.

»Das Schiff war die *Constantine*. Hilft Euch das weiter?«

Jack überlegte einen Moment und schüttelte dann den Kopf. »Ich kann mich nicht daran erinnern. Was ist mit meinem Namen?« Er sah James resigniert an.

»Den kenne ich nicht«, antwortete James. »Das schwöre ich Euch. Ihr seid erst bei dem Sturm vom Achterdeck gekommen, und ich habe nie gehört, dass der Captain, Christianson hieß er, Euch mit Eurem Namen angesprochen hätte. Mehr weiß ich nicht.«

Jack starrte ihn noch einen Moment an und wandte sich dann ab.

»Es tut mir leid.« Die Worte kamen James nur mit Mühe über die Lippen. Er entschuldigte sich nur selten bei jemandem, hatte es, in der Tat, seit ungefähr einem Jahrzehnt nicht mehr getan.

Der Admiral mischte sich ein. »Du solltest vielleicht zu Bett gehen, Diana.«

James unterdrückte ein verächtliches Schnauben. Der Mann konnte doch nicht ernsthaft glauben, dass seine Tochter sich fügen und verschwinden würde.

»Ich will es von dir hören, Vater«, gab sie dann auch prompt zurück. »Hat James recht, was diesen Mallory angeht?«

Der Admiral betrachtete das Muster des Teppichs. »Er hat

recht.« Dann hob er seinen Kopf mit dem silberweißen Haar und warf James einen wütenden Blick zu, der Diana alle Ehre gemacht hätte. »Ich hätte es lieber vermieden, vor meiner Tochter bloßgestellt zu werden. Hättet Ihr nicht gestern mit mir darüber sprechen können, als wir unter uns waren?«

»Da war ich mir noch nicht sicher. Außerdem hat Diana darauf bestanden, dass Ihr mich zurechtweist. Sie wollte mir beweisen, dass ich mich irre.«

Dianas Augen blitzten. »Wagt nicht, mir die Schuld daran anzulasten, James Ardmore!«

»Ich gebe auch nicht Euch die Schuld, sondern mir. Ich hätte Euch in dem Boot gefesselt zurücklassen oder Euch gleich von Anfang an in Eurem Zimmer einschließen sollen. Ich hatte keine Ahnung, dass Ihr mitten in der Nacht in die Höhlen hinabsteigen würdet.«

Ein gequälter Ausdruck huschte über das Gesicht des Admirals, als hätte er schon lange versucht, seiner Tochter riskante Unternehmungen auszureden, natürlich vergeblich.

»Sei es, wie es ist«, mischte sich Leutnant Jack ein. »Jetzt jedenfalls wissen wir es alle.« Seine Miene war gefasst, hart, aber kühl. Verdammt, er musste ein Aristokrat sein. Sie hatten alle diesen Ausdruck von überlegenem Selbstbewusstsein an sich, selbst wenn sie mit dem Rücken zur Wand standen. »Wer ist Black Jack Mallory?«

»Ein brutaler Verbrecher«, antwortete James. »Ein Engländer, der seine Karriere als Freibeuter gegen französische und amerikanische Schiffe begonnen hat, mit dem Segen der englischen Regierung, versteht sich. Wie der Admiral weiß, errichten die Engländer nur allzu gerne Blockaden gegen amerikanische Schiffe, wogegen ich nachdrücklichste Einwände erhebe.«

Der Admiral wirkte verärgert, Diana wütend, Jack dagegen wartete geduldig auf weitere Informationen. Also fuhr James fort. »Freibeuter werden ermutigt, im Namen der britischen Krone zu plündern. Einige von ihnen jedoch, wie Black Jack, finden bald etwas zu viel Geschmack an diesem Geschäft. Also beschloss Mallory, auf eigene Rechnung weiterzumachen. Jetzt sind die Engländer hinter ihm her, die Amerikaner und die Franzosen sowie so ziemlich alle anderen Länder.« Er drehte sich zu Dianas Vater um. »Ich finde es unglaublich, dass Ihr ihn auch nur in die Nähe Eurer Tochter gelassen habt.«

Lockwoods Gesicht war weiß vor Ärger. Leutnant Jack mischte sich ein. »Ich gehe davon aus, dass der Admiral nichts dergleichen getan hat.«

Diana legte sich die Hand auf die Lippen. »Ach, Vater, hat er dich bedroht? Du hättest es mir sagen sollen.«

»Hört auf!«, fuhr der Admiral hoch. »Wenn Ihr mich reden lasst, werde ich es Euch erklären.« Er sammelte sich mit einem tiefen Atemzug. »Mallory hat mich nie bedroht. Ich habe ihm freiwillig geholfen.«

»Freiwillig?«, fragte James überrascht. »Der Mann ist ein Mörder.«

»Nicht mehr, James. Als er zu mir kam, war er verzweifelt, und ich habe ihm beigestanden. Ich schuldete ihm einen Gefallen.«

James konnte die Wut in seinem Mund kosten. Sie schmeckte wie Kupfer. »Er hat Frauen vergewaltigt und ermordet. Nur zum Vergnügen. Erinnert Ihr Euch daran, wie ich davon sprach, dass ein Pirat eine Frau vom Hals bis zur Scham aufschlitzte, weil sie nicht kooperierte? Nun, das war Black Jack Mallory.«

Der Admiral wurde blass. »Ich wäre Euch dankbar, wenn Ihr nicht vor meiner Tochter von solchen Dingen reden würdet.«

»Sie hat das Recht zu erfahren, welche Gesellschaft ihr Vater pflegt.«

Diana starrte ihn an. Nicht wütend oder ängstlich, sondern etwas verwirrt, als würde sie gerade Puzzlestücke zusammensetzen.

»Er ist nicht mehr das, was er einst war, James«, presste der Admiral hervor. »Er hat mir während eines Kampfes vor der Küste Frankreichs das Leben gerettet. Wir hatten zwei Schiffe verloren, und meine Fregatte hatte es ganz allein fast mit der gesamten Flotte der Franzosen zu tun. Dann kam Black Jack Mallory herangesegelt. Er hat sich in die Schlacht gestürzt, und als ich über Bord ging, hat er mich aus dem Wasser gezogen. Er meinte, er wäre genug Patriot, um nicht mit ansehen zu wollen, wie die Franzosen die tapferen englischen Schiffe besiegten. Er hat uns und der Mannschaft der beiden anderen Schiffe geholfen zu entkommen. Als er dann vor ein paar Jahren zu mir kam, krank und am Boden, konnte ich ihn nicht einfach wegschicken.«

»Er hat auf Euer Ehrgefühl spekuliert.«

»Wenn Ihr so wollt. Ich wusste, was er war. Schließlich bin ich kein Narr. Er brauchte Hilfe. Ich gab sie ihm, um meine Schulden bei ihm zurückzuzahlen.«

James' Ärger flammte erneut auf. »Indem Ihr zulasst, dass er Eure Insel als Lager für seine Beute benutzt? Ich habe die Waffen gefunden, trotz Eurer Bemühungen und der Eurer Tochter, das zu verhindern.«

»Das meiste davon ist alt«, erwiderte der Admiral. »Er hat die Insel früher als Schlupfwinkel benutzt. Haven gehört meiner Familie, aber nach der Heirat meiner Tochter und bevor ich mich zur Ruhe setzte, war die Insel einige Jahre lang verlassen. Mallory hat gelegentlich mit der Idee gespielt, Kaufmann zu werden und die Waren zu verkaufen, aber er wusste, dass niemand mit ihm Geschäfte machen würde.«

Diana sagte nichts, sondern starrte ihren Vater nur mit zusammengepressten Lippen an. Höchst ungewöhnlich für sie.

»Wann kommt er zurück?«, erkundigte sich Leutnant Jack.

Lockwood antwortete nicht.

James verschränkte die Arme. »Er kann Euch noch so oft sagen, dass er bekehrt ist, Admiral, doch das kann seine Verbrechen nicht tilgen.«

Lockwoods Augen hatten dieselbe Farbe wie die seiner Tochter, und ihr Blick kündete von derselben Intelligenz. »Das weiß ich.«

»Wenn Black Jack zurückkommt, wird er mich hier finden. Dann werde ich entscheiden, was ich tun werde.«

»Ihr könnt ihn nicht zur Verantwortung ziehen«, wandte der Admiral ein.

»Das kann ich, und das werde ich auch.«

Diana lachte barsch auf. »Solche Worte von einem Mann, der mir einreden wollte, er wäre keine Legende. Ihr glaubt also, das Ihr ganz allein gegen diesen furchteinflößenden Piraten bestehen könnt?«

»Ich kenne Black Jack, und ich kenne seine Gewohnheiten«, erwiderte James eigensinnig. »Ich jage ihn schon lange.«

»Und Ihr habt Haven gefunden«, entgegnete Diana wütend. »Sagt mir nicht, James Ardmore, dass Ihr auch geplant habt, mit dieser Fregatte Schiffbruch zu erleiden und Euch an unseren Strand spülen zu lassen.«

»Nein. Das war pures Glück.« Er warf dem Admiral einen Seitenblick zu. »Ich habe einfach nur beschlossen, das Beste daraus zu machen.«

Dianas Blick hätte Feuerholz in Brand setzen können. »Ihr habt gelogen. Ihr habt von Anfang bis Ende gelogen.«

»Wie Ihr, Diana, und wie Euer Vater.«

Sie besaß den Anstand, beschämt zu erröten. Erneut breitete sich Schweigen aus. Draußen kratzte ein Zweig unter den letzten Windböen am Fenster.

»Ich glaube«, fuhr Diana schließlich leichthin fort, »dass Leutnant Jack der einzig Aufrechte unter uns ist.«

Jack betrachtete sie ruhig. »Vielleicht nur weil ich mich an nichts erinnere, das ich mit Lügen verschleiern könnte. Aber wir haben ein drängenderes Problem. Euer Pirat wird zurückkommen und feststellen, dass James die Hälfte seiner Beute vernichtet hat. Was wollen wir diesbezüglich unternehmen?«

James bedachte ihn mit einem dankbaren Blick. »Ich schätze Männer, die den Faden nicht verlieren. Ich werde Black Jack Mallory empfangen, wenn er kommt. Mit oder ohne Eure Hilfe, Admiral.«

»Lasst Ihr mir denn eine Wahl?«, konterte dieser gereizt.

»Allerdings.« James lächelte ihn kalt an. »Ihr könnt mit Diana und Isabeau in Eure Gig steigen und weit fortsegeln. Er wird wissen, dass ich Euch gezwungen habe und Ihr ihn nicht willentlich verraten habt.«

Der Admiral blickte ihn genauso finster an wie seine Tochter. James betrachtete die beiden abwechselnd. Sie waren alle aufgewühlt, wütend auf sich und auf ihn. Gut. Ärger machte einen Mann, oder auch eine Frau, stärker als Trauer. Der Schmerz kam noch früh genug.

Und als er in dieser Nacht allein in seinem Bett lag und ihm klar wurde, dass Diana ihn wirklich hasste, wusste er, dass sein Kummer überwältigend sein würde.

Am nächsten Tag nahm Diana einen Keks von dem Teller neben sich und warf ihn auf James.

Der fing das Gebäck in der Luft auf und sah sie gelassen an. »Wofür war das?«

»Ich will nur in Übung bleiben«, konterte sie brüsk. »Wo ist mein Vater?«

James biss ein Stück seines Fangs ab. »Bei Leutnant Jack und Jessup. Sie reparieren das Boot.«

»Warum seid Ihr nicht bei ihnen?«

»Weil sie mich heute nicht sonderlich ausstehen können. Außerdem wollte ich mit Euch reden.«

Er kam um den Tisch herum zu ihr, was ihr gar nicht recht war. Er war einfach zu groß, und seine Anwesenheit schien alles andere aus dem Zimmer zu verdrängen. Einschließlich ihr selbst.

»Wenn Ihr mich um Verzeihung bitten wollt«, giftete sie ihn an, »könnt Ihr Euch das sparen. Das werde ich ganz bestimmt nicht tun.«

»Das hatte ich nicht vor.«

»Gut.« Sie sah zu ihm hoch. »Und warum nicht?«

»Weil ich nichts getan habe, wofür ich mich bei Euch entschuldigen müsste.«

Hitzige Worte lagen ihr auf der Zunge, doch bevor Diana

sie aussprechen konnte, zog er sie hoch. »Kommt mit hinaus und lasst uns spazieren gehen.«

Sie versuchte, sich zu widersetzen, aber er zerrte sie einfach hinter sich her.

Als sie in den Garten traten, blickte Isabeau hoch. Sie half Mrs. Pringle gerade dabei, Bohnen für das Abendessen zu ernten. Das Mädchen sprang auf. »Gehen?«, gestikulierte sie hoffnungsvoll.

Diana hielt ihr die Hand hin. »Komm mit, Isabeau«, erklärte sie strahlend. »Darf ich sie mir ausborgen, Mrs. Pringle?«

Die Haushälterin lächelte, dass ihre weißen Zähne in dem gebräunten Gesicht blitzten. »Sie war heute eine große Hilfe.«

Dianas Herz schlug schneller, als Isabeau ihre Hand packte und an ihrer Seite herumtanzte. *Was bin ich für ein Feigling!* Sie erinnerte sich, was James an dem Tag gesagt hatte, als er die Höhlen fand. »Versteckt Euch nicht hinter ihr. Das hat sie nicht verdient.«

Isabeau mochte James sehr. Das hatte sie Diana gesagt. Mrs. Pringle mochte ihn auch. Wann immer sich Diana über James empörte, reagierte Mrs. Pringle nur mit einem wissenden Lächeln.

Isabeau wollte den steilen Pfad hinter dem Haus entlanggehen, der zum höchsten Punkt der Insel führte. Es war ein flaches, überwuchertes Felsplateau, von dem aus man die ganze Insel überblicken konnte. James ließ Dianas Hand erst los, als die drei auf dem Hügel standen. Isabeau kletterte auf einen schwarzen Felsen und spähte aufs Meer hinaus. James leistete ihr Gesellschaft, zog ein Fernrohr aus der Tasche und setzte es ans Auge.

Es war ein schöner Tag, und die Luft war ganz klar. Der Sturm war schon lange abgeflaut. Weiße Wölkchen trieben über den Himmel, und es war so warm wie im Frühsommer. Das Meer war blau, und Diana sah in der Ferne Delphine, die im Wasser spielten.

James' Silhouette mit dem Fernrohr am Auge hob sich gegen den strahlenden Himmel ab. Der Anblick seiner großen, kräftigen Gestalt in der aufgeknöpften Jacke zog Diana fast magisch an.

Sie erinnerte sich daran, wie es sich angefühlt hatte, seine muskulöse Brust an ihrem Rücken zu fühlen, während er ihr mit seinen großen, vernarbten Händen Freude bereitet hatte. Diese Empfindung vermochte sie einfach nicht zu vertreiben.

Ihre Gefühle waren gemischt und sehr verwirrt. Sie war wütend, aber nicht auf James, jedenfalls nicht nur. Zwar war sie verärgert, weil er sie belogen hatte und es ihm zudem so leicht gelungen war, sie zu verführen. Aber der größere Teil ihrer Empörung richtete sich gegen ihren Vater.

»Er hätte es mir sagen müssen.« Die Worte drangen gegen ihren Willen aus ihrem Mund.

James senkte das Fernrohr und sah sie an. Sein kräftiger Körper war so stark. Es hatte sich himmlisch angefühlt, ihn zu spüren, während er sie mit den Armen umschlang.

»Väter wollen ihre Töchter beschützen«, erwiderte er. »Außerdem möchten sie nur ungern vor ihnen schändlich erscheinen.«

»Vielleicht. Aber trotzdem hat es mir nicht gefallen, wie Ihr ihm zugesetzt habt. Warum konntet Ihr ihn nicht in Ruhe lassen? Er wollte heute Morgen nicht einmal mit mir sprechen.«

Seine Augen blickten um einiges kühler. »Wenn ich ihn in Ruhe gelassen hätte, wäre Euer Vater weiterhin Mallorys Sklave. Black Jack mag behaupten, dass er bekehrt ist, aber ich kenne ihn besser. Er wird Euren Vater vermutlich ermorden, wenn er ihn nicht mehr braucht. Ihr seid nicht dumm, Diana. Ihr wisst, dass dies passieren kann.«

»Ja«, gab sie mürrisch zu.

»Und bei Mallory ist das so gut wie sicher. Er hat weit Schlimmeres verbrochen.«

Isabeau zog an James' Jacke. Er blickte zu dem kleinen Mädchen hinunter, und erneut bemerkte Diana die Veränderung, die in ihm vorging. Der abgebrühte Piratenjäger verwandelte sich in einen Mann, der, an Kinder offenbar nicht gewöhnt, sich sichtlich freute, dass ihn eines zu mögen schien.

Die Kleine wollte einfach nur das Fernrohr ihres Großvaters. James reichte es ihr feierlich. Isabeau setzte es geübt ans Auge und drehte sich herum, um den fernen Horizont abzusuchen.

»Ich bin nach Haven geflüchtet, um Frieden zu finden«, sagte Diana. »Stattdessen habe ich Euch gefunden. Oder Ihr uns. Ich glaube, Gott hat Euch hierher geführt, weil er sich einen schlechten Scherz erlaubt hat.«

James schien von ihrem finsteren Blick unbeeindruckt. »Wenn er mich nicht hergeführt hätte, dann hätte ich Euch auch ohne seine Hilfe gefunden.«

»Pah! Die Legenden über Euch sind Euch zu Kopf gestiegen, James Ardmore. Ihr glaubt, Ihr könnt alles!«

»Alles nicht, nein.« Er näherte sich ihr, kam ihr schon wieder viel zu nahe und blieb kaum eine Armlänge von ihr entfernt stehen. »Nur das, was ich am besten kann.«

»Aha.« Sie sah ihn böse an. »Ihr wollt mich also zu Tode belästigen?«

»Ich genieße es.« Sein Blick wurde warm. »Ich glaube, Ihr tut dies auch.«

Seine verwirrenden Augen schienen bis in ihr Innerstes blicken zu können. Sie fühlte seine Hände auf ihrer Haut in ihrem dunklen Schlafgemach. Und er wusste, dass sie sich daran erinnerte. »Ihr seid ein eingebildeter, mörderischer Mist…!«

Er hob die Brauen. »Solche Worte vor Eurer Tochter … Ich wette, sie kann von den Lippen ihrer Mama ablesen.« Er lächelte sie an, was viel zu selten passierte. »Wunderschöne Lippen übrigens.«

Sein Lächeln erwärmte seine Augen so wundervoll. Anderen begegnete er mit einem kühlen, abschätzenden Blick, aber Diana hatte bereits mehrfach den Mann dahinter sehen können. Vielleicht ließ er das ja auch absichtlich zu, um sie aus der Fassung zu bringen.

Sie warf Isabeau einen schnellen Seitenblick zu. Das kleine Mädchen blickte immer noch aufs Meer hinaus und summte ein Lied.

»Du hast wundervolle Lippen, Diana«, erklärte James.

»Ich weiß«, erwiderte sie und spürte, wie ihre Gereiztheit wuchs. »Man hat Gedichte darüber geschrieben. Und an meine Augenbrauen sogar eine Ode!«

11. KAPITEL

James hielt inne. Einen Augenblick dachte Diana, er würde sie auslachen, doch er starrte sie einfach nur mit seinen grünen Augen an. »Ich könnte mir weit Besseres vorstellen, als eine Ode an deine Augenbrauen zu schreiben. Zum Beispiel …« Er strich mit einer Hand über ihre Brust und umfasste sie kurz, bevor er die Hand wieder sinken ließ.

Sie schluckte. »Die Gedichte waren auch nicht sonderlich gut.«

»Dann verstehe ich, warum du hierher geflüchtet bist. Das würde ich auch tun, wenn ich schlechte Poesie über meine Augenbrauen hören müsste.« Seine Belustigung verschwand. »Sie haben dich nicht wirklich geschätzt, Diana.« Er strich ihr über die Wange. »Ich bewundere alles an dir, und ich hoffe, dass ich dir das verständlich machen kann.«

Seine Zärtlichkeit entflammte sie. Er war so groß und stark, und jedes Mal, wenn er sie berührte, fühlte sie sich auch stark. Sie hätte ihn so gerne dafür gehasst, dass er ihren Vater bloßgestellt, dass er Sorge in die Augen des Admirals gebracht hatte.

Aber Diana hatte gesehen, was James Ardmore in der Truhe in seiner Kabine verschlossen hielt, hatte das Tagebuch gelesen, das seinem Bruder gehörte, hatte sein Gesicht gesehen, als er hereinkam und sie dabei ertappte. Sie glaubte zu wissen, warum er Black Jack Mallory bis nach Haven verfolgt hatte. Ebenso wie sie den Grund zu kennen sicher war, warum er den Schmugglern geholfen hatte, die in der Nähe von Haven gesegelt waren, ja sie ahnte sogar, warum er sich der englischen Fregatte ohne Gegenwehr ergeben hatte. Weil die Chance bestanden hatte, dass diese damit dicht an Haven vorbeisegeln oder gar dort vor Anker gehen würde und er dann versuchen konnte zu fliehen …

Er war nicht wegen ihres Vaters hier oder ihretwegen oder wegen Haven. Sondern wegen Black Jack Mallory. Er jagte, wie ein Inder einen Tiger verfolgte oder ein Amerikaner einen Bären. Er war der Jäger, und Haven war sein Köder.

Was sie und James letzte Nacht miteinander geteilt hatten, nach dem Sturm und bevor er in die Höhle gegangen war, hatte alles verändert.

Sie war hoffnungslos in ihn verliebt, doch jetzt begriff sie, dass er sich niemals ganz in ihr verlieren würde. Dafür war er ein zu tiefgründiger Mann, der von zu vielen Geistern getrieben wurde.

Er hatte sie nicht einmal gefragt, warum sie so ängstlich reagiert hatte, als er mit ihr schlafen wollte. Er hatte sie zwar prüfend angesehen, niemals jedoch ihre Privatsphäre verletzt, indem er sie direkt fragte. Sie wusste nicht, wie sie ihm sagen konnte, dass sie nichts gegen die aufregenden Spiele der letzten Nacht hatte. Sie war bereit, all seine Kunstfertigkeit zu lernen, solange keine Gefahr bestand, dass sie wieder empfing. Sie hatte in ihrer ersten Mutterschaft schrecklich versagt. Gott allein wusste, was bei einer zweiten geschehen würde.

Er unterbrach ihr Schweigen. »Ich habe vor, dir zu zeigen,

wie sehr ich dich schätze. Letzte Nacht war nur ein Vorgeschmack.« Seine grünen Augen glühten.

Seine Worte, seine unglaubliche Arroganz erregten sie und stachelten gleichzeitig ihre Wut an. »Ich habe durchaus schon einmal Verlangen verspürt«, erwiderte sie. »Ich war verheiratet.«

»Mit dem kaltherzigen Sir Edward Worthing. Er hat dir nie gegeben, was du wolltest. Sonst wärst du nicht so explodiert.«

»Also sind wir wieder so weit, dass nur du meine Begierden erfüllen kannst.«

Er strich mit dem Daumen über ihre Unterlippe. »Das stimmt. Ich glaube, ich muss dir immer und immer wieder Freude bereiten, bevor dein Feuer erstickt ist. Ich hoffe, dass es sehr, sehr lange dauert.«

Das wünschte sich Diana auch. Letzte Nacht hatte sie trotz ihrer Wut auf ihn und ihren Vater davon geträumt, welch köstliches Vergnügen James' Hände auf ihrem Körper ihr bereitet hatten. Die Träume hatten sie fast wahnsinnig gemacht, und sie war schweißgebadet und in zerwühlten Laken aufgewacht. Einen Knoten darin hatte sie fest gegen die feuchte, heiße Stelle zwischen ihren Beinen gepresst.

Sie wandte sich unwillkürlich zu ihm hin. Ihre Zunge stahl sich aus ihrem Mund und schmeckte die Spitzen seiner Finger.

Seine Augen verdunkelten sich, und er beugte sich vor. Sein Atem, der nach Kaffee duftete, strich über ihre Haut.

»Nein«, flüsterte sie. »Isabeau.«

»Sie beobachtet das Meer und interessiert sich nicht im Geringsten für die Narrheiten der Erwachsenen.«

Wahrscheinlich stimmte das. Sie drehte den Kopf und lud

seine Lippen ein. Er lächelte, als er sie küsste, dann umfasste er ihren Hinterkopf mit seiner Hand und zog sie an sich.

Er erforschte ihren Mund, jeden Winkel, mit warmen, langsamen Bewegungen seiner Zunge. Sie strich sein Haar zurück, das sich warm und rauh unter ihren Fingern anfühlte. Er hatte sich bis in ihr frivoles Herz geschmeichelt. Sie war eine Närrin, aber im Moment machte diese Verrücktheit sie so glücklich, wie sie seit langer, seit sehr langer Zeit nicht mehr gewesen war.

Schließlich wich Diana etwas zurück. Sie dachte an Isabeau, die sich jedoch tatsächlich weit mehr für den Horizont interessierte als dafür, dass James Ardmore ihre Mutter küsste.

Er strich über ihr Haar, und sein Atem wehte warm über ihre Schläfe. »Vor noch nicht allzu langer Zeit hat mir eine vornehme Dame gesagt, dass ich da draußen auf dem Meer die Frau meiner Träume finden würde. Ich hielt sie für melodramatisch, wozu sie auch tatsächlich eine starke Neigung besaß. Aber dieses Mal hatte sie vollkommen recht.«

Diana sah ihn an. Sie war überrascht und erfreut. »Was war das für eine Lady?«

»Ihr Name war Alexandra Alastair. Bis sie geheiratet hat. Jetzt ist sie Viscountess Stoke. Gott steh ihr bei.«

Der Name kam Diana bekannt vor, und sie runzelte die Stirn. Dann erinnerte sie sich. Alexandra Alastair war die Enkelin eines Herzogs und Tochter eines sehr wohlhabenden Adligen aus Kent. Nachdem sie verwitwet war, hatte Mrs. Alastair erneut geheiratet, und zwar diesmal den geheimnisvollen Viscount Stoke.

Sir Edward war zu der Hochzeit eingeladen gewesen, aber er hatte sich zu diesem Zeitpunkt auf See befunden. Diana hatte nicht allein teilnehmen wollen, weil das nur den Klatsch verstärkt hätte. Alexandra Alastair und der Viscount standen im gesellschaftlichen Rang weit über ihr, und zudem kannte sie die beiden auch nicht persönlich. Dennoch hatte sie interessiert die Artikel gelesen, in denen über ihre recht außergewöhnliche Hochzeit in St. Georges, am Hanover Square, berichtet wurde.

Sie sah James neugierig an. »Woher um alles in der Welt kennst du Mrs. Alastair?«

Seine Miene wurde verschlossen. »Das ist eine lange Geschichte. Der Viscount, den sie geheiratet hat, war einstmals ein grinsender Idiot namens Grayson Finley. Vor langer Zeit war er mein Partner und Freund. Dann wurden wir zu Rivalen und schließlich zu Feinden.«

Diana dachte einen Moment nach. »Ich kann mich an Gerüchte erinnern, dass der Viscount früher ein Pirat gewesen sein soll. Ich habe ihnen keinen Glauben geschenkt.« Sie sah ihn unter ihren Wimpern hervor an. »Ich weiß nicht, wieso es mich erstaunt, dass du ihn kennst. Eigentlich sollte mich nichts von dem überraschen, was du tust.«

»Er war ein Pirat«, bestätigte James. »Einer der Besten. Ich habe ihn gejagt. Obwohl ich ihn mehrmals erwischt habe, konnte er immer wieder seinen Kopf aus der Schlinge ziehen.«

»Jagst du ihn immer noch?«, fragte sie vorsichtig.

»Ich habe es aufgegeben. Um seiner entzückenden Frau willen, wohlgemerkt.«

Diana atmete ein wenig schneller. »Aber er war ein Pirat?«

»Vermutlich ist er immer noch einer. Er segelt nach wie vor mit seinem Schiff über die Weltmeere, behauptet jedoch, er würde es nur für seine Tochter in Schuss halten.«

Jetzt erinnerte sich Diana auch an das kichernde Getuschel über das Mädchen, das der Viscount mit nach England gebracht hatte. Angeblich war sie ein Mischling, ihre Mutter eine Eingeborene von einer Südseeinsel. Vornehme Ladys hatten höchst derbe Bemerkungen über die Herkunft des Mädchens gemacht, und sie empfand plötzlich Sympathie für die Kleine. Die feine Gesellschaft von Mayfair behandelte jeden, der anders war, mit grausamer Intoleranz, wie sie selber am eigenen Leibe hatte erfahren müssen, als Isabeau taub geworden war.

Dianas Neugier war zwar geweckt, doch ihr Gespräch wurde von Isabeau unterbrochen, die sich herumgedreht hatte und an James' Ärmel zupfte. Sie quietschte, machte ein Zeichen und deutete aufs Meer.

»Was sagt sie?«, fragte James, noch während sein Blick zum Horizont glitt.

»Das Zeichen bedeutet ›Schiff‹«, erklärte Diana. Ihr war anzumerken, dass ihre Anspannung wuchs.

James ließ sich von Isabeau das Fernrohr geben, stieg neben sie auf den Felsen und setzte es ans Auge. Dianas Herz schlug schneller.

James hatte sie vollkommen von den Piraten, ihrem Vater und der Gefahr, in der sie alle schwebten, abgelenkt. Verdammt sollte er sein! Wie hatte sie das nur zulassen können?

»Was siehst du?«, fragte sie scharf.

»Es ist noch weit weg«, antwortete er, während er das Sichtgerät auf eine offenkundig leere Stelle am Horizont richtete.

Sie streckte die Hand nach dem Gerät aus, noch bevor er es abgesetzt hatte. »Lass mich sehen.«

Er reichte es ihr mit einem amüsierten Blick. Sie hob das Glas und drehte an der Einstellung herum, bis sie endlich den winzigen Fleck fand, den James und Isabeau entdeckt hatten. Sie starrte das weit entfernte Schiff an, bis sie fürchtete, ihr Auge würde ihr aus der Höhle fallen.

James wand ihr das Fernrohr sanft aus der Hand. »Tu dir nicht weh.« Er reichte es Isabeau, die sofort wieder das Schiff suchte. Für sie wenigstens war es nur ein Spiel.

»Wir werden es beobachten«, erklärte James. »Mach dir keine Sorgen. Wir werden ihn lange sehen, bevor er an Land kommt.«

»Und was dann? Willst du ihn zu einem Duell herausfordern?«

»Ich habe einen Plan, Diana. Ich werde nicht zulassen, dass er deinem Vater etwas tut oder diese Insel in Beschlag nimmt.«

»Wirklich?« Sie verschränkte die Arme. »Und wie lautet der?«

Sein Blick wurde wieder undurchdringlich, und er verschloss seine Gedanken vor ihr. »Das werde ich dir nicht sagen. Das Wesen dieses Plans erfordert, dass man ihm nicht zu genau folgt. Und nichts vorwegnimmt. Ich habe viele Alternativen, die darauf beruhen, was Mallory sagt, was er tut und wer bei ihm ist.«

»Mit anderen Worten, du lässt die Dinge auf dich zukommen und reagierst dann dementsprechend.«

Seine Lippen zuckten. »So in etwa.«

»Du könntest mir wenigstens die Grundlagen deines großartigen Plans verraten. Damit ich vorbereitet bin.«

Er schlang seinen Arm um ihre Taille. Er versuchte, sie abzulenken, was ihm ganz ausgezeichnet gelang. Sie legte ihren Kopf an seine Schulter. Ihr Körper reagierte einfach, ohne vorher ihre Genehmigung einzuholen.

»Deine Rolle in dieser ganzen Sache ist recht überschaubar. Du wirst dich mit Isabeau im Haus verstecken und erst herauskommen, wenn alles vorbei ist.«

»Oh, vielen, vielen Dank. Ich soll also abwarten, die Hände in den Schoß legen und erst erfahren, ob Mallory dich und meinen Vater ermordet hat, wenn er mich aus meinem Versteck zerrt?«

»Ich weiß, dass es schwer ist.« James strich ihr mit der Hand über den Rücken. »Aber ich kann nicht riskieren, dass Mallory dich oder Isabeau benutzt, um deinen Vater und mich außer Gefecht zu setzen. Er wird alles tun, was er für nötig hält, und nicht davor zurückschrecken, euch zu verletzen.«

Sein Blick richtete sich in die Ferne, und seine Stimme klang wieder so kalt wie damals, als sie den Piratenjäger James Ardmore kennengelernt hatte. »Und wenn dir etwas zustoßen würde …«

Er brach ab. Seine Worte hatte ruhig geklungen, doch plötzlich bekam die glatte Fassade einen Riss, und Diana erhaschte einen Blick in seine Augen, auf deren tiefstem Grund ein Schmerz loderte, so alt und verzehrend, dass sie ihn kaum fassen konnte. Dieser Mann litt Qualen, und zwar die ganze Zeit. Auf einmal wurde ihr schlagartig klar, dass er sie hinter seiner Kälte und seinem sarkastischen Humor verbarg sowie den Flammen der Leidenschaft, die er manchmal zeigte.

Sie wollte zu ihm gehen, ihn berühren, aber da schloss er sie schon wieder aus. Er drehte sich auf dem Absatz herum und entfernte sich. Der Wind zerzauste sein Haar und ließ die Revers seiner Jacke flattern.

Das Schiff stand eine Woche lang am Horizont, ohne sich Haven zu nähern. Während dieser Zeit verhielt sich James zurückgezogen und ausweichend. Leutnant Jack, der Admiral und er schlossen sich häufig im Arbeitszimmer ein. Diana vermutete, dass sie ihre Strategie planten, obwohl sie häufig das Klirren der Brandykaraffe hörte und den Duft von schwerem Pfeifentabak roch. Männliche Rituale, dachte sie und verdrehte die Augen. Die hauptsächlich dazu dienen, die Damen auszuschließen.

Sie lenkte sich damit ab, Mrs. Pringle und Jessup im Haushalt zu helfen und nach dem kleinen Spiegel zu suchen, den Mrs. Pringle an einem Nagel in der Küche aufbewahrte und der auf geheimnisvolle Weise verschwunden war. Isabeau verkündete lautstark ihre Unschuld. Der Spiegel blieb unauffindbar.

Am Nachmittag des sechsten Tages kam James von dem Hügel herunter und verkündete, dass das Schiff den Kurs geändert hatte und sich Haven näherte. Diana durchfuhr eine plötzliche Panik.

Ihr Vater, Leutnant Jack und Jessup bereiteten sich darauf vor, James' Befehlen zu gehorchen. Der Admiral wirkte gehetzt, Jack dagegen schien auf James' Seite übergelaufen zu sein.

Die beiden luden mit grimmiger Entschlossenheit mehrere Pistolen. Der Admiral sprach zwar nicht mit ihnen, hatte jedoch darauf bestanden, sie zu begleiten, wenn sie das Schiff empfingen.

James beobachtete sie mit Augen kalt wie Eis. Er war wieder in die Rolle des Piratenjägers geschlüpft und wollte verdammt sein, wenn er zuließ, dass ihm jemand in die Quere kam. Seine kühle Arroganz machte Diana wütend.

»Wenn du dich umbringen lässt, werde ich dir nie verzeihen!«, fuhr sie ihn an.

»Dann bleibe ich lieber am Leben«, erwiderte er gelassen. »Das Letzte, was ich will, ist, dass du mir bis in alle Ewigkeit Vorhaltungen machst.«

Sie starrte ihn an, doch er erwiderte ihren Blick unbeeindruckt. Schließlich drehte er sich um und verschwand.

»Männer!«, stieß Diana hervor und sah ihnen nach, wie sie davonstolzierten. Sie wischte sich die Tränen aus den Augen und fuhr zu Mrs. Pringle und Isabeau herum, die hinter ihr standen. »Sollen sie doch die Pocken kriegen! Sie rennen los, der Gefahr in die Arme, und überlassen es uns, die Scherben zusammenzukehren!« Isabeau beobachtete sie verwirrt, aber Diana sah, dass Mrs. Pringle, die den Männern nachsah, ihr aus tiefstem Herzen zustimmte.

James konnte vor Wut kaum atmen, als er mit dem Admiral und Leutnant Jack zum Boot ging. Sie wollten um die Höhle herumrudern, während Jessup später herunterkommen sollte, sobald er James' Signal gesendet hatte. Seine Wut nahm zu, bis ihm ein roter Schleier vor den Augen schwebte und er auf halbem Weg zur Höhle stehen bleiben musste. Es war unbedingt notwendig, dass er ruhig blieb und die Szene mit der eisigen Kühle durchspielte, die James Ardmore berühmt gemacht hatte. Nur war er kurz davor, in die Luft zu gehen. Er hatte Black Jack Mallory seit Jahren gejagt, und dass er jetzt endlich die Chance bekam, den Mann in seine Hände zu bekommen, machte ihn fast krank vor Eifer. Der Admiral würde es verstehen. Dies war James' Kampf.

Das Wasser und der Sand vor der Höhle schimmerten hell in der Sonne, doch innen war die Dunkelheit nahezu undurchdringlich. Hier warteten James, Leutnant Jack und der Admiral.

James sah den Leutnant an, und Jack nickte grimmig. Er hatte ihm angeboten, ihn aus dem Spiel zu lassen, aber der Engländer hatte sich geweigert. Ardmore wusste, dass der Leutnant sich nutzlos fühlte und tatsächlich zwei weitere Male in dieser Woche von seinen rasenden Kopfschmerzen niedergezwungen worden war. Aber der Mann besaß eine natürliche Gabe für Strategien, und er und James hatten mehrere Szenarien ausgearbeitet, wie sie mit Mallory fertig werden würden

James hatte verhindert, dass der Admiral das herannahende Schiff klar sehen konnte. Was würde er wohl tun, wenn James die Wahrheit enthüllte? Würde Lockwood ihn erschießen? Dann würde er sich vor Diana rechtfertigen müssen, und darum beneidete James niemanden.

Felsbrocken prasselten vom oberen Ende der Höhle herab. Die drei Männer sahen hinauf, aber es war nur Jessup, der durch die Felshöhle hinabstieg. Gerade noch rechtzeitig.

Der Mann erreichte den Boden und schlurfte zu den drei anderen. »Hab gemacht, was Ihr mir aufgetragen habt«, sagte er mit seiner krächzenden Stimme.

»Gut«, antwortete James. Seine Wut drohte seine Lungen zum Bersten zu bringen, und das Atmen fiel ihm schwer. Er trat vor, hob seine Pistole und hielt sie Jessup an die Stirn.

Jessup sah einen Moment lang erschrocken auf die Pistole, dann wich ihm sämtliches Blut aus dem Gesicht. »Verflucht!«, stieß er hervor.

12. Kapitel

Man musste Leutnant Jack zugute halten, dass er nicht einmal mit der Wimper zuckte. Der Admiral lief rot an, sein Blick jedoch war trotzig und unbeugsam. »Dieser Mann steht unter meinem Schutz, James!«

Das Schweigen der Männer lastete schwer in der Höhle, unterbrochen nur von dem Rauschen der Wellen und dem Schrei einer Möwe, die am Eingang vorbeisegelte.

James' Pistole bewegte sich keinen Millimeter. Er hatte den Finger fest um den Abzug gekrümmt, während er die Waffe gegen Black Jack Mallorys Stirn drückte. Der Mann suchte stumm seinen Blick.

»Ich mochte Euch wirklich, Admiral«, sagte James langsam. »Ich hatte Black Jack nie von Angesicht zu Angesicht gesehen, deshalb dauerte es eine Weile, bis ich dahintergekommen war. Hättet Ihr es mir gleich gesagt, hätte uns das eine Menge Umstände erspart.«

Admiral Lockwoods Blick wirkte traurig. »Ich kann nicht zulassen, dass Ihr ihn umbringt.«

»Warum nicht?«, erkundigte sich Leutnant Jack. »Nach allem, was Ardmore gesagt hat, ist er ein Mörder.«

»Ein brutaler Mörder«, bestärkte ihn James grimmig. »Ich kann Euch einfach nicht verzeihen, Admiral, dass Ihr diesen

Mann auch nur in die Nähe Eurer Tochter gelassen habt. Sie hält ihn für Euren Freund und eine große Hilfe. Ihr habt sie mit ihm allein gelassen! Das hat mich ziemlich wütend gemacht.«

»Er ist ein Freund. Und eine Hilfe.«

Ärger fraß sich durch James wie glühende Lava durch einen Wald. »Er ist ein Pirat, der sich nichts dabei denken würde, Eure Tochter in Streifen zu schneiden.«

Black Jack rührte sich nicht, als er antwortete. »Das ist schon lange her. Ich bin kein Pirat mehr.«

»Ich bin sicher, die Frauen und Kinder, die Ihr ermordet habt, werden jetzt endlich in Frieden ruhen können.«

James zog eine zweite Pistole aus seinem Halfter und spannte sie. Black Jack sah ihm zu.

»James!« Die Stimme von Admiral Lockwood klang streng.

Der liebenswerte Mann, der sich Jessup genannt hatte, wirkte gehetzt und erschöpft. Unter seinen dunkelblauen Augen lagen tiefe Schatten.

»Ihr müsst zum Haus zurückgehen, Admiral«, sagte James. »Black Jack und ich werden uns in der Zwischenzeit unterhalten.«

»Lasst es sein, James!«

»Das kann ich nicht.«

Admiral Lockwood wirkte ebenfalls müde. »Ich habe ihm mein Wort gegeben. Er kam zu mir, hilfesuchend, und ich habe sein Anliegen respektiert. Zudem ist er im Laufe der Zeit zu einem Freund geworden. Er hätte mich häufig töten oder hintergehen können, aber er hat es nicht getan. Er hat mir gesagt, was er war, und mir auch seine Reue über seine Taten gestanden. Das ist Vergangenheit. Lasst ihn in der Gegenwart leben.«

Reue. Schon wieder dieses Wort. James Ardmore empfand keine Reue, kein Bedauern. Black Jack Mallory dagegen hätte ein Leben lang darunter leiden sollen.

James' Finger am Abzug zitterte. »Ich werde Euch sagen, was passiert ist, Admiral. Seine Mannschaft hat ihn schlicht und einfach ausgesetzt. So etwas tun Piraten, wenn sie einen neuen Kapitän wollen. Sie halten eine Wahl ab. Das ist echte Demokratie. Sie wählen einen neuen Kapitän, und dieser sagt, was mit dem alten zu geschehen hat. Manchmal bringen sie ihn um, aber meistens setzen sie ihn einfach nur irgendwo aus und sagen adieu.« Während er sprach, ließ er Mallory nicht aus den Augen. »Die *Argonaut* hat Euer Schiff letztes Jahr abgefangen. Meine Mannschaft hat sich prächtig amüsiert, aber der alte Black Jack war verschwunden. Also habe ich beschlossen, allein auf die Jagd zu gehen.«

Der Admiral wurde blass. »Ungeachtet dessen, was geschehen ist, ist er fast gestorben. Ich habe ihn gefunden, halb verhungert und krank, und ihn gesund gepflegt. Dann habe ich ihm angeboten, dass er hier leben und mir helfen könnte. Genau das hat er getan. Er ist zu einem loyalen Gefährten und Freund geworden.«

Hass, den James ein Dutzend Jahre genährt und gehätschelt hatte, fraß sich durch seine Adern. Er zitterte förmlich, und ihm wurde fast schlecht vor Wut.

»Er ist ein Freund, ja? Mallory und seine Bande haben das Leben meines Bruders vernichtet. Wusstet Ihr das auch? Sie waren eine nette, glückliche Familie, mein Bruder, seine wunderschöne Frau und ihre beiden hübschen Töchter. Dann kam Black Jack Mallory vorbei. Bereut Ihr das auch? Dass Ihr eine Frau und ihre beiden Töchter einfach nur zum Vergnügen ermordet habt? Mein Bruder ist daraufhin dem

Wahnsinn verfallen. Selbst meine Rachsucht konnte sich mit seinem Drang nach Vergeltung nicht messen, und das will etwas heißen.«

Mallory erwiderte James' Blick ruhig. »Vielleicht habe ich das getan. Ich war die meiste Zeit betrunken. Ich weiß, dass ich einige sehr üble Dinge verbrochen habe.«

James lachte bellend. »Soll die Tatsache, dass Ihr Euch nicht erinnern könnt, Euch vielleicht davon freisprechen, für Eure Taten zu bezahlen?«

»Nein«, flüsterte Mallory.

»James!«, sagte Admiral Lockwood.

»Admiral, ich wäre Euch sehr verbunden, wenn Ihr den Mund halten würdet!«

»Ihr wollt mir nicht erlauben, um das Leben eines Mannes zu bitten?«

»Um das jedes anderen Mannes, ja. Aber nicht um das dieses Piraten hier.«

Das Wasser, das ihre Füße umspülte, war eiskalt. James glaubte, von oben ein leises Geräusch zu hören. Diana. Er wusste, dass sie irgendwo zwischen den Felsen war und zuhörte. Natürlich war sie nicht gehorsam im Haus geblieben, nur weil er es ihr befohlen hatte. Sie musste Mallory zum oberen Eingang der Höhle gefolgt sein und war dort geblieben, während er hinabgestiegen war.

»Leutnant«, sagte James. »Bringt den Admiral zum Haus zurück.«

»Ich denke, ich sollte bleiben«, erwiderte Leutnant Jack ungerührt. »Immerhin ist sein Schiff hierher unterwegs.«

»Nein, das ist es nicht«, entgegnete James. »Sein Kapitän schuldet mir noch einen Gefallen. Ich habe ihn gebeten vorbeizukommen, falls ich Hilfe brauchte.«

Leutnant Jack sah ihn an. Seine sonst so sanftmütigen braunen Augen waren hart vor Ärger. »Also habt Ihr uns die ganze Zeit belogen, richtig?«

»Wenn Ihr auf eine Entschuldigung hofft, könnt Ihr lange warten«.

Jack ließ die Pistole sinken. »Ich war zu dem Schluss gekommen, dass Ihr ein Ehrenmann seid.«

»Ich gebe einen Dreck auf Eure hochgepriesene Ehre!«

»Genau deshalb werde ich bleiben.«

James verlor seine ohnehin bereits sehr strapazierte Beherrschung. Er hob seine zweite Pistole und feuerte Mallory eine Kugel in den fleischigen Oberarm. Black Jack schrie auf und drückte seine Hand auf die blutende Wunde.

Der Admiral trat einen Schritt vor, doch James drückte seine andere Waffe Black Jack an den Hals. »Kommt nicht näher!«

»James …«

Unvermittelt ließ Ardmore seine abgefeuerte Pistole fallen und wand Leutnant Jack seine Waffe aus der Hand. Dann hob er beide Pistolen. »Ich werde gleich sehr gewalttätig werden. Wenn Ihr bleibt, muss ich Euch vielleicht auch erschießen!«

Jack starrte ihn an. Seine Lippen waren nur noch ein weißer Strich im Gesicht, und in seinen Augen glühte eine solche Wut, wie sie James noch nie bei ihm gesehen hatte.

»James!«

Sein Name hallte von oben durch die Höhle, bis er vom Rauschen der Wellen übertönt wurde. Ausgestoßen hatte ihn eine klare, weibliche Stimme.

»Diana weiß«, sagte James, »warum ich ein Piratenjäger geworden bin. Wisst Ihr es auch?«

»Nein«, antwortete Mallory, dessen Stimme man anhörte, welche Schmerzen er litt.

»Ich habe meinem Bruder ein Versprechen gegeben. Kann mir einer von euch sagen, warum er ein Piratenjäger wurde?«

Mallory atmete flach. »Nein.«

»Euretwegen.« James hatte Pauls Tagebuch auf der *Argonaut* gelassen, aber er brauchte es auch nicht. Er konnte jedes Wort daraus auswendig. »*Sie haben sie in Stücke geschnitten*«, rezitierte er die Worte, die sein Bruder vor so langer Zeit geschrieben hatte. »*Weil sie ihnen nicht zu Willen sein wollte. Sie hat alles versucht, meinen Töchtern dieses Schicksal zu ersparen, aber sie haben sie dennoch ermordet. Es waren noch Babys, mit dunklen Locken und den grünen Augen ihrer Großmutter. Ich liege manchmal wach und stelle mir vor, wie entsetzt sie gewesen sein müssen, meine Mädchen und meine Lady, die doch nur Güte kannten. Ich gehe zur Kirche und höre Predigten über Verzeihung, aber in meinem Herzen finde ich keine. Wenn ich den Mann aufspüre, der das getan hat, dann wird er erfahren, was Zorn bedeutet.*«

Die Worte hallten laut und deutlich durch die Höhle, jedes einzelne von ihnen. James stellte sich vor, wie Diana dort oben auf den Felsen kauerte und ihn beobachtete, ihre wunderschönen Augen dunkel vor Schmerz und Mitgefühl. Sie hatte diese Worte ebenfalls gelesen und das Leid gespürt, das aus ihnen sprach.

»Paul hat niemals die Identität des Mannes herausgefunden, der seine Frau und seine Kinder ermordet hat«, fuhr er fort. »Als er starb, hat er mir das Versprechen abgenommen, die Suche fortzusetzen. Ich habe auf dieser Jagd die ganze Welt umsegelt, bis ich Black Jack Mallory endlich gefunden habe. Ihr seid lange vor mir geflüchtet«, meinte James. »Aber entkommen konntet Ihr mir nicht.«

Mallorys Gesicht war eine regungslose Maske. »Davon weiß ich nichts. Ich kann mich nicht daran erinnern.«

»Aber ich. Und Paul. Und seine Frau ganz sicherlich auch.«

Wasser umspülte ihre Füße. Die Möwe schoss wieder am Eingang vorbei, und ihr Schrei gellte laut durch die Höhle.

Mallory schluckte. Sein Gesicht war grau. »Dann tötet mich.«

Der Admiral wartete angespannt. James spürte, dass Diana hoch oben auf dem Vorsprung die Luft anhielt. Er konnte den Blick ihrer graublauen Augen beinahe spüren.

Eine Bewegung seiner Finger, und Black Jack Mallory würde sterben. Der Mann, der Pauls Frau und Kinder getötet und die Familie Ardmore vernichtet hatte.

Dianas Vater hatte Black Jack Mallory auf dieser Insel Gnade gewährt. Auf diesem Haven, dem Himmel. Und auch Leutnant Jack hatte er einen Platz geboten, um gesund zu werden. Schließlich hatte er auch James aufgenommen.

James glaubte nicht an Reue. Er hielt stur seinen Kurs, ganz gleich, was es kostete.

Er erinnerte sich, wie Diana am ersten Tag, nachdem er hier aufgewacht war, gesagt hatte, dass Jessup seinen Verband gewechselt hatte. Das bedeutete, Black Jack Mallory hatte ihn zusammen mit Diana und ihrem Vater gepflegt. Der Mann hatte auch geholfen, Leutnant Jack wieder gesund zu machen.

»Warum zum Teufel«, fragte er Mallory, »habt Ihr nicht versucht, mich sofort zu ermorden? Ihr müsst doch gewusst haben, wer ich bin!«

»Ihr wart verletzt und brauchtet Hilfe.« Mallorys Gesicht war ruhig. Blut tropfte aus der Wunde an seinem Arm und färbte das Wasser zu seinen Füßen rosa.

So viel Blut. James beruhigte seinen zitternden Finger am Abzug. Er ließ die Pistole langsam von Mallorys Kehle sinken und feuerte aus dem Eingang der Höhle aufs Meer hinaus.

Der Knall hallte durch das Gewölbe. James hörte, wie Diana hoch oben einen Schrei ausstieß.

Dann schleuderte er die abgefeuerte Waffe ins Wasser und ging hinaus. Das helle Licht im Freien stach ihm in die Augen, und ihm wurde übel. Das Boot schaukelte auf den Wellen, während es im Sonnenschein auf ihn wartete. Er stieg hinein und ruderte weg. Er musste jetzt allein sein.

Diana lag im Bett und starrte an die dunkle Decke, als sie schließlich hörte, wie James zurückkehrte. Es war lange nach Mitternacht, und alle anderen schliefen tief und fest, einschließlich ihres Vaters und Mallorys. Mrs. Pringle hatte mit grimmiger Miene den Arm des ehemaligen Piraten versorgt und ihm Laudanum gegen seine Schmerzen gegeben.

Bis Sonnenuntergang war James immer noch nicht zurückgekommen. Sie konnte ihn selbst von dem Hügel aus nicht erspähen, wusste jedoch, dass die Insel viele Orte hatte, die man von dort oben nicht einsehen konnte. An ihrem Aussichtspunkt hatte sie, verborgen unter einem Gebüsch, den Spiegel aus der Küche gefunden, mit dem James offenbar dem Schiff Signale gegeben hatte. Es war kein Piratenschiff, hatte ihr Vater erklärt, sondern eine französische Fregatte. Sie war bei Sonnenuntergang am Horizont verschwunden, und Diana fragte sich in den folgenden Stunden, ob James wohl an Bord war.

Sie hatte jedes Wort seines Gesprächs mit ihrem Vater und dem Mann, den sie als Jessup kannte, mitbekommen. Sie hatte vor Wut gekocht, dass ihr Vater Black Jack Mallorys wahre Identität so lange verheimlicht hatte. Sie war zornig, aber dennoch … Der Mann war eben auch noch Jessup, der mit ihr und Isabeau Muscheln suchte, mit ihrem Vater Fische für das Abendessen fing und der ihr geholfen hatte, James' Leben zu retten.

Sie hatte gesehen, wie James seine Waffe aufs Meer hinaus abgefeuert hatte und aus der Höhle gegangen war. Er hatte sich entschieden, und Diana wusste sehr genau, was ihn dieser Entschluss gekostet hatte.

Sie war auf ihr Zimmer gegangen, nachdem sie Isabeau ins Bett gebracht hatte. Mrs. Pringle hatte darauf bestanden, dass Diana sich ihr Nachthemd anzog und schlafen ging, und sie hatte der Haushälterin nachgegeben. Nachdem diese gegangen war, war Diana wieder aufgestanden und hatte die nächsten Stunden im Dunkeln wartend am Fenster gesessen und den Pfad von der Bucht zum Haus beobachtet.

Schließlich hatte ihre Müdigkeit sie ins Bett getrieben, doch sie hatte nicht einschlafen können. Sie hatte auf das leiseste Geräusch seiner Rückkehr gelauscht.

Und jetzt hörte sie es. Das Knarren des Gartentores, seine festen Schritte auf dem Pfad, das leise Kratzen der Haustür.

Sie lag still da, während ihr Herz wie rasend schlug. Sollte sie zu ihm gehen, oder sollte sie ihn in Ruhe lassen? Sollte sie ihn beschimpfen, weil er sie zu Tode geängstigt hatte? Oder einfach im Dunkeln liegen bleiben und überlegen, was er wohl tun würde?

Ihr Herz drängte sie, zu ihm zu laufen, aber ihr Herz hatte sich schon einmal geirrt. Meistens, um genau zu sein.

Sie fragte sich, ob die anderen auch wach lagen und lauschten oder ob sie von ihrer Erschöpfung übermannt worden waren. Nur Isabeau schien gegen diese Aufregung immun zu sein. Alle waren doch in Sicherheit, warum waren sie denn dann nicht fröhlich?

Die Bodendielen knarrten, als James den Treppenabsatz erreichte. Sie verfolgte seine leisen Schritte, als er seine Kammer am Ende des Flures betrat. Eine Weile blieb alles still.

Dann hörte sie das plätschernde Geräusch von Wasser in seiner Waschschüssel. Mrs. Pringle stellte jede Nacht einen Krug mit Wasser und einen Schwamm in jedem Zimmer bereit, damit sie sich waschen konnten, bevor sie ins Bett gingen oder wenn sie aufgestanden waren. Das ersparte ihr die Mühe, das Wasser morgens nach oben zu schleppen, wenn sie die Zeit benötigte, um das Frühstück vorzubereiten.

Diana stellte sich vor, wie er den großen Schwamm in die Waschschüssel tauchte, ihn ausdrückte und die Flüssigkeit über seinen nackten Körper fließen ließ, wie er sich Sand, Schweiß und Schmutz abwusch. Er würde versuchen, die Frustration dieses Tages abzuspülen, würde seine Haut benetzen, und sein Haar würde dunkel vor Feuchtigkeit schimmern.

Sie lauschte auf das Plätschern des Wassers in der Schüssel, als er den Schwamm auswrang, auf das Tröpfeln, als er damit über seinen Körper strich, und auf das Schwappen, als er ihn wieder eintauchte.

Eine Weile lauschte sie den Geräuschen seiner Reinigung.

Er würde bald aufhören, sich mit einem etwas verschlissenen Handtuch abtrocknen, sich danach aufs Bett legen und versuchen zu schlafen.

Die Minuten verstrichen. Der Mond schien in ihr Fenster, und sie wusste, dass auch sein Zimmer sanft erhellt sein würde.

Diana stand auf. Sie schlüpfte in ihre Hausschuhe, war jedoch zu aufgeregt, um sich in ihren dünnen Morgenmantel zu winden. Sie glitt durch ihr Zimmer, hinaus, über den Flur am Treppenabsatz vorbei zu James' schmaler Kammer. Sie stieß die Tür auf, als sie das Wasser wieder plätschern hörte.

Er kehrte ihr den Rücken zu. Das Mondlicht glitzerte auf seinen nackten Schultern, tauchte sein Rückgrat in Schatten, wo es in seine schmale Taille verlief, betonte die weiße Blässe seiner Pobacken. Schatten spielten auch auf seinen muskulösen Beinen und den Sehnen an seinen Armen.

Der Boden war nass, und weitere Tropfen regneten herab, als er mit dem Schwamm von seinem Handgelenk zu seiner Schulter fuhr. Sein langes Haar klebte flach und nass an seinem Kopf und seinem Hals, und von den Enden rannen kleine Bäche über seinen Rücken. Er tat, als würde er sie nicht bemerken, als sie in den Raum trat und die Tür hinter sich schloss, und drehte sich nicht um.

Sie streifte ihre Schuhe ab und ging barfuß über den nassen Boden zu ihm. Mrs. Pringle hatte die Schüssel auf einen Ständer gestellt. Der kleine Läufer davor war durchnässt. James tauchte den Schwamm gerade wieder ins Wasser, als Diana vor ihn trat und ihre Hand auf seine legte.

Er hob den Kopf. An seinen Wimpern schimmerten kleine Wassertropfen. Der Ausdruck seiner Augen beunruhigte sie. Sie waren bar jeder Emotion. Er sah durch sie hindurch und machte keinerlei Anstalten, ihr den Schwamm wegzunehmen, sondern ließ einfach zu, dass sie ihn im Wasser festhielt.

»James«, hauchte sie. »Lass mich das tun.«

Er ließ die Hand an seiner Seite heruntersinken. Wasser tropfte von seinen Fingerspitzen leise auf den Boden.

Mit zitternden Händen drückte sie den Schwamm aus. Er beobachtete sie schweigend. Sie strich ihm über seinen Hals, die muskulöse Brust hinab zu seinem festen Bauch. Den Verband hatte er schon lange abgenommen, und man sah die lange, rosafarbene Narbe, die von seiner Seite bis zu seinem Unterleib reichte. Sie fuhr behutsam darüber, dann hinauf zu seinen Schultern.

Er sah ihr ruhig dabei zu. Sie tauchte den Schwamm erneut ins Wasser und benetzte jetzt seinen Rücken, die Schulterblätter, sein Rückgrat, sein Gesäß. Er rührte sich nicht. Diana trat erneut um ihn herum und wusch diesmal langsam seine Arme, von den Schultern bis zu den Fingerspitzen.

Danach widmete sie sich seinen Seiten. Sie bewegte den Schwamm mit kreisförmigen Bewegungen über seine Taille, fuhr dann hoch zu seinem Hals und massierte ihn dort langsam. Er schloss die Augen.

Ihr Nachthemd war mittlerweile durchnässt, und Schweiß kräuselte die zarten Haare an ihrer Stirn. Sie drückte den Schwamm noch einmal aus und ging in die Knie, um seine Schenkel zu waschen. Ihr Herz schlug schneller.

Er war nicht unberührt geblieben von dem, was sie tat. Seine Erektion reckte sich lang und hart in die Höhe. Dieses wundervolle, glatte Organ, das sie in der Höhle gesehen hatte, als sie ihm befahl, sich zu entblößen.

Sie tat, als ignoriere sie es, fuhr mit dem Schwamm über

seinen Schenkel und seine muskulöse Wade. Das Wasser auf dem Boden drang durch ihr Nachthemd und benetzte ihre Knie. Dann wusch sie langsam sein anderes Bein.

So, jetzt war sie fertig. Sie konnte sich erheben. Nur gelang es ihr einfach nicht, ihren Blick von seinem Glied loszureißen. Es war fest und steif, die Hoden darunter prall. Sein Schamhaar war gelockt und schimmerte feucht.

Sie betrachtete seine Männlichkeit lange, sah, wie Schatten und Mondlicht darauf spielten. Eine Ader pulsierte dort, rhythmisch und deutlich. Sie holte tief Luft, beugte sich vor und berührte mit der Zunge die Spitze.

James schmeckte feucht und samtig, und der kleine Spalt zwischen der Spitze und dem Rest fühlte sich unter ihrer Zunge glatt an. Sie leckte weiter, kostete ihn bis zu seinen Hoden.

Er verspannte sich merklich. »Verdammt, Diana, ich bin noch nicht tot.«

Damit packte er ihre Ellbogen und zog sie hoch. Seine Augen brannten vor Verlangen und Ärger.

Sie ließ den Schwamm in das Becken fallen. »So«, stieß sie bebend hervor. »Fertig.«

Er schlang seinen muskulösen Arm um ihren Rücken und zog sie an sich. »Ich bestimme, wann wir fertig sind.«

Sein Kuss war brutal, als wollte er sie bestrafen. Sie hatte ihn nicht in Ruhe seine Haut wund scheuern lassen. Sie war zu ihm gekommen, hatte ihn aus seiner Trance gerissen, und jetzt war er wütend.

Diana wurde klar, dass selbst in jener Herberge in Kent, als er sie so aufgebracht angefahren hatte, seine Küsse verspielt gewesen waren, fast liebevoll. Doch jetzt war von dieser Zärtlichkeit nichts mehr zu spüren. Das hier war der Kuss eines grausamen Mannes, eines Piratenjägers, der nur seinen eigenen Regeln folgte.

Er fuhr ihr mit den Fingern durchs Haar, packte es und bog ihren Kopf zurück, bis ihr Hals schmerzte. Sein nasser Körper presste sich hart gegen ihren, durchnässte den Stoff ihres Nachthemdes und benetzte ihre Haut.

Er stieß seine Zunge in ihren Mund und erforschte ihn mit heftigen Bewegungen. Seine Finger drückten sich schmerzhaft in ihren Rücken, und sein Griff wurde immer fester, bis sie kaum noch Luft bekam.

»Sag mir, dass du mich liebst, Diana«, stieß er hitzig hervor. Seine Lippen bewegten sich auf ihrem Mund. »Sag es mir.«

»Ich liebe dich, James«, keuchte sie.

Er riss sich von ihr los. Sie fiel schwer atmend gegen die hohe Kante des Bettes. Er presste seine Fäuste auf seine Brust. »Da drin ist nichts, was liebenswert wäre.«

Sie schüttelte den Kopf. »Aber es stimmt. Ich liebe dich, James.«

»Hör auf«, schnarrte er.

»Du hast mir befohlen, es zu sagen. Glaubst du vielleicht, es wäre mir recht, dich zu lieben?«

»Du weißt nichts über die Liebe. Du hast diesen Idioten Edward Worthing geliebt.«

»Das dachte ich jedenfalls, bis ich seinen wahren Charakter erkannte.«

»Was du jetzt empfindest, ist nur ein Irrtum.« Sein Hohn war noch beißender, als Edwards Spott es je gewesen war. James Ardmore hätte Edward Worthing etwas beibringen können.

»Ich habe gelernt, was Liebe ist. Isabeau hat es mich

gelehrt. Sie hat mir den Unterschied zwischen Liebe und Vernarrtheit deutlich gemacht.«

»Wirklich? Ich nehme an, du wirst ihn mir jetzt gleich erklären.«

Sie sammelte sich. »Vernarrtheit meint, du willst die Aufmerksamkeit einer Person erringen und bist bereit, dafür alles tun. Liebe dagegen bedeutet, dass du die ganze Welt verändern möchtest, um sie für diesen anderen Menschen besser zu machen – selbst wenn es dich das Leben kostet.« Sie hob trotzig ihr Kinn. »Das empfinde ich für Isabeau. Und so fühle ich auch für dich.«

Seine Brust hob und senkte sich unter seinen hastigen Atemzügen. »Versuch ja nicht, mein Leben zu ändern. Es gefällt mir genau so, wie es ist.«

Sie lachte leise. »Das tut es nicht.«

»Wage nicht, irgendetwas für mich zu tun.«

Ihre Augen brannten, als sie gegen ihre Tränen ankämpfte. »Du musst meine Liebe nicht erwidern. Das ist schon in Ordnung.« Dann lachte sie wieder, barscher diesmal. »Nein, ist es nicht. Es schmerzt wie Feuer, aber was soll ich tun? Ich kann dich nicht zwingen, mich zu lieben.«

»Du kannst es versuchen.«

Sie blinzelte. »Was?«

Seine Miene war furchteinflößend. »Wenn du mich so liebst, dann gib dich mir hin.«

Ihr Herz hämmerte noch schneller. Ihre alte Furcht durchzuckte sie, doch sie ebbte genauso plötzlich wieder ab. Das hier war etwas anderes. Es war eine Notwendigkeit. »Warum würde das helfen?«

»Du bist zu mir gekommen, um mich dazu zu bringen, dich zu begehren. Gut, es ist dir gelungen, aber das hast du bereits vorher genau gewusst. Warum bringst du es nicht zu Ende, Diana? Mach meine Welt besser. Dann wirst du auch lernen, was Liebe ist.«

Sie ballte die Hände zu Fäusten, während die Hitze ihres Verlangens sich in Wut verwandelte. »Warum tust du das? Jedes Mal, wenn ich dir gegenüber weichwerde, bringst du mich dazu, die Beherrschung zu verlieren.«

»Ich will nicht, dass du mir gegenüber weichwirst. Ich kann deine Wutanfälle und deine Brotgeschosse besser ertragen, als wenn du mir in die Augen siehst und mir sagst, wie du dich wirklich fühlst.«

Sie hätte ihm am liebsten den Inhalt der Wasserschüssel über den Kopf gekippt. »Es tut mir schrecklich leid, dass ich dich aufgeregt habe. Willst du mir tatsächlich verbieten, dich zu lieben?«

Seine Stimme klang wie ein Schnarren. »Liebe hat mich bisher immer nur zutiefst verletzt.«

Ihr Blick zuckte zu der Narbe auf seinem Bauch, aber sie wusste, was er meinte. Die Liebe hatte auch sie selbst bis ins Mark getroffen. »Liebe sollte uns eigentlich heilen«, flüsterte sie.

»Ich will nicht über Heilung reden. Und hör auf zu weinen.«

Diana konnte die Tränen, die ihr über die Wangen liefen, nicht mehr zurückhalten. »Ich muss nicht jedem Befehl gehorchen, den du mir gibst.«

»Du bist so verdammt dickköpfig! Ich will dich, Diana. Ich brenne vor Verlangen. Wenn du wütend auf mich wirst, heizt das mein Blut nur noch weiter an. Und wenn du nicht willst, dass ich dich auf der Stelle nehme, dann verlass sofort dieses Zimmer.«

Sie wischte sich die Tränen vom Gesicht, doch es strömten immer neue nach. »Vielleicht will ich nicht gehen.«

»Dann leg dich aufs Bett, falls du irgendwo landen willst, wo es weich ist.«

Er stand stocksteif da, seine Erektion bretthart, seine Muskeln angespannt. Diana knöpfte langsam ihr Nachthemd auf und zog es sich über den Kopf.

13. Kapitel

James hatte gedacht, dass sein Herz nicht noch schneller schlagen könnte, aber er hatte sich geirrt. Es hämmerte und raste, und er konnte unter dem Rauschen des Blutes in seinen Ohren nicht hören, wie das Nachthemd leise raschelnd zu Boden fiel.

Das Mondlicht fiel auf ihre langen, schlanken Gliedmaßen, ihre geschwungenen Hüften, die etwas breiter waren, als es ihr vermutlich gefiel. Ihre Brüste waren rund und fest. Sie hatte die Fäuste geballt, wie er, und ihr wunderschönes Gesicht war störrisch verzogen. Tränen schimmerten auf ihren Wangen.

»Leg dich aufs Bett«, wiederholte er. Es verblüffte ihn, wie ruhig seine Stimme klang. »Oder wir landen auf dem Boden, und der ist nass.«

Einen Moment rührte sie sich nicht. Er trat einen Schritt auf sie zu. Sie fuhr herum und sprang hastig auf die Matratze. Ihr roter Zopf schwang über ihren Rücken.

Gott, er hätte am liebsten geflucht und geschrien und gelacht gleichzeitig. Da stand er nun und blökte, dass er sie nicht liebte. War sie blind oder dumm?

Nein, nur verwirrt. Genau wie er.

Er konnte sich nicht mehr daran erinnern, wie er auf das Bett gekommen war, aber dann lag er neben ihr und sank auf die knotige Matratze, auf der er jetzt seit mehr als einem Monat geschlafen hatte.

Als Diana Worthing ihm das erste Mal einen Brotlaib an den Kopf geworfen hatte, hatte er sich ausgemalt, wie er sie auf eine einfallsreiche, verführerische Art und Weise nehmen würde, die die ganze Nacht und weit bis in den Morgen dauerte. Aber seitdem hatte ihn jeder vernünftige Gedanke längst verlassen, und er wurde nur noch von seiner Begierde gesteuert. Er hatte einmal darüber nachgedacht, dass Diana Worthing archaische Fortpflanzungstriebe in Männern weckte, und genau dieses Verlangen beherrschte ihn jetzt.

Es kam ihm viel zu zahm vor, sich einfach neben sie zu legen. Er zog sie auf die Knie hoch. Sie lehnte sich gegen seinen Arm, hatte die Lippen vor Leidenschaft geöffnet und die Lider halb gesenkt.

Feuer, oh ja, das besaß sie. Er fragte sich, wieso er bisher so höflich zu ihr gewesen war, so zurückhaltend. Sie würde das anders sehen, aber sie kannte ihn ja auch nicht wirklich, oder?

Andererseits schien sie ihn bereits jetzt besser zu kennen als jemals ein Mensch zuvor.

Er begehrte sie mit einer primitiven Lust, die er seit vielen Jahren nicht mehr empfunden hatte. Er war zynisch geworden, was Frauen anging, hatte gelernt, seine Gelüste an den zahllosen Geliebten zu befriedigen, die sich ihm an den Hals warfen, während er seine Gefühle sorgfältig unter Verschluss hielt. Er hatte gelernt, den Geschlechtsakt vollkommen von tieferen Empfindungen zu trennen.

Diana hatte diese Schranke eingerissen. Er hätte es nicht zulassen sollen, aber jetzt war es zu spät.

Emotionen durchströmten ihn, Wut und Hass und Angst

und Kummer. Sie wusste, was er getan hatte und auch warum und wieso es ihn fast umgebracht hätte.

Ihre Haut war so nass wie seine, ihr Gesicht feucht, ihr Haar gelockt und löste sich aus dem Zopf. Er leckte ihre Tränen von ihren Wangen, und ihr salziger Geschmack stachelte seine Leidenschaft noch mehr an. Er liebte es, wie diese Frau schmeckte und duftete. Sie schlang die Arme um seinen Hals und küsste ihn.

Seine Wollust ließ nicht zu, dass er es langsam angehen ließ. Für ruhige Zärtlichkeit war später auch noch Zeit. Er schob ihre Knie auseinander. Seine Erektion stand pochend in die Höhe, der Brennpunkt des Wahnsinns, der in ihm tobte.

Sie keuchte. Er sah die Furcht in ihren Augen, fühlte, wie sie sich verspannte.

Er brauchte sie. Sein Körper schrie nach ihr. Seine Hände zitterten, als er sie von sich wegschob. »Warum?«, stieß er gepresst hervor. »Sag mir, warum.«

Sie verstand seine Frage und antwortete sofort. »Ich will kein weiteres Kind.«

Er hielt inne. Ihre blaugrauen Augen waren weit aufgerissen und von Schmerz verdunkelt. »Ist das alles?«

»Ja«, hauchte sie.

Er hätte gelacht, wenn er ihr damit nicht wehgetan hätte. »Dann hast du Glück, meine wunderschöne Diana. Von meinem Samen wirst du niemals empfangen.«

»Oh«, hauchte sie überrascht, und dann war James des Wartens müde.

Sie passte perfekt auf seinen Schoß. Und sie war so feucht und heiß, dass er widerstandslos mit einem Stoß tief in sie eindrang.

»Du bist so eng«, flüsterte er an ihrer Wange. »Es gefällt mir, wie eng du bist.«

Sie schloss die Augen und grub ihre Fingernägel in seinen Rücken. Er leckte die Feuchtigkeit von ihren Brüsten und fuhr die Spur eines Tropfens mit der Zunge nach.

Sie umklammerte ihn mit ihren inneren Muskeln, und er küsste sie, rieb zärtlich eine harte Knospe zwischen den Zähnen. Sie grub ihre Finger in sein nasses Haar. Er wollte tiefer in sie eindringen, immer tiefer. Sie trieb ihn in den Wahnsinn. Es fühlte sich an, als würde ihn ein Kokon umhüllen, den er zu sprengen versuchte. Fast war er da, fast. *Diana, was hast du mit mir gemacht, du Dämon von einer Frau?*

»James«, flüsterte sie, dann brach ihre Stimme, als ihr Höhepunkt kam. »Ich liebe dich.«

Oh, verdammt! Er merkte nicht, dass er es laut gesagt hatte, bis er das Echo hörte. Sie riss die Augen auf. Sie waren dunkel vor Leidenschaft und vor Verletztheit.

Er packte ihre Hüften und zog sie fest auf sich. »Warum frisst du mich nicht gleich bei lebendigem Leib?«

Er erhob sich, hob sie mit an, warf sie rücklings auf die Matratze und drückte sie mit seinem Gewicht tief hinein. Er war immer noch in ihr. Ihrer beider Körper waren heiß und nass vor Wasser und Schweiß. Er stieß immer wieder in sie hinein und führte zu Ende, was er begonnen hatte.

Einen solchen Höhepunkt hatte er noch nie erlebt. Er ertrank förmlich in seinem inneren Jubel. Hier hätte er für immer leben oder sterben können, ganz gleich, es kümmerte ihn nicht. Er bemerkte die Knoten in der Matratze nicht mehr, den kalten Wind, der durch das geöffnete Fenster hereindrang, oder die Wassertropfen, die von seinem Haar auf seine Haut fielen. Er nahm den winzigen Raum nicht mehr wahr, nicht das Mondlicht, das sich silbern in der Wasserpfütze auf dem Boden spiegelte, nicht das schmale, zerwühlte Bett.

Er fühlte nur sie, ihren Zopf an seinem Hals und das Brennen in seinen Lungen. Nur Diana, sie war der einzige Mensch auf der Welt, der zählte, war es immer gewesen und würde es immer sein.

Er hatte keine Ahnung, was er schrie, aber er war heiser und zitterte am ganzen Körper. Und sie weinte.

Schließlich sank er auf ihr zusammen, immer noch in ihr, küsste ihre Lider, ihre nassen Wangen, murmelte ein paar zusammenhanglose, beruhigende Worte, bevor der Schlaf ihn wie einen Baum fällte.

Irgendwann in der Nacht musste er von ihr herabgeglitten sein, denn als James erwachte, lag er auf der Seite und atmete den Duft ihres Haares ein. Dianas wunderschöner Rücken lag dicht an seiner Brust.

Sie waren beide nackt und lagen schräg auf dem Bett. Er hatte einen Arm über sie geschlungen, den anderen angewinkelt unter dem Kissen, auf dem sein Kopf ruhte. Diana schlief.

James griff so behutsam, wie er konnte, um sie nicht zu wecken, nach der zerwühlten Decke und zog sie über ihre beiden Körper. Ihre tiefen, gleichmäßigen Atemzüge veränderten sich nicht.

Sie war vollkommen erschöpft, die arme Frau. Immerhin hatte sie einen höllischen Tag hinter sich. James schmiegte sich wieder an sie und entspannte seine Gliedmaßen. Er hatte zwar auch einen verdammt anstrengenden Tag erlebt, aber das schien jetzt nicht mehr wichtig zu sein. Er fühlte sich, als hätte ihn jemand von außen und innen gründlich sauber geschrubbt.

Er hatte sich entschieden, und dafür verachtete er sich. Doch hätte er eine andere Wahl getroffen, wäre er längst fort, vielleicht auf dieser Fregatte auf halbem Weg nach Frankreich, und Diana hätte ihn gehasst. Stattdessen jedoch war sie hier, lag neben ihm, mit im Schlaf entspannten Gesichtszügen.

Sein schläfriger Verstand beschwor plötzlich die Erinnerung daran herauf, wie Grayson Finley, ein Pirat, der die ganze Welt mit seinem Sir John aus der Hose hängend bereist hatte, ihm ernsthaft erklärt hatte, dass das, was er für Alexandra Alastair empfand, anders war. James hatte ihm nicht geglaubt. Obwohl er gewusst hatte, dass die entzückende Mrs. Alastair eine außergewöhnliche Frau war, hatte er Finleys Behauptung als übertrieben abgetan.

Er hatte es nicht verstanden. Als James jetzt jedoch den Duft von Dianas offenem Haar einatmete, wusste er, was Finley damals empfunden hatte. Diana hatte die dunklen, leeren Orte in seinem Inneren gefunden. Sie nicht nur aufgespürt, sondern sie auch geöffnet und Licht hineingelassen. Es war brutal, und es tat weh. Doch er ließ den Schmerz mit Freuden zu.

James hatte sich so viele Jahre der Rache verschrieben, Vergeltung gegen seine Feinde, gegen Finley, gegen jene, die ihm und seinem Bruder ihr Glück geraubt, gegen jene, die seinem Bruder das Leben genommen hatten. Jetzt fühlte er sich plötzlich zerbrechlich. In den Stallungen seines Vaters hatte er neugeborene Fohlen gesehen, die auf ihren dürren Beinchen zitternd und unsicher umherstaksten. Sie hatten die Welt mit verwunderten Augen angestarrt und waren unsicher in ihr herumgetaumelt.

James begriff jetzt, wie sie sich gefühlt haben mussten. Als er an den Strand von Haven angespült worden war, war er zu schwach gewesen, sich zu bewegen. Ein Feind hätte ihn mühelos töten können. Stattdessen jedoch hatte Diana ihn gefunden. Sie hatte ihn ungehalten angeraunzt, ihn mit nach Hause genommen und ihn mit Hilfe seines Todfeindes gesund gepflegt.

James blieb ruhig liegen, während er sich an diese neue Zerbrechlichkeit in sich gewöhnte. Manchmal berührte er Dianas Haar oder ihre Haut, einfach nur um das Gefühl der Berührung zu genießen. Die Luft, die durch das halb geöffnete Fenster wehte, war sehr kalt, aber er konnte sich nicht aufraffen und die Läden schließen. Diana war so warm. Das genügte ihm.

Es ist etwas anderes, hatte Grayson gesagt. Diese Worte schienen eine recht unbeholfene Erklärung. Und niemand, der nicht selbst so etwas erlebt hatte, würde begreifen, wie präzise sie zutrafen.

James hatte sich vor vielen Jahren schon einmal verliebt. Jedenfalls hatte er das geglaubt. Diana hatte ihm jedoch den Unterschied verdeutlicht. Vernarrtheit war keine Liebe.

Sara war die polynesische Frau gewesen, um die James und Grayson Finley ihren ersten Kampf ausgefochten hatten. James hatte sie zuerst entdeckt, doch sie war von ihm zu Finley gegangen, als James ihnen den Rücken zugekehrt hatte. Er hatte geglaubt, dass er die Frau liebte. In nur zwei Monaten hatte Sara James die sexuellen Erfahrungen eines ganzen Lebens vermittelt. Es schien nur sehr wenig zu geben, was diese Frau nicht kannte, und ganz gewiss war sie erfahrener als der zweiundzwanzigjährige James Ardmore.

Vernarrtheit. Er war wütend und frustriert gewesen. Er erinnerte sich daran, wie er nach zwei Wochen Abwesenheit nach Tahiti zurückgekehrt und in die Taverne geschlendert war, die er und Finley bevorzugten. In dem dämmrigen Schankraum hatte er Grayson gesehen, dessen blondes Haar hell in dem dunklen Raum leuchtete. Sein muskulöser Arm war um Saras Taille geschlungen, und während James in der Tür stand, hatte sein Freund ihr den Kopf zugewandt und sie lange und leidenschaftlich geküsst.

James hatte versucht, ihn zu töten. Sein ehemals bester Freund hatte mit weit aufgerissenen blauen Augen protestiert, dass er es nicht gewusst habe. Er war davon ausgegangen, dass James mit ihr fertig war. Ganz ehrlich.

In dieser schwülen tropischen Nacht, in Schweiß gebadet und mit einem für ihn unerreichbar auf dem Rücken herumkrabbelnden Insekt, hatte James ihm geglaubt. Sara log oft, wenn es ihr etwas nützte. Aber Finley hatte ihm nur diesen unschuldigen Blick seiner blauen Augen geschenkt. Gesagt, dass es ihm leidtäte. Ihm Sara zurückzugeben hatte er nie angeboten.

Schlimmer noch, Finley hatte sie, nur so zum Spaß, geheiratet.

Fünf Männer hatten sie auseinanderhalten müssen. In diesem Moment und an diesem Ort hatten sich James Ardmores und Grayson Finleys Wege getrennt. Er war weggegangen. Ian O'Malley und ein Dutzend anderer von der Mannschaft, die sich Finley und James geteilt hatten, waren James gefolgt.

Im Rückblick war ihm klar, dass er früher oder später ohnehin mit Finley gebrochen hätte. Sara war nur der letzte Tropfen gewesen, der das Fass zum Überlaufen gebracht hatte. Finley und er waren einfach zu verschieden. Grayson war Engländer, James verachtete sie. Grayson war ein immer fröhlicher Witzbold, James verbarg seine Emotionen sorgfältig. Grayson war einem schrecklichen Leben entflohen, als er mit 12 Jahren zur See ging, James dagegen kam aus einer liebevollen Familie, hatte seine Ausbildung beendet und besaß immer noch ein Heim, in das er zurückkehren konnte.

Hier auf der ruhigen Insel Haven, mit Diana, die leise atmend neben ihm lag, schien das alles sehr weit weg und ohne Bedeutung. Grayson Finley war zu Viscount Stoke geworden, verheiratet und hatte mittlerweile vier Kinder. Und James Ardmore hatte sich verliebt.

Morgen würde er entscheiden, was er diesbezüglich unternehmen würde. Heute jedoch wollte er Diana noch einmal lieben. Er beugte sich zu ihr und küsste sie auf die Lippen. Verdammt, schmeckte sie gut.

Sie rekelte sich. Nach ein paar weiteren Küssen öffnete sie die Augen. »James«, murmelte sie.

»Hallo, Liebes.«

Sie lächelte, rührte sich aber nicht. »Ich muss in mein Zimmer zurück.«

Er spielte zärtlich mit seiner Zunge an ihrem Ohrläppchen. »Warum?«

»Was wird mein Vater sagen?«

»Er weiß es längst, Diana. Wir haben reichlich Lärm gemacht. Ich bin sicher, dass man uns bis Plymouth hören konnte.«

»Du warst laut«, konterte sie mit einer Spur ihres üblichen Feuers.

»Und du warst ziemlich außer dir.« Er blickte an die Decke. »Ich glaube, du hast sogar etwas von dem Putz heruntergeholt.«

»Ich habe nichts dergleichen ...« Sie sah ihn an, dann schlug sie die Hände auf ihre brennenden Wangen. »Ach du lieber Himmel!«

Er lachte leise, küsste ihre Hände und ihr glühendes Gesicht. »Du hast dich prächtig amüsiert.«

»Du hast mich verführt! Das werde ich ihnen sagen. Hör auf, mich zu küssen, verdammt noch mal!«

Er hörte nicht auf. »Ich erinnere mich daran, dass du uneingeladen in meine Kammer gekommen bist und mich gewaschen hast, überall. Und mir befohlen hast, es zuzulassen. Und dann«, er fuhr ihr mit der Zunge über die Nasenspitze, »hast du dein Nachthemd ausgezogen und bist splitternackt vor mir gestanden. Ich kann mich an keine Verführung erinnern. Jedenfalls nicht von meiner Seite.«

Sie warf ihm einen gespielt strengen Blick zu. »Du hast keinerlei Respekt vor meiner Tugend gezeigt.«

»Nein.«

»Oder meiner Stellung als Lady.«

»Stimmt.«

»Du hast dich nicht so benommen, wie man es von einem Gentleman erwarten kann.«

Er lächelte. »Wenn ich mich wie ein Gentleman verhalten und dich hinauskomplimentiert hätte, wärest du vermutlich fuchsteufelswild geworden.«

»Sehr wahrscheinlich.«

»Also was hätte ich tun können, außer dich zu lieben?«

Sie streichelte seine Wange. »Wir hätten einen Tee trinken können.«

»Du hättest mir die Kanne an den Kopf geworfen.«

»Ich werfe nicht ständig mit Lebensmitteln nach dir, James.«

»Nur wenn du wütend bist. Und das bist du die meiste Zeit.«

Sie fuhr mit dem Daumen über seine Unterlippe. »Jetzt bin ich nicht wütend.«

»Klingt aber so, als wärest du es.«

»Nein. Ich tue nur so.« Sie strich mit den Fingern durch sein Haar.

»Es klingt ziemlich gleich, ob du es nun spielst oder ob es echt ist.«

Sie lächelte ihn an. »Du musst eben sehr genau aufpassen.«

»Und wenn ich dich einfach küsse, ohne genau achtzugeben?«

Ihr Lächeln wurde strahlender. »Ich hätte nichts dagegen.« Sie hielt ihn auf, als er sich zu ihr hinunterbeugte. »Außer wenn ich wirklich wütend bin.«

Er schnaubte. »Du wirst dich daran gewöhnen müssen, ganz gleich ob du wütend bist oder nicht.«

Er küsste sie, verlangend und innig, und folgte dem Schwung ihrer Lippen mit seiner Zunge. »Ich möchte dir gern ein paar Dinge zeigen.«

»Mmh?«, wiederholte sie schläfrig. »Was für Dinge?«

Seine Erektion, die sich langsam erhoben hatte, wurde noch größer. »Ich glaube, du wirst sie genießen.«

»Das weiß ich nicht so genau. Ich sollte lieber in mein Zimmer zurückkehren.«

Er rollte sich auf sie. »Das glaube ich eher nicht.«

Sie küsste ihn zart auf das Kinn. »Ich sollte verängstigt weglaufen. Du hast mich schon einmal entführt.«

»Hast du Angst?«, fragte er sehr leise.

Sie schaute scheu zu ihm hoch. »Nein.«

»Gut. Das ist sehr gut.«

Diana warf ihm einen Blick unter ihren gesenkten Wimpern hindurch zu. »Was wolltest du mir zeigen?«

Sein Herz schlug fest und schnell. »Vieles«, hauchte er. »Viele, viele Dinge.«

Und dann begann er.

James kannte verblüffende Dinge. Diana hatte sich immer für sinnlich gehalten, für eine Frau, die mehr über Begehren wusste, als sie sollte. Einige Zeit später hatte sie begriffen, dass sie nur neben der Straße des Verlangens gestanden hatte, einer Straße, die zu Orten führte, deren Existenz sie sich niemals auch nur im Traum vorgestellt hatte.

Ihre Stimme war heiser und brüchig, und sie fühlte sich am ganzen Körper wund. Ihre Handgelenke brannten an den Stellen, an denen James sie auf dem Bett festgehalten hatte. Sein warmer Körper bedeckte sie auch jetzt, und er war so feucht, wie er gewesen war, nachdem sie ihn gewaschen hatte. Das war Stunden her.

Er war immer noch in ihr, heiß von ihrer Liebe. Ganz tief in ihrem Inneren fühlte sie sich müde und zufrieden. Er lag ruhig da und strich ihr über das Haar.

Sie berührte eine Strieme an seinem Hals. »Ich habe dir wehgetan.«

Er lächelte, strahlender und herzlicher, als sie es je bei ihm gesehen hatte. »Du bist ein wahrer Dämon.«

»Es hat dir gefallen?« Sie klang überrascht.

»Allerdings.«

Sie konnte sich nicht einmal daran erinnern, dass sie ihn gekratzt hatte, aber ihre Fingerspitzen passten perfekt auf die Male. Sie errötete.

James hatte sie genommen, weil er nicht anders konnte, und es hatte ihr nicht das Geringste ausgemacht, sich ihm hinzugeben. Aber irgendwann, zwischen dem dritten und vierten Mal, hatte es sich verändert. Er hätte sein Herz erleichtern, zum Ende kommen und sie wegschicken können. Stattdessen hatte sich ihr Liebesspiel geändert, war intensiver, persönlicher geworden. Er hatte ihr zurückgegeben, was er genommen hatte.

Zehnfach. Er hatte ihr Freuden gezeigt, die sie niemals für möglich gehalten hätte. Diana hatte das Gefühl, als hätte sie ihr Leben lang durch ein milchiges Glasfenster gespäht und nicht wirklich erkannt, was Lust war.

Jetzt waren die Scheiben nicht nur zerbrochen, sondern sie war in das Haus der Wonnen gezerrt worden. Er hatte ihr die Lust ganz deutlich und unmissverständlich gezeigt. Sie würde niemals mehr dieselbe sein wie früher, und das war ihr nur recht.

Er legte sich hinter sie und strich ihr durchs Haar. »Sag mir, warum du vorher so viel Angst hattest«, bat er sie leise. »Warum fürchtest du dich so davor zu empfangen?«

Sie erstarrte. »Ich dachte, die Antwort wäre recht eindeutig.«

»Nicht für mich.«

Sie tat streng. »Wenn eine Frau ein Kind aus einer illegalen Affäre bekommt, ist das ein entsetzlicher Skandal.«

»Das reicht nicht, Diana. Du und dein Vater und ein guter Anwalt könnten mich ohne weiteres zu einer Ehe zwingen.

Das ist es nicht.« Er küsste ihr Haar. »Also, warum erzählst du mir nicht einfach die Wahrheit?«

Sie lag lange schweigend da und versuchte, ruhiger zu atmen. »Wegen Isabeau«, gestand sie schließlich.

»Weil sie taub ist?« Sie spürte, dass er die Stirn runzelte. »Das ergibt keinen Sinn. Sie ist schließlich nicht taub geboren.«

»Doch, das ist vollkommen logisch. Ich sollte kein zweites Kind bekommen. Das ist alles. Können wir jetzt bitte das Thema wechseln?«

Er stützte sich auf den Ellbogen. Sein warmes Haar glitt über ihre Schulter. »Du glaubst, dass du die Schuld an Isabeaus Taubheit trägst? Dem ist nicht so. Sie ist krank geworden.«

Diana drehte sich auf den Rücken. »Doch, es ist meine Schuld. Sie ist wegen mir krank geworden. Ich habe darauf bestanden, jeden Moment mit ihr zu verbringen und sie überallhin mitzunehmen, wohin auch ich ging. Ich konnte sie nicht im Kinderzimmer lassen, wo sie besser aufgehoben gewesen wäre. Dann bekam ich Fieber und habe sie damit angesteckt. Ich habe sie krank gemacht, und sie muss darunter leiden. Was bin ich also für eine Mutter?«

Er starrte sie an. Seine Augen glitzerten in der Dunkelheit. »Willst du etwa behaupten, dass du dir diese Schuld aufbürdest? So ein Fieber ist tückisch. Sie hätte es auch bekommen können, wenn sie im Kinderzimmer eingeschlossen gewesen wäre und ihr Tag und Nacht ein Feuer vor der Tür hättet brennen lassen.«

»Das mag sein, aber woher soll ich das wissen?« Sie starrte an die Decke. Ihre Augen waren trocken. »Ich war so stolz auf sie. Ich habe sie überall vorgezeigt, jedem. Seht, seht nur, was ich hervorgebracht habe! Ich habe ein wunderschönes Kind geschaffen. Gott hat mich für meine Eitelkeit gestraft. Ich war dumm, so dumm!«

»Du kannst dich so lange geißeln, wie du willst, Diana. Aber deshalb bist du trotzdem nicht daran schuld.«

Sie verschränkte die Arme vor ihrer Brust und sah ihn finster an. »Wenn du meine Erklärung für unzureichend hältst, dann warte, bis ich dir den Rest erzählt habe. Als wir entdeckten, dass Isabeau taub war, war ich entsetzt. Nicht nur ihret-, sondern auch meinetwegen. Ich hatte schreckliche Angst vor ihr. Ich wusste nicht, was ich tun sollte. Als Edward das erste Mal vorschlug, sie in ein Heim zu stecken, war ich bereit dazu.« Sie drückte ihre Handwurzeln auf die Augen. »Ich wollte es, James. Wenn ich sie wegsperrte, würde ich mich weder meiner Scham noch meiner Furcht stellen müssen. Ich konnte sie gehenlassen und musste sie nie wiedersehen.« Diana wollte weinen, aber es kamen keine Tränen. »Was für eine Mutter bin ich nur? Ich war bereit, ein unschuldiges Kind wegzugeben. Meine Isabeau, die Tochter, die ich so sehr liebte.«

Er legte seine warme Hand auf ihren Bauch, dorthin wo sie Isabeau so stolz all die Monate getragen hatte. »Das erklärt, warum du sie so beschützt.« Er küsste ihre Schläfe. »Es überrascht mich ein wenig, dass sie ein so normales Kind geworden ist, obwohl du sie mit deiner Liebe gewiss fast erstickt hast.«

Sie warf ihm einen vernichtenden Blick zu. »Ich hätte wissen müssen, dass ich von dir kein Mitgefühl zu erwarten habe, James Ardmore.«

»Ich fühle sehr wohl mit dir, Darling. Du hast ein Tal der Schmerzen durchschritten.« Mit den Fingern fuhr er sanft um ihren Nabel. »Aber du musst den Schmerz loslassen. Ich weiß es am besten.«

Sie sah ihn gespannt an. »Warum? Wegen heute?«

»Weil ich nicht da war, als mein Bruder starb. Wäre ich dort gewesen, hätte ich es verhindern können. Wie, glaubst du wohl, fühlt sich das an?« Er lachte grimmig. »Ich habe mich immer gerühmt, dass ich keine Reue empfände. Dabei fühle ich sie die ganze Zeit.«

Seine grünen Augen wirkten so leer wie in dem Moment, als sie heute Nacht sein Zimmer betreten hatte, während er sich wusch. Er sprach weiter. »Wenigstens verzeiht Isabeau dir.« Seine Stimme klang trostlos. »Paul wird mir nie vergeben. Ebenso wenig wie meine Schwester. Das ist einer von vielen Gründen, weswegen wir nicht miteinander auskommen.«

»Das ist nicht fair von ihr.«

Er zuckte mit den Schultern. »Sie fühlt sich ebenfalls schuldig. Nach der Ermordung von Pauls Frau hat Honoria ihn aufgehetzt, den Täter zu suchen. Sie hat Vergeltung geschmeckt, wenngleich meine Schwester sie nicht mit eigener Hand ausüben konnte. Wir sind eine sehr nachtragende Familie.«

Er schwieg und presste die Lippen zusammen zum Zeichen, dass das Thema für ihn erledigt war. Mit den Fingern zeichnete er Falten auf ihrem Bauch nach, ohne sie anzusehen. Diana verfolgte das Thema nicht weiter. Dafür war es noch zu früh.

»Warum hast du mir gesagt«, fragte sie stattdessen, »dass ich von dir niemals empfangen würde?«

Er verzog gequält das Gesicht. »Ich möchte eigentlich nicht darüber reden. Kein Mann gibt gerne zu, dass sein Samen nichts taugt.«

»Woher weißt du das?«

Er warf ihr einen ironischen Blick zu. »Sagen wir, ich habe allen Grund, das zu wissen.«

»Du meinst, weil deine Geliebten niemals Kinder bekommen haben.«

»So in der Art.«

Diana dachte nach. »Vielleicht konnten sie einfach keine Kinder bekommen. Das kommt bei manchen Frauen vor, wie du weißt.«

»Aber nicht bei so vielen.«

Darüber dachte sie einen Moment nach und richtete sich dann ein wenig auf. »Herr im Himmel, James.«

»Nein. Ich werde dir nicht sagen, wie viele es waren.«

Jetzt setzte sie sich ganz auf. »Glaubst du, dass ich so vulgär bin, dass ich das wissen möchte?«

»Ich glaube, dass du einfach verdammt neugierig bist, selbst wenn du das niemals zugeben würdest.« Er küsste sie, bevor sie weiter protestieren konnte. »Dreh dich um.«

»Was?«

»Dreh dich um. Ich möchte dir noch etwas zeigen.«

Sie schaute rasch aus dem Fenster. Draußen war es bereits heller geworden. »Ich möchte nicht, dass du mir noch etwas zeigst. Es ist fast Morgen.«

»Es ist immer noch Nacht.«

»James …«

»Was ist los? Bist du zu müde?«

Sie fuhr mit der Zunge über ihre geschwollene Unterlippe. »Eigentlich nicht.«

»Dann dreh dich um.«

Sie kochte, rollte sich aber gehorsam auf den Bauch, während das Blut in ihren Adern vor Erwartung kribbelte. Sie wühlte in den Laken herum, um eine bequeme Position zu finden. Obwohl das keine Rolle spielte. Ohne Vorwarnung packte James ihre Hüften, zog sie an sich und drang mit einem festen Stoß tief in sie ein.

Sie riss die Augen auf, und das Keuchen, das sich ihr entrang, verwandelte sich in ein Stöhnen. Sie hatte gedacht, dass sie in dieser Nacht Wonnen erlebt hatte. Aber jetzt erst wusste sie, wie sich Lust wirklich anfühlte. Der flüchtige Gedanke, dass er ihr später noch mehr zeigen würde, schwebte am Rand ihres Bewusstseins und erregte sie in unfassbarer Weise.

Jetzt jedoch war sie zu keinem zusammenhängenden Gedanken mehr fähig. James war in ihr, hart und heiß. Sie knüllte das Laken in ihren Fäusten zusammen, schob sich eine Falte in den Mund, um ihre Schreie zu ersticken. Sie wand sich unter der Reibung seines heißen Gliedes und schrie immer wieder auf, während seine Hände schwer auf ihren Pobacken lagen.

»Liebst du mich noch, Darling?«

Sie wusste nicht genau, welche Antwort sie stöhnte, aber sie schien ihn zu befriedigen. Er lachte leise, drückte sie auf das Bett, seine Brust auf ihrem Rücken, flüsterte ihren Namen, küsste ihr Haar.

Langsam, ganz langsam kehrte sie von diesem weitentfernten Ort der Lust zurück. Sie spürte wieder die zerwühlten Laken unter sich, die feuchten Kissen, die kühle Luft auf ihrer verschwitzten Haut. Er lag schwer auf ihr, aber es fühlte sich nicht unbequem an. Sie genoss es sogar, unter ihm zu liegen. Er war so stark und so wunderschön, dass sie sich am liebsten für den Rest ihres Lebens an ihn geschmiegt hätte.

Er zog sich erschöpft zurück und rutschte etwas von ihr herunter. Er verteilte zarte Küsse auf ihrer Haut.

»Können wir jetzt schlafen?«, flüsterte sie.

Sie fühlte seinen Atem auf ihrer Haut, obgleich sein Lachen zu leise war, als dass sie es hätte hören können. »Ja, Diana. Ich lasse dich jetzt schlafen.«

»Danke …«

Sie sank bereits in Morpheus' Arme und hörte seine Antwort kaum noch. »Gern geschehen, Darling.«

Dicke Scheiben Brot mit viel Ziegenkäse. Glänzende Orangen von den Bäumen aus dem Garten. Beeren, zu Marmelade eingekocht. Knusprig gebratener Schinken. Starker, frisch aufgebrühter Kaffee, mit Zucker und Rum gesüßt. James häufte sich alles, was er erreichen konnte, auf seinen Teller und schaufelte es in sich hinein, während die Sonne durch das Fenster des Frühstückszimmers schien und der Admiral so tat, als lese er eine Zeitung, die schon sechs Monate alt war.

Sie mussten viele Dinge besprechen, aber James war zu hungrig gewesen, um seine Fragen sofort richtig zu formulieren. So ausgehungert war er schon lange nicht mehr gewesen. Andererseits hatte er noch nie in seinem Leben eine ganze Nacht lang eine Frau wie Diana geliebt. Seine Barriere zwischen körperlicher Liebe und seinen Gefühlen war wie eine baufällige Mauer eingebrochen. Er hatte nie erfahren, wie erschöpfend und wundervoll es war, wenn man gleichzeitig Wonnen in den Lenden und Freude im Herzen erlebte.

Er hatte bereits die erste Portion Schinken verzehrt und nahm sich noch mehr. Ein Topf mit Minzgelee stand neben dem Teller. Er strich es sich auf sein Brot und griff dann nach der nächsten Scheibe.

»Mrs. Pringle ist eine ausgezeichnete Köchin«, bemerkte er.

Der Admiral klappte die obere Hälfte seiner Zeitung hinunter und sah James über den Rand hinweg an. »Dieses Schiff.«

James aß sein Brot auf und teilte dann eine Orange. »Was ist damit?«

»Es kam sehr gelegen, dass es genau in dem Moment auftauchte, als Ihr es brauchtet.«

»Sehr gelegen, ja«, stimmte James ihm zu,

Admiral Lockwood ließ seine Zeitung sinken. »Wie lange habt Ihr dieses kleine Abenteuer geplant?«

»Jahre.«

»Ihr sorgt dafür, dass die Zufälle für Euch arbeiten, meint Ihr das?«

»Ich versuche es zumindest.« Er formierte seine Orangenscheiben zu einer langen, leuchtenden Reihe. »Ihr habt auch Eure Geheimnisse, Admiral.«

»Was werdet Ihr jetzt tun?«

»Ich werde abreisen. Mit Mallory hier auf der Insel zu bleiben ist keine gute Idee. Ich habe ihn um Euretwillen verschont, was nicht heißt, dass ich nicht vielleicht doch die Beherrschung verliere und es erneut versuche.«

»Das dürfte überflüssig sein«, erwiderte der Admiral grimmig. James warf ihm einen fragenden Blick zu. »Mallory ist tot«, erklärte Lockwood. »Er hat heute Morgen fast die ganze Flasche Laudanum ausgetrunken.«

14. Kapitel

James hielt mitten in der Bewegung inne. Die Orangenscheibe schwebte direkt vor seinem Mund. Er ließ sie wieder sinken. »Zum Teufel!«

»Die Geschichte, die Ihr erzählt habt, ist schrecklich, James. Ich weiß im Grunde meines Herzens, dass Mallory sich geändert hat, aber auch Ihr habt recht. Seine Verbrechen waren durch nichts einfach auszulöschen. Er hat Euch bis ins Mark verletzt.« Der Admiral musterte ihn einen Moment. »Er hat mir gestern Nacht gesagt, dass er sich das Leben nehmen würde. Ich nehme an, das war das Beste. So konnte er wenigstens in Würde gehen.«

James verbarg sein Gesicht in der Handfläche. Er versuchte herauszufinden, was er empfand. Erleichterung, aber auch Ärger und Wut darüber, dass ihm die Entscheidung abgenommen worden war, durchströmten ihn. Er hob den Kopf. »Ich will nicht vorgeben, dass mir sein Tod leidtäte.«

»Ich habe befürchtet, dass Ihr wütend wärt, weil er Euch damit jede Chance auf Vergeltung genommen hat.«

»Ich habe meine Entscheidung gestern in der Höhle getroffen und ihn verschont, um Euretwillen und wegen Diana.«

»Dafür danke ich Euch. Ihr habt ihn seinen Frieden auf seine Weise machen lassen.«

»Macht mich nicht zum Helden. Ich war nur eine Haaresbreite davon entfernt, ihn zu erschießen. Wenn er sich nicht das Leben genommen hätte, wäre ich vielleicht in Versuchung geraten, ihn doch noch umzubringen. Nichts wäre einfacher gewesen.«

»Ich weiß.«

Sie sahen sich an. James wusste nicht, ob der Admiral ärgerlich war, erleichtert oder reumütig. Lockwood hob mit neutraler Miene die Zeitung wieder hoch. Was James an den Engländern nicht mochte, war die Art, wie sie allem mit einer eisernen Haltung begegneten, Kinn hoch, bloß keine Aufregung! Selbst bei wichtigen Dingen wie Leben und Tod und Liebe.

»Wir werden ihn heute Nachmittag auf dem Meer bestatten. Ich nehme nicht an, dass Ihr daran teilnehmen wollt.«

James presste die Lippen zusammen. »Besser nicht.«

»Also gut. Ihr habt übrigens meine Frage nach dem Schiff noch nicht beantwortet.«

Dieses Spiel konnte James mitspielen. »Es war eine französische Fregatte. Ich hatte den Kapitän gebeten, sich ein wenig in diesen Gewässern zu tummeln, aber auf Abstand zu bleiben, bis er mein Signal sah.«

»Warum ist er nicht gelandet? Ein französischer Kapitän müsste es doch wunderbar finden, wenn er auf eine Insel stößt, sei sie auch noch so klein, die einem Engländer gehört. Wir befinden uns immerhin im Krieg.«

James strich sorgfältig Weichkäse auf seinen Toast. »Ich habe ihm gesagt, dass ich ihm ein Signal geben würde, wenn er landen sollte. Wenn keines käme, sollte er weitersegeln.«

»Und Ihr habt ihm kein solches Signal gegeben?«

»Nein.«

»Ihr hättet gestern leicht mit ihm davonsegeln können.«

»Ich weiß. Aber ich habe noch etwas zu erledigen, bevor ich abreise.«

»Und das wäre?«, erkundigte sich der Admiral gespannt.

James ließ sich Zeit und verteilte den Weichkäse sorgfältig in den vier Ecken seines Brotes. »Ich wollte um Euren Segen bitten. Ich möchte Diana heiraten.«

Es wurde sehr still im Zimmer. James legte die Brotscheibe auf den Teller zurück, ohne davon abzubeißen. Der Admiral starrte ihn mit diesen blaugrauen Augen an, die genauso aussahen wie die seiner Tochter.

»Ihr wollt Diana heiraten.« Er musterte James noch eine Weile länger. »Warum?«

Diese Frage überraschte James ein wenig. Er hatte eher etwas erwartet wie: »Ihr solltet sie auch besser heiraten, verdammt!« Der Mann musste gehört haben, dass James sie die ganze Nacht geliebt hatte.

»Weil sie eine wunderschöne Frau ist«, antwortete er bedächtig, »und weil ich sie liebe.«

Der Admiral blinzelte einmal, aber sein versteinerter Blick milderte sich ein wenig. »Sie hat eine sehr unglückliche erste Ehe hinter sich, müsst Ihr wissen. Ich hätte das niemals billigen sollen. Aber Edward Worthings Kapitän hielt große Stücke auf ihn.«

James blickte hoch. »Ihr wollt sagen, er war ein Mann mit mit blendenden Aufstiegsaussichten.«

»Genau das hat mir der Kapitän gesagt. Warum ich geglaubt habe, dass eine brillante Karriere ihn Diana gegenüber freundlich stimmen würde, weiß ich nicht.«

»Ihr habt gehört, was ein Vater hören will. Ihr kanntet Edward Worthing nicht.«

Der Admiral senkte den Kopf. »Aber ich hätte ihn kennen sollen. Was das übrigens angeht: Von Euch weiß ich auch nur die Geschichten über Eure Heldentaten. Wie Ihr jedes Mal aufzutauchen scheint, wenn ein Schiff von Briganten angegriffen wird, es rettet und dann davonsegelt, ohne eine Belohnung einzufordern. Das ist der Stoff, aus dem Heldenlieder gedichtet werden.«

»Nicht von mir. Einige munkeln sogar, die *Argonaut* wäre ein Geisterschiff. Aber wir sind durchaus real.«

»Ich kann wirklich nicht behaupten, dass Ihr ein ehrlicher Mann wärt«, meinte der Admiral. »Weit gefehlt. Ihr lügt, um Eure Ziele zu erreichen, wie ehrenwert sie auch sein mögen. Aber ich habe Euch beobachtet. Ihr behandelt Isabeau sehr freundlich, habt Leutnant Jack das Leben gerettet und fasst die Wutanfälle meiner Tochter nicht als persönliche Kränkung gegen Euch auf.«

»Ich mag Dianas Ausbrüche. Sie ist wunderschön, wenn ihre Augen funkeln.«

»Sie sieht genauso aus wie ihre Mutter«, sagte der Admiral, und plötzlich wurden seine Augen feucht, und er musste den Blick rasch abwenden, um nicht endgültig in Tränen auszubrechen und seine Fassung zu verlieren. James nahm eine Orangenscheibe und schob sie sich in den Mund.

Die Tür ging auf, und Diana kam herein. James' Blick flog zu ihr, als würde er magisch zu ihr hingezogen. Der Admiral sah ebenfalls hoch und musterte sie prüfend. Diana wurde puterrot.

Sie hatte sich das Haar gekämmt und zu einem Zopf geflochten, aber kleine Locken fielen ihr über die Stirn. Ihr schlichtes Kleid war sauber und faltenlos, und ihr hohes Dekolleté wurde von Rüschen bedeckt. James hatte auf ihren

Brüsten Male hinterlassen. Sie glitt betont beiläufig zu ihrem Platz am Ende der Tafel.

»Wir haben gerade über dich geredet, Darling.«

Ihre Hand zitterte, als sie nach dem Brot griff. »Oh? Habt ihr kein interessanteres Thema gefunden?« Sie legte sich hastig zwei Scheiben Toast auf den Teller, strich Käse darauf, dann Marmelade und Minzgelee und Orangen und stopfte alles ebenso hungrig in sich hinein, wie James es getan hatte.

Der Admiral beobachtete sie, und sein Blick wurde weich. Der Mann liebt seine Tochter, dachte James, und er hat sie bereits einmal an einen Idioten wie Sir Edward verloren. Es würde ihm gewiss schwerfallen, sie ein zweites Mal zu verlieren.

»Wo wollt Ihr leben?«, fragte Lockwood James.

Diana erstarrte, während sie in den Toast biss.

James tat, als bemerke er es nicht. »In Charleston«, sagte er. »Und hier. Es gibt keinen Grund, Haven aufzugeben, nicht wahr?«

»Außer dass Ihr ein Gesetzloser seid«, erinnerte ihn der General.

»Nur in England. Und ich würde mich vielleicht überreden lassen, einige meiner extremeren, englandfeindlichen Tendenzen im Zaum zu halten.«

»Wie lange? England steht kurz vor einem Krieg mit Amerika.«

James zuckte mit den Schultern. »Wir werden sehen.«

»Außerdem müssen wir noch an Isabeau denken.«

»Über sie habe ich schon nachgedacht. Sie ist ein ganz entzückendes, gutes Kind. Ganz die Mama.«

Diana griff nach dem Messer. Die Röte auf ihrem Gesicht

war noch tiefer geworden. »Darf ich die Gentlemen vielleicht fragen, worüber ihr diskutiert?«

»Wo ist Isabeau heute Morgen?«, konterte James.

»Sie zieht sich gerade an. Wir haben schon früh im Meer gebadet.«

James' Verlangen erwachte schlagartig zum Leben, obwohl er angenommen hatte, es in der letzten Nacht befriedigt zu haben. Die Orangenscheibe schwebte reglos vor seinem Mund. Er stellte sich vor, wie sie ihr Kleid und die Hose auszog, in die Wellen watete und das Wasser über ihren nackten Körper spülen ließ. Verdammt. Er bedauerte, dass er das versäumt hatte.

»Vielleicht hat sie ja Lust, nachher spazieren zu gehen«, sagte er und spannte seine Muskeln an. »Mit uns.«

Diana warf ihm einen strengen Blick zu, während sie Marmelade auf ihren Toast strich. »Ich bin heute den ganzen Tag beschäftigt. Mrs. Pringle braucht meine Hilfe.«

»Diana«, begann ihr Vater.

Er wurde jedoch von Mrs. Pringle unterbrochen, die hereinkam und einen weiteren Servierteller mit geröstetem Brot auf den Tisch stellte. »Guten Morgen, Mylady. Heute seid ihr alle aber sehr hungrig.«

Dianas Gesicht war mittlerweile so feuerrot wie ihr Haar. »Wo ist Leutnant Jack?«, fragte sie hastig. »Er sollte doch mittlerweile aufgestanden sein.«

Mrs. Pringle nahm die leere Brotschale vom Tisch. »Als ich ihm Kaffee gebracht habe, sagte er, er fühle sich schlecht. Sein Kopf schmerzt wieder. Ich habe ihm geraten, ruhig liegen zu bleiben. Das hilft immer.«

Sie verließ das Frühstückszimmer, nicht jedoch ohne James vorher einen wissenden Blick zugeworfen zu haben. Als die

Tür ins Schloss fiel, sprang Diana auf und nahm einen Teller von der Anrichte. »Ich bringe ihm das Frühstück hoch.«

»Diana«, sagte der Admiral ruhig. »Setz dich. Ich möchte mit dir reden.«

Diana häufte Brot, Früchte und Schinken achtlos aufeinander. »Während Leutnant Jack verhungert? Das wäre sehr unhöflich, Vater. Diskutiert ruhig ohne mich weiter. Das habt ihr ja vorher offensichtlich auch getan.«

Sie flüchtete, Leutnant Jacks Frühstück in der Hand, und warf die Tür hinter sich zu.

Die beiden Männer sahen sich erstaunt an. Nach längerem Schweigen, währenddessen nur das Rauschen des Windes vor dem offenen Fenster zu hören war, bat der Admiral: »Erzählt mir von Eurem Heim in Charleston.«

James betrachtete die geschlossene Tür. »Es ist ein schönes Haus. Mein Großvater hat es erbaut. Man blickt direkt auf den Hafen. Es befindet sich bereits seit langem in den Händen meiner Schwester, also dürfte alles darin perfekt sein.«

»Hättet Ihr Raum für einen Besucher, einen englischen Admiral? Der sich zur Ruhe gesetzt und seine Arbeit beendet hat?«

»Ganz gewiss. Das Haus verfügt über zehn Schlafzimmer. Ich bin sicher, dass wir eins finden, das Eurem Geschmack entspricht. Honoria wäre gewiss höchst erfreut, Gastgeberin für eine so hohe Persönlichkeit wie einen Admiral zu sein. Und ich würde Eure Gastfreundschaft nur zu gern erwidern.«

Der Admiral seufzte. »Ich bin müde, James. Es war ein sehr langer Krieg. Ich dachte, ich würde hier ein Refugium finden, aber dann …«

»Dann kam ich vorbei«, beendete James seinen Satz. »Ich habe Euren Frieden gestört und Eure Tochter gestohlen.«

»Ich will nur ihr Glück. Sie hat genug Schlimmes durchgemacht. Edward hat ihr das Leben so schwergemacht, wie er nur konnte.«

James wollte gerade sagen, dass er Diana so glücklich machen würde, wie sie es zuließ, als sie wieder hereinkam. Der Teller war noch voll. »Vater«, sagte sie alarmiert. »Irgendetwas stimmt nicht. Ich kann Leutnant Jack nicht aufwecken.«

Alle drei sprangen auf, verließen das Frühstückszimmer und eilten die Treppe hinauf. Diana war so um den Leutnant besorgt, dass sie für den Moment nicht mehr an das beunruhigende Gespräch zwischen James und ihrem Vater dachte. James hatte ausgesehen, als glaubte er, dass Black Jack Mallory dem Leutnant etwas angetan hatte, bevor er aus dem Leben schied. Das war jedoch lächerlich. Mrs. Pringle hatte Mallory heute Morgen tot in seinem Bett gefunden, noch bevor sie mit dem Leutnant gesprochen hatte.

Als Mrs. Pringle Diana die Nachricht von Mallorys Selbstmord überbracht hatte, war Diana erleichtert gewesen, wofür sie sich schämte. Sie hatte den Mann, der sich Jessup nannte, zwar nicht so gut gekannt wie ihr Vater, aber er war loyal gewesen und ein Freund von Isabeau. Doch Diana war auch entsetzt und wütend gewesen, als sie gehört hatte, dass er Paul Ardmores Frau ermordet hatte.

Vielleicht konnte sein Tod etwas von dem schrecklichen Schmerz lindern, der in James fraß, möglicherweise würde er ihn ja sogar heilen.

Mrs. Pringle hatte sich um Mallorys Leiche gekümmert, während Diana Isabeau zum Baden mitgenommen hatte, damit sie nichts davon mitbekam. Ihre Tochter hatte geweint, als sie erfuhr, dass ihr Freund von ihnen gegangen war.

Jetzt stand Isabeau oben auf dem Treppenabsatz und sah Diana, James und ihrem Großvater ängstlich entgegen, als sie die Treppe hinaufstiegen. Sie drehte sich um und lief schnell den Flur vor ihnen entlang. Ihr fester Zopf schwang über ihren Rücken.

Jack bewohnte die kleine Kammer im hinteren Teil des Hauses, von der aus man auf die Klippe sah. Von einem schmalen Fenster aus hatte man einen Blick auf den Strand unter dem Garten. Die Kammer war bis zum Eintreffen der unerwarteten Besucher unbenutzt gewesen und war ebenso kärglich eingerichtet wie die von James: ein Bett, eine kleine Eckkommode und ein Waschtisch. Leutnant Jack lag vollkommen regungslos auf dem Bett.

Zuerst hatte Diana gedacht, dass er fest schlief. Er sah auch friedlich aus, nur war sein Gesicht kalkweiß.

James trat zu dem Kranken und legte seine Hand auf Jacks reglose Brust. Das hatte Diana auch getan, als sie ihn nicht hatte wecken können.

»Er atmet.« James packte seine Schulter und rüttelte ihn. »Jack. Kommt, wacht auf!«

Jacks Kopf rollte auf dem Kissen hin und her. Sein mittelblondes Haar wirkte dunkel vor seinem weißen Gesicht. James hob ein Augenlid und ließ es wieder sinken. Dann sah er den Admiral stirnrunzelnd an. »Das sieht nicht gut aus.«

Ihr Vater trat ebenfalls heran, während Diana sich auf die Lippe biss. »Diese Wunde war sehr schlimm. Ich fürchte, dass sie nicht heilt oder aber wir nicht ausreichend helfen können. Möglicherweise ist sie aber auch im Körper wieder aufgeplatzt.«

»Was können wir tun?«, wollte Diana wissen. Sie trat an das Fußende des Bettes. Der arme Leutnant Jack. Es war ihm nie richtig gutgegangen, und dann hatte sie ihn auch noch bei ihren Unternehmungen über die ganze Insel geschleppt. Sie war so von ihrer Sorge um James abgelenkt gewesen, dass sie auf den Leutnant nicht sonderlich geachtet hatte. Er hatte sein Gedächtnis immer noch nicht wiedererlangt. Obwohl er damit stets betont beiläufig umging, hatte sie den gehetzten Ausdruck in seinem Blick sehr wohl bemerkt.

Ihre Schuldgefühle quälten sie, während sie auf die Antwort ihres Vaters wartete.

James hatte Jacks Kopf auf die Seite gedreht und untersuchte die Stelle über dem Ohr, wo er sich verletzt hatte. Seine Miene war grimmig. »Er braucht einen Arzt.«

»Davon gibt es auf Haven nicht gerade viele«, antwortete ihr Vater ebenfalls düster.

Mrs. Pringle drängte sich hinter Diana in den Raum. Sie wirkte beunruhigt. »Ich hab gleich gemerkt, dass er irgendwie komisch aussah. Ich habe noch mit ihm gesprochen, nachdem Ihr und Isabeau hinabgegangen seid, Mylady.«

»Hat ihm der Kopf wehgetan?«, erkundigte sich James.

»Er sagte, es wäre ein sehr starker Schmerz«, bestätigte die Haushälterin.

James legte Jack die Hand auf die Stirn. »Die Wunde ist heiß, aber sein Gesicht ist kalt. Habt Ihr schon einmal trepaniert, Admiral?«

»Ich habe einmal dabei zugesehen, aus der Ferne. Der Chirurg war sehr fähig. Ich habe aber keine Ahnung, was er da gemacht hat.«

Diana rang die Hände. »Was ist Trepanieren?«

James war wieder kalt und abweisend. »Man bohrt Löcher in die Schädeldecke. Das lindert den Druck oder lässt die Körpersäfte hinausfließen. Ich weiß es wirklich nicht genau, aber es scheint zu funktionieren.«

»Könnt Ihr so etwas?«, erkundigte sich Dianas Vater.

»Ich habe immer einen Arzt auf meinem Schiff gehabt, der wusste, was er tat.«

»Ich ebenfalls.«

Die beiden Kapitäne sahen sich an. »Wir könnten es wenigstens versuchen«, meinte Lockwood schließlich.

»Wahrscheinlich würden wir ihn umbringen. Ich wüsste jedenfalls nicht einmal, wo ich den Bohrer ansetzen sollte.« Er musterte den Admiral. »Aber Ihr habt ein Boot.«

Die Miene des Admirals hellte sich auf. »Eure französische Fregatte!«

»Vielleicht. Falls ich sie mit der Gig einholen kann. Oder ich schaffe es bis nach Plymouth. Das sind etwa hundert Seemeilen, richtig? Vermutlich würde ich irgendwo unterwegs auf ein Schiff stoßen. Wahrscheinlich sogar auf mehrere.«

»Englische Schiffe, die Euch nur allzu gerne gefangen nehmen«, erwiderte Dianas Vater nachdrücklich. »Ich sollte besser gehen.«

»Ich kann aber schneller und weiter segeln als Ihr«, widersprach James. »Und Diana braucht Euch hier.«

»Mit anderen Worten, ich bin zu alt?«, fuhr der Admiral ihn an.

James' Miene verhärtete sich. »Wenn Ihr es so ausdrücken wollt. Hier geht es nicht um Stolz, sondern um Jacks Leben.«

Lockwood gab nach. Diana ballte die Fäuste. »Wenn ihr beiden Gentlemen die Meinung von jemand anderem hören wollt: Ich glaube, ihr seid beide verrückt geworden.«

James sah sie aus zusammengekniffenen Augen an. »Ich bin mir vollkommen darüber im Klaren, was du denkst. Aber es gibt keine bessere Lösung.«

»Ich könnte segeln. Ich kann dieses Boot genauso gut navigieren wie jeder Seemann. Das habe ich bereits oft genug unter Beweis gestellt.«

»Nein!«, antworteten James und der Admiral gleichzeitig.

Diana biss die Zähne zusammen. »Ich bin eine ausgezeichnete Seglerin und habe bei den Besten gelernt.« Sie warf ihrem Vater einen vielsagenden Blick zu. »Und außerdem werde ich nicht von der britischen Marine gesucht.«

James maß sie mit einem kühlen Blick. »Ganz sicher?« Bevor Diana Luft holen konnte, um ihm eine passende Antwort zu geben, fuhr er fort: »Ich bin sicher, dass jede Mannschaft entzückt wäre, wenn sie dich allein in einem kleinen Boot ›retten‹ könnte, dich, rothaarig und offensichtlich in einer Notlage. Außerdem, was soll aus Isabeau werden, wenn du untergehst wie ein Stein?«

Sie verstummte, aber ihr Gesicht glühte. James hatte recht. Wenn ihr etwas geschah, bedeutete das, dass sie Isabeau Schaden zufügte. Außerdem jagten ihr James' Bemerkungen über eine Schiffsmannschaft, die sie allein auf dem Meer fand, einen kalten Schauer über den Rücken. Sie war Admiral Lockwoods Tochter, gewiss, doch in diesen Gewässern kreuzten nicht nur englische Schiffe.

»Willst du behaupten«, stieß sie erstickt hervor, »dass du gehen solltest, weil es niemanden interessiert, wenn du stirbst?«

James betrachtete sie einen Moment. »Ich glaube, genau das wollte ich sagen, ja.«

»Du bist ein verdammter, überheblicher Narr, James Ardmore!«

»Du wiederholst dich.«

Er richtete sich auf, ging zur Tür und verließ das Zimmer. Die vier anderen blieben stehen und sahen ihm nach, bis Diana schließlich dämmerte, was er vorhatte.

Sie schob sich an ihrem Vater und Mrs. Pringle vorbei und stürmte ebenfalls hinaus. Sie hörte, wie Isabeau ihr folgen wollte und ihr Vater das Mädchen zurückhielt.

Diana hastete die Treppe hinunter und rannte durch die Haustür, die James hinter sich offen gelassen hatte. Er war nicht weggegangen, um die anderen in Ruhe ihr Vorgehen diskutieren zu lassen. Er beabsichtigte nicht etwa, ihnen taktvoll Zeit zu geben, eine Entscheidung zu treffen. Sondern er ging zur Bucht und machte das Boot fertig zum Ablegen.

Er konnte sehr schnell und entschlossen reagieren, wenn er wollte. Sie hatte es in der Höhle erlebt, als er das Waffenlager im Meer versenkt hatte. Als sie das Gartentor zum Strand erreichte, richtete sich James bereits von der Zisterne auf, an der er zwei Wasserschläuche gefüllt hatte. Sie raffte ihre Röcke und lief zu ihm. Sie wusste, dass er ihr Rufen hörte, aber er drehte sich nicht um.

Sie stürmte ihm nach, zum Strand und zur Bucht. Als sie ihn erreichte, hatte er das Boot bereits losgebunden. Sie packte den Dollbord und hielt sich keuchend fest. »James!«

Er rollte weiter die Taue zusammen und warf sie ins Boot.

»Ich komme mit!«, verkündete sie.

Er drehte sich um und musterte sie von oben bis unten. Sie erwartete eine sarkastische Bemerkung oder dass er sie über die Schulter warf, sie irgendwohin schleppte und dort fesselte. Das war ihm durchaus zuzutrauen, so kalt und unnachgiebig, wie der Blick seiner grünen Augen war.

Er warf ein weiteres Tau ins Boot. »Einverstanden. Dann komm.«

Sie hatte schon den Mund geöffnet, um seinen Einspruch zu entkräften, hielt dann jedoch inne. Hatte sie richtig gehört? Er sah sie gleichmütig an, kehrte ihr den Rücken zu und schob die Gig ins Wasser.

Sie kletterte über den Dollbord und setzte sich auf die Bank, als die erste Welle gegen den Bug klatschte. James löste weitere Leinen und rollte sie zusammen, als würde er sie nicht bemerken.

»Warte!«, rief sie und stand auf. »Niemand weiß, dass ich wegfahre. Ich muss es ihnen sagen.«

Er ließ sich in seiner Arbeit nicht stören.

»James!«

Er sah sie an. Ohne seine Miene zu verziehen, legte er das letzte Tau ins Boot und kletterte hinter ihr hinein. Er bückte sich, hob ihre Röcke hoch und griff nach dem Bund ihrer Hose.

»Was hast du vor?«

»Ich ziehe dir das hier aus.« Er öffnete die Zugschnur und ignorierte ihre Versuche, ihn daran zu hindern. Dann zerrte er die Hose rücksichtslos über ihr Gesäß herunter und zog sie ihr aus. Während er sich aufrichtete, ballte er das Kleidungsstück zu einer Kugel und schleuderte es auf den Strand.

Die Hose landete mit einem Klatschen im nassen Sand und bewegte sich in der Brise.

»James!«

»Vermutlich können sie sich denken, dass du mit mir gesegelt bist, wenn sie das finden.« Er betrachtete sie ungerührt. Seine Augen waren hart wie Glas.

Diana starrte ihn ungläubig an. Seine Miene war vollkommen ausdruckslos. Sie wusste nicht, ob er sie verspottete, ob er triumphierte oder einfach nur wütend war. Der Strand fiel immer weiter hinter ihnen zurück, und das Stoffstück war nur noch ein einsamer, kleiner Klumpen im Sand.

Diana klappte den Mund zu und warf James einen finsteren Blick zu. »Ach, zur Hölle damit!«

Ohne ein weiteres Wort zu verlieren, trat er an den Mast und setzte das Segel.

Ihr Vater hatte einen Sextanten, einen Kompass und eine Karte unter der Bank an der Ruderpinne verstaut. Während James sich mit dem Segel abmühte, blaffte er Diana an, das Boot auf Kurs Nordnordost zu halten.

Sie wusste, dass er sie auf die Probe stellen wollte, ob sie wirklich so gut navigieren konnte wie ein Leutnant. Sie hielt den Sextanten an den Horizont, blickte daran vorbei, las die Position ab, warf einen Blick auf den Kompass und die Karte und bediente das Ruder.

James hatte das Segel gesetzt und richtete es nach dem Wind aus. Das kleine Boot schwankte, als es die schützende Bucht verließ und in die Dünung segelte. Dann band James das Segel fest und tastete sich zum Heck vor. Der Wind fing sich in seinem Haar, das während seines Aufenthaltes auf Haven noch länger geworden war, und die Sonne ließ das Schwarz glänzen.

James nahm den Sextanten, überprüfte die Position und warf dann einen Blick auf die Ruderpinne. Diana hob eine Braue. »Siehst du? So gut wie jeder Leutnant.«

James antwortete nicht. Er setzte sich auf die Bank vor ihr

und hielt die Leinen des Segels, um es zu straffen oder Tau nachzugeben, je nachdem wie der Wind sich drehte.

Diana betrachtete seinen Rücken unter dem Gehrock. »Du glaubst sicher, dass eine Frau auf einem Boot nicht von Nutzen sein kann?«

Er warf ihr einen kurzen Seitenblick zu und ließ sich schließlich zu einer Antwort herab. »Ich hatte mehrere Frauen auf meinem Schiff. Jetzt ist nur noch eine dabei. Ihr Ehemann hat ihr die Seefahrt beigebracht, und sie ist verdammt gut. Eine meiner Besten.«

»Was ist mit ihrem Gatten passiert?«

Er zuckte mit den Schultern. »Ich glaube, sie hat ihn umgebracht. Er war ein Freibeuter und hat sie nur aus Spaß grün und blau geprügelt. Ich habe sie nie direkt danach gefragt.«

Sie verdaute diese Mitteilung schweigend. »Wenn ich mit dir gegangen wäre, als du mich darum gebeten hast«, fragte sie schließlich, »hättest du dann von mir erwartet, dass ich mich in deine Mannschaft eingliedere?«

Er sah sie über die Schulter hinweg an. »Nein. Aber wenn ich herausgefunden hätte, dass du navigieren kannst, hätte ich dich zu Henderson auf das Achterdeck beordert.«

Sie stellte sich dieses Leben vor. Am Tag Karten markieren und Positionen bestimmen, auf Isabeau aufpassen, während das kleine Mädchen auf dem Schiff herumlief. Und in der Nacht in seinen Armen liegen und aus dem Fenster der Kapitänskajüte den Sternen nachblicken.

»James.«

Er machte das Tau los, stand auf und entrollte ein weiteres.

»Hattest du viele Frauen auf deinem Schiff?«

»Etwa zehn. Im Laufe der Jahre.«

»Waren sie deine Geliebten?«

Er antwortete nicht sofort. »Warum willst du das wissen?«

»Ich will es einfach.«

Der Wind wehte ihm das Haar in die Augen, und er strich es sich achtlos aus der Stirn. »Zwei.«

»Erzählst du mir von ihnen?«

»Nein.«

Sie beobachtete ihn in dem schaukelnden Boot. Sein Blick war undurchdringlich.

Schließlich zuckte sie kühl mit den Schultern. »Spielt keine Rolle.«

James wandte sich ab und straffte das Segel. Diana fröstelte. Der Wind auf dem offenen Meer war beißend, obwohl die Sonne schien. Bald würde sie einen Sonnenbrand haben.

Sie zwang sich dazu, nicht länger über das nachzudenken, was James gerade gesagt hatte, und öffnete das Fach unter der Bank, in dem sie den Sextanten gefunden hatte. Sie riss einen Strickpullover heraus und zog ihn sich über den Kopf. Als sie versuchte, die Arme hindurchzustecken und gleichzeitig das Ruder festzuhalten, verhedderte sie sich. Ihr Kopf steckte in der Schulterpartie des Pullovers fest.

Eine kräftige Hand befreite sie. James setzte sich neben sie und hielt den Ärmel fest, so dass sie ihre Hand hindurchschieben konnte. Sie zupfte an dem Pullover herum, bis er richtig saß, und holte dann tief Luft. Das Kleidungsstück hielt den Wind etwas ab und wärmte ihr Brust und Rücken.

James schlang den Arm um sie und zog sie an sich. »Ich

bin froh, dass du mitgekommen bist«, flüsterte er in ihr Haar.

Sein Arm an ihrem Rücken fühlte sich warm und stark an. »Ich meine aber gehört zu haben, dass du vehement dagegen protestiert hast«, entgegnete sie.

»Ich war dagegen, dass du allein segelst, was tatsächlich Wahnsinn gewesen wäre. Aber zwei Personen können das Boot besser führen als eine. Ich würde sagen, wir können eine durchschnittliche Geschwindigkeit von fünf Knoten halten. Wenn das Wetter uns keinen Streich spielt, sind wir morgen früh in Plymouth.«

»Es wäre auch idiotisch von dir gewesen, allein zu segeln. Was passiert, wenn du an Land gehst und dann mit deinem Akzent nach einem Arzt fragst? Du würdest dich verraten, sobald du den Mund aufmachst.«

»Ich kenne Leute in Cornwall, die mir helfen würden. So wie in Kent, letztes Jahr.« Er lächelte sie schwach an. »Für gewisse Gegenleistungen.«

Er war rasiert und roch nach Seife. Der Blick seiner grünen Augen wärmte sie. »Gegenleistungen? Hast du für sie Piraten gejagt?«

»Sagen wir, wir teilen eine gemeinsame Abneigung gegen englische Fregatten, die überall herumschleichen.«

»Es sind also Schmuggler?« Sie seufzte resigniert. »Das hätte ich mir denken können. Deine Welt ist das glatte Gegenteil von meiner, James Ardmore.«

»Das sind sehr aufrechte Menschen, jedenfalls verglichen mit deinem ehrenwerten Kapitänsgemahl.«

Insgeheim stimmte sie ihm zu. Wenn seine Freunde Leutnant Jack helfen konnten, würde sie das bisschen Schmuggelei übersehen. Sie wusste, dass es für die armen Menschen an der Küste oftmals die einzige Möglichkeit war, sich etwas zu essen zu verdienen. Natürlich war James Ardmore für solche Menschen ein Held.

Sie richtete das Ruder neu aus, als der Wind umschlug. James zog ein Tau straff. Dann setzte er sich wieder zu ihr und zog sie an seine Brust. Sie fühlte seinen Herzschlag an ihrem Rücken, langsam und gleichmäßig. Er hatte Reisen wie diese gewiss schon Hunderte Male gemacht, war bei seinen Missionen über das offene Meer gesegelt, hatte Piraten überlistet oder britischen Fregatten zugesetzt.

Er legte seine große Hand auf ihren Bauch. Sie fühlte ihre Wärme durch den Pullover. Wäre der Grund ihrer Fahrt nicht so düster und die Gefahr nicht so groß, dann würde sie es lieben, allein mit ihm unter der Frühlingssonne zu segeln und dabei geborgen in seinen Armen zu liegen. Es wäre himmlisch, gemeinsam die Abenteuer zu bestehen, die auf sie warteten.

Natürlich war dieses Gefühl nur eine Illusion. Wenn sie es bis Plymouth schafften und einen Arzt für Jack fanden, würde James sie einfach zurückschicken und wieder auf sein eigenes Schiff gehen.

Seine Mission, Black Jack Mallory zu finden, war erfüllt. Er hatte keinen Grund, auf Haven zu bleiben.

»James?«, fragte sie nachdenklich. »Warum bist du allein nach Haven gekommen?«

Er küsste ihr Haar. »Ich habe Schiffbruch erlitten, schon vergessen? Ich hatte keine große Auswahl.«

»Aber warum hat deine Mannschaft dich nicht mit der *Argonaut* gerettet? Sind deine Männer so gleichgültig, dass sie dich auf der Insel eines englischen Admirals einfach stranden lassen? Sie hätten das Meer nach dir absuchen müssen. Dein irischer Leutnant wirkte jedenfalls fähig genug, dich zu finden.«

Er antwortete erst ein paar Herzschläge später. »Die *Argonaut* hat etwas anderes zu erledigen.«

»Aber du hättest mit ihnen gehen können, was auch immer sie gegen die englische Marine unternehmen und du mir nicht sagen willst, und dann Black Jack Mallory jagen. Warum wolltest du es allein tun?«

Sie erwartete, dass er sie anknurren oder einfach nicht antworten würde. »Ich musste das selbst tun«, erwiderte er jedoch.

»Aber du hast ihn am Leben gelassen.«

Seine Hand um das Seil verkrampfte sich, bis die Knöchel weiß hervortraten. »Ja. Und jetzt ist es vorbei.«

Seine Stimme klang monoton, emotionslos. Diana drehte sich in seinem Arm um und sah zu ihm hoch. Sein Blick war ebenso ausdruckslos, starr und leer, wie er letzte Nacht gewesen war, als sie ihn beim Waschen beobachtet hatte.

Sie wurde wütend, um nicht unter seiner Trauer zu leiden. »Wie kannst du so davon reden, als würde das keine Rolle spielen?«

In seinen grünen Augen flackerte Ärger auf. »Weil es das nicht tut. Hätte es Pauls Frau und Kinder wieder lebendig gemacht, wenn ich Black Jack getötet hätte? Oder das Leben meines Bruders zurückgebracht und seine Fröhlichkeit? Niemals. Ganz gleich wie viele Piraten ich auch zur Strecke bringe, für ihn ist es zu spät.«

Die trostlose Gewissheit in seinen Worten ging ihr zu Herzen. »Du hast immerhin versucht, sie zu rächen«, sagte sie.

»Rache ist Zeitverschwendung. Das wusste ich. Schon

sehr lange. Aber ich musste ihn trotzdem verfolgen. Mir blieb einfach keine andere Wahl.«

Sie erinnerte sich an ihre eigene, billige kleine Rache an einem Ehemann, der sie, wie sie wusste, niemals lieben würde. Sie hatte all ihre Verehrer ermutigt und sich höchst skandalös benommen, um Sir Edward Worthing dafür zu bestrafen, dass er sie missachtete. Aber ihre Spielchen hatten ihn ihr nicht nähergebracht, ihn nicht veranlasst, sie so zu behandeln, wie ein Ehemann ihrer Meinung nach mit seiner Frau umgehen sollte.

»Es gibt immer eine Wahl«, erwiderte sie leise. »Und wir beide haben uns für die Rache entschieden.«

Er sah sie finster an und zog seine bemerkenswerten, schwarzen Brauen zusammen. Diana streckte die Hand aus und strich mit den Fingerspitzen über sein Gesicht. Dann legte sie ihre Hand auf seine Wange und lehnte ihre Stirn dagegen.

James sagte kein Wort, und auch seine Miene änderte sich nicht. Als er das nächste Mal aufstand, um das Segel festzumachen, kehrte er nicht neben sie zurück, sondern blieb auf der Mittelbank sitzen und starrte brütend aufs Meer hinaus.

15. Kapitel

Am frühen Morgen zogen sie das Boot auf einen Strand in der Nähe von Plymouth. Diana schlief fast im Stehen. Sie stolperte hinter James her, als er sie halb führte, halb hinter sich her über den Kies zerrte, den einladenden gelben Lichtern entgegen.

Sie wollte nur noch auf ein Bett fallen und ausruhen und hoffte, dass James' Freunde, oder mit wem auch immer er da sprach, sie in diese verlockend warmen Räume ließen und ihr erlaubten zu schlafen. Aber nein, sie marschierten weiter den Strand hinauf. Die Person, mit der James gesprochen hatte, ging voran und sprach in einem kaum verständlichen Dialekt.

Sie kamen in ein dunkles Dorf, wo sie in einer Herberge mit noch mehr gelben Lichtern von einer korpulenten Frau, der fast alle Zähne ausgefallen waren, empfangen wurden. Sie führte sie ein schmales Treppenhaus hinauf. Diana musste sich an den Wänden festhalten, damit sie nicht die Stufen rückwärts hinabfiel. Aber James war hinter ihr. Er stützte sie, würde sie nicht fallen lassen.

Ein Raum, ein Salon mit einem Kamin, einem Tisch und einem großen, breiten Bett mit Vorhängen.

Diana wusste nicht mehr, warum sie hier war oder auch nur wo sie sich überhaupt befand. Ihre Gedanken kreisten um die Ereignisse des Jahres zuvor. War seitdem Zeit vergangen? Vielleicht hatte sie das dazwischenliegende Jahr ja nur geträumt, befand sich immer noch in diesem gemütlichen Zimmer, in dem sie so verzweifelt mit James Ardmore gestritten hatte, während sie sich nur nach einem sehnte: dass er sie immer und immer wieder küsste.

James hob sie in seine Arme und legte sie auf das Bett. Eigentlich sollte Suppe auf dem Boden liegen, daran erinnerte sie sich noch, aber vielleicht hatte jemand sie weggewischt.

James zog ihr die Stiefel aus und zog eine Decke über sie. Dann wandte er sich ab.

Sie hob schläfrig die Arme. Er zögerte. »Willst du, dass ich bleibe?«, fragte er leise in seinem melodiösen Akzent, den sie so liebte.

Sie konnte nur nicken, weil sie zu müde war, etwas zu sagen. Er seufzte, fast missbilligend. »Also gut.«

Er zog sich aus. Sie kämpfte mit dem Schlaf, während sie ihm zusah, bis er schließlich nackt und wunderschön in dem flackernden Licht des Kamins dastand. Es fiel auf seine Muskeln und glänzte auf den Bartstoppeln in seinem Gesicht.

Er legte sich zu ihr unter die Decke und glitt mit seinem warmen Körper neben sie. Dann legte er einen Arm über ihren Bauch und zog sie an sich. Glücklich murmelte sie vor sich hin und überließ sich dem Schlaf.

James beobachtete sie in ihrem Schlummer. Ihre klugen Fragen auf dem Boot hatten ihn aufgewühlt. Sie hatte ihm schon immer direkt ins Herz blicken können, selbst letztes Jahr, als er sie entführt und sie so wütend gemacht hatte. Es wäre besser für ihn, wenn er sie verließe, sich eine Lady suchte, die ihn gar nicht kannte, sich körperlich befriedigte und Diana Worthing vergaß.

Nur war das nicht sehr wahrscheinlich.

Es war eine ruhige Nacht. Das Dorf lag etwa eine Meile vom Strand entfernt, zu weit um das vertraute Rauschen und Zischen der Brecher zu hören, die auf den Strand schlugen. Er hatte einen Freund im Dorf benachrichtigt, Augustus Tolliver. Was für ein Name für einen Mann, der Fischnetze flickte. Aber er ging natürlich noch einer zweiten Beschäftigung nach, wie fast alle Menschen an dieser Küste. Augustus hatte nach einem Arzt aus Plymouth geschickt, der zweifellos nach dem Frühstück morgen früh hier eintreffen würde.

James war versucht gewesen, nach Neuigkeiten über die *Argonaut* zu fragen, aber er vertraute Augustus Tolliver und seiner Frau nicht sonderlich. Für eine Handvoll Münzen würde der Mann alles tun, und James wollte vermeiden, dass sich herumsprach, dass er von seiner Mannschaft getrennt war. Er würde morgen diskret Erkundigungen einziehen. Er hatte zwar sein verabredetes Treffen mit der *Argonaut* um mehrere Wochen verpasst, aber O'Malley und Henderson würden sich zweifellos eine Weile in dieser Gegend aufhalten.

James' Lider wurden schwer, aber er wollte nicht schlafen. Er musste wach bleiben, wenn Tolliver mit der Antwort auf seine Botschaft zurückkehrte, und außerdem konnte er sich nie entspannen, wenn er in England war. Dianas Einladung, neben ihr zu liegen, hatte er zuerst ablehnen wollen, weil er wach und aufmerksam bleiben wollte. Es wäre das Beste, wenn er die *Argonaut* finden und Diana sicher an Bord bringen könnte. Dann würde er den Arzt für Leutnant Jack absetzen, und er und Diana waren endlich allein.

Dann würde er ihr zeigen, was er wirklich für sie empfand.

Er vertrieb sich die Zeit damit, sich auszumalen, wie er sie davon überzeugen konnte. Was sie in der Nacht zuvor getan hatten, war nur der Anfang gewesen. Er wollte sie lehren und unterweisen, bis er alles ausprobiert hatte, was er wusste, und dann würden sie selbst ein paar Dinge gemeinsam entdecken. Er hatte da einige Bücher gelesen …

Als seine Phantasie schließlich aufgab, dachte er einfach an ihr wundervoll duftendes Haar, den Honig zwischen ihren Schenkeln oder wie ihre Stimme auf der Höhe ihrer Erregung brach. Sie besaß so viel Leidenschaft. Gestern Nacht hatte er nur die Oberfläche berührt. Er wollte tief in diese Wonne hineintauchen, jedes Stückchen Feuer aufspüren und ans Licht zerren.

James wollte nicht schlafen. Aber das war die Gefahr, wenn er sich den köstlichen Gedanken an Diana hingab. Er merkte nicht einmal, dass er eingedöst war, bis heiße Küsse ihn aus dem Schlummer auftauchen ließen.

Die Gedanken, mit denen er in einen traumlosen Schlaf gesunken war, hatten ihn hart wie Stein gemacht, was noch immer anhielt. Jetzt ließ er die Augen geschlossen und genoss das Spiel ihrer Lippen auf seinem Körper. Ihr langes Haar strich ihm über Brust und Arme, und sie bedeckte ihn mit Küssen.

Er strich ihr durchs Haar. »Guten Morgen, Diana.«

Sie hob erschreckt den Kopf. »Ich wollte dich nicht wecken.«

Er hob den Arm, schlang ihn um sie und zog sie an sich. »Du wolltest über mich herfallen, während ich schlafe?«

»Vielleicht.«

»Dann tut es mir leid, dass ich aufgewacht bin. Vielleicht hätte ich einige schöne Träume gehabt.«

»Du hast aber nicht ausgesehen, als würdest du etwas Angenehmes träumen. Dein Gesicht wirkte furchtbar angespannt.«

Er glättete ihr Haar. »Ich kann mich nicht erinnern. Vermutlich habe ich mir Sorgen gemacht, weil wir hier übernachten.« Er warf einen Blick zum Fenster. Der Himmel wurde gerade erst grau.

»Wir hätten unter einer Hecke schlafen können«, meinte Diana. Sie legte ihren Kopf auf seine Schulter und streichelte die Muskeln an seinem Hals. »Wie Gesetzlose.«

»Das wäre nass und ungemütlich gewesen. Und du hättest nicht angefangen, mich zu küssen.«

Sie fuhr mit der Hand über seine Brust. »Also gefällt es dir, wenn ich das tue?«

»Ja.«

Sie küsste die Stelle, an der ihre Finger gewesen waren, und dann drückte sie einen zarten Hauch in seinen Bauchnabel.

James knurrte zufrieden. »Das ist gefährlich.«

»Du sagst doch immer, ich wäre eine gefährliche Frau.« Sie leckte die blasse Haut unter seinem Nabel, die normalerweise von seiner Hose bedeckt wurde. Ihr langes Haar streifte seine Erektion, die um ihre Berührung bettelte. Wenn sie nur hinsehen würde.

James ballte die Hände zu Fäusten. Er erinnerte sich daran, wie er in dem Bett auf Haven aufgewacht war, mit einer bandagierten Seite und Diana, die das Laken glättete. Damals hatte er gedacht, dass diese Frau einen primitiven, archaischen Trieb in einem Mann auslösen konnte. Das hatte sie damals vermocht und tat es auch jetzt. Die Leidenschaft strömte wie Feuer durch seine Adern.

Er hielt den Atem an. Sie küsste ihn weiter, arbeitete sich

an seinem Körper herab. Ihr Atem strich über die Spitze seiner harten, steifen Männlichkeit. Er zuckte zusammen, als hätte sie ihn mit heißer Suppe übergossen.

Sie hob den Kopf. »Ich weiß nicht genau, wie ich dir Freude bereiten soll«, flüsterte sie.

Sie errötete. Seine süße, wilde Frau stammelte schüchtern.

»Du machst das ganz ausgezeichnet«, erwiderte er heiser. »Tu, was du möchtest. Ich bin sicher, es wird mir sehr gefallen.«

»Du wirst mich verspotten. Das machst du immer.«

»Ich versichere dir, danach steht mir im Moment keineswegs der Sinn.«

Sie lächelte ein wenig triumphierend. »Du begehrst mich wirklich.«

»Ich dachte, das wäre offensichtlich!«

Sie wirkte wieder schüchtern. »Ich meine, ich begehre dich und du begehrst mich. Aber normalerweise klappt das nicht immer so.«

Sein Herz hämmerte heftig, und sein Blut fühlte sich an wie geschmolzenes Metall. »Dann haben wir Glück.«

Erneut strich ihr Haar über seine Erektion, seidig und warm, wie zarte Finger. Gleich würde er explodieren.

Sie sah ihn vorwurfsvoll an. »Ich schütte dir mein Herz aus, James. Du könntest wenigstens Interesse vortäuschen.«

»Wovon zum Teufel redest du?« Er war vollkommen auf sie konzentriert, nur auf sie. Auf ihre Stimme, ihre Lippen, ihre Zunge, ihren Duft. Er würde sich gleich in eine lüsterne Bestie verwandeln.

»Du sprichst so beiläufig von unser beider Verlangen. Als würde ich dir eine interessante Wolke am Horizont zeigen.«

Sie musste verrückt geworden sein. »Ich versuche, mich wie ein Gentleman zu benehmen, Diana. Du bringst mich fast um.«

»Warum? Was habe ich getan?«

»Willst du, dass ich aufhöre, höflich und vornehm zu sein?«

»Wenn du dann sagst, was du wirklich denkst, ja.«

Seine Glieder zitterten. »Bist du sicher? Es gefällt dir vielleicht nicht.«

»Warum sollte es mir nicht gefallen?«

»Ah, zu spät!«

Er packte ihre Schultern und stieß sie zurück aufs Bett. Die Strohmatratze knisterte, als sie beide schwer auf ihr landeten, James auf Diana. Er erhaschte einen flüchtigen Blick auf ihre weit aufgerissenen Augen, dann küsste er sie mit einer solchen Gier und drückte sie so tief in die Matratze, dass er glaubte, das Bett würde gleich auseinanderbrechen.

Zu spät, Liebes. Er riss an den Haken ihres Mieders. Sie gaben zögernd nach, und der dünne Stoff zerriss. Er presste seine Lippen auf ihren Busen. Diana schlang ihre Arme um ihn, krallte ihre Finger in sein Haar.

Er riss ihren Rock hoch, froh, dass er daran gedacht hatte, ihr diese störende Hose auszuziehen. Selbst in dem dämmrigen Licht sah er das leuchtendrote Haar zwischen ihren Schenkeln, das vor Feuchtigkeit schimmerte.

»Willst du mein Begehren schmecken?«, flüsterte er. Sie murmelte etwas Unverständliches, aber er hatte eigentlich auch keine Antwort erwartet. »Du solltest keine Wünsche äußern, Darling. Könnte sein, dass es dir nicht gefällt, wenn sie in Erfüllung gehen.«

Die letzte Nacht war nichts gewesen im Vergleich zu dem,

was er jetzt empfand. Durch seine Adern strömte eine Gier, die er schon seit Jahren nicht mehr gefühlt hatte. Er hatte sich sehr, sehr lange nicht mehr gehen lassen.

Er spreizte ihre Schenkel und küsste ihr rotes Vlies. Sie keuchte laut, als er mit der Zunge in sie eindrang. Sie schmeckte süßer als Wein. James bemühte sich nicht, zärtlich und zurückhaltend zu sein. Seine Finger gruben sich in ihre Haut, und während er sie mit der Zunge liebkoste, streichelte er sie mit den Daumen.

Diana wand sich auf dem Bett und krallte sich in den Laken fest. Dann griff sie wieder in sein Haar. Auch sie war nicht gerade sanft.

Er trank sie, drang immer weiter mit der Zunge in sie ein. Er fühlte, wie ihr Höhepunkt begann, spürte das heftige Pulsieren. Sie bog sich ihm entgegen und rang laut stöhnend nach Luft. Er richtete sich auf, rutschte an ihr hoch und drang mit einem einzigen Stoß tief in sie ein. Sie umschlang ihn mit den Armen und drückte ihn fest an sich. Ihre Münder fanden sich. Er stieß einmal zu, zweimal, dreimal, dann kamen sie gemeinsam.

»Diana!«

Ihr Gesicht war verzerrt, und sie hatte die Augen fest geschlossen. Ganz langsam schlug sie die Lider auf. Ihre Augen waren dunkelblau und trunken vor Leidenschaft. »James«, ihre Stimme klang brüchig, »ich liebe dich so sehr. Ich hasse es, dich zu lieben, aber ich kann es nicht ändern.«

Tränen rannen ihr die Wangen hinunter. Er pumpte seinen Samen tief in sie hinein, ließ sich auf ihren Körper sinken und küsste ihr die Tränen von den Wangen.

»Heirate mich, Diana.«

Sie wäre fast in die Luft gesprungen, kehrte ihm jedoch weiter den Rücken zu. Sie fuhr fort, sich anzuziehen, und tat, als hätte sie ihn nicht gehört.

Nach ihrem wilden Liebesakt war Diana in einen traumlosen Schlaf gesunken. Als sie aufwachte, war sie allein, und die Sonne stand bereits hoch am Himmel.

Eilig sprang sie aus dem Bett. Ihr Kleid lag auf dem Boden. Sie hob es auf, schüttelte es aus und streifte es sich über den Kopf. Einer ihrer Strumpfhalter war zerrissen. Sie band ihn über ihre Strümpfe, aber sie würde ihn reparieren müssen. Doch das war nicht alles. James hatte den Schlitz in ihrem Mieder eingerissen und blaue Flecken auf ihren Oberarmen und Schenkeln hinterlassen. Sie konnte sich vorstellen, dass auch er blaue Male auf den Armen und Kratzspuren auf dem Rücken hatte.

Als sie ihn hereinkommen hörte, vollkommen gelassen natürlich, konnte sie ihn plötzlich nicht ansehen.

»Ich habe Brot geholt«, verkündete er. »Es ist zwar kein sonderlich reichhaltiges Frühstück, aber besser als nichts.«

Sie konzentrierte sich darauf, die Reste ihres Mieders zusammenzuhaken. »Ich muss den Wirt um Nadel und Faden bitten. Ich mag mir nicht vorstellen, was die Leute sagen würden, wenn ich so vor die Tür träte. Du hättest etwas weniger … stürmisch sein können.«

Seine Stimme klang amüsiert. »Ich glaube mich daran zu erinnern, dass du selbst verlangt hast, ich solle aufhören, mich wie ein Gentleman zu benehmen.«

»Sicher, aber musstest du mein Mieder unbedingt zerreißen?«

»Vergiss das verdammte Ding, Diana. Heirate mich!«

Sie holte scharf Luft. Es war so unwirklich. Sie war hier, so weit weg von ihrem Vater und Isabeau, während Leutnant Jack im Sterben lag und darauf wartete, dass sie Hilfe holten; Jessup war tot, dann diese lange, erschöpfende Fahrt und die brutale Leidenschaft ihres Liebesaktes. Er konnte sie doch nicht ernsthaft gefragt haben, ob sie ihn heiraten würde. Oder vielmehr, ihr befohlen haben, seine Frau zu werden.

»Du hast nicht genug Schlaf bekommen«, sagte sie, ohne sich umzudrehen. »Du redest irre.«

»Nein. Ich gebe zu, dass ich verrückt geworden sein muss, dich zu meiner Frau machen zu wollen, weil du die nervenaufreibendste Frau bist, die ich je getroffen habe, aber aus irgendeinem Grund kann mich das nicht hindern.«

Ihr Herz hämmerte schmerzhaft. »Hör auf, James.«

»Du hast keine Wahl, Diana. Dass du die beiden letzten Nächte mit mir geschlafen hast, ist etwas, das keine vornehme Lady der Oberschicht tun würde, hab ich recht? Was soll dein Vater denken?«

Sie fuhr herum. Er stand neben dem Kamin, in dem das Feuer fast heruntergebrannt war, hatte die Arme verschränkt und die Füße leicht gespreizt. Er sprach beiläufig, und seine Augen blickten ruhig.

»Mein Ruf war schon vorher nicht der beste«, erwiderte sie. »Noch bevor ich dich getroffen habe. Ich bin eine höchst skandalöse Lady. Mein Vater weiß das.«

»Dein Ruf ist in den Augen der Welt ruiniert. Das ist etwas ganz anderes, als in den Augen deines Vaters als seine Tochter entehrt zu sein.«

Sie hatte gewusst, dass es dazu kommen würde. Sie hatte Angst gehabt, James allein segeln zu lassen, weil sie um sein Leben fürchtete, aber auch weil sie vor der Möglichkeit

Angst hatte, dass sie ihn nie wiedersehen würde. Er war James Ardmore. Warum sollte er sein Leben riskieren, um einen englischen Leutnant zu retten, den er kaum kannte? Er konnte einfach das Boot nehmen, davonsegeln und niemals zurückkommen.

Jetzt begriff sie, dass er nie die Absicht gehabt hatte, sie im Stich zu lassen. Er wusste genau, wo er Hilfe für Leutnant Jack finden würde. Sie schämte sich ein wenig, weil sie an ihm gezweifelt hatte.

Ihr Vater würde vielleicht verstehen, warum sie James so impulsiv gefolgt war, aber wenn sie zurückkehrte, würde sie sich ihm stellen müssen. Ihr war klar, dass er wusste, dass sie James' Geliebte geworden war. Ob sie die Enttäuschung in seinen Augen ertragen konnte?

»Lass mich einmal etwas Vornehmes in meinem Leben tun«, sagte er.

Sie schluckte. »Was bietest du mir an? Deinen Namen, damit ich in Frieden mit meinem Vater leben kann? Während du Piraten jagst oder englischen Fregatten zusetzt? Während ich mein Leben in Haven friste?«

»Wenn du das willst«, erwiderte er gelassen.

Sie verlor die Beherrschung. »Ich will das nicht! Wenn ich dich heirate, will ich bei dir sein, damit ich dich anschreien, dich nerven und küssen kann, wann immer ich will! Ich will, dass Isabeau mit dir spielt und dir ihre Zeichen beibringt. Ich will, dass du dich mit meinem Vater anfreundest, diesen schrecklichen Tabak mit ihm qualmst und ihr euch gegenseitig Geschichten erzählt. Ich will nicht deinen Namen heiraten, James Ardmore. Ich liebe nicht deinen Namen.«

Tränen strömten ihr aus den Augen, zum dritten Mal in ebenso vielen Tagen. Sie hatte es satt, ständig zu weinen. Sie hatte nie geweint, bevor sie diesen verdammten Mann kennengelernt hatte.

Er wirkte nicht sonderlich mitfühlend »Du weißt, was mit der Familie meines Bruders geschehen ist. Das würde ich niemals riskieren.«

»Daran hättest du denken sollen, bevor du über mich hergefallen bist, nicht wahr? Bin ich sicherer, wenn alle wissen, dass ich Mrs. Ardmore geworden bin? Zweifellos würde die Admiralität mich nur zu gerne verhören, um herauszufinden, wer du bist. Nicht dass ich ihnen da weiterhelfen könnte!«

»Du würdest in Charleston leben. Dort wird der Name Ardmore respektiert. Du wärest sehr willkommen.«

»Also muss ich meinen Vater zurücklassen, ja?«

Er hämmerte mit beiden Fäusten auf den wackligen Tisch. Das Geschirr klapperte, und das Brot hüpfte auf dem Teller. »Verdammt, Diana, du bist die empörendste Frau, die ich jemals getroffen habe! Ich hätte dich nicht entführen, sondern in die entgegengesetzte Richtung flüchten sollen!«

Sie ballte ihre Hände. »Ich werde nicht zulassen, dass du mich einfach zurücklässt, James. Ich habe es satt, alleingelassen zu werden!«

»Ich zweifle keine Sekunde daran, dass du genau das tun wirst, was du willst. Ich habe gestern versucht, dich zurückzulassen, und sieh, was passiert ist!«

»Nur weil du so unglaublich dumm warst, diese Fahrt allein zu wagen! Außerdem schienst du ganz glücklich über meine Anwesenheit zu sein. Immerhin hast du nicht versucht, mich über Bord zu werfen!«

Seine Augen glühten. »Ich hätte das nur zu gerne getan. Es hätte ein höchst befriedigendes Platschen verursacht.«

»Ihr verdammten Helden seid alle gleich. Ich habe euch so satt. Ich bin es überdrüssig, euren Taten applaudieren zu müssen, während ich zurückbleibe. Ich bin es leid, allein zu sein.«

»Ich auch.«

Sie hörte ihn kaum. »Ich will einen langweiligen Mann, einen, der zu Hause bleibt, mit mir redet und nichts auch nur annähernd Aufregendes tut.«

»Den Teufel willst du! Du magst mich nur aus einem einzigen Grund, nämlich weil ich gefährlich bin. Weil ich dich entführt habe. Du wolltest mich auch heute Morgen nicht als langweiligen Gentleman. Du hast mich sogar angefleht, keiner zu sein, wenn ich mich recht entsinne.«

Diana kochte vor Wut. »Du arroganter …!« Sie schnappte sich den Laib Brot vom Tisch.

»Diana, wag nicht, damit nach mir zu werfen! Du wirst teurer dafür bezahlen, als du es dir ausmalen kannst!«

Sie holte mit dem Arm aus, holte tief Luft und wollte ihm sagen, wie sehr sie es hasste, dass er solche Gefühle in ihr auslöste, als sie schwere Schritte auf der Treppe hörten.

Die sich rasch zu dem Trappeln von vielen Stiefeln vermehrten.

Diana ließ den Brotlaib fallen, der über den schmutzigen Boden rollte. James reagierte bereits. Das Zimmer hatte nur ein Fenster, und das war hoch oben in der Wand, über dem Bett. James packte Diana und schob sie dorthin.

»Steig hinaus«, sagte er hastig. »Geh nach Plymouth. Suche jemanden, der deinen Vater kennt!«

Er stieß sie hinauf. »Was ist mit deinem Freund, mit dem du gestern Nacht geredet hast?«, fragte sie.

»Sieht so aus, als hätte er mich verraten. Halt dich am

Fensterbrett fest. Du kannst herunterklettern. Ich habe gesehen, wie gut du das beherrschst.«

Diana griff nach dem Laden. Aber es war bereits zu spät, die Tür flog auf. Sieben englische Marinesoldaten in leuchtendroten Uniformen stürmten in das Zimmer und richteten sieben Musketen direkt auf James.

16. Kapitel

Diana rutschte an der Wand herunter. Der rauhe Putz brannte unter ihren Fingern. James reagierte sehr schnell. Er zog sein Messer, zog sie vor sich und hielt ihr die kühle Metallspitze an den Hals.

»Gentlemen«, sagte er in seinem gedehntesten Tonfall. »Diese Lady hier ist die Tochter von Admiral Lockwood. Ich weiß nicht, ob ihr ihm erklären möchtet, warum sie tot ist.«

Ein blau uniformierter Mann kam herein und baute sich zwischen den Soldaten auf, die sich nicht gerührt hatten. Diana erkannte ihn. Es war Francis Carter, ein Kapitän, den Edward Worthing sehr bewundert hatte. Carter war Edwards Mentor und ein sehr guter Freund von ihm gewesen.

»Lasst sie los, Ardmore«, erwiderte der Captain eisig.

»Dafür sind zu viele Musketen auf mich gerichtet.«

Sein heißer Atem strich über Dianas Ohr. Sie rührte sich nicht vom Fleck.

Carter maß sie von oben bis unten, betrachtete ihr zerrissenes Mieder, ihr zerwühltes Haar. »Wie ich sehe, habt Ihr Euch bereits an ihr gütlich getan. Noch etwas, wofür Ihr zahlen werdet.«

»Warum lasst Ihr mich sie nicht einfach zu ihrem Herrn Vater zurückbringen? Das bereitet doch weit weniger Scherereien, was, Captain?«

Diana musste sich nicht bemühen, Angst vorzutäuschen. Sie durchströmte ihren ganzen Körper. James konnte sie nicht die ganze Zeit vor sich halten, und sobald er sie losließ, würden die Soldaten ihre Musketen abfeuern. Sieben an der Zahl. So viele Kugeln für einen einzigen Mann.

»Lasst sie los!«, wiederholte der Kapitän.

»Es ist besser für mich, wenn ich das nicht tue.«

Carters Mund wurde zu einer harten Linie. »Wenn Ihr glaubt, dass ich meinen Soldaten nicht den Befehl gebe, auf sie zu feuern, um Euch zu erwischen, irrt Ihr Euch.« Er warf Diana einen kühlen Blick zu. »Obwohl das natürlich höchst bedauerlich wäre.«

James erstarrte. Diana erkannte an Carters Blick, dass das keine leeren Drohungen waren. Er würde seine Männer schießen lassen, und dann würden James und sie gemeinsam sterben. Das war vielleicht romantisch, aber nicht das, was sie wollte.

Einige Herzschläge lang passierte nichts, dann nahm James das Messer von ihrer Kehle und stieß sie so fest von sich, dass sie aus der Schusslinie der Musketen taumelte. Sie sah, wie die Soldaten ihre Finger um die Abzüge krümmten.

»Nein!« Sie warf sich mit ausgestreckten Armen zwischen James und diese schrecklichen, runden Mündungen.

»Verdammt, Diana, geh aus dem Weg!«

»Ich komme von meinem Vater«, sprudelte Diana, an Carter gewendet, hervor. »Wir brauchen einen Arzt auf Haven. Dort liegt ein Mann im Sterben. Bitte.«

Carter kniff die Augen zusammen. Er maß sie erneut von Kopf bis Fuß, während sie ihn verzweifelt ansah. Sein Blick zuckte an ihr vorbei, und sie erkannte, dass er die Situation einschätzte und begriff. »Lasst das Messer fallen, Ardmore. Oder meine Männer eröffnen das Feuer. Und sie stirbt.«

Wieder verstrich ein atemloser Moment, dann klapperte etwas Stählernes auf den Boden. Dianas Gliedmaßen waren weich vor Furcht. Sie staunte, dass sie die Kontrolle über ihre Körperfunktionen behielt.

Carter streckte seine Hand aus. »Folgt mir, Lady Worthing.« Er nickte seinen Männern zu. »Ergreift ihn.«

»Nein!«, schrie Diana.

Aber die sieben Soldaten stießen sie rücksichtslos zur Seite, und sie konnte nur in ohnmächtiger Wut zusehen, wie sie sich auf James stürzten.

James gewöhnte sich allmählich daran, auf dem Deck einer Fregatte angekettet zu werden. Die Handschellen, mit denen er an Handgelenken und Knöcheln an der Reling festgebunden war, unterschieden sich nur geringfügig von denen, die man beim letzten Mal benutzt hatte, um ihn zu fesseln. Englische Kapitäne besaßen offenbar nicht viel Phantasie.

Sie hatten ihm seine Jacke und die Stiefel ausgezogen, ihm sein Messer und alles genommen, was in seinen Taschen war. James hatte sich nicht gewehrt. Die Soldaten hatten ihm mindestens dreimal die Möglichkeit gegeben zu entkommen, aber James hatte sie nicht genutzt. Er wusste, dass Carter sich Dianas bedienen würde, um ihn gefügig zu machen, und er wollte nicht wissen, was der Mann mit ihr anstellte, wenn James floh. Carter wusste sehr genau, wer sie war, aber der Blick, mit dem er sie betrachtet hatte, war bar jeden Respekts gewesen.

Diana, störrisch wie immer, stritt immer noch mit dem Kapitän. »Wir müssen nach Haven zurückkehren. Das Leben eines Mannes hängt davon ab.« Ihre Augen blitzten vor Wut, und ihr wunderschönes Gesicht war gerötet.

Ob Carter ihr glaubte, war fraglich. Er hatte sich die ganze Geschichte angehört, wie Leutnant Jack an den Strand von Haven gespült worden war, gerettet von James, und nicht genesen wollte, obwohl er sich wacker gehalten hatte. Bis er schließlich zusammengeklappt war, was ihr Anliegen erklärte. Der Kapitän hörte zu, machte jedoch keine Anstalten, Segel zu setzen und Kurs auf Haven zu nehmen.

Diana redete auf ihn ein, bis sie heiser war. Doch Carter reagierte nicht.

Sie folgte ihm über das Deck und stampfte wütend mit ihren hartbesohlten Stiefeln auf die Planken. Carter blieb vor James stehen und betrachtete ihn selbstgefällig.

Diana setzte ihm weiter zu, gebieterisch, als wäre sie ein Mitglied des Königshauses, das einen ungehorsamen Dienstboten maßregelt. »Captain Ardmore hat sein Leben riskiert, um den Leutnant zu retten. Zweimal. Es gibt keinen Grund, ihn anzuketten.«

»Ja, ich habe vom Schiffbruch der *Constantine* gehört«, erwiderte Carter gelassen. »Merkwürdig, nicht wahr, dass Ardmore überlebt hat, wo doch so viele dabei ihr Leben verloren haben. Sehr wahrscheinlich hat er die Katastrophe selbst herbeigeführt. Dass er den Leutnant gerettet hat, ist vermutlich einer momentanen Laune zu verdanken, oder aber der Mann war ein Mitverschwörer.«

»Wie könnt Ihr glauben …?«, begann Diana hitzig.

»Nein, danke ihm, Diana«, unterbrach James sie. »Er schreibt mir jetzt göttliche Kräfte zu. Ich habe den Sturm beschworen, die Fregatte zerbrochen und bin entkommen, und das, während ich an die Reling gekettet war.«

Carter lächelte ihn frostig an. »Ihr versucht, mich zu provozieren, Sir. Doch Eure Mühen sind vergeblich.«

Die leere Kälte in seinem Blick machte James Sorgen. Es war einfacher, einen Mann zu bezwingen, der gewalttätig war und sich leicht in Rage bringen ließ.

Diana versuchte es erneut. »Captain, Ihr kanntet meinen Ehemann. Er hat sehr große Stücke auf Euch gehalten. Er hat immer versucht, Euch nachzueifern. Ich weiß, dass Ihr seine Karriere gefördert habt. Könntet Ihr nicht um seinetwillen nach Haven segeln?«

Carter fuhr herum. Diana trat unwillkürlich einen Schritt zurück. »In der Tat, ich kannte Euren Gatten gut«, schnarrte Carter. »Sehr, sehr gut. Wir waren die besten Freunde. Das bedeutet, er hat mir alles über Euch erzählt. Er glaubte, er hätte die Tochter eines Helden geheiratet. Was er bekam, war eine Frau mit einem teuflischen Temperament, die kaum besser war als eine Hure.«

Dianas Gesicht wurde kalkweiß. In James wallte glühende Wut auf. Wären seine Handschellen ebenso heiß gewesen wie sein Zorn, würden sie schmelzen. *Das war ein Fehler, Kapitän. Ein sehr großer Fehler.*

»Verzeiht, Captain.«

Ein junger Mann tauchte an Dianas Seite auf. Er war nicht älter als zwanzig Jahre und hatte dünnes braunes Haar. Er trug die Uniform eines Leutnants, aber er konnte diesen Rang noch nicht lange bekleiden.

Der Kapitän betrachtete ihn mit kaum verhüllter Gereiztheit. Diana dagegen drehte sich überrascht zu ihm um, als sie ihn erkannte. »Mr. Pembroke!«

Er nickte ihr höflich, jedoch kein bisschen schüchtern zu. »Mylady. Captain, mein Vater ist mit Admiral Lockwood sehr gut bekannt. Genauer gesagt, unsere Familien sind sehr eng befreundet.«

»Ausgezeichnete Neuigkeiten, Leutnant«, erwiderte Carter sarkastisch. »Und was hat das zu bedeuten?«

»Ich glaube, der Admiral wäre höchst verärgert, wenn wir seine Tochter hierbehalten würden. Sollten wir sie dagegen sicher nach Hause bringen, wäre er bestimmt sehr dankbar.«

Carter sah ihn mit sichtlicher Abneigung an. »Admiral Lockwood hat sich zur Ruhe gesetzt.«

»Das mag sein, Sir. Aber er genießt unter den Admirälen nach wie vor höchstes Ansehen, auch von seiten meines Vaters, der über diese Kränkung der Tochter seines Freundes zutiefst bestürzt wäre. Außerdem war einer der Leutnants, die auf der *Constantine* dienten, Richard Delacroix, der Bruder des Herzogs von Carlisle. Seine Leiche wurde nicht gefunden. Falls er der kranke Unbekannte ist, könntet Ihr sehr viel gewinnen, wenn Ihr sein Leben retten würdet.«

Carters Miene wurde nachdenklich. James dagegen beobachtete den jungen Mann interessiert. Ein Leutnant mit Intelligenz, Verbindungen und Arroganz. Er würde es in der Königlichen Marine weit bringen.

Carter errötete, aber schließlich gewann seine eisige Ruhe die Oberhand. »Ich denke, ein kleiner Abstecher nach Haven kann nicht schaden. Nachdem ich mit Ardmore fertig bin.«

»Aye, Captain.«

»Und, Leutnant«, fuhr Carter mit hämischer Freude fort. »Da Euch Lady Worthing so sehr am Herzen liegt, dürft Ihr

Euch während unserer Reise um sie kümmern. Sie wird Eure Kabine belegen, und Ihr werdet ihr Tee und heißes Wasser bringen sowie alles andere, was sie benötigt. Verstanden?«

Pembrokes Augen funkelten vor Belustigung. Falls Carter erwartet hatte, seinen jungen Leutnant damit einschüchtern zu können, dass er die Kammerzofe spielen sollte, hatte er sich verrechnet. »Verstanden, Captain.« Er salutierte. »Wenn Ihr mir bitte folgen würdet, Mylady.«

Diana sah zu James zurück. Sie öffnete den Mund und schluckte mehrmals.

Mach den Mund zu, Diana, dachte James. Verbring die Reise in der gemütlichen Kabine des jungen Leutnants und nicht in einem Verschlag im Frachtraum. Sei ein gutes Mädchen!

Diana drehte sich abrupt um, als hätte sie ihn gehört, und folgte Pembroke.

Sie hatte wahrlich die schönste Kehrseite von allen Frauen auf den Sieben Meeren. James schnürte sich der Hals zu. Er wusste, was er tun musste, und ihm war ebenso klar, dass sich ihre Wege trennen würden. Fürs Erste. Diana, Lady Worthing, war viel zu kostbar, um sie einfach aufzugeben. Er würde sie wiederfinden, und wenn auch nur um den Streit darüber zu beenden, ob sie ihn heiraten würde oder nicht. Es gab keinen Ort auf der Welt, an dem sie sich vor ihm verbergen konnte. Er hatte sie zweimal gefunden. Er würde sie auch ein drittes Mal aufspüren.

»Diana!«, rief er.

Sie drehte sich um. Der Wind wehte durch ihr Haar, das in der Sonne glänzte.

Er kreuzte seine angeketteten Fäuste, hob sie an seine Brust und öffnete sie wieder. Isabeaus Zeichen. *Ich liebe dich.*

Diana starrte ihn einen Moment regungslos an. Dann senkte sie den Blick, wandte sich ab und folgte dem Leutnant unter Deck.

❦

»Was wird er mit Captain Ardmore machen?«

Diana lief in Leutnant Pembrokes winziger Kabine auf und ab. Dass er eine Unterkunft für sich allein hatte, sprach für seinen Status. Entweder hatte er sehr schnell Karriere gemacht, oder Carter hütete sich davor, Pembrokes Vater zu verärgern, der einen sehr hohen Posten in der Admiralität bekleidete.

Wenn Carter auch nur annähernd Dianas Ehemann glich, dann war Letzteres der Fall.

Pembroke hatte ihr Tee in einer angeschlagenen Tasse gebracht und dazu eine Scheibe weiches Brot. Sie setzte sich hin, trank durstig den Tee, bekam jedoch keinen Bissen von dem Essen herunter.

Der junge Mann lehnte am Türrahmen. Sie hatte ihn das letzte Mal gesehen, als er ein schlaksiger Sechzehnjähriger war, kurz bevor er als Kadett zur Marine ging. »Er wird nach London gebracht und dort vor Gericht gestellt.«

Dianas Panik war kaum geringer geworden. Sie war sehr erfreut gewesen, einen Verbündeten in Julian Pembroke zu finden. Er hatte sich zwar für sie eingesetzt, jedoch nichts für James getan.

»Könnt Ihr Captain Carter nicht überreden, ihn freizulassen? Oder ihn wenigstens meinem Vater in Haven zu übergeben?«

Pembroke spreizte die Hände. »James Ardmore ist ein Gesetzloser. Selbst mein Vater ist nicht abgeneigt, Kriminelle aufknüpfen zu lassen.«

»Aber er ist ein guter Mann. Er jagt Piraten, die Schiffe zerstören und Besatzungen ermorden. Er hat vielen Menschen das Leben gerettet. Er ist keine Legende geworden, weil er ein Verbrecher ist.«

Pembroke sah sie geduldig an. »Er hat sieben englische Fregatten versenkt und mehrere Handelsschiffe der Ostindien-Kompanie gekapert. Vor ein paar Jahren hat er eine gewisse Rolle bei der Entführung des französischen Königs gespielt und eine französische Spionin erschossen, bevor die Admiralität sie verhören konnte. Er hat das Schiff eines Sklavenhändlers geentert und sämtliche Sklaven freigelassen, die daraufhin das Schiff übernahmen und zu Piraten wurden. Ich kenne die Legenden, Lady Worthing.«

»Mein eigener Vater glaubt an ihn«, erwiderte Diana gereizt.

»Dann kann er ihm vielleicht helfen, falls er schnell reagiert.« Pembroke seufzte. »James Ardmore hat einmal einen Kapitän auspeitschen lassen, einen Mann namens Langford. Der war damit entehrt und seine Karriere beendet. Captain Carter ist Langfords Cousin.«

Diana stand hastig auf. Die Teetasse fiel zu Boden und zerbrach in tausend Scherben.

»Oh nein!«, stieß sie hervor. »Nein.«

»Deshalb, so fürchte ich«, fuhr Pembroke fort, »hegt Captain Carter keinerlei Sympathie für James Ardmore. Und zwar gar keine.«

»Mr. Ardmore«, sagte Carter liebenswürdig. »Was wisst Ihr über Vergeltung?«

James warf ihm einen kühlen Blick zu. Seine Wange rieb an dem rauhen Holz des Mastes, an dem ihn zwei Matrosen eifrig festbanden. »Eine Menge«, erwiderte er in seinem besten Charleston-Dialekt.

Carter schien ihn nicht zu hören. »Verzeihung, aber ich bringe es einfach nicht über mich, Euch *Captain* zu nennen. Ich selbst weiß eine Menge über Vergeltung. Zum Beispiel wurde mein Cousin, ein vielversprechender Kapitän, entehrt und seines Kommandos enthoben. Aufgrund Eures Handelns, glaube ich. Er wäre heute gewiss sehr gerne hier und würde zusehen, aber leider werde ich nur das Vergnügen genießen können, ihm alles haarklein zu schildern.«

Die Matrosen fesselten auch James' Füße, schlangen das Seil um den Mast und befestigten es an den Handschellen, die sie nicht entfernt hatten. Aus den Augenwinkeln sah er den Bootsmannsmaat, der mit einem breitkrempigen Hut und einem gestreiften Hemd dastand, die neunschwänzige Katze in der Hand, eine Peitsche mit einem langen Griff und neun mit Widerhaken versehenen Riemen.

»Zwanzig Hiebe habt Ihr ihm verabreicht«, fuhr Carter fort. Seine Augen blickten so eisig wie der Tod. »Zwanzig Hiebe für einen Kapitän mit langer Erfahrung, und das vor den Augen seiner Leute. Er wurde vors Kriegsgericht gestellt. Lasst mich kurz nachrechnen. Er wurde dreimal entehrt, einmal vor seinen Männern, einmal vor der Admiralität und einmal vor seiner Familie. Also halte ich dreimal zwanzig für angemessen. Sollen wir vielleicht noch zehn dazugeben, um meine Wut darüber zu befriedigen? Also dann, Osgood. Siebzig Hiebe.«

Der Bootsmannsmaat blinzelte einmal. »Siebzig, Sir?«

»Habt Ihr Probleme mit Eurem Gehör, Osgood? Siebzig. Und tut verdammt noch mal Eure Pflicht, sonst nehmt Ihr seine Stelle ein!«

»Aye, Sir.«

James kehrte das Gesicht zum Mast. Schmerz war ihm nicht fremd. Niemand bekämpfte jahrelang Piraten, ohne selbst verletzt zu werden. Und auch die neunschwänzige Katze war ihm nicht unbekannt. Der Piratenanführer, der ihn vor zwanzig Jahren gefangen hatte, genoss es, die Peitsche zu schwingen. Derselbe Mann hatte auch noch andere, weit geschmacklosere Freizeitbeschäftigungen. James hatte bei ihm zum ersten Mal Geschmack an der Rache gefunden.

Pembroke tauchte neben dem Mast auf, als der erste Hieb auf James' Rücken klatschte. James' Haut war von dem salzigen Seewind abgehärtet, und er nahm den ersten Schlag hin, ohne Schmerzen zu spüren. Aber er wusste, was danach kommen würde. Schlag auf Schlag würde sein Rücken aufgerissen werden, und mit den letzten Schlägen würde der Schmerz unerträglich werden. Siebzig Hiebe konnten einen Mann töten.

Er sah in Pembrokes junge Augen. »Ihr solltet Euch um Diana kümmern.«

Zwei. Drei.

»Das werde ich tun, Sir«, erwiderte Pembroke ruhig.

»Dann tut das auch.«

Sechs. Sieben.

James zuckte zusammen. Jetzt fühlte er den stechenden Schmerz, der bei jedem Schlag ein wenig heißer wurde. Nach dem zehnten Schlag verlangte Pembroke eine Pause.

Der Maat hielt sofort inne, aber der Kapitän explodierte vor Wut. »Was fällt Euch ein, Leutnant?«

Pembroke trat vor. Er hatte ein Leinentuch in der Hand. James schwitzte, und die Tropfen rannen in die Striemen auf seinem Rücken, wo sie wie Feuer brannten. Pembroke schob James das Leinentuch zwischen die Zähne. Dann trat er zurück.

Der Bootsmannsmaat zögerte. »Macht weiter, verflucht!«, fauchte ihn Carter an.

»Jawohl, Sir.«

Elf. Zwölf. Dreizehn.

Der letzte Schlag traf eine der angeschwollenen Striemen auf seinem Rücken und riss sie auf. Beißender Schmerz lief wie Schweiß über seinen Rücken. Pembroke war so freundlich gewesen, ihm dieses Leinentuch zu geben. Es verhinderte, dass James sich heiser schrie oder sich die Zunge abbiss, wenn es schlimmer wurde.

Er fragte sich, wie es Pembroke gelungen war, Diana in der Kabine festzuhalten. Hatte er die Tür abgeschlossen oder sie ans Bett gebunden? Warum hörte er sie nicht schreien und toben?

Der Wind brannte in den offenen Wunden, und das Blut rann in schweren Tropfen über seinen Rücken.

Neunzehn. Zwanzig.

James hatte diesem verfluchten Narren von englischem Kapitän nur zwanzig Hiebe verordnet. Der Mann hatte beim zehnten Schlag angefangen zu schreien, obwohl nur zwei seine Haut aufgerissen hatten. Die Hiebe hatten ihn demütigen, nicht verkrüppeln sollen. Den Narben auf den Rücken seiner Matrosen nach zu urteilen, war dieser Kapitän nicht gerade sanft mit seinen eigenen Leuten umgesprungen.

Vierundzwanzig. Fünfundzwanzig.

Dieser Maat war sehr geschickt. Die Peitsche pfiff und landete flach auf James' Rücken. Die Riemen waren so dünn, dass sie nur einen Striemen hinterließen. Die Sonne stand am Himmel, und das Wetter war für den Mai sehr schön. Die Hitze war zwar nicht mit der vergleichbar, die er aus Charleston kannte, aber die Sonne schien auf seinen blutenden Rücken und verstärkte die Folter noch.

James schloss die Augen. Sein Rücken war rohes Fleisch und brannte bei jedem Schlag wie Feuer. Vielleicht, dachte er, spüre ich es gar nicht mehr, wenn ich die siebzig erreicht habe. Ich werde solche Schmerzen haben, dass ich nichts mehr spüre.

Einunddreißig. Zweiunddreißig.

Seine Gedanken schweiften ab. Er glaubte, Dianas Stimme zu hören. »Ich bin sehr wütend auf dich, James.«

»Wann wärst du das nicht, Darling?«

Er öffnete die Augen. Schweiß trübte seine Sicht. Alles schien ineinander zu verlaufen, Sonne, Mast, Schiff, Pembrokes Gesicht. Er glaubte, Diana vor sich zu sehen. Ihr feuerrotes Haar wehte im Wind, sie hatte die Arme unter ihre entzückenden Brüsten verschränkt. »Du verschwendest Zeit.«

Er schloss die Augen. Plötzlich stand er wieder in der dunklen Höhle, vor ihm Black Jack Mallory. Der Pirat bettelte um sein Leben und bereute aufrichtig seine Verbrechen. James weigerte sich, ihm zuzuhören. Er schob die Pistole in Mallorys Mund und schoss ihm durch den Kopf. Leutnant Jack sah entsetzt zu, wie Mallorys Blut auf sein blütenweißes Hemd spritzte.

Dann glitt er weiter in der Zeit zurück, zwei Jahre, auf ein kleines Boot in der Nordsee, während eisiger Wind seinen Rücken peitschte. Ein anderer Pirat saß vor ihm, prahlte damit, dass er dem Leben von James' Bruder ein Ende gesetzt hatte. James spürte erneut den schlanken Hals zwischen seinen Händen, hörte das hässliche Knacken der Knochen. Er erinnerte sich, wie seine Muskeln hervorgetreten waren, als er die Leiche in die wartende See geschleudert hatte. Sein ehemaliger Freund, Grayson Finley, der zum Feind geworden war, hatte zugesehen und mit seinem Schweigen James' Handlung verurteilt.

Oh ja, Captain, ich weiß alles über Vergeltung.

Siebenundvierzig. Achtundvierzig.

Der Schmerz brannte auf seinem Rücken, vom Hals bis zum Gesäß. Seine Knie wurden weich, aber er wollte verdammt sein, wenn er vor seinen Peinigern zu Boden ging.

»Hast du genug, Junge?«

In seinen verschwimmenden Erinnerungen sah er sich als junger, schlanker James Ardmore in der Ecke der Kapitänskajüte hocken. Seine grünen Augen waren feucht vor Wut und Furcht, und er hatte nur eine schmutzige Hose am Leib. Der Kapitän des Piratenschiffes, dessen Muskeln in Strängen an seinem nackten Körper hervortraten, kam auf ihn zu und umklammerte die neunschwänzige Katze mit einer Faust, an der die Knöchel weiß hervortraten.

»Du musst dir deine Narben verdienen, mein Junge. Ich will überall auf deiner hübschen weißen Haut Striemen sehen.«

James versuchte, mit den Armen die Schläge abzuwehren, aber sie prasselten auf ihn herunter, Hieb um Hieb, jeder einzelne wie Feuer brennend. Sein Rücken war eine blutige Masse und schmerzte höllisch. Er schrie und hatte plötzlich ein Leinentuch im Mund.

Die Augen des Piraten glühten. »Der Schmerz macht einen Mann aus dir, mein Junge. Es wird dir gefallen.« Er griff nach dem Bund von James' Hose.

James zuckte zurück, voller Hass und Todesangst. Bis zu seiner Gefangennahme kannte James nur einen höflichen Umgangston. Er hatte natürlich gelernt zu boxen und sich zu duellieren, aber so etwas wie diesen ekelhaften, perversen Mann hatte er noch nie erlebt. Und er hatte vor, James in jeder Hinsicht zu seinem Sklaven zu machen.

Der Kapitän verzog lüstern den Mund. »Komm her, Yankee-Bürschchen.«

Wut flammte in ihm hoch, riss ihn auf die Füße, und er richtete sich zu seiner vollen Größe auf. Die Peitschenhiebe schmerzten und brannten, aber diese ignorante Beleidigung verlieh ihm Kraft. »Ich bin kein verdammter Yankee!«, schrie er. Die Worte, im singenden Südstaaten-Dialekt gerufen, hallten durch die Kabine. Er schlug zu, und der Kapitän stürzte zu Boden.

Viele Hiebe von zahllosen Händen unterwarfen ihn schließlich, und James sah von außen zu, wie sie den stolzen Jungen in einen Käfig sperrten, der ursprünglich für exotische Tiere gedacht war. Er blutete aus dem Mund und aus mehreren Wunden am Körper, und ein Auge war zugeschwollen. Der Kapitän befahl knurrend, dass James hungern würde, bis er Gehorsam gelernt hätte.

Es wurde dunkel, und James konnte nichts mehr sehen. Dann hörte er eine Stimme, die mit dem unverkennbaren englischen Oberklassetonfall sprach und von spöttischem Humor nur so troff. Ein blonder junger Mann mit dunkelblauen Augen und muskulösen Armen hatte die Hände um die Gitterstäbe des Käfigs gelegt und spähte hinein. Er blinzelte James zu und grinste mit ansteckender Fröhlichkeit. »Was zum Teufel machst du denn hier drin?« Später, als die Piraten schliefen und es ruhig auf dem Schiff wurde, schmuggelte der blonde Bursche James etwas zu essen in den Käfig.

Hass. Er hatte noch nie so viel Hass empfunden. Dieses Gefühl hatte ihn später durch sein Leben begleitet. James sah dasselbe grinsende Gesicht zwischen seinen Händen, kurz nachdem er beobachtet hatte, wie Grayson Finley seinen sonnengebräunten Arm um die Taille der Frau schlang, die er liebte. »Dafür bringe ich dich um, Finley!«

Er sah Saras erschrockenes Gesicht neben ihm, ihre mandelförmigen Augen, ihr wunderschönes schwarzes Haar. Sie wirkte überrascht, aber nicht verschämt. Sie kehrte ihm einfach den Rücken zu und ging weg. Die Frau, die er geliebt hatte.

»Das war keine Liebe«, sagte Diana Worthings Stimme klar und deutlich. »Das war Vernarrtheit.«

Sie funkelte ihn mit ihren graublauen Augen an, wie üblich wütend auf ihn. Plötzlich war für ihn nichts anderes mehr wichtig. Nichts in seinem Leben besaß noch Bedeutung außer der Frau, die ihn anschrie, Brot nach ihm warf und sich dafür verfluchte, dass sie ihn liebte. *Diesmal ist es anders.*

Sechzig. Einundsechzig.

Der Schmerz raubte ihm den Atem. Er rang keuchend nach Luft, aber der Knebel in seinem Mund erstickte ihn fast. Er sackte zusammen, ohne es zu merken, doch die Stricke um seine Handgelenke hielten ihn aufrecht. Er hörte erstickte, heisere Schreie und begriff irgendwann, dass er selbst sie ausstieß.

Er öffnete die Augen. Pembroke stand neben ihm, aber

seine Umrisse verschwammen durch Tränen und Blut. Dann verfestigte sich die Gestalt plötzlich, doch jetzt war es nicht mehr Pembroke. Es war ein großgewachsener junger Mann mit dunklen Haaren und grünen Augen, der ihn aufmerksam betrachtete. »James, alter Mann, was machst du denn hier?«

Unter dem brutalen Schmerz erinnerte er sich, dass Paul und Honoria ihn »alter Mann«, genannt hatten, als James der Haushaltsvorstand geworden war. Sie spielten ihm Streiche und lachten über seine Wut. Und er liebte sie aus ganzem Herzen. »Ich habe versagt«, stieß er rauh hervor. »Ich habe mein Versprechen nicht gehalten.« Er rang nach Luft. »Es tut mir leid.«

Paul lächelte, als hätte er ein Geheimnis und ränge noch mit sich, ob er es James verraten sollte. »Das spielt keine Rolle, James. Ich bin jetzt wieder mit ihr zusammen. Das ist doch viel besser, oder nicht?« Er zwinkerte. »Du wirst das eines Tages verstehen.«

»Paul …«

Doch Paul Ardmore war schon verschwunden.

Neunundsechzig. Siebzig.

Das Pfeifen und Knallen der Peitsche verstummte. Die plötzliche Stille brannte in James' Ohren. Seine Beine waren schwach, und seine nackten Zehen hatten sich in die Holzbohlen gegraben. Die Schläge waren zwar vorbei, aber der Schmerz brannte unaufhörlich weiter.

Er hörte, wie Pembroke und der Bootsmannsmaat vortraten. Pembroke berührte die Taue, die James' Hände banden. Wenn er sie durchschnitt, würde James fallen. Er versuchte, ,den Kopf zu drehen, aber jede Bewegung schmerzte höllisch.

»Nein!« Der Ruf des Kapitäns ertönte fast neben James' Ohr. »Lasst ihn hängen.«

Pembroke sah seinen Kapitän an. Die Verachtung in seinen Augen war unübersehbar. »Sollten wir ihn nicht zum Schiffsarzt bringen, Sir?«

»Nein, Leutnant. Er soll am Mast bleiben und über seine Verbrechen nachdenken. Dann kann er beten, dass seine Hinrichtung schnell kommen möge.«

Pembroke presste die Lippen zusammen. Er ist zu arrogant, dachte James. Selbst mit seinem einflussreichen Vater im Hintergrund würde er irgendwann den falschen Mann verärgern, und diese Person würde sich rächen. Mit Rachegelüsten konnte man sich so leicht infizieren.

»Jawohl, Sir.« Pembrokes mangelnder Respekt gegenüber Carter schwang in diesen beiden Worten unüberhörbar mit.

Der Bootsmannsmaat und die anderen Matrosen entfernten sich diskret. Captain Carter blieb noch lange stehen und betrachtete seinen Gefangenen. Vermutlich genießt er seinen Triumph, dachte James. Er kämpfte weder gegen seine Fesseln an, noch stöhnte er. Dieses Vergnügen wollte er dem Engländer nicht gönnen.

Schließlich schlenderte Carter weg, um seine Leute zu beaufsichtigen, wie sie die Segel setzten für die Fahrt nach Haven. James wusste, warum der Mann ihn am Mast stehen ließ. Nicht damit James über seine Verbrechen nachdenken konnte, sondern damit sein Peiniger zurückkommen und ihn weiter verhöhnen konnte. Was in James' Kopf vorging, interessierte ihn kein bisschen.

Das Schiff setzte sich in Bewegung, als die Sonne unterging. James hatte immer noch das Leinentuch im Mund, doch es störte ihn nicht. Als er in seiner Qual darauf biss, hatte er zwischen den Falten etwas Dünnes, Langes von stahlharter Beschaffenheit gespürt. Leutnant Pembroke war gerissener, als er vermutet hatte.

Diana tobte vor Wut, als der Leutnant die Tür seiner Kabine aufschloss und sie hinausließ.

Die Kabinentür hatte ein Schloss aus Eisen und einen großen Schlüssel, den Pembroke mitgenommen hatte. Sie hatte durch das Schlüsselloch geschrien und ihm gedroht, dass ihr Vater für seine Degradierung sorgen würde. Was den jungen Leutnant nicht im Geringsten beunruhigt zu haben schien.

Natürlich hatte er sie auf Befehl des Kapitäns eingesperrt. Als Pembroke Diana erzählt hatte, dass Carter James auspeitschen lassen wollte, war sie vor Angst und Zorn fast verrückt geworden. Pembroke hatte ihr versprochen, alles für James zu tun, was in seiner Macht stand, und ihr befohlen, in seiner Kabine zu bleiben.

Natürlich hatte Diana nicht einfach herumsitzen können. Kaum war Pembroke hinausgegangen, war sie ihm gefolgt. Als sie durch die Tür blickte, die auf das Deck hinausführte, hatte sie den Vormast im Blick, an den James gebunden war. Sein muskulöser Rücken glänzte in der untergehenden Sonne. Sie hatte zugesehen, wie sie ihn schlugen, und ihr Magen hatte sich vor Entsetzen verkrampft. Schlag um Schlag hatte sie beobachtet. Sein Rücken hatte geblutet, aber er hatte nicht einmal den Kopf gesenkt.

Sie wollte vorstürmen, Osgood die Peitsche aus der Hand reißen und sie ins Meer schleudern. Zwei Matrosen hatten sie an den Armen packen und in Pembrokes Kabine zurückschleppen müssen, und der Leutnant selbst hatte die Tür abgesperrt.

Als er sie jetzt herausließ, starrte sie ihn kalt an. »Wo ist er?«

»Ihr dürft ihn nicht sehen, Lady Worthing.«

»Also lebt er.« Wäre James unter den Peitschenhieben gestorben, hätte Carter sie zweifellos bereits zu seiner Leiche gezerrt.

Pembroke schien sie zu verstehen. »Er ist ein sehr kräftiger Mann, Mylady. Er ist verletzt, aber er wird sich wieder erholen.«

Sie tat, als hörte sie ihn nicht, während ihr fast das Herz stehenblieb. »Ich möchte Euren Captain sprechen, wenn ich James schon nicht sehen darf. Ich möchte ihm gerne genau mitteilen, was ich von ihm halte.«

»Aye, Mylady. Ich bringe Euch sofort zur Kajüte des Captains.«

»Ausgezeichnet.« Sie spielte die überhebliche, eisige Lady perfekt. »Dann geht bitte voran.«

Pembroke gehorchte. Er ging, mit Diana im Schlepptau, die fünf Stufen zur Kapitänskajüte hinunter und klopfte an die Tür.

Ohne auf eine Antwort zu warten, öffnete er sie, trat dann zurück und ließ Diana hineingehen. Er schloss die Tür von außen hinter ihr und ließ sie allein.

Nur war sie nicht allein. Hinter einem Tisch mit Notizen und Karten saß ein Mann. Es war nicht Captain Carter. Er trug einen schwarzen Gehrock und eine sandfarbene Hose. Sein Haar war blond, sein Backenbart recht dürftig. Er bedeckte, wie Diana sah, ein gebogenes, vernarbtes Kinn, wo er offenbar von Feuer versengt oder einer Kugel getroffen worden war.

Diana starrte ihn an, sprachlos vor Entsetzen. Sein Haar

hatte zwar eine andere Farbe, und sein Gesicht war nur noch ein höhnischer Abklatsch seiner einst attraktiven Züge, aber Diana erkannte ihn sofort.

Sie wirbelte herum und wich bis in eine Ecke der Kajüte zurück, wo sie sich heftig übergab.

»Diana«, sagte Sir Edward Worthing kühl. »So erfreut, mich zu sehen?«

17. Kapitel

Ihr Magen verkrampfte sich erneut und brannte höllisch. Sir Edward reichte ihr ein Taschentuch, das sie wie betäubt gegen den Mund drückte.

»Das ist nicht gerade die Art, wie ein Ehemann von seiner Gemahlin begrüßt werden möchte«, versetzte er trocken.

Seine Augen waren noch dieselben. Hellblau und niederträchtig. Edward war schon immer ein widerlicher Mann gewesen, das hatte Diana mittlerweile begriffen. Als ahnungsloses Mädchen war sie ihn in verliebt gewesen, weil sie seinen wahren Charakter nicht durchschaut hatte. Aber er war gemein genug, um von den Toten aufzuerstehen und ihr Leben zu zerstören.

Sie wischte sich die Lippen ab und ließ das Taschentuch zu Boden fallen. »Ich war so erleichtert, endlich von Euch befreit zu sein, versteht Ihr. Deshalb ist es ein wenig schockierend, Euch zu sehen.«

»Ihr seid frei.« Sir Edward lehnte sich gelassen an den Schreibtisch. »Ich habe unsere Ehe annullieren lassen.«

Diana durchfuhr eine irrationale Wut. »Annulliert? Wie denn? Habt Ihr ihnen erzählt, dass Ihr impotent seid?«

Seine Faust traf ihren Wangenknochen, bevor sie sich gegen den Schlag hatte wappnen können. Sie taumelte und presste ihre Hand auf die Wange.

»Du musst immer die Hure spielen, nicht wahr?« Seine Gelassenheit wich einem finsteren Zorn. »Die Annullierung war meine Bedingung. Die Admiralität wollte, dass ich heikle Aufgaben für sie erledige. Ich war aus Versehen für tot erklärt worden, was die Admiralität für einen willkommenen Zufall hielt. Also bekam ich einen neuen Namen und ein neues Leben, eines, in dem ich nicht an dich gebunden war.«

Diana zitterte am ganzen Körper und wünschte inständig, sie könnte es abstellen. Sie wollte Sir Edward gegenüber keine Schwäche zeigen. Aber ihre Gliedmaßen bebten, als hätte sie Schüttelfrost. »Es muss Euch sehr schwergefallen sein, tatsächlich zu arbeiten, anstatt von Eurem Ruhm zu zehren. Allerdings nehme ich an, dass Ihr nach wie vor Untergebene in den Tod schickt und den Ruhm für das einstreicht, was sie geleistet haben.«

»Ich weiß nicht, wovon du redest«, erwiderte er kalt. »Ich bevorzuge diese einfache Anstellung. Die Bewunderung wurde allmählich erstickend.«

Diana schnaubte verächtlich. »Erspart mir das! Ihr habt Euch darin geaalt. Ihr wolltet nur Euer vernarbtes, hässliches Gesicht vor der Welt verbergen. Ihr wart so stolz auf Euer gutes Aussehen. Und dann besaßt Ihr die Frechheit zu behaupten, dass Isabeau Euch Schande bereitet hätte!«

»Halt den Mund! Du bist nie still. Carter hat sich so gefreut, als er mir erzählen konnte, dass er dich bei diesem amerikanischen Verbrecher gefunden hat. Sag mir die Wahrheit. Bist du Ardmores Geliebte?«

Sie hob trotzig den Kopf. »Das bin ich.«

»Auch noch stolz darauf, seine Hure zu spielen, was? Er wird sterben, Diana. Er wird gehenkt werden, seine Beine werden zappeln, und er wird nach Luft ringen. Männer beschmutzen sich selbst, wenn sie in den letzten Atemzügen liegen, wusstest du das? Es ist alles andere als würdevoll.«

»Mein Vater wird niemals zulassen, dass man ihn hängt!«

»Dein Vater besitzt keinen Einfluss mehr in der Admiralität. Er ist ein alter Mann, dessen Karriere vorbei ist. Der einzige Grund, warum du nicht als Komplizin Ardmores ebenfalls aufgeknüpft wirst, ist Carters große Furcht vor Admiral Pembroke. Es war dumm von ihm zuzulassen, dass dessen Junge auf sein Schiff kommt, aber er hatte keine Wahl. Pembroke beschützt dich. Bist du auch seine Geliebte?«

»Werdet nicht vulgär«, erwiderte Diana eisig.

»Du warst immer die Vulgäre von uns beiden, liebste Gemahlin. Du hast dich gekleidet wie eine Hure und jeden Mann in London bezirzt. Und dann hattest du die ungeheure Kühnheit, mich zu bitten, in dein Bett zu kommen. Du hast mich angeekelt.«

»Vielleicht hatte Ekel ja gar nichts damit zu tun.« Sie hob das Kinn, als ihr klar wurde, dass sie vermutlich recht hatte. »Sondern Ihr wart einfach nicht dazu imstande.«

Die Wucht des Schlages schleuderte sie zu Boden. Sie rappelte sich auf, insgeheim erfreut. Der große Sir Edward ein Versager im Bett. Kein Wunder, dass er seine Frau gemieden und ihr die Schuld zugeschoben hatte. Was für eine Schande!

»Ihr habt nicht mehr das Recht, mich zu schlagen, Edward. Wir sind nicht mehr verheiratet.«

Edwards Gesicht war kreidebleich vor Wut. »Du bist die Komplizin eines Verbrechers. Das macht dich ebenfalls zu einer Kriminellen. Der Captain hat nichts dagegen, wenn ich meinen Zorn an so jemandem auslasse.«

Sie rieb sich die Seite ihres Gesichts, die von Sir Edwards Fausthieb bereits anschwoll. »Aber James Ardmore hat vielleicht etwas dagegen. Er ist kein Mann, den man reizen sollte.«

Edward sah sie ungläubig an. »Komm mit, Diana.« Er packte sie grob an der Schulter und stieß sie aus der Kajüte, auf das Deck hinaus zum Vormast.

Die Sonne ging langsam unter. Das rote und goldene Licht fiel auf die verkrampften Muskeln von James' Arm und die blutige Masse seines Rückens. Er hing am Mast, seine Beine hatten unter ihm nachgegeben, und nur die Stricke um seine Handgelenke verhinderten, dass er auf den Boden sank. Seine Wange ruhte am Mastbaum, seine Augen waren geschlossen. Niemand hatte ihm das Leinentuch aus dem Mund genommen, das Leutnant Pembroke ihm in den Mund gestopft hatte. Der Wind ließ es flattern, ebenso wie James' schwarzes Haar.

»Siehst du, Diana?«, höhnte Edward ihr ins Ohr. »Hier ist dein heroischer James Ardmore. Er ist ein einfacher Mann, verprügelt und gebrochen wie ein unbotmäßiger Matrose.«

James öffnete die Augen. Sein Gesicht war weiß und schmerzverzerrt, aber seine grünen Augen starrten so kalt wie immer. Nichts an James Ardmore kündete davon, dass man ihn gebrochen hätte.

Sein Blick glitt zu Diana, ruhte auf den Prellungen an ihrer Wange und ihrer Stirn und blitzte in mörderischer Wut auf. Selbst der hochmütige Sir Edward Worthing fuhr ein wenig zurück.

Diana griff nach dem Leinentuch, weil sie fürchtete, dass es ihn ersticken könnte.

Sir Edward packte ihr Handgelenk. »Lass das!« Er rief

nach Captain Carter. »Ich glaube nicht, dass dieser Mann seine Lektion gelernt hat, Captain. Vielleicht helfen zwanzig weitere Hiebe etwas nach.«

Ein Matrose, der zufällig vorbeiging, sah Sir Edward verblüfft und sichtlich angewidert an. Carter schlenderte zu ihnen herüber. »Glaubt Ihr? Einverstanden. Osgood!«

Als sich der Bootsmannsmaat näherte, stürzte sich Diana auf Edward und schlug auf ihn ein. »Nein, verdammt. Lasst ihn in Ruhe.«

Er packte ihre Arme und fluchte, als sie mit ihren Fingernägeln seine Haut aufkratzte. »Pembroke!«, brüllte Captain Carter. »Bringt diese Teufelin zur Ruhe, oder ich lasse sie in Eisen legen!«

Der junge Leutnant trat hastig vor. Sir Edward schleuderte Diana in seine Arme. Sie versetzte ihm jedoch noch einige wohlgezielte Tritte, bevor Leutnant Pembroke sie besorgt um die Taille packen und wegziehen konnte. »Es wird alles gut!«, flüsterte er ihr ins Ohr.

»Nein, wird es nicht! Sie werden ihn umbringen!« Ihre Wut löste sich in Tränen auf. Pembroke führte sie sanft unter Deck, während sie das Pfeifen der Peitsche und das Knallen hörte, mit dem die Lederriemen auf James' Haut auftrafen.

Diana verbrachte eine furchtbare Nacht auf Leutnant Pembrokes schmaler Koje und starrte auf die Planken über ihr. Selbst das Atmen tat ihr weh, und sie fühlte sich innerlich vollkommen leer.

Sie lauschte den vertrauten Geräuschen des Schiffes, dem

Knarren der Planken, dem Wind, der in den Segeln knatterte, den Schritten der wachhabenden Offiziere über ihr. Pembroke hatte ihr gekochtes Fleisch zum Abendbrot gebracht, doch Diana hatte keinen Bissen davon essen können.

Edward, ihr verhasster Ehemann, war am Leben. Sie glaubte ihm, als er sagte, dass er ihre Ehe annulliert hätte, obwohl sie sicherlich Schwierigkeiten bekommen würde, wenn sie sich dessen versichern wollte. Pembroke schien Edwards wahre Identität bereits zu kennen. Der Sohn des Admirals war offenbar in das Geheimnis eingeweiht.

Sie war außer sich vor Erregung ins Bett gegangen, und Pembroke hatte die Tür seiner Kabine abgeschlossen. Sie konnte jedoch nicht schlafen. Immer wenn sie die Augen schloss, sah sie die Peitsche, die auf James' nackten Rücken herabsauste, und das Blut. Sie sah auch, wie James seine Hand zu Isabeaus Zeichen hob, wie er sie musterte und sah, dass sie verstand. *Ich liebe dich.*

Warum hatte dieser verdammte Mistkerl nur so lange damit gewartet, ihr das zu sagen? Und warum hatte er es ausgerechnet jetzt getan?

Weil er sich sicher war, dass er sterben würde. Er wusste, dass Carter ihn nach London bringen würde, damit er dort vor Gericht gestellt, verurteilt und gehängt würde. Diana öffnete die Augen und starrte die dunklen Planken an. Eine war um einen Nagel herum gespalten.

Es sähe James Ardmore jedoch nicht ähnlich, sich einfach so in sein Schicksal zu ergeben. Das wäre höchst untypisch für ihn. Aber er hatte gewusst, dass er nicht mehr mit Diana sprechen konnte, und hatte diese Gelegenheit genutzt, es ihr zu sagen.

Dianas Atemzüge beschleunigten sich. Er würde sich ganz gewiss nicht demütig fügen. Carter würde James nicht nach London schaffen und ihn vor ein Gericht schleppen. Das würde James niemals zulassen, und das wusste er auch.

Er hatte Diana diese Botschaft nicht geschickt, weil er wusste, dass er sterben würde, sondern weil er noch einen Trumpf im Ärmel hatte. Dieser verfluchte Kerl plante etwas!

Diana setzte sich so hastig auf, dass sie mit dem Kopf gegen den Balken stieß, und fuhr gereizt mit der Hand an ihre Stirn.

Er plante seine Flucht. Sie hatte zwar nicht den leisesten Schimmer, wie er das anstellen wollte, aber er war James Ardmore. Er versenkte bewaffnete Fregatten und bekämpfte ganz allein Piraten. Captain Carter hatte ihn in Ketten gelegt und hielt das für sicher. Dieser einfältige Narr!

Sie schwang sich von ihrer Koje. Kaum hatten ihre Füße den Boden berührt, hörte sie im Gang Schritte, wütende Stimmen und Schreie. Hinter dem kleinen Bullauge von Pembrokes Kabine herrschte noch schwärzeste Nacht.

Sie hämmerte gegen die Tür. »Lasst mich raus! Was ist passiert?«

Doch ihr Rufen ging in dem rasenden Gebrüll des Kapitäns unter. Er rannte, gefolgt von mehreren Männern, an der Kabine vorbei.

Sie hämmerte fast eine halbe Stunde lang an die Tür und schrie nach Pembroke, bis der junge Leutnant endlich auftauchte. Seine Augen waren weit aufgerissen, und der Schein der Laterne fiel auf sein blasses Gesicht und seine zitternden Lippen.

Diana ballte die Fäuste. »Was ist passiert?«

Statt zu antworten, packte Pembroke ihr Handgelenk und zerrte sie hinter sich her an Deck.

Am Horizont zeigte sich ein schmaler, grauer Streifen. In dem dämmrigen Licht sah sie den Vormast. James stand nicht mehr dort. Sie sah die Taue, mit denen er gebunden gewesen war; sie lagen zerschnitten auf den Planken, daneben eine Kette und die Handschellen.

Von James Ardmore dagegen war nichts zu sehen. Wie sie erfuhr, war auch ihr früherer Gemahl, Sir Edward Worthing, verschwunden.

Ein Monat später

Lady Whitney-Jones, Ehefrau des siebten Barons Whitney-Jones, hob ihre makellos gezupften Brauen und warf einen entsetzten Blick durch die Werkstatt des Schneiders. Was um alles in der Welt suchten die skandalöse Lady Worthing und ihre höchst befremdliche Tochter ausgerechnet hier? Sie hätte den Anstand besitzen können, sich weiterhin zu verbergen. Nach Mayfair zurückzukehren und bei Madame Aurora elegante Kleider zu bestellen, und das auch noch vollkommen gelassen, war einfach nicht zu ertragen.

Diana spürte diese Gedanken, die der hocheleganten Lady durch den Kopf gingen, während sie Isabeaus Mantel zuknöpfte. Die Dame folgte mit ihren etwas hervorstehenden Augen jeder Bewegung Dianas, sagte aber kein Wort.

Schließlich nahm Diana Isabeaus Hand. Sie nickte der Lady, die sie jetzt höchst unelegant anglotzte, kühl zu. »Guten Tag, Lady Whitney-Jones.«

Dann ging sie entschlossen an ihr vorbei und durch die Tür hinaus, bevor Lady Whitney-Jones sich eine Antwort hatte zurechtlegen können.

Draußen schien die Junisonne warm auf den Bürgersteig der Oxford Street. Londons Einwohner strahlten, froh über das langersehnte schöne Wetter. Diana sah die Kutsche ihres Vaters, die ein Stück entfernt an der Straße wartete. Ein großer, mittelblonder Mann plauderte mit dem Kutscher. Als er Diana sah, drehte er sich zu ihr um und tippte an seinen Hut.

»Hallo, Diana. Euer Vater hat mich gebeten, Euch nach Hause zu geleiten. Also, da bin ich.«

»Leutnant Jack.« Sie nahm seine ausgestreckte Hand. Sie hatte ihn einige Tage nicht gesehen, weil er in der Nähe von Whitehall logierte und im Moment die meiste Zeit in der Admiralität verbrachte. »Ich sollte Euch wohl eigentlich nicht länger so nennen. Schließlich habt Ihr einen eigenen Namen.«

»Leutnant Jack gefällt mir.«

Obwohl er seine Qualen in Haven überlebt hatte, nicht zuletzt deshalb, weil der Schiffsarzt ein kleines Wunder vollbracht hatte, wirkte Jack immer noch ein wenig gehetzt. Die Furchen um seine Augen hatten sich vertieft. Nachdem er aus diesem unnatürlichen, durch seine Kopfverletzung verursachten Schlaf erwacht war, hatte er sich immer noch nicht an seinen Namen erinnern können. Diana hatte gehofft, dass das Trauma seiner Bewusstlosigkeit ihn so schockiert hätte, dass er sein Gedächtnis wiedererlangte, aber es hatte sich nichts verändert. Was Leutnant Jack nur zu deutlich spürte.

Er hieß nicht »Jack«. Sein Name war Richard Delacroix, genau wie Leutnant Pembroke vermutet hatte. Lord Richard Delacroix, um genau zu sein, Bruder des Herzogs von Carlisle. Er war als privilegierter Sohn in Norfolk aufgewachsen und hatte sich dann entschlossen, zur See zu fahren. Er hatte als Kadett angeheuert, seine Prüfungen bestanden und sich bis zum Ersten Offizier hochgearbeitet. Die Admiralität hatte bereits erwogen, ihm sein eigenes Kommando zu geben. Jetzt zögerten sie natürlich und meinten, sie müssten abwarten, wie sich seine Krankheit entwickelte.

Also hatte Leutnant Jack einen Namen und eine Familie – und eine Gattin. Sie lebte mit seinem Sohn und seiner Tochter in Norfolk, hielt sich jedoch zurzeit in London auf, wo sie sich um ihre Kinder und die seiner beiden Brüder kümmerte. Leutnant Jack war nicht zu ihr gegangen. Diana hatte ihn noch nicht nach dem Grund gefragt.

»Der Name Jack kommt mir irgendwie vertrauter vor«, erklärte er.

»Ich fühle mich geehrt, dass ich ihn benutzen darf«, erwiderte Diana. Sie ließ sich von ihm in die Kutsche helfen. Anschließend hob er Isabeau hinein, die glücklich auf die Sitzbank neben ihre Mutter kletterte. Isabeau liebte es einzukaufen.

Jack stieg ebenfalls ein und setzte sich auf die Bank ihnen gegenüber. Die Kutsche fuhr los, über die Oxford Street zur Mount Street, wo Admiral Lockwoods Haus lag.

Kaum hatten sie sich in Bewegung gesetzt, da erlosch Dianas Lächeln. »Gibt es etwas Neues?«

»Nein. Es tut mir leid, Diana.«

Leutnant Jack und ihr Vater versuchten eifrig, James Ardmores Aufenthaltsort herauszufinden. Nach seiner Flucht von dem Schiff war er jedoch wie vom Erdboden verschwunden. Man hatte nirgendwo an Land Spuren von ihm gefunden, obwohl Captain Carter seine Soldaten auf die Suche geschickt hatte. Carter hatte seine Kollegen in Plymouth verständigt, von denen einer sich bereit erklärt hatte, Diana und einen Arzt nach Haven zu bringen, während Carter die gesamte Küste nach James absuchte.

Sir Edward dagegen war relativ schnell gefunden worden. Man hatte ihn vollkommen ausgeraubt, ihm seine Kleidung und seine Pistole abgenommen und ihn nur mit seiner Unterhose bekleidet an einem Strand ausgesetzt.

Er war rasend vor Zorn. Diana dagegen war erleichtert, dass James Edward nicht einfach umgebracht hatte. In seiner Wut wäre er dazu ohne weiteres imstande gewesen. Er hatte sich damit begnügt, Sir Edward zu demütigen. Diana konnte sich sehr gut vorstellen, welches Vergnügen das James bereitet hatte.

Er selbst jedoch blieb unauffindbar. Weder die Admiralität noch Freunde ihres Vaters hörten irgendwelche Gerüchte von James' Gefangennahme, seinem Tod oder auch nur seiner Flucht. Ebenso war die *Argonaut*, sein berüchtigtes Schiff, seit vielen Monaten nicht mehr gesichtet worden.

Diana schwankte zwischen Erleichterung, keine Nachrichten von seinem Tod zu bekommen, und eiskalter Angst. James hatte genau den richtigen Moment zur Flucht abgewartet. Sie vermutete, dass Leutnant Pembroke seine Hand dabei im Spiel gehabt hatte, obwohl er genauso überrascht gewirkt hatte wie der Kapitän. Carter wiederum war fuchsteufelswild gewesen, weil er Diana nicht für James' Verschwinden verantwortlich machen konnte, aber sie war zu dieser Zeit in Pembrokes Kabine eingesperrt gewesen.

Ihr wurde in dieser ersten von vielen schlaflosen Nächten klar, dass Carter James niemals erwischt hätte, wenn sie nicht gewesen wäre. Er hätte mit Leichtigkeit den Soldaten in der Herberge entkommen können. Er hatte sein Messer fallen und sich festnehmen lassen, ihretwegen. Und er hatte den Moment zur Flucht genutzt, in dem man Diana auf keinen Fall eine Mittäterschaft hatte vorwerfen können.

Eine egoistischere Frau wäre vielleicht über sein Opfer froh gewesen. Diana fühlte sich einfach nur elend.

Bei Leutnant Jacks Nachricht beziehungsweise der Tatsache, dass es keine Neuigkeiten gab, änderte sie ihre Meinung und gab dem Kutscher Anweisung, sie nach Whitehall zu fahren. Sie stiegen vor der mit Säulen geschmückten Fassade der Admiralität aus. Jack führte sie und Isabeau hinein. Ihr Vater war heute Morgen ebenfalls hier, weil er Admiral Pembroke einen Besuch abstatten wollte. Diana hatte ihrem Vater von Edward erzählt, und dieser hatte sich bei seinem Freund deshalb beschweren wollen, allerdings unter vier Augen.

Der Admiral hatte Edwards Aussage bestätigt und sich sehr wortreich bei Diana entschuldigt. Sie war nicht sicher, was sie davon halten sollte. Aber ihre Ehe war tatsächlich annulliert. Was das englische Recht anging, waren Diana und Edward niemals verheiratet gewesen.

Sie fand ihren Vater sofort. Er stand auf den Marmorstufen, in ein Gespräch mit Admiral Pembroke und einem großen, breitschultrigen Gentleman mit einem langen blonden Zopf vertieft.

Als sie sich ihrem Vater näherte, sah der blonde Unbekannte sie an, musterte sie mit seinen eindringlichen blauen Augen und verzog den Mund zu einen freundlichen Lächeln, das ihr verriet, dass ihm gefiel, was er sah, und auch, dass er es ihr gesagt hätte, wäre er nicht in Gesellschaft gewesen.

Sie sah den Mann kühl an. Sein Lächeln wurde breiter. Damit konnte er Herzen zum Schmelzen bringen. Nur ihres nicht, selbstverständlich. James hatte es bereits in tausend Stücke zerschmettert.

»Diana«, begrüßte ihr Vater sie herzlich. »Was für eine angenehme Überraschung, dich zu sehen, Liebes. Euer Lordschaft, ich möchte Euch meine Tochter vorstellen, Lady Worthing. Diana, Viscount Stoke.«

James' gedehnte Stimme klang in ihren Ohren, leise und gereizt. *Der Viscount, den sie geheiratet hat, war einstmals ein grinsender Witzbold namens Grayson Finley.*

Sie starrte in die blauen Augen des Viscount, die von langen Wimpern umrahmt waren, bevor sie sich zusammenriss und seine Hand nahm.

Ihre Finger wurden von einer Handfläche umfasst, die ebenso hart und schwielig war wie die von James. Sie ähnelte ihr sogar so sehr, dass ihr die Tränen in die Augen stiegen.

Er hielt ihre Hand einen Moment zu lange fest. Als er sie losließ, sah er sie aus den Augenwinkeln an und zwinkerte ihr kurz zu.

Er war ein Pirat. Einer der Besten. Das hatte James zu ihr gesagt. *Ich habe ihn gejagt. Obwohl ich ihn mehrmals erwischt habe, konnte er immer wieder seinen Kopf aus der Schlinge ziehen.*

Grayson Finley, Viscount Stoke, stolzierte jetzt in der Admiralität herum, als gehöre ihm der Palast, und plauderte gutmütig mit denselben Admiralen, die nur zu gern einen Piraten in Ketten legen würden. Was für ein frecher Bursche.

Dianas Vater stellte auch Leutnant Jack vor. »Er ist der Bruder des Herzogs von Carlisle. Aber er nennt sich Jack.«

Der Viscount schüttelte ihm die Hand. »Wir sind uns bereits begegnet.«

»Tatsächlich?«

Diana sah, wie sehr Jack das hasste. Dass Menschen Dinge über ihn wussten, an die er keine Erinnerung hatte. Kein Wunder, dass er es hinauszögerte, seine Frau aufzusuchen. Sich nicht an sie erinnern zu können musste der schlimmste Schlag von allen sein.

»Und Isabeau«, fuhr der Admiral fort. »Meine Enkelin.« Der Viscount nahm Isabeaus kleine und etwas klebrige Hand in seine, hob sie an und führte sie an seine Lippen. »Hallo, Miss Worthing.«

Isabeau stieß ein gedämpftes Quietschen aus. Der Viscount sah sie einen Herzschlag lang verwirrt an, dann bekam seine Miene einen nichtssagend höflichen Ausdruck.

»Sie ist taub!«, erklärte Diana ein wenig gereizt. »Sie kann nicht sprechen.«

Der Viscount drückte Isabeaus Hand noch einmal ganz zart, streckte dann die Hand aus und zog behutsam an ihrem Zopf. Isabeau lachte. Der Blick, den der Viscount anschließend Diana zuwarf, war zutiefst mitfühlend.

»Was ich gerade erwähnen wollte, Lockwood«, fuhr Admiral Pembroke fort und überspielte den kleinen Moment der Peinlichkeit. »Viscount Stoke könnte Euch vielleicht bei Euren Nachforschungen behilflich sein.« Er sah sich um und senkte die Stimme. »Er kannte James Ardmore.«

Das Lächeln wich schlagartig aus dem Gesicht des Viscount. Und Diana erkannte in seinen blauen Augen die brutale Verwegenheit und scharfe Intelligenz, die es ihm ermöglicht hatten, James Ardmore, dem besten Piratenjäger der Welt, immer wieder zu entkommen.

»Warum stellt Ihr Nachforschungen über ihn an?«, erkundigte er sich kurz angebunden.

»Er wurde an meiner Insel angespült«, erwiderte Dianas Vater liebenswürdig. »Dann wurde er gefangen genommen und ist anschließend verschwunden. Natürlich sind wir alle neugierig auf seinen Verbleib.«

Der Viscount sah Diana an. »Wenn er untergetaucht ist, dann lasst ihn gehen. Ihr werdet ihn sehr wahrscheinlich nie wiedersehen.«

»Es hat bisher keine Berichte gegeben, dass er nach Amerika entkommen wäre«, mischte sich Leutnant Jack ein. »Genauso wenig wurde sein Tod gemeldet.«

»Das wird auch nicht passieren. Er kommt und geht, wie es ihm gefällt. Ich schlage vor, Ihr verschwendet nicht Eure Zeit.«

»Ich schulde ihm mein Leben«, widersprach Leutnant Jack etwas kühl. »Ich kann ihn oder seine Taten nicht einfach vergessen.«

»Wenn er Euren Dank will«, entgegnete der Viscount, »wird er sich bei Euch melden und ihn einfordern. Andernfalls, und merkt Euch meine Worte, werdet Ihr ihn nicht zu Gesicht bekommen.«

Er verbeugte sich, und als er sich aufrichtete, strahlte sein Gesicht wieder liebenswürdig. »Guten Tag, meine Herren Admiräle. Leutnant. Lady Worthing. Ich muss packen, schon wieder. Man schickt mich auf die Kanalinseln, aus einem Grund, den nur Gott und die Admiralität kennen. Man sollte meinen, dass sie nach diesem Monat in Preußen endlich mit mir fertig wären, aber die Bewunderung, die diese verdammten Admiräle meinen Fähigkeiten entgegenbringen, hält mich weiter von meiner Frau und meinen Kindern fern.«

Seine blauen Augen funkelten, als er von seiner Familie

sprach, dann drehte er sich um und schlenderte gelassen die Treppe hinauf.

»Merkwürdiger Bursche«, bemerkte Admiral Pembroke. »Aber sehr nützlich. Er hat den französischen König aufgespürt, als dieser verschwunden war, und zeigt eine bemerkenswerte Intelligenz, was die Franzosen und ihre Verbündeten angeht. Seine Vergangenheit ist zwar ein wenig dubios, aber man hat beschlossen, großzügig darüber hinwegzusehen, im Austausch für seine Dienste.« Er schüttelte den Kopf. »Eines Tages aber wird seine Lordschaft zweifellos alles hinter sich lassen und sich auf seinen Besitz in Cornwall zurückziehen. Er betet seine Frau an und hasst es, von ihr getrennt zu sein.«

Mit diesen Worten führte er Admiral Lockwood und Leutnant Jack die Treppe hinunter. Diana zögerte. Als die anderen außer Sicht waren, eilte sie rasch die Stufen hinauf, hinter dem Viscount her.

Er wartete auf dem Treppenabsatz und sah aus einem der Fenster, das auf den belebten Hof hinausging.

Diana hielt Isabeaus Hand fest, aber das kleine Mädchen war viel mehr von den kunstvoll bemalten Decken fasziniert. »Wisst Ihr, wo er ist?«, fragte sie den Viscount geradeheraus.

Er musterte sie erneut von Kopf bis Fuß, als wüsste er genau, was zwischen ihr und James auf Haven vorgefallen war. »Ihr seid eine außerordentlich schöne Frau, Lady Worthing. Genau die Art Frau, um die Ardmore und ich früher einmal gekämpft hätten. Und zwar erbittert.«

»Also wollt Ihr mir raten, ihn zu vergessen?«

»Er ist nicht gerade ein Mann der sentimentalen Abschiede.«

»Er hat mir erzählt, dass Ihr einst sein bester Freund wart. Und dann sein erbittertster Feind. Aber mir scheint, dass Ihr ihn nicht sonderlich gut kennt.«

Er betrachtete sie unter seinen langen Wimpern. »Ihr seid eine gute Frau, Lady Worthing. Viel zu gut für solche Männer wie James Ardmore.« Er nahm ihre Hand. »Ja, wir hätten sicherlich um Euch gekämpft.«

»Wie geht es Eurer Gemahlin, Mylord?«, fragte Diana zuckersüß.

Lord Stoke verzog den Mund zu einem Lächeln, das leuchtete wie strahlender Sonnenschein nach einer Woche Regen. »Kennt Ihr Alexandra?« Er klang, als würde er liebend gerne über sie reden.

»Ich habe sie einmal getroffen. Sie wird sich nicht an mich erinnern.«

»Jeder, der Euch begegnet ist, würde sich an Euch erinnern.« Er hob kurz ihre Hand an seine Lippen. »Ich werde Euch erwähnen, wenn ich ihr heute Abend schreibe.«

»Ihr seid sehr freundlich«, erwiderte Diana. »Guten Tag, Lord Stoke.«

Er maß sie erneut mit diesen blauen Augen von Kopf bis Fuß und lächelte hinreißend. »Guten Tag, Lady Worthing.«

Als sie sich umdrehte und ging, hörte sie, wie er leise murmelte. »Verdammt, und wie wir um Euch gekämpft hätten.«

»Die Post ist gekommen, Madam.«

Admiral Lockwoods gichtgeplagte Haushälterin legte Diana die Briefe auf einem Silbertablett vor.

Ihr Vater war mit einem Bekannten frühstücken, also saß Diana allein mit Isabeau am Tisch. Sie hatte vorgehabt, den Vormittag über ihre Korrespondenz zu erledigen. Nicht dass sie viele Briefe zu beantworten gehabt hätte. Nur die ältesten Freunde ihres Vaters würden Diana Worthing noch schreiben.

Sie hatte kurz mit der Idee gespielt, James' Schwester Honoria einen Brief zu schicken. Sie sollte sie darüber in Kenntnis setzen, dass sie ihren Bruder getroffen hatte und er verschwunden war. Vielleicht jedoch befand sich James längst sicher in Charleston, und seine Schwester würde ihren Brief als eine vulgäre Aufdringlichkeit betrachten. Diana seufzte, als sie die Post durchblätterte. Außerdem wusste sie auch nicht, wohin sie ihre Nachricht hätte senden sollen. James hatte ihr seine Adresse nicht gegeben.

Sie brach das Siegel eines schweren, cremefarbenen Umschlags. Die Nachricht war kurz, prägnant und unterschrieben mit: »Eure höchst ergebene Alexandra Stoke«.

Dianas Herz zog sich zusammen. Sie hob den Blick zum Anfang des Briefes und las ihn noch einmal.

»Ich richte diese kühne Mitteilung nur zögernd an Euch, Lady Worthing, aber mein Ehemann schrieb mir von Eurer Begegnung in der Admiralität, und plötzlich ergeben einige Dinge, die mich sehr verwirrt haben, einen Sinn. Aus diesem Grund habe ich mich entschlossen, an Euch heranzutreten. Ich wurde Euch vor drei Jahren bei einer Gesellschaft im Hause Lady Featherstones vorgestellt, in das Ihr von Admiral Hawes eingeführt wurdet. Ihr lerntet mich als Alexandra Alastair kennen, mittlerweile bin ich Lady Stoke. Dies vorausgeschickt, glaube ich, dass ich Informationen über einen gemeinsamen Bekannten besitze, die Euch interessieren dürften. Falls ich für Euch nicht in Rätseln

spreche, wäre ich höchst erfreut, Eure Gesellschaft im Sommerhaus der Stokes genießen zu dürfen, in Newquay, Cornwall.

P.S. Solltet Ihr zufällig Lord Stoke treffen, bevor Ihr London verlasst, dann erwähnt diesen Brief ihm gegenüber bitte nicht. Ich werde Euch alles erklären, sobald Ihr eingetroffen seid.«

Diana las die kurze Mitteilung noch einmal, unsicher ob sie den Inhalt wirklich verstanden hatte. Gemeinsamer Bekannter. Unterstrichen.

Ihr Herz raste. Sie dachte über die verwirrende Tatsache nach, dass Lady Stoke zwei Sätze dieses wichtigen Briefes darauf verwendet hatte, Diana zu versichern, dass sie sich kannten, und ihr damit zu sagen, dass es kein Bruch der Etikette wäre. Guter Gott, dachte sie, warf den Papierbogen auf den Tisch und sprang auf. Als wäre das von Bedeutung im Vergleich zu dem, was der Brief noch enthielt.

Sie eilte ins Arbeitszimmer ihres Vaters, gefolgt von der neugierigen Isabeau. Diana holte Karten heraus und entrollte sie auf dem Schreibtisch. Sie betrachtete Südengland und Cornwall. Newquay. Ja. Es lag an der Atlantikküste, etwa fünfzig Meilen über Land von Plymouth entfernt. Länger, wenn man mit dem Schiff um das Kap herumfuhr. In dieser Gegend wimmelte es von Schmugglern. *Sagen wir, wir teilen eine gemeinsame Abneigung gegen herumschnüffelnde englische Fregatten.*

Sie schloss die Augen. James war verschwunden. Lord Stoke war gerade aus Preußen zurückgekehrt und wurde jetzt auf die Kanalinseln geschickt, ohne vorher nach Hause zurückkehren zu können. *Erwähnt diesen Brief nicht meinem Ehemann gegenüber*, hatte Lady Stoke ihr geschrieben. James Ardmores größter Rivale. James Ardmore hatte vertraut und bewundernd über die frühere Mrs. Alastair gesprochen.

Diana stand rasch auf. Isabeau blickte interessiert auf die Karte von Cornwall, aber Diana rollte sie wieder zusammen und verstaute sie zusammen mit den anderen Karten in ihren Fächern. Dann schrieb sie einen Brief an ihren Vater, versiegelte ihn und legte ihn unter sein Tintenfass. Anschließend packte sie rasch die nötigsten Dinge für sich und Isabeau ein und mietete eine Kutsche, die sie nach Cornwall bringen sollte.

18. Kapitel

Lady Stoke, ehemals Alexandra Alastair, hob ihren Sohn auf die Couch neben sich.

»Was hast du da gegessen, Alex?«, fragte sie mit gutmütiger Gereiztheit. Das Gesicht des kleinen Kerls war mit einer pappigen Substanz verschmiert, an der Dreck klebte. Seine Zwillingsschwester Charlotte war draußen im Garten. Zweifellos sah sie noch erheblich schlimmer aus.

Alex und Charlotte hatten gerade ihren ersten Geburtstag gefeiert. Beide krabbelten schnell und behende umher. Es bedurfte der gemeinsamen Anstrengung von Alexandra, ihrer Stieftochter Maggie, einem Kindermädchen, der Haushälterin und zwei weiteren Bediensteten, sie im Auge zu behalten. Grayson behauptete steif und fest, dass der kleine Alex bereits »Papa« sagen konnte, aber selbst Alexandra, die eine hingebungsvolle Mutter war, konnte aus den vielfältigen Lauten, die den Mündern der Zwillinge entströmten, kein artikuliertes Wort entnehmen.

Der kleine Junge, der oben im Kinderzimmer lag, war vier Monate alt und wuchs rasch. Er würde bald ebenso umherrennen wie seine beiden Geschwister.

Alexandra setzte sich ihren Sohn aufs Knie, überlegte zerstreut, was er da auf seinem Hemd hatte, und dachte darüber nach, ob es richtig gewesen war, Lady Worthing zu verständigen. Und sie überlegte ebenfalls, ob es klug gewesen war, Grayson nicht darüber zu informieren. Aber der Mann mit diesen bemerkenswerten grünen Augen, der an der einsamen Kurve der Straße in ihre Kutsche gestiegen war, hatte ihr, bevor er vor ihren Füßen zusammenbrach, noch unmissverständlich klargemacht, dass er nicht bleiben würde, wenn sie ihren Ehemann benachrichtigte.

Sie hatte sofort gewusst, was er meinte. *Ich brauche Hilfe, aber ich werde sie nicht von Grayson Finley annehmen.*

Er hatte vor Fieber geglüht, und sein Rücken war von eiternden Wunden übersät. Sie hatte ihn mit Hilfe ihrer Bediensteten ins Bett geschafft und den ganzen Haushalt zu absolutem Stillschweigen verpflichtet.

Er lag jetzt seit Wochen in ihrem besten Gästezimmer, schwitzend und zitternd, gepeinigt von immer neuen Fieberschüben. Einige Tage war er hellwach gewesen, hatte sie nach den Bewegungen der englischen Flotte ausgefragt und sarkastisch gelächelt, als sie sich weigerte zu antworten. Dann wieder hatte er phantasiert. Er redete schnell, seine Augen glasig vom Fieber oder fest geschlossen.

Was auch immer er durchgemacht hatte, er würde es ihr nicht verraten, nicht einmal wenn er sprechen konnte. Sein Rücken war von der Peitsche so entstellt worden, aufgerissen fast bis auf die Knochen. Jemand hatte ihn grausam bis zur Bewusstlosigkeit geprügelt.

Die Wunden hatten sich entzündet und das Fieber verstärkt. Die Bediensteten badeten ihn, flößten ihm Essen und Trinken ein. Alexandra pflegte ihn, so gut sie konnte. Sie mussten ihm seine schmutzige Hose ausziehen, sein einziges Kleidungsstück. In seinem Fieber riss er sich jedes Hemd vom Leib, das sie ihm überzogen, und lag schließlich nackt in die Decken gewickelt, die er manchmal ebenfalls von sich warf.

Das zermürbte Alexandra zwar beträchtlich, aber sie sagte sich, dass sie Mutter von drei Kindern und zum zweiten Mal verheiratet war. Eigentlich sollte sie nur Mitgefühl und Erbarmen empfinden.

Sie seufzte. Bei jedem anderen Mann hätte sie das auch getan, doch bei James Ardmore verhielt es sich anders. Er war der schlimmste Feind ihres Ehemannes gewesen, und vor zwei Jahren war sie direkt zwischen die beiden geraten. James hatte ihr Dinge erzählt, die er Grayson niemals verraten hatte, und sie glaubte, dass sie James vielleicht besser verstand, als ihr Mann das jemals getan hatte.

Aus diesem Grund hatte sie sich entschieden, nicht Grayson, sondern Diana Worthing zu schreiben.

Maggie kam aus dem Garten in den Salon. Sie hatte die kleine Charlotte auf dem Arm, die, wie Alexandra richtig vermutet hatte, noch schmutziger war als ihr Bruder. Charlotte war abenteuerlustig und kannte bedauerlicherweise keine Angst.

Maggie wirkte aufgeregt, aber Alexandra nahm sich, wie fast immer, einen Moment Zeit, sie zu bewundern. Das Mädchen war Graysons Tochter von der polynesischen Frau, die er auf Tahiti kennengelernt und geheiratet hatte. Maggie hatte Saras Aussehen geerbt, das lange schwarze Haar, die mandelförmigen, braunen Augen, die runden Wangenknochen und die vollen roten Lippen. Aber sie hatte auch viel von Grayson an sich, das sich in ihrem strahlenden Lächeln, ihren funkelnden Augen und ihrem impulsiven Wesen zeigte.

Alexandra liebte das Mädchen sehr. Mit ihren vierzehn

Jahren entwickelte sich Maggie allmählich zu einer wunderschönen jungen Frau. Eine Tatsache, die auch die jungen Männer von Newquay allmählich bemerkten. Für Grayson dagegen war sie nach wie vor sein kleines Mädchen, das er auf Jamaika gerettet hatte. Wenn er irgendwann ebenfalls registrierte, dass die jungen Männer ihr ständig den Hof machten, würde auch die feine Landbevölkerung endlich begreifen, warum in der Stadt jeder tuschelte, dass Lord Stoke ein Pirat gewesen war.

»Mama Alexandra«, Maggies braune Augen glänzten. »Ich glaube, sie ist da.«

Diana öffnete erschöpft die Augen, als die Kutsche langsamer wurde und wendete. Sie warf einen Blick aus dem Fenster, während sie eine halbe Meile über die Auffahrt durch eine sehr gepflegte Anlage fuhren. Sie rumpelten über eine geschwungene Brücke und kamen endlich vor einem mit einem Portikus verzierten Haus zum Stehen, dessen großzügige Seitenflügel sich wie Arme ausstreckten. Es war bereits spät, aber die Junisonne schien immer noch warm auf den Park herab.

Diana tat jeder Knochen weh, und ihr Mund war staubtrocken. Der Kutscher hatte viermal anhalten müssen, damit Diana aussteigen und sich übergeben konnte. Das Schaukeln der Kutsche hatte ihren ohnehin bereits schwachen Magen überfordert. Sie brauchte ein Bad, kaltes Wasser und ein Bett.

Vier Lakaien kamen aus dem Haus, aber der Kutscher von Dianas Mietdroschke sprang vom Bock und öffnete den

Schlag, bevor sie herbeigeeilt waren. Ein Lakai stellte einen gepolsterten Schemel vor den Tritt, warf dem Kutscher einen gereizten Blick zu und drängte ihn mit der Schulter zur Seite. Er hatte den Schemel gerade auf die Erde gestellt, als Dianas Fuß in der Öffnung sichtbar wurde.

»Steigt aus, Melady«, bat der Kutscher sie in seinem unverkennbaren Cockney-Akzent.

Die Lakaien maßen ihn mit frostigen Blicken. *Wir arbeiten für den Viscount,* besagten ihre Mienen. *Ihr, Sir, seid hier ein Nichts.*

Diana hob Isabeau heraus, nahm ihre Hand und ging mit ihr an den steif dastehenden Bediensteten vorbei zur offenen Haustür. Isabeau streckte die Hand aus und zupfte den Letzten in der Reihe an seinen Frackschößen. Er blickte herunter, und seine Brauen zuckten. Isabeau schenkte ihm ihr freundlichstes Lächeln. Der Lakai, der etwa in Dianas Alter sein musste, ließ sich zu einem Grinsen herab. Dann sah er sich schuldbewusst um, als schämte er sich, dabei ertappt zu werden, dass er sich wie ein menschliches Wesen benahm.

Schritte hallten durch die geräumige Eingangshalle, und eine Frau trat in den Sonnenschein heraus. Diana wurde sich plötzlich bewusst, dass sie zwölf Stunden gereist, ihre Frisur vollkommen ruiniert und ihr Kleid, ein schlichtes Baumwollgewand, hoffnungslos verknittert war. Die Lady, die sie begrüßte, trug ein elegantes, braunes Kaschmirkleid, dessen Schärpe mit rosafarbenen Rosen bestickt war, und ihren schlanken Hals schmückte eine zierliche Granatkette. Ihr rotbraunes Haar war glatt und glänzte seidig, und jeder geflochtene Zopf lag ordentlich an seinem Platz.

Hinter ihr stand ein außergewöhnlich entzückendes Mädchen. Sie hatte wilde schwarze Locken, exotische braune

Augen, und ihre Haut schimmerte in der Farbe von Milchkaffee. Sie hielt zwei kleine Kinder an den Händen, mit rotblondem Haar und denselben blauen Augen, in die Diana vor einigen Tagen in der Admiralität geblickt hatte.

Lady Stoke streckte ihre schlanken weißen Hände aus und begrüßte Diana herzlich. »Lady Worthing, bitte, kommt herein. Ihr müsst müde und hungrig sein. Ich habe Abendessen für Euch vorbereitet, und ein Bett wartet auch auf Euch. Ihr habt diesen weiten Weg sehr rasch zurückgelegt. Ihr hättet unterwegs rasten sollen, meine Liebe …«

Mit diesen Worten zog Alexandra Diana in die kühle, schattige Eingangshalle. Die Lakaien folgten ihnen, schlossen die Tür und zerstreuten sich, um ihren Pflichten nachzugehen. Isabeau schlenderte zu den Kindern, verschränkte ihre Hände auf dem Rücken und betrachtete sie auf dieselbe Art, wie sie eine neue Muschelsorte begutachten würde.

Diana zog ihre Hände aus denen von Lady Stoke. »Wo ist er?«

Ihre Gastgeberin zuckte angesichts dieser Direktheit leicht zusammen. »Oben. Aber ich muss Euch vorwarnen, Lady Worthing. Er ist ziemlich krank.«

»Heute Morgen schien es ihm besserzugehen«, mischte sich das schwarzhaarige Mädchen ein. »Aber er hat uns nicht erkannt.«

Dianas Herz schien auszusetzen. Ihre Augen brannten, und ihr Hals schmerzte von der Anstrengung, den Kopf gerade zu halten. »Bitte, bringt mich zu ihm.«

Sie wusste, dass sie entsetzlich grob war, aber Höflichkeiten schienen im Moment wirklich keine Rolle zu spielen. Lady Whitney-Jones kannte alle Regeln der Etikette und war doch nichts weiter als eine hohlköpfige Närrin.

Lady Stoke dagegen verstand sie offensichtlich. Sie schob ihre Hand unter Dianas Arm und führte sie eine breite Marmortreppe hinauf. Im ersten Geschoss gingen sie durch einen weiten Korridor zu einem Zimmer mit einer Doppeltür. Als sie dort ankamen, trat eine große, grauhaarige Frau mit einer Schüssel Wasser und tropfnassen Handtüchern heraus. »Wir haben versucht, ihn ruhigzustellen«, erklärte sie. »Aber er ist rastlos. Wenn das Fieber nicht bald sinkt, Mylady, fürchte ich …«

Den Rest des Satzes hörte Diana schon nicht mehr. Sie schob sich an der Frau vorbei durch die Tür.

James lag mitten in einem großen Bett in einem geräumigen, hohen Zimmer. Ein Himmel aus Brokat schützte ihn vor der hellen Sonne, die durch die Fenster schien. Er war offenbar zugedeckt worden, hatte sich jedoch die Laken wieder vom Körper weggezogen. Jetzt lag er auf der Seite, mit dem Rücken zu Diana. Sein rechtes Bein und eine Gesäßbacke waren entblößt.

Fast sein ganzer Rücken war mit aufgeplatzten Striemen bedeckt, von denen einige bereits vernarbt waren. Andere dagegen leuchteten grellrot, wo das rohe Fleisch zu sehen war. Sein feuchtes Haar bedeckte seine Schultern, die mit blauschwarzen Blutergüssen bedeckt und vernarbt waren.

Diana entwich unwillkürlich ein Schrei. Sie war um das Bett herumgegangen und neben ihm auf die Knie gesunken, bevor sie überhaupt merkte, dass sie sich bewegte. Sie strich ihm das Haar aus dem Gesicht. Seine Haut war fahl unter seiner Bräune und glühte.

Lady Stoke trat leise ebenfalls neben das Bett und griff nach dem Laken, um es glattzuziehen. Jame's Lider flogen auf. Die grünen Augen glühten fiebrig. Er knurrte etwas und schlug dann mit der Faust nach Alexandra. Diana sprang hoch und fing seine Hand gerade noch rechtzeitig ab.

»James!«, rief sie scharf.

Sie hoffte, dass der Klang ihrer Stimme ihn aus dem Fieberwahn reißen, ihn vielleicht sogar zu einer sarkastischen Bemerkung verleiten würde. Wie zum Beispiel dass sie gerade noch rechtzeitig gekommen war, um seinen nackten Hintern bewundern zu können. Doch er grunzte nur gereizt und fiel unmittelbar danach in einen unruhigen Schlaf.

Diana verschwamm alles vor Augen, und seine Gesichtszüge lösten sich auf. Geduldig zog Lady Stoke die Decke erneut glatt, und diesmal rührte sich James nicht.

Schnelle Schritte näherten sich. Diana wischte sich die Tränen aus den Augen, als Isabeau vor dem Bett stehen blieb und auf die Gestalt blickte, die darin lag. Sie stieß einen Freudenschrei aus. »Joo!«

Sie lief um das Bett und kletterte neben Diana auf einen Stuhl. »Ma!«, schrie sie atemlos. »Joo!« Isabeau streckte die Hände aus, als wollte sie ihn umarmen, aber Diana hielt sie fest. Er war krank, lag vielleicht sogar im Sterben, aber noch war er stark. Sie konnte nicht riskieren, dass er wieder ausholte und Isabeau möglicherweise mit seiner Faust traf.

Deren Hände nur so flogen, als sie sich in Zeichensprache mit Diana unterhielt. »Was hat James, Mama? Ist er krank?«

»Ja, er ist sehr krank, mein Liebling«, erwiderte Diana.

»Wir sollten es Großvater und Mrs. Pringle sagen. Er wird ihn wieder gesund machen. Wir müssen ein Schiff holen und ihn nach Haven zurückbringen.«

»Das werden wir auch. Sehr bald.«

Diana streckte die Hand aus und legte sie auf James'

glühende Stirn. Dann beugte sie sich ungeachtet des Risikos vor und drückte ihm einen Kuss auf die Schläfe. James rührte sich nicht.

»Ich nehme an, dass ich mich wohl recht deutlich verraten habe«, sagte Diana.

Lady Stoke warf ihr einen Blick über den Rand der Teetasse zu. »Er hat nach Euch gerufen.«

Diana würgte den Tee herunter und war krampfhaft bemüht, sich nicht daran zu verschlucken. Sie saß mit Lady Stoke in deren privatem Salon. Die entzückende Maggie hatte Isabeau zum Tee mit ins Kinderzimmer genommen, wo auch die anderen Kinder waren. Diana hatte ihre Jacke ausgezogen und ihr Haar mit zitternden Händen so gut wie möglich geglättet, aber Alexandra hatte darauf bestanden, dass sie Tee und ein Stück Kuchen zu sich nahm, bevor sie sich umzog und auspackte.

Jetzt setzte die Lady ihre zierliche, hauchdünne Teetasse mit einem Klirren auf die Untertasse und fuhr fort. »In seinen wachen Momenten tut er so, als wüsste er nicht, wovon ich rede, wenn ich ihn nach Euch frage. Oder er weigert sich schlichtweg zu antworten.«

»Dann will er nicht, dass ich hier bin«, erwiderte Diana trübselig.

»Und ob er Euch bei sich haben will«, entgegnete Lady Stoke. »Sonst hätte er nicht nach Euch gerufen. Ich hatte zunächst keine Ahnung, wen er mit ›Diana‹ meinte. Doch dann erhielt ich einen Brief von meinem Ehemann, in dem er erwähnte, dass er Lady Worthing und ihren Vater, Admiral

Lockwood, getroffen hätte und Ihr Euch nach unserem gemeinsamen Bekannten erkundigt hättet. Also habe ich nachgeforscht und herausgefunden, dass Euer Vorname tatsächlich Diana ist. Aus diesem Grund habe ich Euch geschrieben und bin davon ausgegangen, dass Ihr einfach den Brief verbrennen und mich als exzentrisch abtun würdet, wenn meine eher kryptischen Andeutungen Euch nichts sagten.«

Diana brannte die Kehle. »Ihr habt mich gebeten, Eurem Ehemann nichts davon zu sagen, falls ich ihm erneut begegnete.«

Lady Stokes Wangen färbten sich rosa. »James hat mir dieses Versprechen abgenommen. Er schwor, dass er sofort das Haus verlassen würde, wenn ich es täte. Ihr kennt James. Er hätte es getan.«

»Allerdings. Dieser elende Mistkerl!«

»Außerdem ist James Ardmore ein eher heikles Thema zwischen uns. Grayson und er haben zwar einen Waffenstillstand vereinbart, aber sie trauen einander nicht.«

»Das habe ich bereits vermutet«, erwiderte Diana gelassen.

Lady Stoke schob einen Teller über den Tisch. »Bitte, esst ein wenig Kuchen. Ihr seid erschöpft und müsst zu Kräften kommen.«

Diana wusste, dass Alexandra recht hatte, und zwang ein halbes Stück des Gebäcks hinunter. Unter anderen Umständen hätte sie den süßen, würzigen Kuchen genossen, aber heute schmeckte er wie Sand, und sie fühlte, wie ihr übel wurde.

»Ich weiß, dass ich furchtbar neugierig erscheine«, fuhr Lady Stoke fort. »Aber ich muss unbedingt erfahren, wie Ihr James Ardmore kennengelernt habt.«

Diana ließ Krümel auf das mit Rosen bemalte Porzellan fallen. »Zunächst müsst Ihr mir sagen, was Ihr mit ihm vorhabt. Wollt Ihr ihn zusammenflicken und dann wegschicken? Ihn der Admiralität übergeben?«

Lady Stoke lächelte. »Er befindet sich bereits seit einigen Wochen hier, was ich der Admiralität selbstverständlich verschwiegen habe. Ich hatte eigentlich gehofft, dass Ihr eine Idee hättet, was Ihr mit ihm anfangen wollt.«

»Woher wusstet Ihr, dass mein Vater und ich ihn nicht ausliefern würden? Wenn Ihr ihn schützen wolltet, war es recht mutig von Euch, mir zu schreiben.«

Lady Stokes Lächeln vertiefte sich. »Weil er nicht nur Euren Namen gerufen hat, Diana, Liebes. Sondern auch einige recht, um es so zu formulieren, schmeichelhafte Dinge über Euch. Ein paar Mal hat er mich in seinem Delirium für Euch gehalten. Was er mir sagte, trieb mir die Röte ins Gesicht.«

Dianas Gesicht erhitzte sich schlagartig. »Oh.«

Lady Stoke trank einen Schluck Tee. »Natürlich hat mich das sehr neugierig gemacht.«

Diana betrachtete die Flüssigkeit in ihrer Tasse, die allmählich abkühlte. Noch vor einer Stunde hatte sie nicht über James sprechen, alles, was sie mit ihm verband, für sich behalten wollen. Aber Lady Stokes Gegenwart war sehr tröstlich, und Diana war unendlich müde. Ihre Gefühle für James zu verschweigen war ihr plötzlich unmöglich.

Sie begann zu sprechen, und die Worte sprudelten förmlich aus ihrem Mund, als wenn jemand ihre Lippen für sie bewegte. Sie erzählte dieser eleganten, schlanken Frau alles, angefangen von ihrer Entführung durch James vor einem Jahr, über diesen aufregenden Frühling, an dem er an der

Insel ihres Vaters angespült worden war und sich seitdem alles verändert hatte. Sie ließ nichts aus und endete mit James' Flucht von der Fregatte und seinem Verschwinden.

Als sie ihre Geschichte beendet hatte, saß Lady Stoke neben ihr auf der Couch, den Arm um Dianas Schultern geschlungen. Dianas Tränen durchnässten Alexandras entzückendes Kaschmirkleid.

»Armes, armes Ding. Ihr habt das wirklich sehr dringend gebraucht, nicht wahr?«

»Verzeiht mir«, sagte Diana, aber nur weil diese Worte angebracht schienen. Sie bereute nicht, dass sie alles erzählt hatte.

»Aber warum denn? Wir alle benötigen einen Vertrauten, mit dem wir reden können. Als meine Mutter starb, hatte ich Lady Featherstone, ihre beste Freundin. Aber sie lebt in Kent, und ich vermisse sie sehr.«

»Meine Mutter ist gestorben, als ich sieben Jahre alt war«, erklärte Diana. »Ich hatte niemanden.« Sie erinnerte sich an das letzte Mal, als ihre Mutter und sie dem Boot nachgewinkt hatten, in dem ihr Vater zu seiner Fregatte gerudert war. Sie hasste es, sich von ihm zu verabschieden, lächelte jedoch immer und täuschte Fröhlichkeit vor, wie ihre Mutter auch. Kurz nachdem das Schiff den Hafen verlassen hatte, hatte ihre Mutter sich eine schwere Erkältung zugezogen, von der sie sich nicht mehr erholen sollte. Vierzehn Tage später war sie gestorben.

»Und Ihr hattet eine schwere Zeit, nicht wahr?« Lady Stoke strich eine Locke von Dianas tränenfeuchter Wange. »Ich habe selbstverständlich von Eurer Trennung von Eurem Ehemann gehört. Und von Eurer Tochter.«

Diana lächelte schwach. »Solltet Ihr mich überhaupt empfangen, Lady Stoke? Ich bin zu skandalös, als dass man überhaupt darüber reden könnte.«

Lady Stoke lächelte, und plötzlich verstand Diana, warum Grayson Finley sich in sie verliebt hatte. Sie strahlte Wärme und Freundlichkeit aus und war wunderschön. Ihre Augen waren braungrün, wie ein von der Sonne beschienener Weiher.

»Herr im Himmel, wenn ich mir um Konventionen Sorgen machen würde, hätte ich Grayson niemals geheiratet! Über mich wird sehr viel getratscht, Diana, glaubt mir. Und bitte, nennt mich Alexandra. Zwei Ladys, die dumm genug sind, sich in Grayson Finley und James Ardmore zu verlieben, sollten die besten Freundinnen sein!«

Diana musste lachen. Es klang zwar in ihren eigenen Ohren ein wenig hysterisch, aber Lady Stoke schien das nicht zu stören. Sie schloss Diana in die Arme, und zum ersten Mal, seit Diana gesehen hatte, wie James ausgepeitscht wurde, fühlte sie sich ein klein wenig besser.

19. Kapitel

James schlug die Augen auf. Er lag mit dem Gesicht nach unten, vollkommen erschöpft, und alle Gliedmaßen taten ihm weh. Er musste noch auf diesem weißen Sandstrand sein, neben dem unbekannten englischen Leutnant, den er aus dem Wrack der Fregatte gefischt hatte.

Er lächelte, was seine Lippen aufreißen ließ. Sie musste jetzt jeden Moment auftauchen, ihr Baumwollrock würde sich im Wind bauschen und ihm einen Blick auf ihre schönen Beine gewähren. Ihr rotes Haar würde um ihren Kopf wehen, und sie würde rufen: »James Ardmore! Dich wollte ich niemals wiedersehen!«

Nur, woher wusste er, dass die Frau, die ihn finden würde, Diana Worthing war?

Weil er diesen Traum schon einmal gehabt hatte. Er schmeckte den Sand in seinem Mund, spürte den Wind in seinem Haar. Er erinnerte sich an das Geräusch ihrer Stiefel auf den Felsen, daran dass er die Augen geöffnet und sie über sich gesehen hatte. Später würde er in einem Bett aufwachen, dann würde Diana kommen, ihn berühren und den Funken zwischen ihnen neu entfachen. Sie würden miteinander streiten, um ihr Verlangen zu kaschieren, ihre Kräfte miteinander messen, wie nur Diana Worthing es vermochte.

Ein süßer Traum. Er klammerte sich daran. Er wollte, dass er weiterging bis zu einem Aufeinandertreffen im Sand vor den niedrigen Höhlen, wollte, dass Diana ihre Arme um seinen Hals schlang und in seinen Mund atmete. »James. Küss mich.«

Der Traum verschwand, und er öffnete die Augen.

Er lag mit dem Gesicht nach unten und hatte die Arme ausgestreckt, aber das Weiße unter ihm waren leinene Laken, kein Sand. Er befand sich in einem Schlafzimmer, durch dessen dunkle Fenster kühler Wind hereindrang. Das Bett war groß, und die Betttücher dufteten.

War er zu Hause in Charleston? Würde Honoria gleich an die Tür klopfen und ihn mit ihrer hochmütigen Stimme anraunzen, dass er das Abendessen versäumte und Mama sich aufregte?

Aber die Luft passte nicht zu Charleston. Sie sollte sich mild und warm anfühlen, nach Orangenblüten und Pfirsichen duften. Doch der Wind, der über seinen Körper strich, war erdig und kühl und roch schwach salzig nach Meer.

Er öffnete den Mund, um Honoria zu sagen, dass er aufstand, aber seine Stimme versagte ihm den Dienst. Er streckte seine Finger, einen nach dem anderen, löste sie vom Laken und richtete sich auf.

Er war weder in seinem Zimmer in Charleston noch in irgendeinem, das er kannte. Im Licht der flackernden Kerze sah er die hohe, gestrichene und mit einem goldenen Rahmen abgesetzte Decke. Dieselbe Goldverzierung wiederholte sich in dem prachtvollen Türrahmen. Die Brokatvorhänge an seinem Bett waren zurückgezogen, und die Bettwäsche war aus feinstem Leinen.

Ein leises Schnarchen störte die Stille. Aus einem

bequemen Lehnsessel am Kamin ragten zwei Stiefel hervor. Ein Kopf war nach vorn gesackt, auf dem etwas schief die Perücke eines Lakaien saß.

James machte kein Geräusch, als er aus dem Bett glitt und aufstand. Er war nackt, und der Kaschmirteppich fühlte sich weich unter seinen Füßen an. Nach einem Schritt vorwärts wäre er beinahe gestürzt. Seine Beine waren so schwach, dass sie ihn kaum trugen.

Ihm fiel wieder ein, dass er krank gewesen war, sehr krank. Einzelne Erinnerungsfetzen schossen ihm durch den Kopf, Menschen, die ihm eine glühende Flüssigkeit eingeflößt hatten, einige kräftige Gentlemen, die ihn festgehalten hatten, als er im Fieberwahn um sich schlug. Es war ihm zwar noch ein Rätsel, wo er sich befand und wie er hierhergekommen war, aber er musste in England sein. Selbst das farbenprächtigste Heim in Charleston würde diesem hier an Ornamenten nicht gleichkommen, und die alberne Livree des Lakaien konnte nur einem englischen Hirn entsprungen sein.

Er wartete, bis er die Kontrolle über seine Beine wiedererlangt hatte, dann nahm er das Nachthemd vom Stuhl neben dem Bett und zog es an. Es war für einen recht breitschultrigen Mann gemacht worden und passte ihm genau.

Lautlos durchquerte er den Raum, öffnete ebenso geräuschlos die Tür und ging hinaus.

Er stand auf einer geräumigen, mit Säulen geschmückten Empore, die sich über die vier Wände eines großen Treppenhauses erstreckte. Marmorstufen führten in eine riesige Empfangshalle, und ebenso beeindruckende Stufen schwangen sich zu dem Stockwerk über ihm hinauf. Statuen von Göttern und Göttinnen tollten auf einem Sims hoch oben herum, die meisten nackt und in recht eindeutigen Posen abgebildet. Erleuchtet wurde die Halle von Kristalllüstern, die in regelmäßigen Abständen an den Wänden hingen. Durch großen Fenster drang kühler, frischer Nachtwind herein.

Eine Frau kam die Treppe herauf. James drückte sich hinter der nächsten Säule an die Wand und beobachtete sie. Sie stieg anmutig die Stufen herauf, hielt mit einer Hand einen schokoladenbraunen Rock hoch und trug in der anderen eine Kerze. Ihr Schein erhellte ein Gesicht, das er kannte. Wunderschöne Augen, volle Lippen und cremefarbene Haut. Ihr dunkles Haar glänzte rot im Licht der Leuchter.

Plötzlich fügten sich die Puzzlestücke zusammen, und er wusste wieder, wo er war. Er trat aus dem Schatten zur Treppe. Die Frau sah hoch.

»Alexandra«, sagte er leise.

Sie ließ vor Schreck die Kerze fallen, die in einer Pfütze aus Wachs auf dem Läufer über den Stufen erlosch.

Er hielt ihr den Mund zu, bevor sie schreien konnte. Sie warf ihm mit ihren großen braunen Augen einen strafenden Blick zu, den er nur zu gut kannte.

»Brennt nicht das Haus nieder, Alexandra«, sagte er, ließ seine Hand jedoch, wo sie war, bis er sicher war, dass niemand ihren kurzen Wortwechsel gehört hatte. Im Treppenhaus jedoch rührte sich nichts, bis auf ein leises, vom Wind verursachtes Knarren.

Er warf den obszönen Gottheiten noch einen kurzen Blick zu, dann gab er langsam Alexandras Mund frei. »Ihr hättet mich heiraten sollen, als ich Euch gefragt habe. Mein Haus ist weit geschmackvoller eingerichtet als seins.«

»Graysons Großonkel hat es gebaut«, antwortete sie, als

würde das den schlechten Kunstgeschmack entschuldigen. »Wieso habt Ihr Euer Bett verlassen?«

Bevor er sie daran hindern konnte, legte sie ihre Hand auf seine Stirn. Sie hatte kühle, weiche Finger. James erinnerte sich daran, wie er sich vor zwei Jahren beinahe in sie verliebt hatte. Natürlich war das gewesen, bevor er diese Hexe von einer Frau getroffen hatte, Diana Worthing.

»Euer Fieber ist gefallen«, flüsterte sie zufrieden. »Gott sei Dank. Aber Ihr solltet nicht herumspazieren. Ihr könntet leicht stürzen. Zurück ins Bett mit Euch!«

»Sagt mir erst, wo ich bin.«

»Das habe ich doch bereits. In dem Haus, das Graysons Großonkel gebaut hat. Grayson hat es geerbt, als er Viscount wurde.«

»Ich meinte, wo in England.«

Sie errötete. »Oh. An der Küste Cornwalls.« Sie zögerte. »Grayson wurde auf die Kanalinseln gerufen.«

»Weiß er, dass ich hier bin?«

»Nein.«

Er strich ihr über das Haar an ihrer Schläfe. »Ihr seid eine feine Lady, Alexandra.«

Sie trat einen Schritt zurück und wich seiner Berührung aus. »Ihr solltet im Bett liegen.«

»Wahrscheinlich habt Ihr recht. Ich habe es nur im Moment etwas satt.« Er fühlte sich so schwach wie ein Baby, was seinem Magen auch nicht gerade guttat. »Mag Finley diese Monstrosität, die er geerbt hat?«

Alexandra entspannte sich und lächelte, was ihr Gesicht strahlen ließ. »Er hasst es. Wir hatten schon seit langem eine Schiffsreise geplant, aber ich …« Sie hielt inne und errötete. »Ich war bisher nicht in der richtigen Verfassung dafür.«

»Henderson hat mir die guten Neuigkeiten berichtet. Er liest sämtliche Gesellschaftsblätter. Also hat Finley einen Erben, dazu einen zweiten Sohn und zwei Töchter. Er hat wahrhaftig keinen Grund, sich zu beschweren.«

Ihr Lächeln wurde schüchtern. »Er scheint sehr glücklich zu sein. Abgesehen vielleicht von …« Sie betrachtete ihn abschätzend. »Ihr seid letztes Mal zu schnell verschwunden. Er hatte keine Gelegenheit, Euch mitzuteilen, was er Euch sagen wollte. Zu Eurer Rivalität hätte es nie kommen dürfen. Ihr solltet wieder Freunde sein.«

»Versucht Euch nicht als Friedensstifterin, Alexandra. Ihr liebt ihn, ich jedoch nicht. Wir waren nie Freunde. Nicht einmal ganz am Anfang waren wir in der Lage, uns auf etwas zu einigen. Hatte er einen Plan, musste ich ihn übertrumpfen. Fand ich einen Diamanten, suchte er so lange, bis er einen größeren fand. Wenn er mit einer wunderschönen Frau zusammen war …« James Ardmore hielt inne, denn die offenkundige Fortsetzung ›… musste ich eine schönere finden‹ kam ihm ein wenig unhöflich vor. Also sagte er etwas anderes. »… brauchte ich viel Zeit, mich dazu durchzuringen, sie ihm zu lassen.«

Die Vorstellung von Diana, mit aufgelöstem rotem Haar, die Lider gesenkt vor Verlangen, schwächte seine Beine noch mehr. Er musste so schnell wie möglich wieder gesund werden und nach Haven zurücksegeln, um sie zu finden und sie in seinen Armen zu halten. Dafür lohnte es sich, gesund zu werden.

»Sprecht Ihr von Sara?«

Er unterdrückte ein Schnauben. »Ich rede von Euch, Lady. Ihr verdient einen besseren Mann als Grayson Finley.«

»Er hat eine tadellose Abstammung«, erwiderte sie hochmütig. Sie verteidigte Finleys Titel und Herkunft, wie immer. Als würde das aus dem grinsenden Witzbold einen vornehmen Gentleman machen.

Alexandra wusste nicht, dass James die schlimmsten Seiten ihres Ehemannes kannte. Er hatte einmal beobachtet, wie Grayson ein unschuldiges Handelsschiff geentert, dem Kapitän ein Messer an den Hals gehalten und fröhlich verkündet hatte, dass er und seine Piraten das Schiff jetzt plündern würden. Er hatte den Kapitän in den Frachtraum eingesperrt und beschlossen, dass es sich lohnte, die junge Frau des Kapitäns besser kennenzulernen. Die junge Frau hatte nichts dagegen gehabt.

Also hatte James das Verladen der Beute auf die *Majesty* beaufsichtigt, während Grayson in der Kapitänskajüte verschwunden war. Er war erst herausgekommen, als die *Majesty* bereits von dem Handelsschiff ablegte. James erinnerte sich an den Ausdruck auf Finleys grinsendem Gesicht, als er über die Lücke zwischen den beiden Schiffen gesprungen war, offenkundig höchst zufrieden mit sich. James sagte ihm, dass sie ihn fast zurückgelassen hätten. Grayson hatte ihn nur ausgelacht.

Jetzt fragte er sich, wie viele dieser Geschichten Grayson wohl seiner entzückenden Frau erzählt hatte. Vielleicht wollte Grayson ihn ja deshalb nicht um sich haben, ganz gleich was Alexandra behauptete.

Er zupfte an seinem Gewand. »Das ist seines, richtig?«

»Euch passen nur seine Hemden. Aber das spielt keine Rolle. Er trägt sie ohnehin nie.« Sie hielt inne und wurde tiefrot.

James unterdrückte ein Lachen. Er zog sich das Hemd über den Kopf und drückte es ihr in die Hand, jetzt vollkommen nackt. »Behaltet es. Ich bevorzuge meine eigene Kleidung.«

Sie starrte ihn mit offenem Mund an, verbarg dann plötzlich beschämt das Gesicht in dem Stoff, immer noch flammendrot. James drehte sich um und ging in sein Zimmer zurück. Der kühle Wind wehte angenehm über seinen Rücken.

Sie rief ihm etwas nach. Ihre Worte wurden durch den Stoff leicht gedämpft. »Ihr trugt nur … ehm, die Unaussprechlichen, und die sind vollkommen ruiniert.«

»Verdammt«, knurrte er. Sie wirkte so komisch, mit dem Gesicht in dem Stoffbündel vergraben und fest entschlossen, nicht auf seinen nackten Körper zu starren. Er beobachtete sie einen Moment, drehte sich dann um, ging zurück in sein Schlafzimmer und schloss die Tür hinter sich.

Er glaubte das leise Knarren einer anderen Tür zu hören, das schwache Klicken eines anderen Riegels. Er lauschte einen Moment, aber er hatte seine Kräfte erschöpft und musste schleunigst ins Bett kriechen, bevor er auf dem Boden zusammenbrach.

Der Lakai schnarchte immer noch. James legte sich hin, zog das Laken über seinen Körper und schlief sofort ein.

Diana konnte nicht ruhig sitzen bleiben, sondern wanderte rastlos durch den kleinen Salon, der zum Meer hinaus lag. Die tiefhängenden Wolken und der graue Ozean passten zu ihrer Stimmung.

James war aufgewacht, und es ging ihm besser, das hatte Alexandra ihr gesagt. Vor zwei Nächten war er aufgestanden, sein Fieber war gesunken, und er war fast wieder wie früher. Dann war er wieder ins Bett gegangen und hatte einen ganzen Tag und eine Nacht durchgeschlafen. Ein natürlicher Schlaf, hatte Alexandra sie beruhigt.

Und wirklich, als Diana in sein Zimmer gesehen hatte, schlief er tief und ruhig, den Kopf auf den Arm gelegt. Heute Morgen war er aufgewacht, lautstark nach Frühstück verlangend. Er hatte wie ein Bär gegessen und dann noch mehr haben wollen.

Er hatte kein einziges Mal nach Diana gefragt, weder heute Morgen noch in der Nacht, als er mit Alexandra geredet hatte. Diana hatte jedes Wort des Gesprächs mitgehört, das die beiden im Treppenhaus geführt hatten. Sie war wach gewesen und hochgefahren, als sie hörte, wie sich James' Zimmertür öffnete. Auf nackten Füßen war sie zu ihrer Tür geschlichen, hatte hinausgesehen und ihn erkannt. Ihr Herz hatte kurz ausgesetzt, und sie hatte zu ihm laufen wollen, als sie sah, wie er sich Alexandra näherte.

Sie hatte ihre leise Unterhaltung auf der hohen Empore deutlich hören können. Er hatte sogar die Hand ausgestreckt und Alexandras Haar berührt.

Diana hatte er kein einziges Mal erwähnt, und Lady Stoke hatte nicht verraten, dass Diana im Haus war.

Als James sich das Nachthemd auszog, hatte ihr Herz so rasend geschlagen, dass sie fürchtete, sie würde ohnmächtig werden. Das Licht der Kerzen fiel über die Muskeln auf seinem Rücken, tauchte die Sehnen auf seinen Armen in ein Spiel aus Licht und Schatten. Sie begehrte ihn mit einer solchen Sehnsucht, dass sie fast verrückt wurde. Sie wollte diese starken Arme und Beine um sich fühlen, sehnte sich nach diesen harten Küssen auf ihrem Mund.

Sie kämpfte gegen den Impuls an, zu ihm zu laufen, ihn in ihr Schlafzimmer zu zerren und ihn die ganze Nacht leidenschaftlich zu lieben.

Alexandra hatte Diana erst vor wenigen Minuten gesagt, dass James aufgestanden war, sich angezogen hatte und herunterkommen würde.

»Ich habe ihm nicht erzählt, dass Ihr hier seid«, erklärte Alexandra. Ihre Augen funkelten schelmisch. »Ich dachte, es wäre eine schöne Überraschung.«

Diana brachte es nicht über sich, sie zu fragen, ob er sich nach ihr erkundigt hatte. Also lief sie in dem Salon hin und her, mit zitternden Knien, und rang die Hände.

Isabeau war oben im Kinderzimmer bei Alexandras Kindern und Maggie. Sie war glücklich. Isabeau mochte die beiden Kleinen, und die Zwillinge hatten sie auch gern. Sie fanden nichts Seltsames an Isabeaus Zeichensprache und hatten bereits ein bisschen davon gelernt. Maggie wiederum liebte sie alle, obwohl sie selbst nicht gerade ein fügsames Kind war. Immerhin war ihr Vater ein Pirat gewesen und ihre Mutter eine exotische Polynesierin.

Sie hatte Diana von dem Tag erzählt, an dem ihr Vater sie geholt hatte. Sie hatte in das harte Gesicht und die wilden, blauen Augen eines Piraten geblickt und sofort gewusst, dass er ihr Vater war. Während er sie verblüfft anstarrte, hatte sie gesagt: »Hallo, bist du mein Papa?«, und ihm die Arme um den Hals geschlungen.

Maggie hatte geschildert, wie ihr Vater und sie von Jamaika nach England gesegelt waren, an Bord der *Argonaut*, James Ardmores Schiff. Sie sprach liebevoll von ihren Freunden Ian O'Malley und Mr. Henderson und hoffte, dass sie die beiden bald wiedersehen konnte. Nach allem, was sie wusste, fragte sich Diana, ob James Ardmore diese Reise wohl ebenso sehr genossen haben mochte.

Alexandra hatte Maggie angewiesen, die Kinder zu beschäftigen, während James sich zum ersten Mal unten sehen ließ. Diana wollte zwar Isabeau holen, damit sie ihn begrüßte, aber Alexandra lächelte nur weise und riet ihr davon ab.

Der Wind frischte auf. Diana trat ans Fenster und beobachtete die Schaumkronen auf dem Meer. Ein kleines Fischerboot, das unter dem Wind hart nach Steuerbord krängte, strebte eilig dem sicheren Ufer zu. Während sie es beobachtete, wünschte sie sich, sie wäre dort draußen und würde gegen Wind und Wellen kämpfen, statt dem Ticken der Uhr in dem stickigen Salon zu lauschen.

»Zum Teufel!«, sagte jemand hinter ihr.

Sie fuhr herum. James Ardmore stand in der Tür und sah sie an. Seine Miene war alles andere als erfreut.

Er trug Kleidung, die offensichtlich dem Viscount gehörte: eine feine Rehlederhose, lederne Stiefel, einen Gehrock und ein Leinenhemd. Er hatte weder einen Kragen angelegt noch eine Krawatte umgebunden, aber auch so passten diese modischen Sachen nicht zu ihm. Er hatte sich gebadet und rasiert und sein noch feuchtes, dunkles Haar zu einem Zopf zurückgebunden.

Über die gestreifte Lehne des Sheraton-Sofas hinweg sahen sie sich an. Er mit einer Miene, die so kühl war, wie nur James Ardmore sie zustande brachte, sie mit geöffneten Lippen und kalten Gliedmaßen.

»Warum bist du nicht auf Haven?«, wollte er wissen.

Typisch. Keine Frage nach ihrer Gesundheit oder ihrem Wohlbefinden. Er stürzte nicht auf sie zu, um sie stürmisch in seine Arme zu schließen und ihr zu erklären, wie sehr er sie vermisst hatte.

»Ich war in London«, erwiderte sie klar und deutlich. »Wir haben Leutnant Jack nach England zurückgebracht.«

»Er hat sich also erholt.«

»Ziemlich. Aber er kann sich immer noch nicht erinnern. Dafür hat er festgestellt, dass er der Bruder eines Herzogs ist.«

Er hob eine Braue. »Gute Nachrichten für Jack.«

»Eigentlich nicht. Er scheint davon eher irritiert zu sein. Außerdem ist er auch verheiratet. Und hat Kinder. Zwillinge.«

James ging langsam um das Sofa herum, ohne sie aus den Augen zu lassen. »Das muss ein Schlag für ihn gewesen sein. Er steckt wirklich voller Überraschungen, nicht wahr?«

»So wie du.«

Er betrachtete sie eine Weile scharf, drehte sich dann um und ging zu den Terrassentüren. »Verzeih mir, dass ich dich anstarre«, meinte er gedehnt. »Ich bin nur nicht gewohnt, dich so … ordentlich zu sehen.«

Das klang wie eine Beleidigung. Diana hatte ihren besten Morgenmantel angezogen, aus blassem, cremefarbenem Baumwollstoff, mit einer hohen Taille, schwarzen Säumen und schwarzen, winzigen Knöpfen. Das Gewand hatte lange Ärmel und ein Dekolleté.

Auf Alexandras Drängen hin hatte sie auch eine Kameebrosche angelegt. Alexandras Zofe hatte ihr widerspenstiges Haar gebürstet, zu einem ordentlichen, glatten Knoten gerollt und es irgendwie geschafft, dass jedes Härchen an seiner Stelle lag.

»Natürlich bin ich ordentlich. Das verdanke ich der

eleganten Lady Stoke.« Unter Alexandras Obhut lief alles wie ein Uhrwerk ab.

»Sie ist eine feine Lady«, meinte er zerstreut. Er stützte eine Hand auf den Türrahmen, während er den Horizont absuchte. Der Rasen fiel zu einer niedrigen Mauer ab, an der ein von Bänken gesäumter Weg entlangführte, damit die Sonntagsspaziergänger sich ausruhen und das Meer betrachten konnten.

Diana konnte ihren Blick nicht von ihm losreißen. Er stand groß und hochaufgerichtet da, die Schöße des Gehrocks eng an seinen Schenkeln anliegend. Sie wollte zu ihm gehen, doch gleichzeitig hielt sie sich mit aller Kraft zurück. Verdammt sollte er sein, warum sagte er nichts? Er stand nur da und sah hinaus. Die Hand, mit der er sich abstützte, zitterte plötzlich.

»James …«

»Wo ist Henderson?«, unterbrach er sie.

»Was?«

Er warf ihr einen Blick über die Schulter zu. »Henderson, mein Zweiter Offizier. Ich habe gefragt, wo er ist.«

»Das weiß ich nicht, James. Jedenfalls versteckt er sich nicht unter dem Sofa.«

Er drehte sich um und lehnte sich an die Tür. »Wir wollten uns hier treffen, wenn irgendetwas schiefgehen sollte. Aber sag Alexandra nichts davon. Sie glaubt, dass ich hierhergekommen bin, weil ich mich insgeheim mit ihrem Ehemann versöhnen will.«

Diana wurde von einem wohlbekannten Gefühl durchströmt. Wut. »Du hast diesen Ort hier als Treffpunkt ausgewählt? Warum zum Teufel hast du das getan? Es muss doch sicherere Plätze geben!«

»Nicht wenn die Dinge wirklich schlecht stehen, und genau das tun sie. Ich hatte nicht vor, krank zu werden. Aber so konnte ich nichts anderes tun, als mich zu verstecken und zu warten, bis es mir besserging. Ich wusste, dass Alexandra mich nicht verraten würde. Und Finley auch nicht. Dafür steht er zu sehr in meiner Schuld.«

Sie ballte die Hände zu Fäusten. »Du hättest es mir sagen können!«

»Dazu hatte ich leider keine Gelegenheit mehr. Als ich auf der Fregatte angekettet war, konnte ich wohl schwerlich rufen: *Wir treffen uns in Cornwall!* Aber du hast mir immer noch nicht gesagt, warum du hier bist.«

Sie stieß gereizt die Luft aus. »Doch, das habe ich. Wir haben Leutnant Jack nach London gebracht.«

»Nach London, ja. Aber das ist schon Wochen her. Und London ist weit weg.«

»Ich habe nach dir gesucht. Warum zum Teufel sollte ich sonst herkommen?«

»Und wo ist dein charmanter Vater?«

»In London.«

Sie beäugten sich gegenseitig. Seine Augen waren kalt, abschätzend und unnachgiebig. »Du hättest nach Haven zurückkehren sollen. Ich hätte dich dort getroffen.«

»Als ich dich das letzte Mal gesehen habe, hat dieser grausame Kapitän dich auspeitschen lassen. Dann bist du verschwunden. Ich wusste nicht, ob du tot oder lebendig warst, über Bord gegangen oder in einem Versteck. Wie sollte ich friedlich nach Hause fahren, ohne in Erfahrung gebracht zu haben, was dir widerfahren ist?«

Seine Augen waren wie Jade, kühl und undurchdringlich. Seinem Blick war nichts anzumerken. »Du musstest doch wissen, dass ich zu dir kommen würde, wenn ich am Leben war.«

»Ach, tatsächlich? Wie hätte ich das wissen sollen, mein lieber Herr Piratenjäger? Nur weil ich dich liebe, bedeutet das noch lange nicht, dass du verpflichtet warst, zu mir zurückzukommen.«

»Ich habe dich gefragt, ob du mich heiraten willst, schon vergessen?«

»Das tut mir sehr leid, James. Ich nehme an, die elegante Lady Stoke tut alles, was Lord Stoke von ihr erwartet, aber ich bin nicht so perfekt wie Alexandra. Ich habe mich noch nie einfach so irgendwelchen Befehlen gefügt.«

James öffnete die Terrassentür. Der launische Wind fegte herein und löste Dianas Haar aus seinen Nadeln. »Gehen wir ein Stück.«

Ohne ihre Antwort abzuwarten, packte er ihre Hand und zerrte sie hinaus zu dem Pfad, der zu der Mauer am Meer führte.

Er mochte schwach erschienen sein, als er an der Tür lehnte, und auch jetzt noch ging er nicht sonderlich sicher, aber seine Finger hielten ihr Handgelenk in einem festen, fast schmerzhaften Griff.

Die Wolken zogen sich über ihnen zusammen. »Es wird regnen«, bemerkte Diana.

»Gut. Dann kann uns wenigstens keiner belauschen, wenn wir uns anschreien. Außerdem gehorcht Alexandra Finley nicht. Sie tut, was zum Teufel ihr gefällt. Deshalb mag ich sie.«

Er zog sie zum Pfad. Links von ihnen toste das Meer, wo die Brecher auf die Felsen schlugen. Der Pfad führte um das Haus herum zu einem kleinen Gehölz, das vermutlich der

Großonkel des Viscounts angepflanzt hatte. Im Schutz der Bäume stand eine kleine Laube mit Säulen und einem Kuppeldach. Die Innenseiten der Wände waren mit Bänken gesäumt. James zog Diana auf eine herunter.

Über ihnen knarrten und ächzten die Bäume. James ließ Diana los, aber sie saßen so dicht nebeneinander, dass sich ihre Hüften und Beine berührten. Er roch nach Seife vom Baden, doch der männliche Duft, den er verströmte, war unverkennbar James.

»Wollen wir uns jetzt anschreien?«, fragte sie nervös.

»Ich dachte, dass hätten wir schon hinter uns.«

Er betrachtete die Bäume. Aus der Nähe sah sie die graue Färbung seiner Gesichtshaut. Um die Augen hatte er noch einige Falten mehr. Er war nicht gesund und auch noch längst nicht vollständig zu Kräften gekommen. Sie saßen auf der Bank, weil es ihn seine letzte Kraft gekostet hatte, hierher zu gehen.

»Du solltest dich ausruhen«, meinte sie und berührte seine sehnige Hand, die auf seinem Knie ruhte. »Wir können uns später streiten.«

Er warf ihr einen kühlen Blick zu. »Mach keinen Aufstand, Diana. Du bist ja genauso schlimm wie Alexandra.«

»Oh, Verzeihung«, erwiderte sie eisig.

Einen Moment schwieg er. Dann taute sein Blick ein wenig auf. »Weißt du, warum ich dich mag? Weil du nie Angst oder Unbehagen zeigst, und weil du nie gehorchst. Ich greife dich an, und du schlägst zurück. Manchmal sogar mit vorgehaltener Waffe.«

Seine Belustigung schwand. »Ein Mann mag es nicht, wenn seine Lady ihn schwach sieht. Das verletzt seinen Stolz.«

»Sollte ich deshalb auf Haven bleiben? Damit du in Ruhe genesen konntest?«

»Eigentlich ja. Doch wenn ich es mir recht überlege …«

Sie hätte nicht gedacht, dass er so viel Kraft besaß. Er bewies ihr das Gegenteil, als er sie hochzog und auf seine Knie hob. Seine Hand glitt zwischen ihre Schenkel. »So ist es schon besser!«, erklärte er.

Dianas Kehrseite fühlte sich so gut an. Er wärmte seine Hände in den Falten ihres Gewandes und musterte genüsslich ihre Lippen. Sie waren voll und rot und schimmerten einladend feucht.

»Worüber willst du streiten?«, fragte sie, immer noch mit ärgerlich zusammengekniffenen Augen.

»Über alles, was du willst, Darling.«

Er sog den Duft ihres Haares ein und schloss die Augen. Obwohl dieser kurze Spaziergang ihn fast vollkommen erschöpft hatte, genügte allein, seine Arme um sie zu schlingen, um seine Kräfte zu erneuern.

»James«, murmelte sie. »Wir müssen reden.«

Er öffnete die Augen. Wenn eine Frau so etwas sagte, folgte meist nichts Gutes.

»Worüber? Über deinen Ehemann? Und die unbedeutende Kleinigkeit, dass er noch am Leben ist?«

Sie zögerte. »Du wusstest also, dass es mein Mann war.«

»Ich habe es vermutet. Du hast noch nie jemanden mit so viel Hass im Blick angesehen, nicht einmal mich. Er strömte dir förmlich aus allen Poren. Hat seinen eigenen Tod vorgetäuscht, was? Vermutlich aus irgendeinem hinterhältigen Grund.«

»Die Admiralität wollte, dass er eine Art Spion wurde. Sie sind Narren.« Eine rote Haarsträhne legte sich über ihre weiße Wange. »Warum hast du ihn entführt?«

»Ich musste es tun. Er hat mich erwischt, als ich die Handschellen öffnete. Die Alternative wäre gewesen, ihn zu töten.« Er wartete auf ihre Reaktion, aber sie rührte sich nicht. Stattdessen sah sie auf ihre verschränkten Hände. Ihre Wimpern verbargen ihre Augen. »Ich dachte, du würdest es mir vielleicht nicht verzeihen, wenn ich ihn umbrächte.«

Wenn sie ihn nur ansehen würde. Als er in der vorigen Nacht aufgewacht war, hatte er nur einen Wunsch gehabt: gesund zu werden und nach Diana zu rufen. Er wollte sie in den Armen halten, sie küssen, alles ohne viel Streit und Diskussionen. Er hätte es besser wissen müssen. Zwischen ihnen war es noch nie einfach gewesen. Und jetzt waren die Dinge noch viel komplizierter geworden.

»Du hast ihn dem Gespött freigegeben«, sagte sie leise.

»Ich konnte nicht anders. Ich habe gesehen, was er dir angetan hat. Hoffentlich hat er darüber nachgedacht, als er zitternd am Strand gewartet hat.« Er hielt inne. »Und vielleicht habe ich ihn auch deshalb zum Narren gemacht, weil ich damit zu verhindern hoffte, dass du zu ihm zurückkehrst.«

»Ich wäre niemals zu ihm zurückgegangen«, sagte sie leise. »Das hätte ich auch gar nicht gekonnt. Er hat unsere Ehe annullieren lassen.«

»Wirklich?« Eine kleine Last hob sich von seiner Brust. »Das freut mich zu hören.«

Ihr Blick zuckte zu ihm hinüber. Der Ausdruck in ihren dunklen Augen war eindeutig unglücklich. Sie hatte Sir Edward gehasst, aber die Aufhebung ihrer Ehe demütigte sie. Sie war einfach abgeschoben worden, und das musste eine stolze Frau wie Diana zutiefst kränken. Sie war mit Edward Worthing verheiratet gewesen, hatte mit ihm das Bett geteilt, ihm ein Kind geschenkt. Sie hatte etwas mit Sir Edward Worthing gemein, was sie mit James nicht teilen konnte, und Diana nahm so etwas nicht auf die leichte Schulter. Außerdem erhob sich da die heikle Frage, was die Annullierung der Ehe für Isabeau bedeutete. Dessen war sich Diana zweifellos ebenfalls bewusst.

Ihre Stimme klang tonlos, als sie weitersprach. »Jetzt bin ich in den Augen der Welt eine Witwe und nach dem Gesetz niemals verheiratet gewesen.«

»Du wärest vielleicht zu ihm zurückgegangen, wenn er dich gebeten hätte«, sagte er ruhig. »Ich habe in meinem Leben bereits viele glückliche Wiedervereinigungen gesehen.«

Diana starrte in den Wald. »Wolltest du deshalb nicht, dass Alexandra mich benachrichtigt?«

»Ich habe dir den Grund bereits genannt. Erst wollte ich genesen.« Er wollte ihr gesund und stark gegenübertreten, sie in die Arme nehmen und davontragen. So, wie es jetzt aussah, konnte er kaum sein Gleichgewicht auf der Bank halten.

»Du musst in einem schrecklichen Zustand gewesen sein, als du hierhergekommen bist«, sagte sie. »Und doch hast du es geschafft. Es ist ein langer Weg von Plymouth nach *Newquay*.«

»Ich wusste, dass Alexandra mir helfen würde.«

Diana sah wieder zu Boden und verbarg ihre Augen. Das war neu für James. Er kannte sie, wie sie wütend funkelten und ihn mit ihrem glühenden Ärger traktierten. »Du bist jetzt also eine freie Frau. Das kann mich nur freuen.«

»Ich bin nicht ganz frei«, erwiderte sie mit einem Anflug ihrer üblichen Schärfe. »Du bist mein Liebhaber, und du bist sehr anspruchsvoll.«

Er dachte an die Forderungen, die er in dieser Herberge in der Nähe von Plymouth an sie gestellt hatte. Und die, mit denen sie ihn konfrontiert hatte. Seine Erregung wuchs. Schon wieder. Selbst in seinem geschwächten Zustand hatte er, wenn er von Diana träumte, fast ständig eine Erektion gehabt.

»Aber du bekommst immer deinen Willen, nicht wahr, Darling?« Er wollte den Bann brechen, ihre Frotzeleien wieder in gewohnt lockere Bahnen bringen. »Hast du eine Pistole mitgebracht?«

Sie warf ihm einen überraschten Seitenblick zu. »Nein.«

»Ich dachte, du würdest sie vielleicht auf mich richten und mir befehlen, meine Hose auszuziehen. Das hat dir doch immer gefallen.«

Jetzt endlich sah sie ihn richtig an. Ihr Blick wirkte trostlos. Was seiner Erektion überhaupt nicht gefiel.

»Ich habe etwas viel Schockierenderes vor, James. Ich möchte dich mit der Neuigkeit konfrontieren, dass du Vater wirst.«

20. Kapitel

James wäre fast von der Bank gefallen. Sein Herz setzte einen, zwei, nein drei Schläge aus. Dann schlug es umso heftiger weiter. »Wie kommst du denn darauf?«

Sie warf ihm ihren üblichen verächtlichen Blick zu. »Ich habe schon früher einmal ein Kind bekommen. Ich weiß, wie sich das anfühlt. Es ist zwar noch ziemlich früh, aber ich bin mir sicher.« Sie stöhnte gereizt auf. »Mir ist morgens sehr übel. Eigentlich sogar den ganzen Tag.«

Er betrachtete ihr Haar, die zierlichen Knochen ihres Gesichts. Sie war von einer lebendigen, fast schon brutalen Schönheit. Der Anblick der Prellungen auf ihrer Haut, die zweifellos von Sir Edward Worthings Fäusten stammten, hatte eine beinahe archaische Wut in ihm ausgelöst. Sir Edward hatte das gesehen, deshalb hatte er die zwanzig weiteren Peitschenhiebe angeordnet.

James hatte sie jedoch kaum gespürt. Als es vorbei war, hatte Captain Carter befohlen, James aufzurichten. Er sollte am Mast stehen bleiben, hatte er verfügt. Falls James fiel, würde er erneut ausgepeitscht. James hatte angesichts dieser primitiven Grausamkeit nur Abscheu empfunden. Er war aufrecht geblieben, nur um ihnen zu trotzen.

Doch das hatte ihn fast seine ganze Kraft gekostet, so viel, dass er kaum hatte zum Strand schwimmen können. Er fühlte immer noch, wie das dunkle Wasser über ihm zusammenschlug, wie die kalten Wellen ihn zurückwarfen, wie seine Lungen brannten und sein Rücken loderte wie flüssige Lava. Der Hass hatte ihn angetrieben. Er würde verdammt sein, wenn er dem Kapitän die Genugtuung gäbe, seine Leiche aus den Fluten zu ziehen.

Sir Edward hatte sich aus Leibeskräften gegen ihn gewehrt. Am Strand hatte er James' Rippen mit einem Messer angekratzt, bevor James es ihm wegnehmen und das Blatt wenden konnte.

»Weißt du noch«, sagte er jetzt zu Diana, »als ich davon sprach, dass du von meinem Samen niemals empfangen könntest?«

»Ja.« Sie legte ihre Hand auf ihren Bauch. Ihre Miene ließ ihn den Schmerz der Peitschenhiebe vergessen. »Doch einer dieser Samen hat sich offenbar entschlossen, Wurzeln zu schlagen.«

Seine Stimme wurde hart. »Diana, ich kann keine Kinder zeugen.«

»Ich sage, du kannst es.«

Es fiel ihm schwer, dem offenen Blick ihrer blauen Augen zu begegnen. »Lass mich dir erklären, warum ich es nicht kann. Ich habe die ganze Welt bereist. War auf allen Inseln im Pazifik, in ganz Asien und überall auf dem Atlantik. Mehr als einmal. Keine Frau hat mir je ein schwarzhaariges Baby gebracht und mir gesagt, ich wäre der Vater. Das ist sehr ungewöhnlich für einen Seemann, der zwanzig Jahre lang um die Welt gesegelt ist, findest du nicht auch?«

»Vielleicht haben sie es dir einfach nicht erzählt«, widersprach sie. »Vielleicht haben sie sich dieser unerwünschten

Bürde entledigt oder dafür gesorgt, dass sie gar nicht erst empfingen. In Essig getauchte Schwämme und dergleichen.«

Sie sah so unschuldig und vollkommen überzeugt aus, dass er ärgerlich wurde. »Was weißt du denn davon? Ich dachte, du hättest eine ehrbare Erziehung genossen.«

»Ich bin keine Närrin«, konterte sie ungeduldig. »Ich bin als Mädchen mit meinem Vater gereist und habe Dinge gesehen, die … die er missbilligt hätte. Die aber recht informativ waren.«

»Das erklärt die grauen Haare deines Vaters«, murmelte er.

James wünschte sich sehnlichst, er wäre nicht so krank. Er konnte sich einfach nicht konzentrieren. Er wollte nur im kühlen Schatten sitzen, ihr Gewicht auf seinen Knien spüren und seine Arme um sie legen. Er wollte sie küssen, um den Schmerz in seinem Inneren auszuradieren.

Dennoch, sie könnte recht haben. Aber er erinnerte sich an Sara und an jeden einzelnen Tag der beiden Monate, die sie miteinander verbracht hatten. Sie hatten mehr Stunden des Tages miteinander im Bett verbracht als woanders. Wenn eine Frau ein Kind von ihm hätte bekommen müssen, dann wäre es Sara gewesen.

Aber sie war nicht schwanger geworden. Sie war von James zu Grayson Finley gelaufen, und dann, zwölf Jahre später, präsentierte sie ein Kind, das sie praktisch beim ersten Mal mit Grayson empfangen haben musste. James hatte zuerst gehofft, dass Maggie sein Fleisch und Blut wäre, aber ein Blick hatte genügt, um diesen Gedanken auszulöschen. Sie sah aus wie Grayson, redete wie Grayson und grinste wie Grayson.

»Ich will das im Augenblick eigentlich nicht diskutieren, Diana«, sagte er. »Ich bin noch krank, wie du weißt.«

Sie errötete, als ihr gewohnter Ärger sie packte. »Aber ich möchte darüber sprechen. Du kannst ganz gewiss Kinder zeugen, weil ich eines von dir erwarte. Obwohl ich dir gesagt habe, dass ich kein zweites Kind will.« Ihr aufgebrachter Blick sagte ihm, dass sie ausschließlich ihn dafür verantwortlich machte. Obwohl sie in sein Zimmer in Haven spaziert war und ihn von oben bis unten gewaschen hatte. Und als er ihr sagte, sie solle gehen, hatte sie ihr Nachthemd ausgezogen und war in sein Bett gestiegen. Es war seine Schuld. Natürlich.

Er spürte, wie sein Zorn anschwoll. »Du musst doch wissen, Diana, dass es auch das Kind deines Ehemannes sein könnte.«

Sie riss die Augen auf, die wie graublaues Zwielicht wirkten. Mit einem Satz war sie von seinem Schoß gesprungen und fuhr ihn empört an. »Wie kannst du das nur glauben, James? Sie haben dich da draußen halbtot geprügelt! Glaubst du wirklich, ich wäre zu diesem verhassten Mann gegangen und hätte ihn gebeten, mich zu trösten? Wofür hältst du mich?«

Ihr Blick hätte die Laube in Flammen setzen können. Wenn sie auf die Idee gekommen wäre, ihn zu treten, hätte sie es zweifellos getan.

»Ich habe nicht gesagt, dass du freiwillig zu ihm gegangen bist.«

Sie stand vor ihm, die Hände in die Hüften gestützt, während ihr wundervolles rotes Haar sich aus dem Knoten löste und ihre weißen Brüste das Dekolleté ganz entzückend ausfüllten. »Du begreifst gar nichts, James Ardmore. Sir Edward wollte mich nicht. Er hat mich nie begehrt. Nicht als wir verheiratet waren, und erst recht nicht jetzt!«

Ein heißes Gefühl durchströmte ihn. »Also hat er dich nicht gefragt. Wenn er es getan hätte, wärst du dann zu ihm gegangen?«

Sie zögerte. »Natürlich nicht.«

Ihre Blicke begegneten sich. Dieser winzige Augenblick des Überlegens brannte in seinem Magen, und er musste sich zurückhalten, um nicht wüst zu fluchen. Er hätte Sir Edward das Messer in den Leib rammen sollen, als er noch die Gelegenheit dazu hatte. Er musste endlich aufhören, zu nett zu sein.

Diana errötete. »Wäre ich jünger gewesen, wäre ich zu ihm gegangen. Aber jetzt nicht mehr. Als ich ihn geheiratet habe, war ich jung und verliebt. Er hat mir jedoch sehr bald die Illusion geraubt, dass er etwas mit mir zu tun haben wollte.«

Seine Hände schmerzten. Er wollte nach ihr greifen, ihre geschwungenen Hüften berühren. Sein Schoß war kalt ohne sie. »Manchmal begleiten uns die Sehnsüchte unserer Jugend. Selbst wenn wir älter werden und es besser wissen müssten.«

»Nun, ich habe mich ihrer jedenfalls entledigt«, entgegnete sie scharf. »Und was ist mit Alexandra?« Ihre Miene war streng, aber sie zitterte am ganzen Körper.

»Was soll mit ihr sein?«

»Ihr beide scheint gut befreundet zu sein. Als du krank warst, bist du zu ihr gegangen. Du hast sie gebeten, deine Anwesenheit ihrem Ehemann gegenüber nicht zu erwähnen. Und sie hat zugestimmt.« Sie atmete schwer.

»Ich würde nicht sagen, dass wir befreundet sind. Es ist mehr ein gegenseitiges Verständnis.«

»Ein großartiges Verständnis. Offenbar so groß, dass du dir vor ihren Augen das Nachthemd ausziehst und davonstolzierst, ohne dich davon stören zu lassen, dass sie dich ausgiebig mustert.«

»Du hast es gesehen, nicht wahr?« Er war so froh gewesen, dass er überhaupt aufrecht gehen konnte. »Und es offenkundig nicht für nötig gehalten, dich bemerkbar zu machen. Hast du dich denn satt gesehen?«

Ihr Gesicht glühte. Er mochte es, wie ihre Augen funkelten, wenn sie verlegen war. »Ja, das habe ich, wenn du es unbedingt wissen musst, du eingebildeter Pfau!«

Sie war so wunderschön. Er hatte schon zu lange nicht mehr mit ihr geschlafen. Seine Erektion richtete sich bereitwillig auf und machte sich unübersehbar bemerkbar. »Sind wir mit diesem Streit bald fertig? Du musst dich sofort auf meinen Schoß setzen.«

»Wir sind noch lange nicht fertig! Glaubst du immer noch, dass ich zu meinem Ehemann gegangen bin?«

»Nein.«

Sie warf ihm einen argwöhnischen Blick zu. »Bist du wirklich überzeugt, oder sagst du das nur, damit ich den Mund halte?«

»Ich habe dir bereits gesagt, Darling, dass dich nichts zum Schweigen bringen kann.«

Ihre Miene wurde nachdenklich. Er nahm ihre Hände und zog sie zu sich. Sie zitterte immer noch.

»Warte, James. Was machen wir mit dem Kind?«

»Wir denken uns einen Namen aus und überlegen, in welcher Farbe wir das Kinderzimmer streichen.«

Sie biss sich auf die Unterlippe. »Du willst es also?«

»Ich will seine Mama. Wenn es erst einmal auf der Welt

ist, werde ich es wahrscheinlich auch wollen. Ich war noch nie Vater, also habe ich keine Ahnung, wie ich mich dann fühlen werde.«

Diana setzte sich auf seinen Schoß, entspannte sich aber nicht. Wenn sie sich aufregte, äußerte sich ihre Empörung immer so. Sie war dann so starr wie ein junger Baum, der sich nicht biegen möchte, weil er Angst hat umzufallen.

»Ich sollte kein zweites Kind bekommen. Ich bin eine grauenhafte Mutter.«

Er schlang seinen Arm um ihre Taille. »Dem kann ich nicht zustimmen. Du bist wunderbar zu Isabeau, und deine Tochter vergöttert dich.«

»Ich habe es dir doch erzählt. Wie ich Isabeau fast aufgegeben hätte.«

»Wie alt warst du da?«

»Einundzwanzig.«

»Du warst fast selbst noch ein Kind. Es ist viel von einer so jungen Frau verlangt, sich um ein kleines Wesen zu kümmern, das die Welt für entstellt hält. Vor allem, wenn man ihr die Schuld daran gibt.«

»Aber wie konnte ich jemals auch nur in Erwägung ziehen, sie wegzuschicken? Die einzige Erklärung ist die, dass ich eine schlechte Mutter bin. Ich habe einfach keine Gabe für die Mutterschaft.«

Er hätte lächeln mögen, aber sie wirkte so niedergeschlagen. »Isabeau hätte da gewiss einiges einzuwenden, Diana. Sie liebt dich von ganzem Herzen.«

»Und ich liebe sie.«

»Was sollen dann diese albernen Bedenken? Isabeau wird niemals zulassen, dass du eine schlechte Mutter wirst.«

Sie warf ihm einen hoffnungsvollen Blick unter ihren langen Wimpern zu. »Glaubst du das wirklich, James? Oder willst du einfach nur, dass ich aufhöre zu reden?«

»Beides.«

Sie errötete. »Du bist wirklich unmög…!«

Er legte seinen Finger auf ihre weichen, vollen Lippen. »Lass uns nicht wieder damit anfangen, uns zu beschimpfen, Darling. Sondern lieber genießen, dass wir hier zusammen sind.«

Sie lehnte ihren Kopf an seine Schulter. Ihre Finger glitten über seinen breiten Rücken, so leicht wie Schneeflocken. »Ich sollte nicht allein mit dir sein. Ich kann mir nicht trauen.«

»Freut mich, das zu hören.«

Sie fuhr sein Rückgrat hinunter. Er zuckte zusammen, und sie hörte sofort auf.

»Es ist alles in Ordnung, Liebes. Der Schmerz ist fast verschwunden. Ich bin nur ein wenig steif, das ist alles.« Dann setzte er hinzu: »Das ist übrigens nicht das Einzige, was steif ist.«

Er erwartete, dass sie errötete oder böse auf ihn würde. Stattdessen hob sie den Kopf und blickte mit ihren graublauen Augen an ihm herab. Sie waren dunkel vor Verlangen.

Geschickt schwang sie sich auf seinem Schoß herum, bis sie ihm rittlings gegenübersaß. Ihr cremefarbenes Gewand war bis zu den Schenkeln hochgerutscht. »In deiner Gegenwart bin ich schamlos, und es scheint mich nicht einmal zu kümmern. Selbst wenn ich wütend auf dich bin.«

»Du warst schon immer schamlos, Diana. Und du bist immer wütend auf mich.«

Sie küsste ihn auf die Nase, zwischen die Augen. Ihre Wangen waren gerötet, ihre dichten Wimpern geschwungen. Sie küsste seine Lider, dann wanderten ihre Finger zu den kleinen schwarzen Knöpfen ihres Mieders. Sie fing an, es aufzuknöpfen.

»Hmm.« James versuchte, seine Stimme unter Kontrolle zu halten. »Ich dachte, die wären nur Dekoration.«

Diana antwortete nicht. Der Schlitz glitt auseinander und enthüllte die Spitze eines hübschen Hemdchens, das sie darunter trug.

Sein Herzschlag beschleunigte sich. »Soll ich dir helfen?«

»Nein! Du hast das letzte schon zerrissen, und dieses Kleid war sehr teuer.«

Ihm sollte es recht sein. Er sah ihr auch sehr gerne zu. Mit ihren schlanken Fingern öffnete sie die Knöpfe, die wie saftige, kleine Brombeeren aussahen und richtig appetitlich wirkten. Es waren insgesamt zwanzig, und sie brauchte quälend lange, bis sie alle offen waren.

Als sie schließlich so weit war und begann, die kleinen Schleifen ihres Hemdes zu öffnen, war James hart wie ein Baumstamm. Er konnte nicht ruhig sitzen bleiben, sondern half ihr, die Wunder zu enthüllen, die der Stoff verbarg.

Ihre Haut war gerötet und feucht. Es war so einfach, sich ein bisschen vorzubeugen und die Schweißtropfen zwischen ihren Brüsten abzulecken.

Mit den Fingern strich sie durch sein Haar. Sie schmeckte nach Honig und Zimt und nach Diana.

Sie küsste seine Stirn, und ihr Atem wehte heiß über seine Haut. Seine Beine begannen zu zittern. Er verschränkte seine Finger unter ihrem Gesäß und zog sie dichter zu sich heran. Die Bank unter ihm war hart und kalt. Aber ihre Schenkel waren warm und der Rock weit genug, dass er seine Hände darunter schieben konnte.

Mit dem Daumen fand er die Locken zwischen ihren Beinen. Sie stöhnte zufrieden auf. Sie war heiß und nass, und er strich mit der Daumenspitze über ihre feuchte Spalte. Seine süße Diana war immer feucht und bereit für ihn, diese ungezügelte, entzückende Frau.

»Ich wünschte, ich wäre gesund«, murmelte er. »Das würde dies hier sicherlich interessanter machen.«

Sie hatte die Augen halb geschlossen. »Sollen wir lieber hineingehen?«

»Ich glaube, ich kann noch eine Weile hier sitzen bleiben.«

»Ich möchte nicht, dass dein Fieber wiederkehrt.«

»Es ist vorbei. Mir ging es schlagartig besser, als ich dich im Salon sah.«

»Ich weiß, aber …« Sie legte ihre Hände auf seine Schultern, als sie einen Augenblick nachdachte. Dann warf sie ihm einen schelmischen Blick aus ihren dunkelblauen Augen zu.

Sie glitt von seinem Schoß, hockte sich hin und nutzte die Falten ihres Rockes, um den harten Boden der Laube für ihre Knie zu polstern. Sein Puls raste. Ihr Mieder klaffte immer noch auseinander und enthüllte ihre weichen, nackten Brüste.

»Ich habe zwar keine Pistole bei mir«, meinte sie, »aber ich möchte, dass du deine Hose aufknöpfst. Natürlich würde mir Alexandra eine Waffe ihres Gemahls ausborgen. Soll ich ins Haus gehen und sie fragen?«

»Du bleibst gefälligst hier.« Er öffnete den obersten Knopf der Lederhose. »Ich habe es dir nie gesagt«, meinte er, während er den zweiten aufmachte. »Aber wenn du mich an dem Tag einfach nur gebeten hättest, mich auszuziehen, hätte ich es wahrscheinlich auch getan, wenn du keine Pistole gehabt hättest.«

Sie errötete. »An dem Tag war ich nicht ganz ich selbst.«

»Oh doch, das warst du. Ganz und gar.« Er schlug die Klappen der Hose auseinander. Seine Erektion dankte es ihm. Es war allmählich ein wenig eng geworden.

Diana schloss ihre kühle Hand um seinen Schaft. Sie betrachtete ihn einen Moment, nickte dann kurz, beugte sich vor und nahm ihn in den Mund.

James unterdrückte ein Stöhnen. Die Lust strömte heiß durch seine Adern und vertrieb die letzten Reste seiner Krankheit. Verdammt, wenn Alexandra zugelassen hätte, dass Diana zu ihm ins Bett kletterte, hätte er sich zweifellos viel schneller erholt.

Schneller, ja, hatte jemand gerade schneller gesagt?

Ihr Zunge bewegte sich auf und ab. Er wiegte sich auf der Steinbank und krallte die Zehen in die Sohlen von Graysons eine Spur zu kleinen Stiefeln. Seine Finger strichen durch Dianas Haar und lösten es aus dem Knoten. Warum glaubte sie nur, dass es gut aussah, wenn es so ordentlich war? Er wollte, dass es über seine Hände floss, bis zu ihren Hüften, damit er darin ertrinken konnte.

Er wollte ihren Namen aussprechen, doch seine Stimme brach. Der Wind wirbelte das Laub hoch, wehte es über den Boden des Pavillons. Regen fiel durch das Blätterdach der Bäume und prasselte hohl auf den Stein.

Ihr Mund war heiß und feucht, und ihre Zunge … Sie hatte so etwas noch nie gemacht. Zwar kannte sie die Theorie, aber sie wusste nicht genau, was sie tun sollte. Doch das spielte keine Rolle. Er würde es ihr beibringen. Was für eine Freude es sein würde, sie zu unterweisen, immer und immer wieder.

Sie leckte bis zu seinen prallen Hoden hinab, dann wieder zurück und umkreiste seine erregte Männlichkeit bis zur Spitze. James konnte zwar ihren Mund nicht sehen, aber er stellte sich ihre kleinen, weißen Zähne vor, ihre roten Lippen, wie sie mit ihm spielten. Er holte tief Luft. Lange hielt er das nicht mehr aus.

Ein Regenschauer fegte in die Laube. Die kalten Tropfen trafen ihn und Diana, was sie keuchend zurückzucken ließ.

James bemerkte die Kälte nicht einmal. Er packte Dianas Arme und zog sie nach oben. »Ich fühle mich plötzlich viel besser«, sagte er.

Er hob sie mit vor Anstrengung zitternden Armen hoch, schob ihre Röcke noch weiter hinauf und setzte sie erneut rittlings auf seinen Schoß. Diesmal drang sein festes, hochaufgerichtetes Glied direkt in sie ein.

Diana schnappte nach Luft und riss die Augen weit auf. *Närrisches Weib, hast du geglaubt, du kannst mich wild machen und dann dem Wahnsinn selbst entkommen? Nein, nein, Diana! Du wirst das mit mir zusammen genießen.* Er wiegte sich vor und zurück, drang tiefer und tiefer in sie ein. Ihre Muskeln legten sich eng um ihn und stachelten seine Lust noch mehr an.

Er hatte mit Frauen geschlafen, deren Fähigkeiten unvorstellbar waren. Sara war eine der Besten gewesen. Aber bei keiner anderen Frau hatte er sich so gefühlt, hatten sein Verlangen und sein Herz sich so vermischt und eine Freude in ihm ausgelöst, die er noch nie erlebt hatte. Was machte da ihre Unerfahrenheit? Nein, sie zu unterweisen würde überhaupt kein Problem sein.

Sie schrie seinen Namen, als ihr Höhepunkt kam, und presste ihre Augen fest zusammen. Fast zerquetschte sie ihn unbewusst mit ihren Beckenmuskeln, was seine Erregung bis zur Raserei steigerte. Er stieß heftig in sie, einmal, zweimal. Der feuchte Wind riss an ihrem lockeren Haar und löste es endgültig aus dem Knoten.

Dann war es vorbei. Er sackte gegen sie, als er seinen Samen in sie pumpte, und flüsterte zusammenhanglose Worte in ihr Haar. Seine Beine waren schwach und zitterten, und er hatte das Gefühl, als würde er jeden Moment von der Bank fallen.

Es spielte keine Rolle. Er würde mit Diana fallen, und er war sicher, dass sie interessante Dinge ersinnen würden, wenn sie erst auf dem Boden lagen.

Sie ließ ihren Kopf auf seine Schulter sinken, und ihr warmes Haar strich über seine Finger. Sie hatten gemeinsam viel Schmerzhaftes erlebt, und es stand noch einiges zwischen ihnen. Sie hatten beide Angst und noch etliche Mauern zu überwinden. Aber in diesem Moment schoss James durch den Kopf, dass sie vielleicht den ersten, kleinen Schritt dieses langen Weges schon getan hatten.

Die nächste Woche verlief ruhig, und James genas immer mehr. Diana schlief während der Nächte zwar allein, aber sie lag lange wach und stellte sich vor, wie sich James nackt in seinem riesigen Bett wälzte und ebenfalls nicht einschlafen konnte. Hätte sie es gewagt, wäre sie über die Empore in sein Zimmer geschlichen, aber Alexandras Hausbedienstete schienen nie zu schlafen. Lakaien und Dienstmädchen patrouillierten Tag und Nacht zu allen Zeiten durch die Flure.

Diana hatte vergessen, wie es war, ständig von Dienern

umgeben zu sein, die ihren Aufgaben nachgingen und das Haus führten. Die Herren und Herrinnen mochten vielleicht glauben, es wäre ihr Haus, aber die Bediensteten wussten es besser. Diana war von Jugend an gewöhnt, sich um sich selbst zu kümmern und Mrs. Pringle zu helfen. Sie fand Dienstboten eher lästig. Die Ladys der besseren Gesellschaft dagegen, zu denen auch Alexandra gehörte, würden zweifellos in Ohnmacht fallen, wenn sie erfuhren, dass Diana Betten machen und Kartoffeln schälen konnte, als wäre sie eine einfache Küchenmagd.

James hatte an dem Morgen nach ihrem Abenteuer in der Laube einen leichten Fieberrückfall. Dianas Herz presste sich vor Angst zusammen, und sie geißelte sich den ganzen Nachmittag dafür, dass sie möglicherweise seinen Tod verursacht hatte. Aber er überwand den Anfall rasch und raunzte sie an, damit aufzuhören, so viel Aufhebens um ihn zu machen.

Der Rückfall schien zu beenden, was sie gerade angefangen hatten. In der Laube hatten sie eine Art Verhältnis begründet, einen Austausch von Gedanken und Gefühlen, den Diana gern fortgesetzt hätte. Aber nachdem sich James erholt hatte, verschloss er sich vor ihr.

Auch die Frage, ob das Kind von ihm war, hatte er nicht mehr angesprochen. Allerdings benahm er sich, als glaubte er ihr, dass sie nicht zu Sir Edward gegangen war. Nur bekam sie keine Gewissheit in diesem Punkt, weil er sich weigerte, darüber zu reden.

Diana beobachtete ihn in den folgenden Tagen mit zunehmender Enttäuschung. Er erzählte ihr, in Alexandras Gegenwart, dass sie nach seiner endgültigen Genesung nach Charleston zurückkehren und dort heiraten würden, nachdem sie unterwegs ihren Vater abgeholt hätten. Er erwähnte mit keinem Wort, wie sie dort hinkommen würden, wo sein Schiff sich aufhielt oder wie er diese Arrangements getroffen hatte. Typisch Mann verkündete er es einfach und erwartete, dass sie gehorchte.

Sie kam sich vor, als würde sie gegen eine dicke Tür aus Stein hämmern. Auf Haven hatten sie eine gewisse Verbundenheit festgestellt, wenn sie stritten, sich versöhnten und wieder stritten. Sie waren beide leidenschaftliche Menschen, aber Diana hatte Gefallen an ihren Reibereien gefunden. Jetzt jedoch wirkte er kalt und in sich gekehrt. Alexandra beobachtete sie beide bekümmert, mit einer Sorgenfalte zwischen den Brauen, machte jedoch keine Anstalten, ihnen zu helfen.

Am Ende der Woche schlug James Diana vor, mit ihr zu der Laube zu gehen. Er wählte dafür die Zeit nach der Teestunde, in der Alexandra sich im Kinderzimmer aufhielt. Diana schlenderte neben ihm in den Wald und hoffte, dass sie Heirat, Kinder und Charleston besprechen würden. Doch als sie die Laube erreichten, stellte sie fest, dass James sie nicht zum Reden hierher geführt hatte.

In den folgenden atemlosen zwei Stunden diskutierte James mit ihr nur darüber, welche anderen Stellungen er ihr zeigen wollte. Er ersann viele kreative Möglichkeiten, sich auf einer Steinbank zu lieben, und er hatte auch einige Decken mitgeschmuggelt, um den Boden zu polstern.

Sie liebten sich bis zur Erschöpfung. Dann zogen sie sich an und gingen zum Haus zurück. An diesem Punkt war Diana viel zu ermüdet für ein Gespräch, was er natürlich genau gewusst hatte. Dieser verdammte Mistkerl!

Sie hätte sein Bedürfnis nach Schweigen vielleicht ja auch verstanden, immerhin war er sehr krank gewesen, wenn er nicht so viele private Gespräche mit Alexandra führen würde. Während er Diana von dem, was in seinem Inneren vorging, ausschloss, öffnete er sich Alexandra in langen, vertrauten und sehr ernsten Unterhaltungen. Wann immer Diana in einem solchen Moment den Raum betrat, verstummten beide. Alexandra sprach dann rasch über etwas Neutrales, und James behandelte sie schmerzhaft neutral.

Diana wälzte sich des Nachts allein in ihrem Bett herum, über alle Maßen frustriert.

Eines Abends fand sie James vor dem Abendessen im Salon. Er balancierte die kleine Charlotte auf dem Knie, während er erneut ein tiefgründiges Gespräch mit Alexandra führte. Aus dem offenen Fenster sah man den weiten, blauen Ozean, den klaren Himmel und ein Stück von dem golden glänzenden Sandstrand. In einiger Entfernung schlenderten Londoner über die Strände, verblüfft, dass in England die Sonne schien, und auf dem Meer bildeten zahllose kleine Segelboote bunte Tupfer.

Ihr Gespräch war so intensiv, dass sie es nicht unterbrachen, als Diana hereinkam.

»Wir alle brauchen jemanden, den wir hassen können, Alexandra«, sagte James. »Und Euer Ehemann hasst mich.«

»Das stimmt nicht«, antwortete Alexandra gereizt. »Ich weiß, wie er in seinem Herzen empfindet. Sein Mitgefühl für Euch ist grenzenlos.«

James' Blick wurde hart. »Das Letzte, was ich will, ist Grayson Finleys Mitgefühl. Er hat die Unverschämtheit, mich zu bemitleiden? Ich weiß Dinge über ihn … Vergesst es, ich werde Euch nicht davon erzählen. Ich werde ohnehin verschwunden sein, bevor er nach Hause zurückkommt, und dann könnt Ihr beide mich bemitleiden, soviel Ihr wollt.«

Alexandra blickte hoch, sah Diana und unterbrach sich. Keiner von beiden machte Anstalten, ihr zu sagen, worüber sie geredet hatten. Diana entschloss sich, nicht beleidigt hinauszurauschen, sondern sich hinzusetzen und den Tee zu trinken, den Alexandra ihr aufnötigte. Sie beschäftigte sich damit, Robert mit ihrem Teelöffel zu necken, um ihre Wut im Zaum zu halten. Wenigstens der kleine Junge war glücklich. Er schob den Löffel in seinen Mund und kaute mit seinen beiden Zähnchen darauf herum.

James beobachtete sie nur. Er schien viel kräftiger geworden zu sein, fast so stark wie früher. Die blauen Flecken auf ihren Schenkeln konnten das bezeugen. Er war noch zweimal mit ihr zu der Laube gegangen und hatte sie jedes Mal mit groben Küssen zum Schweigen gebracht, gegen die sie sich nicht gewehrt hatte. Jetzt trank er schweigend seinen Tee. Alexandra warf ihm einen besorgten Blick zu, aber er schüttelte nur den Kopf. Diana biss die Zähne zusammen.

Sie musste bis zum nächsten Nachmittag warten. Dann würde sie ihn zur Rede stellen, wenn sie wieder zu dem Gehölz gingen und so taten, als wäre alles ganz harmlos. Alle im Haus mussten wissen, was sie dort taten. Alexandra fragte sie nie, ob sie die beiden begleiten konnte, und auch kein Kind oder Gärtner tauchte jemals in der Nähe der Laube auf und störte sie.

Diana musste jedoch noch länger warten, denn James küsste sie bereits, noch bevor sie die Laube erreicht hatten. Er war ganz offensichtlich wieder im Vollbesitz seiner Kräfte, dachte sie, als sein starker Arm sie hielt und sie vor dem Steinboden schützte, der trotz der Decke hart war. Und seine Ausdauer war ebenfalls wieder auf der Höhe. Die wirklich ganz außerordentlich war.

Der verwünschte Mann gab ihr keine Gelegenheit zu reden. Als sie schließlich zur Ruhe kamen und er sich auf ihr ausstreckte, war Diana erschöpft. Es war ein warmer, schwüler Tag, und ihre Kleidung lag in der Laube verstreut auf dem Boden. Zikaden zirpten in den Bäumen, und die Vögel verfolgten einander auf der Jagd nach dem, was Diana und James bereits gefunden hatten.

James döste ein, sein Gesicht an ihrer Schulter, deshalb sah Diana den Mann zuerst, der vor ihnen stand. Seine blonde Mähne wehte sacht in der Sommerbrise, aber seine blauen Augen wirkten nicht amüsiert, und ebenso wenig erheiternd sah die Pistole aus, die er in der Hand hielt.

21. Kapitel

Als Diana leise aufschrie, wachte James schlagartig auf. Mit einer raschen Bewegung rollte er sich von ihr herunter, richtete sich auf und stieß sie hinter sich. Diana wusste nicht, wo er die Pistole herbekommen oder wo er sie versteckt gehabt hatte, aber im nächsten Moment zeigte sie direkt auf Grayson Finley.

Diana verbarg ihren nackten Körper so gut wie möglich hinter James und spähte über seine Schulter. Die beiden Männer musterten sich lange in angespanntem Schweigen.

Schließlich legte Grayson den Lauf der Pistole über seine Schulter und nahm den Finger vom Abzug. »Du bist ein verdammter Narr, Ardmore!«

James entspannte sich nicht. »Du solltest verschwinden, Finley, sonst wird deine Frau meinetwegen sehr, sehr unglücklich sein!«

Grayson Finleys blaue Augen blitzten. »Ich bin hier, um deine Haut zu retten.« Sein Blick glitt mit kaum verhüllter Missbilligung über James' nackten Körper – »deine nackte Haut« – und dann weiter zu Diana und wurde deutlich anerkennender. Sie versuchte, sich noch kleiner zu machen.

»Behalte deine Augen gefälligst bei dir!«, knurrte James.

Grayson ließ sich davon nicht beeindrucken. Er betrachtete Diana genüsslich und versuchte so viel von ihrem Anblick zu erhaschen, wie er konnte. »Du hast verdammt viel Glück, dass Alexandra mir gesagt hat, wo du bist. Und was du sehr wahrscheinlich gerade tust. Eine ausgezeichnete Idee, in der Laube an einem Sommernachmittag. Muss ich mir merken.«

»Das würde dir leichterfallen, wenn du dich umdrehst und verschwindest.«

»James«, mischte sich Diana nervös ein. »Vielleicht solltest du ihn nicht erschießen, bis er dir gesagt hat, warum er hier ist.«

»Ich mag sie«, erklärte Grayson ruhig. »Eine sehr intelligente Frau. Während du dich so sehr darauf konzentriert hast, dich mit ihr zu vergnügen – was ich dir übrigens nicht verdenken kann, denn sie ist außerordentlich schön und viel zu gut für dich … Aber wie dem auch sei, während du dich also mit ihr verlustiert hast, ist die Admiralität in Newquay eingetroffen. Man durchkämmt im Moment auf der Suche nach dir meinen Besitz.«

Das Schweigen wurde nur durch das Zwitschern der Vögel und das Zirpen der Zikaden gestört. Wut kochte in James hoch, erst auf sich und dann auf Grayson, der Diana immer noch interessiert betrachtete. »Willst du behaupten, dass du uns verraten hast?«

»Alexandra hat dich verraten«, erwiderte Grayson gelassen. »Wenngleich auch nicht absichtlich. Sie hat mir von dir und Lady Worthing geschrieben. Bedauerlicherweise ist die Admiralität weit davon entfernt, mir zu vertrauen, ungeachtet dessen, wie sehr ich ihnen geholfen habe. In ihren Augen bin ich immer noch ein Pirat, obwohl der Herzog von St. Clair mich zu seinem engsten Freund gemacht hat. Deshalb wird meine Post gelesen.«

»Oh nein!«, stieß Diana hinter James hervor. Ihr schlanker Arm umschlang immer noch seine Taille.

»Alexandra war klug genug, deinen Namen nicht zu erwähnen. Aber aufgrund von Admiral Lockwoods jüngsten Nachfragen in London, dem spurlosen Verschwinden seiner Tochter und unserer gemeinsamen Vergangenheit haben sie sich rasch einen Reim darauf machen können. Außerdem ist der Idiot Henderson im *Majestic Hotel* abgestiegen, wie immer.«

»Hat man ihn verhaftet?«, erkundigte sich James gespannt.

»Henderson ist spurlos verschwunden, ich habe keine Ahnung, wohin. Die Admiralität glaubt, dass du Alexandra als Geisel hältst. Sie wollten mich unbedingt hierher begleiten, um nach dir zu suchen. Alexandra war geistesgegenwärtig genug, so zu tun, als hättest du sie gezwungen zu schweigen, und wie stets glaubt man alles, was sie sagt. Deshalb durchsuchen sie meinen Besitz.«

James fühlte, wie Diana aufstand, obwohl sie vollkommen nackt war. »Mein Gott!«, stieß sie hervor. »Isabeau ist im Haus.«

Graysons Blick richtete sich erneut auf Diana. »Alexandra und Maggie kümmern sich um sie. Du solltest besser verschwinden, Ardmore, und zwar schnellstens. Bevor sie sich fragen, wo ich so lange bleibe.«

James hatte sich bereits entschieden. Er misstraute Grayson aus tiefstem Herzen, außer in diesem Punkt. Grayson hegte keinerlei Zuneigung zu der englischen Admiralität.

Sie ließen ihn mit ihrem Versprechen einer Generalamnestie für seine Piratenvergangenheit nach ihrer Pfeife tanzen, und er würde alles tun, um Maggie und seine Frau vor Entehrung und Schande zu schützen.

»Zeit, sich anzuziehen, Diana«, saget er. »Wenn Henderson London verlassen hat, wird er uns auf der *Argonaut* erwarten.«

»Ich kann nicht gehen.« Sie stand auf, als James sich erhob, und versuchte, seinen Körper zwischen sich und Grayson zu lassen.

»Ihr könnt und Ihr müsst.« Graysons Augen waren ernst. »Wenn Ihr es nicht tut, werden sie Euch in Haft nehmen und benutzen, um an James heranzukommen.«

Sie riss ihr Hemd von der Bank und hielt es vor sich. »Seid Ihr verrückt geworden? Ich kann doch mein Kind nicht einfach zurücklassen!«

»Alexandra wird Isabeau verstecken und zu Euch bringen. Sie wird vollkommen sicher sein, das verspreche ich Euch.«

»Du kannst ihm vertrauen, Diana«, sagte James, während er seine Hose anzog. »Er ist fast so gut wie ich.«

Grayson ignorierte den Seitenhieb. »Glaubt mir, ich tue dies für Euch, Lady Worthing. Nicht für ihn.« Er unterbrach sich, als James das Leinenhemd überstreifte. »Ist das zufällig meine Garderobe?«

»Von deiner entzückenden Frau für mich ausgesucht«, bestätigte James. »Beeil dich, Diana. Finley, dreh dich um.«

Grayson zeigte sein strahlendes Lächeln, als er Diana noch ein letztes Mal genüsslich musterte. Dann drehte er sich auf dem Absatz um und blickte zum Wäldchen.

James musste zugeben, dass es Vergnügen bereitete, Diana beim Ankleiden zuzusehen. Sie streifte sich das Hemd über den Kopf, was ihre Vorzüge kein bisschen verbarg. Der dünne Stoff glitt höchst verlockend über ihre weiblichen Formen, als sie sich bückte, um das Kleid anzuziehen. James schob die Arme in den Gehrock und bemerkte, wie Grayson über die Schulter blickte.

»Wenn du noch einmal hinsiehst, Finley, erschieße ich dich.«

Grayson ließ sich Zeit, bevor er sich umdrehte. »Ich habe sie nur bewundert. Du hast einen wahrlich ausgezeichneten Geschmack. Sie ist hinreißend.«

»Du hast deine eigene.«

Grayson sah noch einmal zurück, aber Diana hatte sich bereits bedeckt und kehrte ihm den Rücken zu, während sie hastig ihr Mieder zuknöpfte. Auf Graysons Miene malte sich der hingerissene Ausdruck ab, den er immer bekam, wenn er von Alexandra sprach. »Ich weiß. Ich habe die beste aller Frauen.«

»Nicht ganz. Ich glaube, das kann ich von mir behaupten.«

Diana fuhr herum. Sie hatte ihr Mieder zugeknöpft, und ihre Miene war aufgebracht. »Ihr redet, als wären Alexandra und ich Rennpferde! Sie wäre ganz bestimmt nicht erfreut, das zu hören.« Dann setzte sie sich auf die Bank und glitt mit den Füßen in ihre Strümpfe. Sie wackelte mit den Zehen, um den dünnen Stoff überzustreifen, und die beiden Männer sahen ihr in vereinter, selbstvergessener Faszination zu.

Da hörte James Geräusche in dem Wäldchen. Er hob die Pistole und packte Dianas Handgelenk.

»Hier entlang, Sir!«, rief eine Stimme mit dem unverkennbaren Cockney-Akzent der Gassen Londons. »Die Diener sagen, es gibt irgendwo hier in dem Wäldchen eine Laube.«

»Sucht dort drüben, Sergeant!«, antwortete eine gebildete Stimme. »Ich gehe hinten herum.«

Sie machten überflüssigen Lärm. Gut. So konnte James genau erkennen, wo sie sich befanden.

Er zerrte Diana aus der Laube und schob sie hinter einen Baum. Grayson verschwand unauffällig. James steckte die Pistole wieder ein und zog ein kurzes Messer heraus, das er aus Graysons Sammlung stibitzt hatte. Es war ein sehr gut ausbalanciertes Messer, eine sichere, tödliche Waffe.

Ein Mann trat in den Pavillon. James beobachtete ihn durch das Laubwerk der Bäume. Er sah nur seine dunkelblaue Jacke und die weiße Hose, die Uniform eines anonymen Offiziers. Er packte das Messer fester. Diana stand steif und angespannt hinter ihm und atmete leise.

Der Offizier fand die Decke. Er blieb davor stehen und betrachtete sie lange. Als er wieder hochsah, musterte er das Gelände und schritt dann langsam aus der Laube heraus.

Der Engländer kam zielstrebig auf ihr Versteck zu und blieb unmittelbar vor ihnen stehen. James trat aus dem Schatten hervor und setzte ihm rasch das Messer an die Kehle.

Die braunen Augen seines Gegenübers betrachteten ihn gelassen. Er trug die Uniform eines anonymen englischen Marineoffiziers, doch James kannte ihn unter dem Namen Leutnant Jack.

Er ließ das Messer noch eine Weile an der Kehle des Mannes, entspannte sich dann jedoch und ließ die Hand mit der tödlichen Waffe sinken. Leutnant Jack erwiderte seinen Blick schweigend, drehte sich dann ebenfalls wortlos um und ging weg.

Diana nahm Isabeau in Alexandras prächtiger Eingangshalle in die Arme und drückte sie fest an sich. »Ich war so eine Närrin, dich allein zu lassen, mein Liebling. Das mache ich nie wieder, das schwöre ich dir!«

Isabeau zappelte ein wenig, sichtlich verwirrt von Dianas Eifer. Die Vorstellung, Isabeau einfach bei Fremden zu lassen, hatte Diana schreckliche Angst eingejagt. Isabeau bei ihrem Großvater und Mrs. Pringle auf Haven zu wissen war eine Sache, sie an der Küste Englands allein zu lassen, während Marinesoldaten nach ihnen suchten, war etwas vollkommen anderes.

»Es war gut, dass Ihr es getan habt«, meinte Lord Stoke. »Sonst hätten sie Euch hier mit James aufgespürt.«

»Sie hätten uns auf jeden Fall gefunden.« James klang gereizt.

Leutnant Jack war ohne einen weiteren Kommentar gegangen. Sie hatten gehört, wie er dem Marinesergeant gesagt hatte, dass er keine Spur von ihnen in dem Pavillon oder in ihrer Nähe gefunden hätte. Sie und James hatten in gespanntem Schweigen gewartet, während Jack und der Sergeant durch das Gehölz getrampelt waren. Es kam ihnen fast wie eine Ewigkeit vor, bis Lord Stoke wieder auftauchte und ihnen sagte, dass sie unbesorgt ins Haus zurückkommen könnten.

»Aber es wird nicht lange sicher sein«, meinte James jetzt. »Sie werden zurückkehren. Sie werden die Stadt und das angrenzende Gebiet längere Zeit durchsuchen.« Seine Augen schimmerten eisgrün. »Ich meine mich erinnern zu können, dass ich Euch gebeten habe, Eurem Ehemann nichts über mich zu schreiben.«

Alexandra richtete sich hoheitsvoll auf. »Das habe ich auch

nicht getan, bis Ihr wieder gesund wart. Ich habe keine Geheimnisse vor ihm.«

Sie betrachteten sich nachdenklich. »Natürlich nicht«, räumte James schließlich ein. »Aber ich hatte gehofft, still und leise verschwinden zu können. Jetzt muss ich einer Marinepatrouille ausweichen.«

»Wir werden uns etwas ausdenken«, meinte Lord Stoke gelassen.

Unverzüglich begannen sie zu planen. Während des restlichen Nachmittags und des Abendessens umrissen und verwarfen James und Grayson verschiedene Pläne. Diana spürte, dass James das hier allein bewältigen wollte, wie er es auch sonst tat, aber er gab vor, als hörte er sich Lord Stokes Ideen an. Alexandra zögerte nicht, ihre eigenen Vorstellungen einzuwerfen, und Diana hatte sich noch nie gescheut, James zu unterbrechen. Woraufhin sich ein lebhafter, vierstimmiger Disput erhob.

»Die *Majesty* ist der einzige Ausweg«, meinte Lord Stoke viel später am Abend.

»Und gleichzeitig der Weg, der zu deiner Verhaftung führt«, konterte James. »Ich hätte nichts dagegen, dich im Gefängnis zu sehen, aber ich würde nur ungern Alexandras Zorn auf mich ziehen.«

Diana war erschöpft. Ihre Augen brannten, als wäre feiner Sand darin, und ihr Rücken schmerzte noch von den harten Steinen in der Laube. James, der Mann, der das Fieber und die von den Peitschenhieben verursachten Wunden erfolgreich bekämpft hatte, trank dagegen einen Brandy nach dem anderen und marschierte, offenbar vollkommen bei Kräften, durch den Salon.

Alexandra begnügte sich in der Hauptsache damit, die

beiden Männer zu beobachten. Sie waren wahrlich gutaussehende Exemplare, die zu betrachten lohnte. Der dunkelhaarige James mit Augen wie Jade, mit seinem markanten, dunkelhäutigen Gesicht, und Grayson Finley mit seiner langen, blonden Haarmähne und den blauen Augen, die einen Raum erhellen konnten.

Alexandra hatte Diana ein wenig von der gemeinsamen Geschichte dieser beiden Männer erzählt. Wie Grayson James von einem Piratenschiff gerettet und ihn dann eingeladen hatte, ihm zu helfen, eine Fregatte zu kapern. Es gelang ihnen, eine Meuterei anzuzetteln, die Geburtsstunde dieses legendären Piratenduos.

Sie sahen auch wie Piraten aus. Diana konnte sich vorstellen, wie sie ein Schiff enterten, wie Graysons Haar in der Sonne glänzte, wie er lachte und eine witzige Bemerkung machte, während James ruhiger und in seinem Südstaatenakzent mit seinem schneidend scharfen Zynismus konterte.

Irgendwann in dieser Zeit waren die beiden Freunde zu Feinden geworden. Selbst jetzt, das hatte Alexandra ihr gestanden, war sie nicht sicher, zu welcher Seite sich die Waage neigen würde.

Diana spürte die Spannung zwischen den beiden Männern, als sie ihre Pläne schmiedeten. James beobachtete Grayson aus zusammengekniffenen Augen, und Graysons liebenswertes Lächeln erlosch, wann immer James ihn mit beißendem Sarkasmus überschüttete.

»Meine Idee ist besser«, erklärte James jetzt. »Es wäre typisch für mich, und außerdem rettet es dir deinen hübschen Hals vor der Schlinge. Du hast Kinder, für die du sorgen musst.«

Graysons Freundlichkeit war erschöpft. Er betrachtete

James mit blauen Augen, die ebenso kalt waren wie die von James. »Ich will nicht, dass Alexandra in deine Pläne hineingezogen wird. Dafür weiß ich noch zu gut, was letztes Mal dabei herausgekommen ist.«

Die beiden Männer maßen sich lange. Schließlich sagte James: »Ich kann mich noch sehr gut an deine Hände um meinen Hals erinnern. Ich glaube, du hast deine Revanche bekommen.«

»Nicht einmal annähernd, Ardmore.« Graysons Stimme wurde weich und gurrend. Und tödlich. »Nicht einmal annähernd.«

Sie beäugten sich wie zwei Hunde, die mit gesträubten Nackenhaaren umeinander herumschleichen. Alexandra wirkte sichtlich beklommen. Diana wäre am liebsten aufgesprungen und hätte von ihnen zu wissen verlangt, wovon genau sie eigentlich redeten. Diese verdammten Männer! »Können wir vielleicht beim Thema bleiben? James muss entkommen. Sein Plan ist so kühn, dass er funktionieren könnte. Wir müssen etwas unternehmen.«

»Ich stimme Euch zu«, sagte Alexandra ruhig.

Grayson fuhr herum. »Du stimmst ihr zu?« Seine Miene war unbewegt, als warte er auf etwas.

»Ich glaube, damit ist das Thema erledigt«, erklärte James.

»Nein!«, widersprach Grayson scharf. »Ich will Alexandra nicht darin verwickelt sehen. Ich bin mit dem Plan einverstanden, aber ohne ihre Beteiligung.«

»Sie muss mitmachen.« James' Augen schimmerten entschlossen. »Niemand wird uns glauben, wenn sie nicht dabei ist. Du bewegst dich auf dünnem Eis, alter Freund. Die Admiralität scheint deinen Titel zwar zu bewundern, aber sie ist nicht gerade glücklich über den Spaß, den du dir im Pazifik geleistet hast. Ich könnte ihnen eine lange Liste deiner Aktivitäten geben, von denen sie die meisten garantiert nicht mal kennen.«

»Droh mir nicht, James!«

»Das ist keine Drohung. Ich will dir nur verdeutlichen, wo du stehst. Ein Hinweis darauf, dass du mir geholfen hast, dann werden sie dich wegen all deiner alten Geschichten zur Rechenschaft ziehen.«

Sie starrten sich an, blaue Funken und grünes Eis.

Schließlich stieß Grayson ungeduldig die Luft aus. »Einverstanden, verdammt. Ich benachrichtige Jacobs und sage ihm, was er zu erwarten hat.« Er warf James einen bösen Blick zu. »Aber wenn du auch nur den Firnis ankratzt, dann ziehe ich dich zur Verantwortung. Das Schiff ist Maggies Vermächtnis. Ich will es ihr unversehrt hinterlassen.«

»Ich weiß, wie ich ein Schiff zu segeln habe, Finley. Du hast es mir schließlich beigebracht, schon vergessen?«

Grayson knurrte, sagte aber nichts dazu.

Anschließend gingen sie zu Bett, doch Diana konnte nicht schlafen. Sie schlich ins Kinderzimmer, um nach Isabeau zu sehen. Das kleine Mädchen schlief friedlich, eine Faust neben dem Kissen geballt. Diana drückte ihr einen Kuss auf die Stirn. Isabeau hatte ihr alles über Liebe und Sorge beigebracht, und über Courage. Sie konnte sich ein Leben ohne sie nicht mehr vorstellen.

Dann legte sie eine Hand auf ihren Bauch. Sie hoffte, dass etwas ähnlich Kostbares in ihr heranwuchs und dass ihr bei ihrem nächsten Kind nicht dieselben Fehler unterliefen, die sie an Isabeau begangen hatte.

Sie verließ das Kinderzimmer und ging nach unten. James

würde in seinem Zimmer schlafen, doch sie zögerte, zu ihm zu gehen. Er hatte ihr gegenüber kein einziges Mal das Thema Heirat und die Reise nach Charleston angesprochen, aber sie nahm an, dass sie ihn auf dieser Flucht begleiten würde. Doch sein kühles Verhalten beunruhigte sie.

Das Stoke-Haus war prachtvoll dekoriert. Die goldenen und silbernen Einlegearbeiten schimmerten im Kerzenlicht in der Halle. Es war schlicht überwältigend. Ein Diener kam am Fuß der Treppe auf sie zu. Bereit, ihr ein Glas Wasser, ein Kissen, ein Abendessen oder was auch immer sie begehrte zu bringen. Diana nickte ihm nur freundlich zu und ging weiter ins Arbeitszimmer. Sie hoffte, ein Buch zu finden, das sie interessierte und ihre aufgewühlten Gedanken beruhigte.

Stattdessen traf sie auf den Viscount. Er saß in einem Sessel und starrte gedankenverloren ins Feuer. Sein blondes Haar leuchtete in dem dämmrigen Licht. Sie wollte auf Zehenspitzen davonschleichen, aber er hatte sie bereits bemerkt.

»Lady Worthing«, sagte er und winkte sie zu sich. »Kommt und setzt Euch.« Er deutete auf einen Sessel.

Sie folgte seiner Einladung, neugierig auf das, was er ihr zu sagen hatte.

Eine Weile betrachtete er sie schweigend, doch diesmal flirtete er nicht. Diana bemerkte die scharfe Intelligenz in seinen Augen, die er für gewöhnlich hinter seiner liebenswürdigen, etwas verrückten Piratenmanier verbarg.

»In London«, begann er schließlich, »habe ich Euch geraten, James Ardmore zu vergessen. Und dann finde ich Euch hier bei ihm. Sehr nah bei ihm.« Seine Augen funkelten. »In meinem Pavillon.«

Ihre Wangen glühten. »Dafür bitte ich Euch um Verzeihung, aber …«

»Es tut Euch überhaupt nicht leid. Ihr liebt ihn. Aber Ihr solltet wirklich wissen, auf wen Ihr Euch da einlasst.«

Diana stieß gereizt die Luft heraus. »Das weiß ich bereits. Er treibt einen in den Wahnsinn, ist hochfahrend und launisch. Aber das bin ich auch.«

Er grinste. »Ich mag Euch, Lady Worthing. Ihr besitzt Feuer und Courage. Vielleicht seid Ihr genau das, was er braucht. Außerdem seid Ihr unglaublich schön. Wie kommt es, dass er so viel Glück hat?«

Die Röte in ihrem Gesicht dehnte sich auf Hals und Schultern aus. »Eure Feststellung ist ein wenig unschicklich.«

»Aber sie trifft genau ins Schwarze. Die Männer müssen ins Straucheln kommen, wenn Ihr über die Straße geht. Ihr braucht nur mit den Fingern zu schnippen, und schon stellen sie sich einer hinter dem anderen auf, nicht wahr? Ich wette, die Männer in Charleston werden sich nicht anders verhalten.«

Sie dachte an die Ballsäle in London, die Reihe ihrer Bewunderer, ihre leeren Schmeicheleien, die unanständigen Worte, die ihr ins Ohr geflüstert wurden. Dass dies wieder von vorne begann, wollte sie ganz gewiss nicht. Andererseits war sie damals mit Sir Edward Worthing verheiratet gewesen, einem Mann, der sie ignoriert hatte. Wäre sie erst die Frau von James Ardmore, würden die Dinge ganz anders liegen.

»James will eigentlich nicht nach Charleston zurückkehren. Er nimmt mich nur dorthin mit, weil dies der einzige Ort ist, an dem wir sicher heiraten können.«

»Ich weiß.«

Sie sah ihn überrascht an. »Das wisst Ihr?«

Er nickte. »James liebte Charleston. Er ist sehr stolz auf seine Herkunft. Als er mich das erste Mal dorthin mitnahm, hat er mir jeden Winkel gezeigt. Und die Menschen dort lieben ihn ebenfalls. Sie verehren die Ardmores geradezu. Seine Schwester Honoria ist eine wunderschöne Frau. Sehr vornehm und ebenso arrogant wie er. Sie hat alle Ladys der besseren Gesellschaft von Charleston um den Finger gewickelt. Niemand veranstaltet ein gesellschaftliches Ereignis oder tut irgendetwas ohne die Zustimmung von Honoria Ardmore. Ihre Macht könnte Euch Angst machen.«

»Das tut sie jetzt schon. Ich frage mich, was sie von mir halten wird.«

Grayson betrachtete sie prüfend. »Sobald sie herausgefunden hat, dass Ihr Rückgrat besitzt und ihren hoffnungslosen älteren Bruder gezähmt habt, wird sie Euch mögen, würde ich vermuten. Zumindest hätte sie in Euch jemanden, bei dem sie sich über James beschweren kann.«

Diana blickte nachdenklich ins Feuer. »Liegt es an Honoria, dass James nicht dorthin zurückkehren will? Er spricht sehr liebevoll von ihr. Sie scheint eine ehrfurchteinflößende Frau zu sein, aber er liebt solche Frauen.«

»Honoria und er kommen nicht gut miteinander aus, was jedoch daran liegt, dass sie einander sehr ähnlich sind. Nein, er will aus einem anderen Grund nicht nach Charleston zurückkehren. Wegen Paul.«

»Verstehe.« Sie kaute auf ihrer Unterlippe.

»Wirklich?«, fragte Grayson. »Er gibt sich die Schuld am Tod seines Bruders. James hatte einige Piraten verfolgt, die die Küste Carolinas terrorisierten, und Paul hatte beschlossen, selbst auf einen Feldzug zu gehen.« Sein Lächeln veränderte sich und wurde reumütig. »Aber er gibt nicht nur sich die Schuld. Sondern auch mir. Paul versuchte gerade nach Leibeskräften, mich umzubringen, als er von einer Kugel getroffen wurde. Ich habe überlebt. Paul nicht.«

Diana dachte schweigend darüber nach. James erzählte ihr nie die ganzen Geschichte, und es frustrierte sie, sich die einzelnen Bruchstücke zusammensetzen zu müssen. »Ich weiß, dass er immer noch um ihn trauert«, meinte sie und sah Grayson an. »Was kann ich tun? Ich möchte ihm helfen, aber das lässt er nicht zu. Ich weiß nicht einmal, ob ich es überhaupt kann.«

»Ich glaube, wenn es jemand kann, dann Ihr. Ich habe James Ardmore wütend erlebt, gefährlich, und ich kannte ihn schon, als er noch jung und störrisch und meistens glücklich war. Aber so wie jetzt habe ich ihn noch nie erlebt. Es kommt mir so vor, als wäre er wieder zum Leben erweckt worden. Er versteckt sich nicht mehr hinter seiner kalten Schale. Er knurrt mich an und betrachtet Euch, als wollte er Euch fressen.«

Sie sah ihn ängstlich an. »Wollt Ihr behaupten, dass dies nicht seine kalte Fassade ist?«

Der Viscount beugte sich vor und nahm ihre Hand in seine. Er hatte große, gebräunte und vernarbte Hände, die denen von James sehr ähnlich waren. »Bei weitem nicht. Ihr habt ihn aufgeweckt. Wie auch immer Ihr das angestellt habt, macht weiter damit.«

Sie beobachtete, wie seine Finger über ihre strichen. »Ihr habt ihn gern, nicht wahr?«

Grayson wirkte verlegen. »Ich würde nicht behaupten, dass ich ihn gern habe. Aber wir haben eine gemeinsame Vergangenheit und waren Freunde. Ich bin zweifellos nicht schuldlos an dem, was zwischen uns geschehen ist. Er hat mich eingeschüchtert, und ich habe es ihm gerne heimgezahlt. Es war so, als würde man einem Bären einen Pfeil in den Fuß schießen. Sicher, ich habe ihn verletzt, aber meistens habe ich ihn nur geärgert.«

Diana lächelte über das Bild, das Grayson verwendet hatte. Er beschrieb James' Jähzorn und seine rücksichtlose Vergeltung damit äußerst treffend.

Einen Zorn, den sie jetzt spürte, als sich James zwischen die Lehnen ihrer Stühle beugte. Seine Hände umklammerten die Polster so fest, dass seine Finger weiß wurden. »Finley«, schnarrte er. »Was zum Teufel machst du da?«

Grayson blickte zu ihm hoch. Seine blauen Augen waren kühl und wachsam. »Entschuldige, Ardmore«, erwiderte er gelassen. »Reine Gewohnheit.«

»Nicht diesmal, Finley«, erwiderte James leise. »Das ist etwas anderes.«

Grayson sah ihn scharf an. Sie schienen mit ihren Blicken ein Gespräch fortzusetzen, das sie vor Jahren begonnen hatten, eines, aus dem Diana ausgeschlossen war.

Sie sahen sich lange an. Dann nickte Grayson. »Du hast recht, alter Freund«, sagte er leise und gab Dianas Hand frei.

Am frühen Morgen weckte Diana Isabeau und bereitete sie auf ihre Abreise vor.

Sie hatte bereits alles gepackt, bevor sie ihre Tochter ins Bett gebracht hatte, und jetzt gingen sie hinunter in die Halle, wo bereits James, Alexandra, Grayson und Maggie warteten.

Es waren überraschenderweise keine Bediensteten anwesend, und in den Leuchtern brannten auch keine Kerzen. Grayson war zwar immer noch wenig begeistert von James' Plan, aber er hatte dennoch die notwendigen Vorbereitungen getroffen. Diana zweifelte nicht daran, dass James an alles gedacht hatte. Er war jemand, der sämtliche Möglichkeiten einkalkulierte.

Alexandra reichte ihm entgegenkommend die Stricke.

Grayson knurrte und fluchte, bis James ihm nicht eben zärtlich einen Knebel in den Mund stopfte, was ihm einen finsteren Blick über das weiße Leinen hinweg einbrachte.

Alexandra und Diana banden Maggie die Hände. Das Mädchen bestand darauf, dass die Fesseln fester sein sollten, als Diana es vorgehabt hatte, weil das glaubwürdiger wäre. Sie erklärte sich sogar freiwillig bereit, sich knebeln zu lassen, was Grayson sichtlich in Rage versetzte.

Diana hatte gedacht, dass James sie bitten würde, Alexandra zu fesseln, aber er wollte das selbst tun. Als er ihr die Handgelenke hinter dem Rücken band, beugte er sich vor und sagte leise: »Wie in alten Zeiten, Alexandra, nicht wahr?«

Lady Stoke errötete.

Danach nahm er Dianas Hand und führte sie und Isabeau in die Nacht hinaus. Sie gingen zu einem Boot, das im Schatten eines Bootshauses versteckt lag, und James ruderte sie im Licht des sternenübersäten Himmels über das schwarze Wasser. Diana bedachte ihn auf dem gesamten Weg zum Schiff mit finsteren Blicken, aber James gab keine Erklärungen ab, und es war auch nicht der richtige Moment für eine Unterhaltung.

Schon bald gingen sie längsseits neben einem Dreimaster. Es war die *Majesty* in all ihrer Pracht.

James kletterte an Bord, als würde ihm das Schiff gehören. Früher einmal war die Hälfte davon sein Eigen gewesen. Mr. Jacobs, der junge Erste Offizier, betrachtete ihn ebenso schief wie Grayson. Mr. Jacobs' wunderschöne Frau jedoch hieß Diana und Isabeau herzlich willkommen und machte es ihnen gemütlich, während die Männer das Schiff vorbereiteten, um zu dem verabredeten Treffpunkt mit der *Argonaut* zu segeln.

Diana hatte keine Gelegenheit, James etwas zu fragen oder mit ihm zu diskutieren, aber die Blicke, die sie ihm zuwarf, verhießen nichts Gutes für ihn. Sie schwor sich, dass sie beide bald ein langes Gespräch führen würden. Ein sehr langes.

22. Kapitel

Das Ardmore-Haus in Charleston erstaunte Diana. Elegant und weiß erhoben sich seine vier Stockwerke etwas abseits von der Straße. Jedes Geschoss war mit einem verzierten Balkon versehen. Es ähnelte einer eleganten Braut in ihrem Hochzeitsschmuck, einer neckischen Braut, die lächelte und lockte und jeden Betrachter herausforderte, ihre Geheimnisse zu erkunden.

Durch ein prachtvolles, schmiedeeisernes Tor in der hohen Mauer gelangte man in einen Innenhof, der mit gelben und weißen Fliesen gepflastert war. Ein kleiner Springbrunnen, dessen Becken mit Sommergeranien geschmückt war, plätscherte leise im Hintergrund. Ein breite schwarze Tür mit einem fächerförmigen Oberlicht wartete am Ende einer kurzen, geschwungenen Steintreppe.

Die Häuser in London hatten zumeist unauffällige Fassaden und enthüllten den Reichtum hinter ihren Mauern nur wenigen Auserwählten. Dieses Haus jedoch lockte mit hohen Fenstern, in denen Spitzenvorhänge den Einblick verwehrten, mit Bougainvilleen bewachsenen Balkonen, auf denen Weidenstühle standen, die die Bewohner einluden, die Kühle des Innenhofes zu genießen.

Diana spürte die Hitze, seit die *Argonaut* in den Hafen von Charleston eingelaufen war. Ihr Vater wischte sich die Stirn, als ihre Mietdroschke zur Meeting Street auf der Battery fuhr. Isabeau dagegen fand alles nur entzückend, und selbst Diana starrte fasziniert aus dem Fenster wie eine Touristin.

Sie hatte angenommen, dass James sie in einem Hotel absetzen und allein nach Hause fahren würde. Doch er hatte dem Kutscher befohlen, sie alle sofort zum Anwesen der Ardmores zu bringen, einschließlich Mr. Henderson und Ian O'Malley. Als sie sich in den Innenhof drängten, fragte sich Diana unwillkürlich, ob James sie mitgebracht hatte, weil er Honoria zeigen wollte, dass er der Herr des Hauses war.

Die schwarze Tür öffnete sich langsam, als James die Treppe hinaufging. Ein großer Mann, gekleidet wie ein Butler, blickte ihm entgegen. Er war dunkelhäutig und hatte graues Haar. Die Miene in seinem glatten Gesicht war so würdevoll wie die eines englischen Butlers, vielleicht sogar noch eine Spur distinguierter, aber Diana sah, wie seine dunklen Augen vor Freude aufblitzten.

»Mr. James.« Die Stimme des Mannes zitterte kaum vernehmlich. »Ich habe Miss Honoria von Eurer Ankunft unterrichtet.«

Er öffnete die Tür weit und bat James hinein. Dann trat er ehrerbietig zur Seite, um sie alle eintreten zu lassen, aber seine Augen waren dabei nur auf James gerichtet.

Das Innere des Hauses war noch beeindruckender als das Äußere. Die Wände waren hellgelb gestrichen, als hätten sie den Sonnenschein eingefangen. Über den schwarzweiß gefliesten Boden gelangten sie durch eine weitere Doppeltür in eine Eingangshalle mit einer überwältigenden Treppe. Die Stufen schwangen sich ohne sichtbare Stütze vom Erdgeschoss in den ersten Stock, von dort in den zweiten und noch weiter hinauf.

Isabeau betrachtete die Treppe abschätzend, und Diana wusste, dass es nur eine Frage der Zeit war, bis Isabeaus Kehrseite das Geländer polieren würde.

»Ihr habt ein wunderschönes Heim, James«, bemerkte Admiral Lockwood, der die Gemälde in der Halle betrachtete.

»Das ursprüngliche Haus«, erklärte der Butler mit seiner melodischen Stimme, »wurde 1778 von Mr. James' Großvater gebaut. 1795 hat Mr. James' Vater es instand gesetzt und um die Salons im rückwärtigen Teil des Hauses erweitert.«

James spähte die Treppe hinauf. »Schon gut, Daniel. Du kannst die Besichtigungstour später noch machen. Veranstaltet Honoria noch ihre Sonntagnachmittagführungen?«

»Miss Honoria hält die Tradition aufrecht«, erwiderte Daniel.

»Dachte ich mir.« Plötzlich hörten sie Schritte auf der Treppe, und James' Miene wurde vollkommen ausdruckslos. Er verschränkte die Arme und wartete, während seine Schwester die Stufen herunterschritt.

Diana erkannte sie sofort anhand der Porträts, die sie in James' Kabine gesehen hatte. Schwarze Locken, ein rundes Gesicht mit einem energischen Kinn, eine klassisch griechische Nase und Augen so grün wie die von James. Auf dem Porträt hatte sie gelächelt. Jetzt jedoch verrieten die Falten um ihre Augen die Widrigkeiten, die sie durchgemacht hatte, seit das Bild gemalt worden war. Die Ähnlichkeit mit ihrem Bruder war verblüffend, einschließlich des leichten Anflugs von Herablassung. Selbst wenn Diana dieser Frau irgendwo anders auf der Welt begegnet wäre, hätte sie sie sofort als James' Schwester erkannt.

Honoria Ardmore ließ ihren Blick über die kleine Gruppe am Fuß der Treppe schweifen. Einen Moment lang verweilte er auf Diana, als wäre sie neugierig, wollte sich das aber nicht anmerken lassen. Ihr dunkelgrünes Kleid passte zu ihrem Teint, doch es war schlicht und bei aller Eleganz einfach. Es war das Kleid einer Frau, die ihre Mädchenträume schon lange aufgegeben hatte.

»James«, sagte sie. Ihre Stimme war seiner ebenfalls ähnlich, ein tiefes Alt, mit der weichen Melodie der vornehmen Südstaatler. »Du hättest mich benachrichtigen können. Es ist nicht anständig der Köchin gegenüber, so schlechte Manieren an den Tag zu legen.«

James' Miene veränderte sich nicht. »Ich wäre vor dieser Nachricht eingetroffen.«

»Du bist immer in Eile. Wäre es so schlimm, einmal höflich zu sein?«

»Ist das nicht rührend?«, murmelte Mr. Henderson, der hinter Diana stand. »Sie haben sich seit vier Jahren nicht gesehen.«

Honorias kühler Blick zuckte zu Henderson und überschüttete ihn mit einer Verachtung, die selbst James' Arroganz in den Schatten stellte. »Bitte, Daniel, führe unsere Gäste in den Salon. Und bring ihnen Erfrischungen. Sie spüren gewiss die Hitze und sind erschöpft, wenn sie James begleitet haben.«

Daniel gehorchte, ohne seine Würde einzubüßen. Er streckte seine weißbehandschuhte Hand aus.

»Übrigens, Honoria«, warf James beiläufig hin, »ich werde heiraten. Lady Worthing, die hier neben mir steht. Ich hoffte, dass wir es in zwei, drei Wochen schaffen können. Du darfst gerne eine schöne Hochzeit ausrichten, wenn du willst.«

Honorias kühle Haltung schmolz wie Eis in der Junisonne.

»Zwei bis drei Wochen? James Ardmore, ich kann keine Hochzeit in dieser kurzen Zeit arrangieren!«

»Warum nicht? Es muss keine große Angelegenheit sein. Ein kleines Fest mit Familie und Freunden.«

Honoria starrte ihn fassungslos an. Dianas Zorn flammte ebenfalls auf. »James, um Himmels willen! Ich habe nicht einmal ein Hochzeitskleid! Es wird mindestens einen Monat dauern, ein solches Ereignis zu planen, und selbst dann wäre es noch höchst überstürzt! Du kannst nicht erwarten, dass die Menschen von Charleston alles stehen- und liegenlassen, um an deiner Hochzeit teilzunehmen, wenn du es ihnen erst zwei Wochen vorher mitteilst!«

»Wirklich, James«, nahm Honoria den Faden auf. »Wir brauchen mindestens zwei Monate! Du bist der gedankenloseste, arroganteste Mann, den ich kenne!«

James warf Diana einen Blick zu, der fast selbstgefällig wirkte. »Ich wusste, dass ihr beide euch blendend verstehen würdet.« Er ging die Treppe hoch an der empörten Honoria vorbei. »Du wirst sie mögen, Honoria, sie ist von sehr vornehmer Herkunft. Diana, stell dich ihr doch einfach selbst vor, hm?«

Vollkommen entspannt ging er weiter hinauf und verschwand außer Sicht. Dieser verdammte Kerl! Honoria sah ihm böse nach. »Wirklich, James, ich kann dein unangekündigtes Auftauchen und Verschwinden zwar ertragen, aber dass du so unhöflich bist, das geht zu weit!«

James erwiderte nichts, aber sie hörten, wie er leise eine Melodie vor sich hin pfiff.

James stand in seinem Schlafzimmer, und Erinnerungen stiegen in ihm hoch.

In diesem Raum war er aufgewachsen. Er hatte auf dem Himmelbett gelegen und sich von Verletzungen erholt, die er sich beim Klettern und Reiten oder bei irgendwelchen verbotenen Unternehmungen geholt hatte. Hier hatte er seinen Vater gefragt, wie es wäre, sich zu verlieben und ob es so schön wäre, bei einer Frau zu liegen, wie er gehört hatte. Hier hatte er auch wach gelegen, mit von Tränen brennenden Augen, als seine Eltern den Kampf gegen ihre Krankheit verloren hatten und gestorben waren, gemeinsam, wie sie alles andere auch getan hatten.

Die Bilder aus der Vergangenheit überfluteten ihn, doch merkwürdigerweise schmerzten sie nicht. Er hatte das Haus und diesen Raum gemieden, seit er seine Karriere als Pirat und dann als Piratenjäger begonnen hatte. Seine Kabine auf der *Argonaut* war jetzt sein Zufluchtsort, der Platz, an dem er den größten Teil seines Lebens als Erwachsener zugebracht hatte.

Aber in diesem Zimmer fand er sich ebenfalls wieder. Die alten zerschlissenen waren durch neue Brokatvorhänge ersetzt worden, und die Stühle, die er zerbrochen hatte, waren ebenfalls erneuert worden, aber ansonsten ähnelte es noch sehr dem, in dem er morgens vom Duft von Schinken, Maisbrei und Brot aufgeweckt worden war und in dem er die weiche, melodische Stimme seiner Mutter und den Bariton seines Vaters gehört hatte.

Diese Erinnerungen gehörten nicht zu James Ardmore, dem Piratenjäger. Dennoch waren es seine, zutiefst in ihm verankert.

Er hatte das Zimmer allein betreten wollen, ohne Diana.

Sobald sich sein innerer Aufruhr gelegt hatte, würde er sie hierherbringen und den Raum mit neuen, glücklichen Erinnerungen füllen. Der Geschmack ihrer Lippen, das Gefühl ihres weichen Körpers unter seinem wären gewiss sehr schön.

Er hatte gewusst, dass die einfachste Möglichkeit, Honoria dazu zu bringen, Diana zu akzeptieren, die war, sie in ihrem Groll gegen ihn zu vereinen. Honoria würde die Hochzeit der Saison ausrichten wollen. Natürlich war die Trauung des Oberhauptes der Ardmores keine Kleinigkeit. Und nach dem was er unten in der Halle hörte, hatte seine List funktioniert.

Er verließ sein altes Zimmer und ging zu einem Schlafzimmer am Ende der Treppe. Seine Schritte wurden langsamer. Sich seinen eigenen Jugenderinnerungen zu stellen war eine Sache. Aber womit er sich jetzt konfrontieren würde, flößte ihm wahrhaftig Furcht ein. Diana hatte es vermutet, aber er hatte nicht gewusst, wie er ihr hatte erklären sollen, was mit ihm nicht stimmte.

Also musste er seinen Dämonen allein gegenübertreten. Er konnte es vermeiden, nach unten gehen und die Herzlichkeit und Wärme genießen. Diana würde ihn mit ihren graublauen Augen anfunkeln, und er würde das Feuer in seinem Herzen spüren. Aber er hatte dies hier schon zu lange aufgeschoben.

Er öffnete die gefürchtete Tür und trat ein.

Der Raum lag zum Innenhof hinaus, und durch eine doppelte Glastür gelangte man auf einen kleinen Balkon. Die Wände waren hellgrün gestrichen, die Zierleisten zeigten ein Relief von klassisch griechischen Gestalten bei der Feldarbeit.

Auf dem Bett lag eine elfenbeinfarbene Tagesdecke, die zu den Vorhängen passte. Den Boden bedeckte ein kostbarer orientalischer Teppich. Der Raum war elegant, peinlichst sauber und vollkommen anonym.

»Honoria!«, stieß James hervor. Dann ließ seine Stimme die Wände erbeben. »HONORIA!«

Er hörte ihre Stimme von unten. »Verzeihung«, sagte sie mit angestrengter Höflichkeit, dann huschten ihre Schritte über die Treppenstufen.

James wartete in der Mitte des Zimmers auf sie. Honoria blieb an der Schwelle stehen. Ihr Blick war kühl, und sie fragte ihn weder, warum er sie gerufen hatte, noch maßregelte sie ihn wegen seiner Unhöflichkeit.

»Was hast du getan?«, fuhr er sie an.

»Ich fand, wir benötigten noch ein weiteres Gästezimmer. Die anderen sind recht klein.«

Er fegte eine zierliche Porzellanfigur von der Kommode. Sie zerschellte auf dem Boden. »Ein Gästezimmer für wen? Wie viele Gäste hast du denn in meiner Abwesenheit empfangen?«

»Kaum einen. Ich verbringe sogar Weihnachten allein, es sei denn, Freunde erbarmen sich meiner und laden mich zu sich ein.«

Er war zu wütend, um sich von ihr Schuldgefühle einreden zu lassen. Er hatte mehrmals versucht, Weihnachten mit ihr zu feiern, und jedes Mal hatte es nur in hitzigen Streitereien geendet. Wahrscheinlich hatte sie sich mit ihren mitfühlenden Freunden weit besser amüsiert.

»Was hast du mit seinen Sachen gemacht?«, fragte er gepresst.

»Ich habe sie in die Dachkammer bringen lassen. Keine

Sorge, James, ich habe sie nicht etwa verkauft oder sonst etwas damit gemacht.«

»Du hast sie einfach wegstellen lassen? Warum hast du nicht meine Sachen weggepackt, wenn du noch ein Gästezimmer brauchtest? Du weißt genau, dass mir das vollkommen gleichgültig gewesen wäre!«

»Weil es wahrscheinlicher war, dass du noch einmal nach Hause kommst.«

Sie maßen sich mit Blicken. Vor dem Fenster summten die Bienen um die Blumen, und aus dem Erdgeschoss drang Isabeaus Lachen zu ihnen herauf.

»Du hast also alles weggeschafft«, meinte James schließlich. »Alles, was uns von ihm geblieben ist. Ich weiß, dass die Erinnerung wehtut. Warum, glaubst du wohl, bin ich so lange weggeblieben? Aber ich hätte nie erwartet, dass du ihn vollkommen auslöschst!«

Honoria fuhr mit geballten Fäusten zu ihm herum. »Du konntest dir wenigstens den Luxus erlauben wegzugehen! Wie, glaubst du, habe ich mich gefühlt? Ich habe hier gelebt, Tag um Tag, Jahr um Jahr, und wusste, dass er niemals zurückkehren würde! Während seine Sachen noch auf dem Tisch lagen und auf ihn warteten. Du hast Paul niemals so nahegestanden wie ich, also wage ja nicht, darüber zu jammern, wie sehr sein Verlust dich schmerzt!«

»Ich stand ihm niemals nahe?«, schrie er ungläubig. »Ich bin mit ihm gesegelt, habe mit ihm gekämpft! Ich habe ihn in den Armen gehalten, als er gestorben ist, um Himmels willen!«

»Aber du warst nicht bei ihm, als er angeschossen wurde. Sonst hättest du vielleicht die Kugel abbekommen. Deine Sachen hätte ich ohne zu zögern aus dem Fenster geworfen!«

Honoria verstand es, ihn zutiefst zu treffen. Was James am meisten bedauerte, die Schuld, die des Nachts an ihm nagte, war sein Entschluss, diesen Freibeuter zu verfolgen und sich erst später mit Paul zu treffen. Sein Bruder hatte die *Majesty* verfolgt und angegriffen, ein verrücktes Unterfangen, das James ihm ausgeredet hätte.

Aber Paul war fast wahnsinnig vor Rachsucht gewesen und wollte jeden Piraten auslöschen, vor allem diesen berüchtigten Grayson Finley. Er hatte die *Majesty* gerammt, Grayson fast augenblicklich niedergeschossen und war dann selbst von einer Kugel niedergestreckt worden. Paul hatte gerade noch lange genug gelebt, dass Ian O'Malley ihn zu James zurückbringen konnte, damit er in den Armen seines Bruders sterben konnte.

»Wir standen uns viel näher«, sagte Honoria jetzt. »Er hat hier bei mir gelebt, nachdem du uns im Stich gelassen hast. Ich kannte seine Frau, habe bei der Geburt ihrer Kinder geholfen. Wo warst du da? Du bist mit deinen Freunden um die Welt gereist und hast dich ab und zu blicken lassen, mit deinen albernen Geschenken und grandiosen Geschichten. Wo warst du, als Pauls Frau ermordet wurde und ich bei ihm war und ihn davon abhielt, seinem Leben ein Ende zu setzen? Warum hast du dich nicht hier in Charleston als Anwalt niedergelassen, bei uns gelebt und dich um uns gekümmert, wie du es eigentlich hättest tun sollen?«

»Ich war nicht so gut als Advokat, Honoria«, stieß er zwischen den Zähnen hervor. »Ich bin gut darin, Piraten zu jagen.«

»Deine eigene Form von Gesetz! Selbstverständlich beugt sich ein James Ardmore niemandes Regeln! Viel Glück für Lady Worthing, wenn du sie deinen unterwirfst. Oder hast du sie hergebracht, um dich mit ihr hier niederzulassen, in Charleston zu bleiben und wie eine richtige Familie zu leben?«

»Allerdings!«, blaffte James.

»Das arme Ding! Was hat sie dir nur angetan?«

»Wir werden hier leben. Wie eine Familie. Das hier ist mein Haus, Honoria, und wenn ich will, dass Pauls Habseligkeiten in seinem Zimmer sind, dann kommen sie dort hinein!«

»Warum?«, fuhr sie ihn an. »Du hast dieses Zimmer seit sieben Jahren nicht betreten. Sieben Jahre! Wovor hattest du Angst?«

»Ich dachte, wenn ich mich an ihn erinnern wollte, sollte ich wenigstens die Gelegenheit dazu haben!«

Ihre grünen Augen schwammen in Tränen. »Das ist nicht dein Haus, James. Dein Name steht vielleicht auf der Besitzurkunde, aber es gehört mir. Ich habe hier gelebt, als alle anderen es zurückgelassen haben. Ich habe es am Leben erhalten. Du bist weggegangen und niemals zurückgekehrt.«

»Hölle und Verdammnis!«

»Ich hasse dich, James! Ich bin ganz allein, und das ist nur deine Schuld!«

Diana stürmte in den Raum, schlug die Tür zu und schloss Honoria in die Arme. Seine stolze Schwester ließ tatsächlich ihren Kopf auf Dianas Schulter sinken.

James sah zu, verletzt und wie betäubt. Er hasste es, nach Hause zu kommen.

»Du bist wirklich der gefühlloseste Mann, den ich kenne«, sagte Diana klar und deutlich.

»Um Himmels willen, Diana!«

Sie maß James mit diesem Blick, der ihm so vertraut war.

»Du interessierst dich mehr für Geister als für die lebenden Menschen um dich herum, James Ardmore. Glaubst du wirklich, dein Bruder wäre etwas weniger Besonderes, weil seine Habseligkeiten auf dem Dachboden stehen? Natürlich nicht!« Sie strich Honoria übers Haar. »Ich glaube, jede Schwester, die es so lange mit dir ausgehalten hat, hat jedermanns Hochachtung verdient.«

»Das ist kein Spiel, Diana.« Er knirschte mit den Zähnen.

»Das Leben auch nicht, James.«

Sie war so hochmütig und wunderschön. Das hatte er schon gedacht, als sie sich das erste Mal gesehen hatten. Er wusste, dass sein Herz immer einen Schlag aussetzen würde, wenn sie einen Raum betrat, ganz gleich ob er einen Streit mit ihr gewonnen oder verloren hatte.

Honoria sah ihn von Dianas Schulter aus wütend an. Diana dagegen warf ihm einen Blick zu, der ihn höchst argwöhnisch machte. »Ich weiß genau, wie wir ihn dazu bringen können, dass es ihm leidtut«, verkündete Diana. »Sollte der älteste Sohn einer der vornehmsten Familien Charlestons nicht die prachtvollste Hochzeit des Jahrhunderts bekommen? Er ist ein Held. Ich bin sicher, dass die Leute meilenweit reisen werden, um an einem solchen Ereignis teilzunehmen.«

Honoria wischte sich die Tränen von den Wangen. Auf ihrem Gesicht regte sich ein Hoffnungsschimmer. »Ja, wir halten die Zeremonie in der Episkopalkirche ab. Ihr gehört der Kirche von England an, und unsere Mutter hat uns im episkopalen Glauben erzogen. Das würde ihr gefallen. Wir dekorieren die Kirche mit Orangenblüten und rosafarbenen Rosen. Und Euer Kleid lassen wir von Madame Madeline anfertigen. Sie ist die beste Schneiderin in Charleston. Weiß und rosa, ja, das ist eine entzückende Zusammenstellung, vielleicht mit ein bisschen Gelb darin.«

Dianas Augen leuchteten triumphierend. »Und wir planen ein Bankett für nach der Zeremonie. Vielleicht sogar einen Ball.« Sie sah James kritisch an. »Er muss eine Krawatte tragen. Und einen Hut. Vielleicht kann Mr. Henderson ja etwas empfehlen.«

Sie sah so entzückend und glücklich aus, als sie seinen Untergang plante, dass er einfach nicht das Herz hatte aufzubrausen. »Du hast Glück, dass ich dich so liebe, Diana, sonst würde ich diesen Firlefanz nicht mit mir machen lassen.«

Honoria hob den Kopf und schüttelte ihre Bitterkeit ab. »Ich muss Musiker engagieren und die Dekorationen für den Ballsaal planen. Du hättest mich wirklich vorher benachrichtigen sollen, James. Dann wären die Vorbereitungen jetzt schon halb fertig.«

Sie verließ das Zimmer, während sie stirnrunzelnd über die Arrangements nachdachte. Diana schloss die Tür hinter ihr. Schweigen senkte sich herab.

James ließ sich auf die gepolsterte Bank am Fußende des Bettes fallen. In diesem Raum hatten sich einmal Pauls Spielsachen und später die seiner Kinder in einem heillosen Durcheinander gestapelt. Modellschiffe, Stofftiere, Schnüre, Haarbänder, Bauklötze und Puppen. Jetzt war der Raum kahl und leer.

Diana sah ihn an. »Soll ich gehen?«

»Nein.«

Sie trat zu ihm. Ihr Kleid raschelte auf eine Art und Weise, bei der er an ihre Beine darunter denken musste. Ihre langen, eleganten Beine.

»Ich meine nicht, dass du ihn ganz vergessen sollst«, sagte sie leise.

Er streckte die Hand aus und legte seine Finger auf ihren Bauch. Darin wuchs sein Sohn oder seine Tochter. Er konnte es immer noch nicht glauben. Aber er wusste, dass dieses Kind von ihm war. Wenn nicht, hätte Diana ihm die Wahrheit ins Gesicht gesagt.

»Ich hätte auf ihn aufpassen sollen«, sagte er bedächtig. »Und habe es nicht getan, als es am wichtigsten war.«

Ihre Stimme klang eine Spur gereizt. »Das kannst du nicht wissen. Er wäre vielleicht trotzdem gestorben. Du hättest ihn wahrscheinlich nicht aufhalten können.«

»Möglicherweise. Das werden wir nie erfahren, nicht wahr?« Er packte ihre Hand. »Ich dachte, wenn ich Black Jack Mallory töte, würde das alles wiedergutmachen, Diana.« Er sah in ihre blauen, aufmerksamen Augen. »Aber jetzt, da ich hier sitze, wird mir klar, dass das nicht stimmt. Selbst wenn ich Mallory vor den Augen deines Vaters erschossen hätte, wäre nicht alles gut geworden.« Er hielt inne. »Was ich mir einzugestehen versuche, ist die Erkenntnis, dass mein Versprechen gegenüber Paul mich zu dem gemacht hat, was ich bin.«

»Eine Legende«, sagte sie leise.

Er schnaubte abfällig. »Die nie wirklich existiert hat. Und jetzt habe ich mein Versprechen eingelöst. Was bleibt mir da noch?«

Sie nahm seine beiden Hände in ihre und setzte sich auf seine Knie. Das wurde langsam zur Gewohnheit. Auf ihrer Fahrt über den Atlantik hatten sie jeden Morgen so auf einer Bank auf dem Achterdeck gesessen, sie auf seinem Schoß, er seinen Arm um ihre Taille geschlungen, und hatten den Sonnenaufgang betrachtet.

»Weißt du noch, wie wir vier Tage, nachdem wir Haven verlassen hatten, den Freibeutern begegnet sind, die diese Handelsschiffe kapern wollten?«, fragte sie.

Er und Diana hatten gerade die kühle Morgenluft genossen, als sie am Horizont eine Rauchwolke gesehen hatten, was nur eins bedeuten konnte. James hatte befohlen, Kurs darauf zu nehmen.

Sie fanden einen französischen Freibeuter, der gerade ein englisches Handelsschiff in Brand gesteckt und zum Entern angesetzt hatte. James' Fahne, mitternachtsblau mit einem goldenen Strich diagonal von Ecke zu Ecke, wurde am Heck gehisst. Die Freibeuter zeigten ebenfalls ihre Flagge und luden James ein, ihnen zu helfen und sich die Hälfte der Beute unter den Nagel zu reißen. James antwortete mit einer vollen Breitseite.

Das Piratenschiff erwiderte das Feuer. Ein Kanonier auf der *Argonaut* stürzte verwundet zu Boden. Diana, leichtsinnig wie sie war, rannte an die Kanone und nahm seinen Platz ein. Ihr rotes Haar leuchtete in der Sonne, und sie schrie ihren Sieg genauso laut heraus wie die anderen, als die Gegner schließlich aufgaben.

Der Kapitän, ein unglaublich arroganter Franzose, reichte James die Kaperbriefe, die er von Napoleon selbst erhalten hatte. James hatte sie verbrannt, nur um ihm zu zeigen, was er von Napoleon Bonapartes Unterschrift hielt.

James hatte den Kapitän und die überlebende Mannschaft gefangen genommen, weil er wusste, dass er gnädiger mit ihnen umspringen würde als die wütenden Matrosen der Handelsschiffe. Als er zur *Argonaut* zurückkehrte, jubelte die Mannschaft ihm zu.

Diana feierte mit ihnen, schwenkte in bedenklichem

Leichtsinn den Ladestock des Kanoniers und schlug den anderen Matrosen auf die Schultern.

Und diese Frau wollte er heiraten. Gott steh ihm bei.

James hatte seinen Arm um Dianas Taille geschlungen und stand mit ihr auf dem Achterdeck, als die *Argonaut* ihre Triumphrunde drehte. Das war O'Malleys Idee gewesen. Die Mannschaft der Handelsschiffe jubelte ihnen zu. Henderson hatte seinen Säbel grüßend erhoben, dessen Klinge ebenso in der Sonne blitzte wie Dianas Haar.

»Das hatte nichts mit Paul oder deinem Versprechen zu tun«, erklärte Diana jetzt in dem ruhigen Zimmer in dem Haus in Charleston. »Du hast es genossen, diese Piraten zu besiegen. Du warst glücklich. Du hast gelacht.«

Er durchlebte noch einmal den Geschmack des Triumphes und, besser noch, den wilden Kuss, den er Diana gegeben hatte. »Es war nicht ohne«, gab er zu.

»Das ist genau das, was du bist, James. Ein Rächer. Es gefällt dir. Du hast angefangen, Piraten zu jagen, noch bevor dein Bruder gestorben ist, und du hättest auch ohne seinen Tod damit weitergemacht. Ich glaube, dieses Versprechen war nur ein Vorwand. Begreifst du das nicht?«

Ihre Wärme lenkte ihn ab. Sie schwitzte in dem feuchtwarmen Klima von Charleston, und er drehte den Kopf herum, um den feuchten Spalt zwischen ihren Brüsten zu küssen.

Er dachte an die Jahre, die er und Ian O'Malley jetzt schon über die Meere gekreuzt waren, es wagemutig mit Schiffen aufgenommen hatten, die über weit mehr Kanonen verfügten als sie; sie hatten sich mit Fregatten angelegt und Piraten den Untergang bereitet. Er hatte alle Weltmeere besegelt, kannte die stinkendsten Häfen und die exotischsten

Inseln und das süße Gefühl von Frieden bei der Rückkehr nach Hause.

Er war rücksichtslos und grausam gewesen, aber auch voller Mitleid, wenn es nötig war. Er hatte das Leben von bedrängten Matrosen gerettet, war einfach so davongesegelt und hatte es den Geretteten überlassen, weiter an seiner Legende zu stricken.

Diana hatte recht. Er liebte es.

Er sah sie an. »Ich bin wirklich ein rücksichtsloser Mistkerl, nicht wahr?«

»Das habe ich ja schon immer gesagt.«

Er zog sie dichter an sich. »Ich habe Honoria gerade gesagt, dass ich nach Hause gekommen bin, um mich hier niederzulassen.«

»Ich sehe keinen Grund, warum sie uns nicht auf der *Argonaut* Gesellschaft leisten sollte. Ihr würde Haven gefallen.«

»Aha, wir gehen also nach Haven zurück?«

»Natürlich. Das ist mein Heim. Wir könnten die Sommer dort verbringen und die Winter hier. Und du könntest Piraten jagen, soviel dein Herz begehrt.«

Er küsste ihre lächelnden Lippen. »Du hast ja wirklich alles sehr fein arrangiert.«

»Du brauchst jemanden, der die Dinge für dich plant, James. Abgesehen von der Piratenjagd, meine ich. Die beherrschst du vollkommen.«

Er unterbrach sie auf seine bevorzugte Art und Weise, was er ebenfalls sehr gut konnte. Als sie den Kuss beendet hatten, funkelten ihre Augen.

Er schob sie von seinem Knie und klopfte ihr auf die Kehrseite. »Warum hilfst du Honoria nicht bei der Hochzeitsplanung? Sie hat vermutlich die Gästeliste schon fertig und zermartert sich jetzt das Hirn wegen der angemessenen Garderobe.«

Diana lächelte, und sein Herz schwoll an. Sie hatte sich in sein Leben gedrängt, gut. Als er auf dem Schiff neben ihr gestanden und seinen Arm um sie gelegt hatte, während sie an den dankbaren Handelsschiffern vorbeisegelten, hatte es sich genau richtig angefühlt. Als hätte er all die Jahre etwas vermisst.

Allerdings hatte er sie an ihrem Kleid zurückzerren müssen, als sie versuchte, mit den anderen Matrosen den Freibeuter zu entern. Darüber würden sie noch ein Wörtchen zu reden haben.

Als er auf Haven Black Jack Mallory gestellt hatte, waren ihm die lebenden Menschen plötzlich wichtiger geworden als die uralten Versprechungen von Gewalt und Tod. Viel wichtiger.

Er hatte es in seinem tiefsten Inneren gewusst und deshalb seine Pistole in die graublauen Fluten abgefeuert, nicht in Black Jacks Kopf.

Natürlich war das alles noch wichtig. Paul war wichtig. Diana. Aber James' Schwur nach Rache, seine Wut und sein Hass waren Relikte der Vergangenheit. Diana und ihr gemeinsames Kind waren die Gegenwart. Es ging jetzt um die Liebe, um das Hier und Jetzt und um die Zukunft.

Sie küsste seine Stirn. Ihr Duft beruhigte ihn. Dann verließ sie das Zimmer, mit einem Lächeln, das nur ein winziges bisschen selbstgefällig war.

Er sah ihr liebevoll und zugleich selbstzufrieden nach. Sollten Diana und seine Schwester ruhig eine schöne Hochzeit und einen großen Ball planen, von dem die Leute noch in vielen Jahren reden würden. Sollte Diana für ihr gemeinsames Leben so viel planen, wie sie mochte. Denn während Diana ihre Rache genoss, indem sie die Hochzeit organisierte, konnte James in aller Ruhe die Hochzeitsnacht vorbereiten.

23. Kapitel

Es war vorbei. Der letzte Gast war in die Nacht verschwunden, und die verwelkten Girlanden waren zu Boden gefallen. Ian O'Malley stöberte Isabeau unter dem Stuhl des Geigers auf, wo sie sich zusammengerollt hatte, und Honoria brachte sie ins Bett.

Dianas Vater hatte viele alte Freunde aus seiner langen Karriere getroffen und war mit einem älteren Gentleman aus der Tradd Street in dessen Haus gefahren, um dort alte Geschichten auszutauschen.

Honoria hatte ihre großartige Hochzeit bekommen. James hatte sich nicht geweigert, was Diana außergewöhnlich fand. Er sah hinreißend gut in dem schwarzen Frack aus. Sogar eine Krawatte hatte er getragen, die sich gegen seine gebräunte Haut schneeweiß abhob. Sein Haar war frisch geschnitten und zu einem Zopf geflochten. Er sah so ganz anders aus als sonst, aber als sie die Kirche betreten und seinen großen, muskulösen Körper in dem gutsitzenden Frack gesehen hatte, waren ihr die Knie ein wenig weich geworden.

Honoria gab eine wunderschöne Brautjungfer ab in ihrem Kleid aus cremefarbener Seide. Diana hatte sie zu der hellen Farbe überredet, weil sie zunächst vorgehabt hatte, etwas Dunkles, Unauffälliges zu tragen. Isabeau, ebenfalls in einem hübschen Kleid, hatte überall Blumen gestreut und sich prächtig amüsiert. Ian O'Malley hatte auf sie aufgepasst, wie er es schon auf der *Argonaut* getan hatte.

Honoria war über Dianas Herkunft hocherfreut gewesen und hatte dafür gesorgt, dass jeder, von Charleston bis nach Savannah, davon erfuhr. Mit einer englischen Lady, der Witwe eines zum Ritter geschlagenen Kapitäns und Tochter eines Admirals, dessen Familienstammbaum viele Generationen zurückreichte, konnte man schon angeben. Diskret natürlich.

Honoria Ardmore hätte niemals offen mit etwas geprahlt. Aber die Leute hörten es, redeten darüber und waren beeindruckt.

Am Altar hatte James ruhig und gelassen ausgesehen, als hätte er Routinebefehle an Deck seines Schiffes gegeben. Diana dagegen hatte am ganzen Körper gezittert. Die Erinnerungen an ihre erste Ehe waren eng verbunden mit den verdrängten, schlimmen Gedanken an Edward, und der Anblick des Priesters in seiner Robe und ihres Vaters, der sie zum zweiten Mal in ihrem Leben über den Gang des Mittelschiffs einer Kirche führte, hatte sie für einen Moment in Panik versetzt.

Sie hätte sich am liebsten umgedreht und wäre gelaufen, so weit ihre Füße sie trugen.

Aber es war James, der am Altar auf sie wartete, nicht Sir Edward Worthing. James, der ein echter Held war, nicht wie der Schwindler Edward. James, der auf sie mit seinen warmen, grünen Augen und dem frechen Grinsen wartete.

Als sie ihre Finger in seine kräftige, schwielige Hand legte, war ihre Panik verschwunden. Und plötzlich bedauerte sie ihre albernen Pläne mit der Hochzeit und dem Bankett.

James und sie würden lange warten müssen, bis sie endlich allein sein konnten.

Als er Diana den kühlen goldenen Reif über den Finger streifte, der einst seiner Mutter gehört hatte, bedauerte sie es noch mehr. Und als er sich vorbeugte und ihren Mund mit seinen Lippen streifte, wünschte sie sich, er würde sie einfach über seine Schulter werfen und mit ihr zur *Argonaut* flüchten.

Natürlich kam es nicht dazu. Sie überstand das Dinner und die zahllosen Toasts, unablässig lächelnd, während die vornehmsten Bürger von Charleston ihr und James gratulierten. James absolvierte die Prozedur entspannt und mit neutraler Miene, während er unter dem Tischtuch verführerisch mit ihrem Fuß spielte.

Diana war mit ihren Nerven am Ende, als sie, endlich allein, ihr Schlafzimmer im Obergeschoss betraten.

Die Bediensteten der Ardmores hatten ihnen eine Mahlzeit zubereitet und sie auf Platten mit silbernen Hauben bereitgestellt.

Falls sie in den wenigen Stunden zwischen dem Bankett und dem ausgiebigen Frühstück, das um neun Uhr beginnen sollte, etwa Hunger verspüren sollten.

James bestand darauf, etwas von den Köstlichkeiten zu essen, um die Gefühle der Köchin nicht zu verletzen. Sie kochte für die Ardmores, seit er ein Baby war, und sie würde ihm niemals verzeihen, wenn er volle Teller zurückschicken würde.

Diana zwang sich, etwas von der Krabbensuppe zu kosten, von den weichen Brötchen, die er Biskuits nannte, von dem Schinken und dem gekochten Maisbrei. James aß zufrieden, als hätte er sich den ganzen Tag auf diese Mahlzeit gefreut.

Sie rührte mit ihrem Löffel in ihrer Schale und beobachtete ihn argwöhnisch. Er war viel zu friedfertig.

»Sprich, Diana«, sagte er schließlich, während er einen Schinkentoast aß. »Was willst du mich fragen?«

Sie blinzelte. Eine Strähne hatte sich aus ihrem Zopf gelöst und strich über ihre Wange. Seine gelockerte Krawatte entblößte ein Stück seiner dunklen Kehle. Sie malte sich gerade aus, wie sie seine Haut mit ihrer Zunge berührte.

»Wie bitte?«

Er biss genüsslich in den Toast und warf ihr unter seinen dichten Wimpern einen Blick zu. »Du hast mich beobachtet, als hättest du eine Wette mit dir selbst abgeschlossen. Als wolltest du mich schon seit längerem etwas fragen. Nur waren wir zu beschäftigt, als dass wir viel Zeit allein hätten miteinander verbringen können, weder auf der Reise von England hierher noch während der Hochzeitsvorbereitungen. Und außerdem wollte ich deinen Ruf nicht ruinieren.«

Er wusste es, der verdammte Kerl! Sie sah ihn finster an. Es stimmte, sie hatte ihn etwas fragen wollen, seit sie in Lord Stokes Haus die gemurmelten Worte gehört und Lady Alexandras Erröten gesehen hatte. Aber während ihres Hochzeitsessens hatte sie das Thema eigentlich nicht zur Sprache bringen wollen.

Er sah sie gelassen an. Sein Blick war kühl. Er kannte die Frage längst.

Er sollte um seinetwillen hoffen, dass ihr die Antwort gefiel. Sie rührte erneut in der Suppe herum und legte dann den Löffel weg.

»Also gut«, meinte sie. »Da du das Thema angesprochen hast: Was genau bedeutet Lady Stoke für dich?«

Er zuckte nur ein kleines bisschen zusammen und senkte den Blick auf seinen Toast, plötzlich sehr an dem Stück Brot interessiert.

Aha, dachte sie. Also doch nicht die Frage, mit der du gerechnet hattest. Was sie auf den Gedanken brachte, was er dann wohl erwartet hatte.

»Ich würde in meiner Hochzeitsnacht wirklich nur ungern über Finley und seine Frau sprechen.«

»Das bedeutet, es gibt etwas, worüber wir sprechen sollten.«

Er bestrich einen weiteren Toast mit Butter. »Ich glaube, aus diesem Grund vermeidet Ian O'Malley jede ernsthafte Beziehung mit Frauen. Sie stellen zu den unpassendsten Zeitpunkten die unglaublichsten Fragen.«

»Ich glaube, du wolltest, dass ich dich frage.«

»Ich habe es mir anders überlegt.«

Sie sah ihn finster an. »James Ardmore, wenn du die ausgezeichnete Suppe deiner Köchin nicht überall auf deinem neuen Anzug wiederfinden willst, dann wirst du diese Frage beantworten.«

»Du drohst mir?«, fragte er liebenswürdig. »Und dabei bin ich soeben dein Herr und Meister geworden. Du solltest dich deinem Ehemann unterwerfen und ihm gehorchen.«

Ihr verächtliches Schnauben hallte durch das ganze Zimmer. Sie hätte schwören können, dass sie ein Zucken um seine Mundwinkel sah, bevor er sich seinem Toast widmete.

»Wart ihr ein Liebespaar?«

So, sie hatte es ausgesprochen. Sie wollte es eigentlich nicht wissen, aber sie musste es einfach erfahren. Er war zu Alexandra gegangen, als er Hilfe brauchte, nicht zu dem mächtigen Lord Stoke. Er hatte Alexandra darum gebeten, seine Anwesenheit vor ihrem Ehemann zu verheimlichen, und das hatte sie getan. Er vertraute ihr und wusste, dass er es konnte. Dieses Vertrauen kündete von einer Intimität, die möglicherweise selbst Diana nicht mit ihm teilte.

»Nein«, antwortete er. »Niemals.«

Er legte den Toast weg und sah sie über den leeren silbernen Servierteller hinweg an, der zwischen ihnen stand.

Sie entspannte sich etwas. Aber das erklärte trotzdem nicht seine Worte, als er Alexandra die Hände auf den Rücken gebunden hatte. Sie atmete schneller. »Du hast zu ihr gesagt: ›Wie in alten Zeiten.‹ Was zum Teufel hast du damit gemeint?«

Er strich mit den Fingern über den Stiel seines Weinglases. Das Kerzenlicht warf einen rubinroten Fleck auf das Tischtuch. »Willst du das wirklich wissen?«

»Ja.« Es stimmte nicht. »Ich will es wissen.«

»Also gut.« Er trank einen Schluck Wein und stellte das Glas dann umständlich auf den Tisch zurück. »Ich habe sie entführt.«

Ihr Herz hämmerte heftig. »Das scheinst du öfter zu tun.«

»Ich habe sie entführt, sie nackt ausgezogen, sie in Ketten gelegt und mich ihrer bedient, um mich an Grayson Finley zu rächen.«

Er nahm ruhig das Glas vom Tisch, trank einen Schluck und stellte es wieder ab.

Diana starrte ihn an. Er erwiderte den Blick gelassen, als würde er so etwas jeden Tag tun. Und als sollte es sie nicht überraschen. Sie versuchte zu schlucken, doch war ihre Kehle so trocken, dass sie hustete musste. »Warum?«

Einen Augenblick dachte sie, er würde ihr nicht antworten. Sie erwartete, dass er wieder kalt und abweisend würde, sich von ihr zurückzöge und diese Geschichte den Rest ihres Lebens zwischen ihnen stehenlassen würde.

Er zuckte unmerklich mit den Schultern. »Ich habe Finley an Pauls Tod die Schuld gegeben, auch wenn er nicht abgedrückt hatte. Ich hätte alles getan, um mich dafür an ihm zu rächen, einschließlich ihm die Frau zu stehlen, die er liebte. Wäre Alexandra nicht die Frau, die sie ist, hätte ich sie ruiniert und Finley das Herz gebrochen. Ich hätte ihrer beider Leben zerstört und sie in mein Elend mit hinabgezogen.« Er streckte die Hand aus und berührte den goldenen Reif um Dianas Finger. »In den Ardmores ist eine Welt aus Schmerz verborgen. Du musst uns nur ansehen, dann weißt du es. Ich habe beschlossen, dies zu ändern. Es ist Zeit.«

Diana blickte auf seine schwielige Hand, deren Narben von Jahren der Kämpfe ums Überleben kündeten. Er hatte Menschen das Leben gerettet und es anderen genommen. Er hatte dieses stille Glück in seinem Haus kennengelernt und Schmerzen erlebt, die sie kaum fassen konnte.

Eine Klammer schien sich um ihre Brust zu legen. »Ich bin froh, dass du mich erwählt hast, dir zu helfen.«

»Ich habe dich nicht erwählt, Diana. Du bist wie ein Komet in mein Leben geschossen und hast alle Vorurteile zertrümmert, die ich hatte. Mit dir zu sein ist, wie eine Wildkatze am Schwanz zu halten. Ich traue mich nicht, sie loszulassen.«

»Das ist nicht sehr schmeichelhaft, James.«

»Aber es ist wahr. Ich wusste, wie wild du bist, als ich dich damals dabei ertappte, wie du meine Kabine zerlegt hast. Trotz deines Titels und deines berühmten Vaters wusste ich, dass du alles andere bist als eine anständige junge Lady. Aber das ist gut so. Ich mag keine langweiligen Frauen.«

An seiner Lippe hing noch ein Tropfen Wein. Diana hätte sich gerne über den Tisch gebeugt und ihn abgeleckt. Sie zwang sich dazu, ruhig sitzen zu bleiben. »Zurück zu Alexandra, obwohl du das Gespräch so geschickt von ihr abgelenkt hast. Warum hast du sie gehenlassen? Hat sie dir gesagt, du sollst dich zum Teufel scheren?«

»Nein. Sie war bereit, sich zu opfern, um Finleys Hals zu retten. Sie liebte ihren Piraten von nebenan inniglich und hätte alles für ihn getan, sogar geheiratet hätte sie mich, nur damit ich ihn verschone.«

Diana sprang auf und stieß gegen den Tisch. Die Suppe schwappte bedenklich in der Terrine. »Du hast sie gebeten, dich zu heiraten?«

»Ich hielt das für den sichersten Weg, Finley wehzutun. Ich wollte ihn leben lassen, damit er leiden musste.«

»Und sie hat ja gesagt?«

»Allerdings. Nur bezweifle ich, dass ich es sehr genossen hätte. Sie hätte das Opferlamm perfekt gespielt. Ich wäre ihrer sehr schnell müde geworden.«

Diana hatte ihre Serviette festgehalten, als sie aufgesprungen war, und jetzt knüllte sie den Stoff zu einem Ball zusammen. »Ich nehme an, Alexandra ist zur Besinnung gekommen und hat deinen Vorschlag abgelehnt?«

»Nein. Ich habe mich zurückgezogen.« Er beobachtete sie gelassen, doch seine grünen Augen glühten wachsam. »Sie taten so widerlich miteinander, dass ich es nicht mehr ertragen konnte.«

»Widerlich?« Sie knetete die unschuldige Serviette in den Händen.

»Bereit für einander zu sterben. Es wurde am Ende etwas süßlich. Ich habe beschlossen, nicht länger den Bösewicht zu spielen und der wahren Liebe ihren Lauf zu lassen. Sehr romantisch von mir, fand ich.«

Er besaß die Frechheit, noch einen Schluck Wein zu trinken, als Toast auf den Helden des Stückes. Was bildete er sich eigentlich ein?

»*Romantisch?*« Diana kochte. »Du bist der unromantischste Mann, den kennenzulernen ich jemals das Pech hatte!«

»Mäßige deine Stimme, Diana. Die Leute versuchen zu schlafen.«

»Wie romantisch soll das sein, wenn du dir einfach nimmst, was du willst? Du entscheidest, dass Alexandra und Lord Stoke zusammen sein dürfen, weil es dir nicht gelungen ist, sie so einzuschüchtern, dass sie auf deine Seite überlief. Du willst mich nach meinem Vater ausfragen, also entführst du mich einfach. Du hast mich hergebracht, weil du mich hier bequemer in die Enge treiben kannst, als wenn du dabei noch der Königlichen Marine ausweichen musst.«

»Du musst zugeben«, erwiderte er auf diese empörend gelassene Art und Weise, »dass mein Haus weit angenehmer ist als eine Dorfherberge oder eine feuchte Höhle in Haven. Ein ordentliches Bett nach einer anständigen Mahlzeit. Ich dachte, das würde dir gefallen.«

Sie schnappte sich einen gebutterten Toast mit Schinken. »Sag mir bloß nicht, dass ich auch noch dankbar sein soll!«

Er sah sie wachsam und drohend an. »Wage nicht, diesen Toast nach mir zu werfen, Diana.«

»Wenn du deinen verdammten Anzug retten willst, sag mir, ob du sie geliebt hast!«

»Nein.«

»Das klingt ja sehr überzeugt.«

»Das bin ich auch. Ich habe keine Frau geliebt, bis mir eine in einer Herberge ein Brot an den Kopf geworfen hat. Ich will damit nicht andeuten, sie solle es wiederholen. Das sind schlechte Manieren. Meine Schwester wäre schockiert.«

Diana ließ sich jedoch nicht ablenken. »Du und Alexandra, ihr scheint euch sehr zu mögen.«

»Ich bewundere und respektiere sie. Es gibt nicht viele Frauen, die sich mir widersetzen und mir sagen, in welchen Punkten ich mich geirrt habe. Schon gar nicht wenn ich sie gerade in Ketten gelegt habe. Sie hatte eine Todesangst vor mir, aber das hat sie nicht davon abgehalten, mir genau zu sagen, was sie von mir hielt.«

»Mir gegenüber hast du nicht so viel Respekt gezeigt.«

»Du lebst noch«, meinte er. »Ich finde, das zeigt, wie sehr ich dich respektiere.«

»Du arroganter, hochmütiger, nichtsnutziger Mistkerl! Ich kann einfach nicht fassen, dass ich mich in dich verliebt habe! Ich könnte ein wundervoll friedliches Leben mit meinem Vater auf Haven führen, und stattdessen lasse ich zu, dass du mich um die halbe Welt schleppst, helfe dir, Piraten zu jagen, sehe zu, wie Männer, die ich respektieren sollte, dich so lange verprügeln, bis es mich fast umbringt, und dann lässt du auch noch zu, dass ich dich für tot halte. Was für ein Leben werde ich an deiner Seite führen? Eines voller Wahnsinn. Und das alles nur weil ich so dumm war, dich zu lieben.«

»Ich bin verdammt froh, dass du das tust.«

Sie verstummte. Aus irgendeinem Grund machten seine sanfte Antwort und der warme Blick seiner Augen sie nur noch wütender.

Sie schleuderte ihm den Toast entgegen, dann noch einen und am Ende die nur halb verzehrte Suppe aus der Schale. Er stand auf, noch während die Geschosse ihn trafen. Die

Flüssigkeit landete mit einem nassen, sehr befriedigenden Platschen auf seinem schwarzen Kaschmirfrack und der feinen, seidenen Weste.

»Diana.« Seine Stimme klang sehr, sehr leise und höchst gefährlich. »Ich kann dir das nicht durchgehen lassen.«

Sie trat nervös einen Schritt zurück. »Deine Schwester wäre außer sich, wenn diesem Kleid etwas passiert, James.«

»Dann solltest du es ausziehen.«

Sie kannte den Blick in seinen Augen. So sah er aus, wenn er vorhatte, Piraten zu Hackfleisch zu verarbeiten. »Ich werde es lieber anbehalten.«

Er trat einen Schritt auf sie zu. »Dann mache ich es für dich.«

»Nein, nein!« Ihre Hände flogen förmlich über die Haken und lösten sie in rasender Eile. »Du würdest es zerfetzen.«

»Genau das hatte ich vor.«

Sie beeilte sich, weil sie wusste, dass er ungeduldig werden und ihr das Kleid vom Leib reißen würde, wenn sie sich zu viel Zeit ließ. Sie streifte die warme Seide an ihrem Körper herab, trat heraus und hängte das Kleid dann sorgfältig in den Schrank. Seine Hemden und Gehröcke hingen bereits dort. Sie dufteten nach Wolle und Baumwolle und James.

Als sie sich umdrehte, hatte er sich bereits gerüstet. Sie schrie auf, aber es war zu spät.

Der gebutterte Maisbrei war eine ausgezeichnete Waffe. Er breitete sich über ihre Schultern aus. James lachte, doch dann blinzelte er und fluchte, als sie mit einem Schöpflöffel Krebssuppe antwortete. Auch der Schinken klatschte höchst befriedigend, als er ihn traf.

Doch das Gefecht dauerte nicht lange. Nach wenigen Sekunden hatte er sie an den Handgelenken gepackt und aufs

Bett gezerrt. Diana fand sich flach auf dem Rücken in dem weichen Federbett wieder, James auf ihr.

Er küsste sie leidenschaftlich, während er ihre Arme über ihrem Kopf festhielt.

»Ich liebe dich, Diana«, sagte er heiser. »Ich hätte nie geglaubt, dass ich jemanden so lieben könnte. Es tut fast weh, wie stark meine Gefühle für dich sind. In meinem ganzen Leben hat noch niemand mich jemals so …«

Seine Hände brannten, und seine Lippen scheuerten auf ihrer Haut. Sie hob ihr Knie zwischen seine Beine und hakte ihren Fuß um seine muskulöse Wade. »Ja?«, fragte sie in gespielter Unschuld.

»So wütend und so glücklich gemacht. Und das gleichzeitig. Du bist eine Dämonin!« Seine Augen funkelten. »Und du hast Maiskörner im Haar.«

Sie lachte und fuhr mit der Zunge über seine Wange, an der noch Krabbensuppe klebte. »Du schmeckst gut.«

»Du schmeckst besser.« Er demonstrierte ihr, wie sehr er ihren Geschmack liebte. »Verdammt, aber ich liebe dich, Diana.« Er küsste sie erneut, diesmal sanft. »Du hast mich nach Hause gebracht.«

Sie streichelte sein Haar. »Wir werden sentimental, Captain Ardmore. Ich denke, wir sollten fortfahren, uns zu lieben.«

»Da muss ich Euch zustimmen, Mrs. Ardmore.«

»Ich denke weiterhin, wir sollten uns lieben, bis wir vollkommen erschöpft sind. Aber es wird bald Morgen. Man erwartet uns zum Frühstück.«

Sein Lächeln schien die Nacht zu erwärmen. »Dann sollten wir uns besser beeilen.«

Er packte den Schlitz in ihrem Hemd und riss es vom Hals

bis zur Taille auf. Dann beugte er sich hinab und liebkoste ihre Brüste mit der Zunge. Sein heißer Atem entfachte endgültig die Glut, die er bereits entzündet hatte.

Diana lachte, voller Liebe, schlang ihre Arme um ihn und zog ihn zu sich herab.

Epilog

Frühling 1813

Es gibt einen neuen Ardmore auf der Welt, Alexandra. Gott steh uns bei.«

»Ja, Grayson. Einen süßen Jungen.«

Grayson Finley warf einen Blick durch den Salon auf seine Gemahlin. Er hatte einen Brief gelesen, den Diana Ardmore, frühere Worthing, ihnen beiden geschrieben hatte.

Alexandra lag mit angezogenen Beinen am Ende eines Diwans, den Rücken gegen die Lehne gestützt, und schaute ins Feuer. Ihre rotbraunen Locken hatten sich gelöst, und sie rekelte sich entspannt und zufrieden.

Es war bereits dunkel. Das Rauschen des Meeres drang durch die geöffneten Fenster herein, zusammen mit der kühlen Frühlingsluft. Alexandra wirkte etwas abgelenkt heute Abend, seit sie den Brief von Diana gelesen hatte.

Nun, sein alter Freund und Feind war zweifellos auf Rosen gebettet. Diana Worthing, diese unzähmbare Rothaarige mit genug Glut in den Augen, um ganze Dörfer niederzubrennen, würde ihn sicher auf Trab halten. Und warm. Und glücklich. Ardmore war kein einfacher Mensch, aber Diana schien der Herausforderung gewachsen zu sein.

Ardmore und er hatten Blut vergossen, gegeneinander gewütet und sich sogar gehasst, aber dennoch wünschte Grayson dem Mann Glück. Und falls Diana ihn so sehr beschäftigte, wie er es vermutete, würde Ardmore sich auch von Alexandra fernhalten.

Er faltete den Brief zusammen und warf ihn hinter sich auf den Tisch. »Was denkst du, Liebling?«

Sie drehte sich zu ihm um und schenkte ihm dieses strahlende Lächeln, das seine Knochen noch immer zu Brei verflüssigen konnte. »Ich habe ein wenig Genugtuung empfunden.«

»Worüber?« Eigentlich hatte er gar keine Lust auf ein Gespräch. Die Admiralität hatte ihn in diesem letzten Jahr viel zu lange von Alexandra ferngehalten. Er hatte mit dem Herzog von St. Clair gesprochen und ihm gesagt, dass das aufhören müsse. Ich möchte mit meiner Frau zusammen sein, hatte er dem Herzog erklärt, der ein anständiger Mensch war. Er hatte nicht hinzugefügt: Ich will mit ihr in meinem Bett liegen, und auf dem Boden und im Garten und im Wald in dem Pavillon. Sie hatten Ardmores Idee häufig ausprobiert, und sie beide, Alexandra und er, hatten es sehr genossen.

»Ich habe James gesagt, dass er irgendwann jemanden finden würde«, sagte Alexandra träumerisch. »Jemand auf dem weiten Meer, der für ihn bestimmt wäre. Damals hätte ich mir niemals träumen lassen, dass es Diana Worthing sein sollte, die sich zu der Zeit gerade in London aufhielt. Außerdem war sie ja auch mit Sir Edward verheiratet. Aber wenn ich mir vorstelle, dass James und sie sich kurz danach kennengelernt haben und sie dann auf ihn auf Haven gewartet hat … Das ist sehr romantisch, finde ich. Kein Wunder, dass sie sich verliebt haben. Ich bin sehr stolz auf mich.«

Grayson grinste. Seine Frau glaubte fest daran, dass ihre guten Wünsche sich auf jeden übertrugen. Andererseits war sie jemand, der anderen wirklich Glück wünschte. Vielleicht war das einer der Gründe, warum er sie liebte.

Ihr Blick wurde nachdenklich. »Ich wünschte mir nur …«

Er stand auf und schlenderte zu ihr. Er hatte seine Lord-Stoke-Garderobe abgelegt und trug jetzt wieder das bequeme offene Hemd und die weite Hose des Piraten Grayson Finley. Alexandra musterte ihn höchst anerkennend. Er bekam nie genug davon, wie sie ihn ansah. »Was denn, Liebste?«

»Ich wünschte mir, dass ihr beiden euch versöhnen würdet.«

Ihr alter Streit. Er wollte schon den Kopf schütteln und ihr sagen, dass dies niemals passieren würde, doch dann hielt er inne. »Wir sind versöhnt, Alexandra. Er hat sein Leben und ich meines, und das respektieren wir beide. Wenn er meine Hilfe braucht, weiß er, dass ich sie ihm geben werde. Und wenn ich seine Hilfe brauchte, wüsste ich …« Er unterbrach sich. »Nein, ich weiß nicht, ob er mir helfen würde. Er ist ein unberechenbaren Mistkerl.«

»Nun, jetzt ist er verheiratet und verliebt. Ich wünsche ihm alles Gute.«

»Das tue ich auch.« Er salutierte schweigend aus dem Westfenster. Irgendwo da draußen war James jetzt. In Charleston. Jedenfalls dachten das alle. Aber wer konnte das bei James Ardmore schon genau wissen?

»Grayson?«

Der Klang ihrer Stimme ließ seine steigende Erregung noch ein wenig höher schnellen. »Ja, Alexandra?«

»Die Kleinen liegen alle im Bett im Kinderzimmer.«

»Ich weiß. Ich habe ihnen gute Nacht gesagt. Du auch.«

»Maggie ist ebenfalls zu Bett gegangen«, fuhr sie fort.

»Ja. Ihr habe ich auch einen Gutenachtkuss gegeben.«

»Die Dienstboten haben sich alle in ihre Kammern zurückgezogen.«

»Hoffentlich haben sie angenehme Träume.«

Sie erhob sich von dem Diwan und ging lautlos zu ihm. »Ich glaube, bis zum Morgengrauen wird niemand diesen Raum mehr betreten.«

»Ich bin davon überzeugt«, erwiderte Grayson, während er den Duft ihres Haares einatmete, »dass du vollkommen recht hast.«

Als er sich herunterbeugte, um sie zu küssen, wähnte er einen Moment lang eine Stimme in seinem Hinterkopf zu hören, kühl und sarkastisch mit dem gedehnten, melodischen Akzent Charlestons.

»Finley, du hast verdammt viel mehr Glück, als du je im Leben verdient hast.«

Dem konnte Grayson Finley nur aus ganzem Herzen zustimmen.

Danksagung

Mein besonderer Dank gilt Glenda Garland für ihre galante Kritik in letzter Sekunde und ihren großartigen, wohlbegründeten Rat. Außerdem danke ich Trudy, Al und dem gesamten Ashley-Clan für ihre unermüdliche und begeisterte Unterstützung. Und natürlich danke ich Forrest für seine nie nachlassende Bereitschaft, sich das Hirn zu zermartern, zu kritisieren, Korrektur zu lesen, sich in die Schlange vor dem Postschalter einzureihen und mich liebevoll zu unterstützen.

Prickelnde Leidenschaft, große Abenteuer
und raffinierte Intrigen –
historische Liebesromane bei Knaur!

Jennifer Ashley

Mein leidenschaftlicher Pirat

Roman

»Eine außerordentliche Nacht, wohl wahr. Eine Nacht, in der sie einen Mann vor dem sicheren Tod bewahrt hatte und dann von ihm so leidenschaftlich geküsst worden war wie noch nie in ihrem Leben, durfte man wohl außerordentlich nennen. Ob das Leben mit dem Piraten von nebenan immer so aufregend sein würde?«

London 1810: Gleich die erste Begegnung mit ihrem neuen Nachbarn, dem charismatischen Viscount Grayson Stoke, weckt in Lady Alexandra ungekannte Leidenschaften. Und je mehr sie über sein skandalöses Leben als Pirat erfährt, desto größer ist ihre Faszination …

Knaur Taschenbuch Verlag

Sie war stolz und unnahbar –
doch er gewann ihr Herz.

Victoria Alexander

Flammende Sehnsucht

Roman

England 1821: Cassandra Effington ist jung, strahlend schön und klug – und hat wahrlich Besseres zu tun, als zu heiraten. Keinem der zahlreichen Kandidaten ist es bisher gelungen, von ihr erhört zu werden. Sie geht lieber eine Wette mit dem skandalumwitterten Lebemann Lord Reginald Berkley ein: Eher werde sie für ihn eine Braut finden als er für sie einen Bräutigam. Doch seit ihrer ersten Begegnung weiß Lord Berkley genau, wen er zur Braut möchte …

Knaur Taschenbuch Verlag

Elizabeth English

In den Händen des Feindes

Roman

Schottland 1375: Eine Ehe soll die Fehde der Kirallens und der Danleys beenden. Doch Lord Danley spielt ein falsches Spiel. Er zwingt seine uneheliche Tochter Alyson, Jemmy Kirallens Frau zu werden und die Feinde auszuspionieren. Aber er hat die Macht der Liebe unterschätzt: Zwischen den Eheleuten wider Willen entflammen schon bald tiefe Gefühle. Vereint setzen sie alles daran, Frieden zwischen den Clans zu schaffen …

Knaur Taschenbuch Verlag